श्रीलाल
काली किताब का मालिक

अफसाना

AF374882

notionpress
.com
INDIA · SINGAPORE · MALAYSIA

ISBN 979-8-88815-347-5

अमावस्या की काली रात मे पहाड़ी पर बने घर के छोटे से कमरे से आने वाली रोशनी बुराई के अन्धेरो के बीच अच्छाई के जलते हुए दीपक की तरह प्रतीत हो रही थी।

उस कमरे मे एक लगभग 35 साल का आदमी दूरबीन की सहायता से सितारो की चाल को समझने की कोशिश कर रहा था तभी उसके पीछे कुछ गिरने की आवाज हुयी वह पलटा तो पीछे उसका लगभग 12 वर्ष का बेटा खड़ा था।

"सारी डैडी" - बच्चे ने झिझकते हुए कहा, वह अपनी फुटबॉल के अपने डैडी की स्टडी टेबल से टकराने और उनके पेन्सिल बॉक्स के गिर जाने पर थोड़ा शर्मिन्दा था। वह बच्चा दिखने मे थोड़ा पतला था और इस समय उसने अपने दोनो हाथ कमर के पीछे कसकर बॉधे हुए थे, मानो उसे लगा हो कि उसके पिता उसे इसके लिए सजा देगें, अपने बेटे के चेहरे पर सजा के इर को भॉपते हुए उसे हसी आ गयी और अपनी मोटी चश्मे के पीछे छिपी काली और कोमल

आँखो से उस ओर देखते हुए उसने कहा- "आह कोई बात नही, खेल मे ऐसा हो जाता है, जब मैं आपकी उम्र का था तो इससे भी ज्यादा तोड़-फोड़ किया करता था"

अपने पिता से यह सुनकर बच्चा थोड़ा मुस्कुराया फिर उसने अपने पिता के अच्छे मूड़ को भॉपते हुए और बॉल वापिस उठाते हुए अपने पिता पर एक सवाल दाग दिया- "आप क्या कर रहे है डैडी?" अपने बच्चे के मुँह से यह सवाल सुनकर उसे आधे मे छोड़े हुए अपने काम की याद दुबारा आ गयी और वह खिड़की के पास जाकर आसमान मे सितारों को ताकने लगा, उसके चेहरे पर

पहले वाली परेशानी फिर से लौट आयी थी इस समय वह बहुत ही गम्भीर और समझदार इंसान लग रहा था परन्तु वह बहुत डरा हुआ भी था मानो उसे किसी अनहोनी का अहसास हो रहा हो।

अपने पिता के चेहरे पर उभरे इन गम्भीर भावों को देखकर बच्चा भी थोड़ा परेशान हो गया, उसने अपने पिता के पास जाकर उनका हाथ कसकर पकड़ लिया और कहा- "क्या हुआ डैडी, आप परेशान क्यो है, क्या कुछ बुरा होने वाला है?"

आसमान की ओर ताकते हुए उसने अपने बच्चे के सवाल का जवाब दिया- "सितारो की चाल सही नही है, ग्रहो का संयोग सही नही है, ऐसा लगता है मानो अमावस्या की यह काली रात कभी खत्म नही होगी, यह अन्धेरा कभी नही छटेगा..., मेरे पिता ने जो भविष्यवाणी की थी मानो आज वह सच होने वाली है वह आने वाला है, वह! जो करेगा मानवता का संहार कर देगा इस अन्धेरे को और भी काला...."

"कौन आने वाला है डैडी" - बच्चे ने घबराकर पूछा,

"शैतानो का वारिस आने वाला है, दुनिया पर राज करने शैतान आने वाला है..." - उस वक्त उसकी आवाज तेज, रूह मे उतरने वाली और रोंगटे खड़े कर देने वाली थी जिसे सुनकर बच्चा डर गया और काँपने लगा, अपने बच्चे के काँपते हुए हाथो की छुअन को महसूस करते हुए उसे लगा जैसे उसे अपने बच्चे से यह सब नहीं कहना चाहिए था, उसने तुरन्त अपने चेहरे पर परेशानी और चिन्ता की जगह एक कोमल मुस्कान को दे दी, अपने बेटे के पास वह घुटनो के बल बैठ गया और अपने बेटे का डरा हुआ चेहरा अपने दोनो हाथो मे लेकर उसने बोलना शुरू किया- "आपको डरने की कोई जरुरत नही है, आपको पता है! भगवान कभी भी बुराई को जीतने नहीं देता भले ही वह कितनी भी ताकतवर क्यो न हो अन्त मे जीत हमेशा सच्चाई की ही होती है।" फिर उसने एक अच्छे पिता का फर्ज निभाते हुए कहा- "जब तक आपके डैडी है

आपको डरने की कोई जरुरत नही है मै आपको कभी भी कुछ नहीं होने दूंगा... ठीक है...” उसने मुस्कुराते हुए अपनी बात खत्म की।

अपने पिता के चेहरे पर मुस्कान देखकर उसे राहत महसूस हुयी और उसने भी मुस्कुराते हुए हाँ मे सिर हिला दिया मानो कहना चाहता हो कि डैडी मुझे आप पर पूरा विश्वास है और फिर वह अपनी सारी चिन्ता छोड़कर अपने पिता के गले लग गया इस समय उसके चेहरे पर सुकून था परन्तु उसके पिता को फिर से उसी चिन्ता ने पकड़ लिया था मानो यह अभी उसका पीछा छोड़ने वाली नही थी। उसने अपने बेटे को अपनी बाहो मे कस लिया और अपनी आँखे बन्द कर ली इस उम्मीद के साथ कि शायद उसकी सोच गलत साबित हो जाए, पर शायद किस्मत को कुछ और ही मन्जूर था.....

उसी रात पहाड़ो के नीचे जंगलो के बीच से गुजरती एक सड़क के किनारे बने मकान के बगीचे मे मिस्टर केशवनाथ तलवार बैचेन हालत मे इधर उधर टहल रहे थे, तभी घर के दरवाजे के खुलने की आवाज पर वह पीछे पलटे, अन्दर से डॉ. की वेशभूषा मे एक स्त्री बाहर आयी जो परेशान और उलझन मे दिखाई दे रही थी।

मिस्टर तलवार दौड़कर उसके पास गये और बेहद बैचेनी के साथ पूछा- “डॉ. मेरी पत्नी कैसी है वह और मेरा बच्चा, वह दोनो ठीक तो है ना?”

वह डॉ. को सवालिया नजरो से देख रहे थे, परन्तु डॉ. बिल्कुल चुप थी और उनकी बातो का कोई उत्तर नही दे रही थी इसके विपरीत उसने अपनी आँखे जमीन पर लगा रखी थी। डॉ. को इस तरह देखकर मिस्टर तलवार बेहद परेशान हो गये और दोबारा अपना सवाल दोहराया- “डॉ. प्लीज बताइए आप कुछ बोल क्यो नहीं रही है, सब ठीक है ना, मेरी पत्नी और बच्चा दोनो ठीक तो है, प्लीज बताइए...”

यह कहते वक्त उनकी आँखो मे उम्मीद थी कि सब ठीक हो लेकिन साथ ही साथ अपने परिवार की चिन्ता भी थी।

"बेटा हुआ है मिस्टर तलवार, आपका बच्चा सुरक्षित है लेकिन माफ करिए हम आपकी पत्नी को नहीं बचा सके.... सॉरी...." - इतना कहकर डॉ. सड़क के किनारे खड़ी अपनी कार की ओर बढ़ गयी, उसके पीछे-पीछे घर के अन्दर से निकलकर एक नर्स भी चली गयी।

परन्तु मिस्टर तलवार एक इंच भी नहीं हिल पाए, वह आँखो मे समुन्द्र की गहराई और आकाश का सूनापन लिए वही किसी पत्थर की मूर्ति की तरह खडे रह गये।

कुछ वक्त वाद उनकी माँ अपनी गोद मे एक छोटे बच्चे को लिए हुए और अपनी साड़ी से अपने आँसू पोछते हुए उनके पास आयी और बिना कुछ कहे उन्होने बच्चे को मिस्टर तलवार की ओर बढ़ा दिया, कुछ समय मिस्टर तलवार चुपचाप खड़े उसे देखते रहे और फिर उन्होने अपनी बाँहे फैलाकर उसे अपनी गोद मे ले लिया इस समय उनके होठो पर एक ऐसी मुस्कान थी जिसमे खुशी नहीं बल्कि दुःख और अफसोस था।

उन्होने अपने बच्चे की ओर देखा, वह दिखने मे थोड़ा अजीब लग रहा था, उसके चेहरे पर मासूमियत नही थी बल्कि एक अजीब सी लालसा थी मानो दुनिया जीतने की लालसा, दुनिया पर राज करने की लालसा, उसके चेहरे के यह भाव उसके पिता से भी नहीं छिप पाये परन्तु उन्होने इस पर चिन्ता करने के स्थान पर खुशी जाहिर की

अपनी माँ की ओर देखते हुए उन्होने कहा- "देखना माँ मेरा बेटा एक दिन दुनिया पर राज करेगा, अपने अच्छे कामो से सबका दिल जीत लेगा।"

फिर थोड़ा रुककर अपने बेटे कि ओर देखते हुए उन्होने कहा- "इसका नाम नृप होगा, यह बिल्कुल अपने नाम के अनुरूप बनेगा"

ऐसा कहकर उन्होने उसे अपने सीने से लगा लिया।

मिस्टर तलवार ने बिल्कुल सही कहा था वह दुनिया पर राज करेगा आखिर इसीलिए तो वह पैदा हुआ था परन्तु अपने अच्छे कर्मो से नहीं बल्कि बुरे कर्मो से, वह दिल जीतने वाला नहीं, सबके दिलो मे अपना ड़र पैदा करने वाला बनेगा।

आखिरकार वह पैदा हुआ था शैतानो का वारिस बनकर- शैतान बनकर।

इस घटना के 10 साल बीत चुके है पहाड़ी के ऊपर बने उस घर की बालकनी मे बैठे मिस्टर शिवराज पाटिल शाम की चाय पी रहे थे 10 साल बाद भी मिस्टर पाटिल के व्यक्तित्व मे बहुत ज्यादा फर्क नहीं पड़ा था परन्तु इस समय वह उस रात की तरह परेशान नहीं बल्कि प्रसन्नचित महसूस हो रहे थे।

"आजकल का जमाना बिल्कुल अलग है, अब तो हमारी सोच पुरानी हो गयी है बाला" - उन्होने चाय की चुस्किया लेते हुए सामने बैठे अपने दोस्त मिस्टर बालकृष्ण से कहा।

मिस्टर बालकृष्ण एक भारी भरकम शरीर वाले और कुर्ता पायजामा व खादी जैकेट पहनने वाले व्यक्ति थे, उन्होने भी जवाब मे मुस्कुराते हुए कहा- "सही कह रहे हो पाटिल, अब केवल हमारी सोच ही नहीं हम भी पुराने हो गये है दोस्त।"

"बिल्कुल नही, किसने कहा कि आप पुराने हो गये हो" - पीछे से आती एक जोरदार आवाज पर वह चौके, पीछे अन्दर से मिस्टर पाटिल का बेटा तेज कदमो से उनके पास चला आ रहा था। वह 12 साल का बच्चा अब 22 साल का एक नौजवान हो गया था, जो अपनी काली आँखो और आकर्षित व्यक्तित्व के साथ अपनी मुस्कुराहट की वजह से और अधिक आकर्षक लग रहा था। उसके हाथ मे एक लिफाफा था। उसने आकर अपने पिता के गले मे अपनी बाहे पीछे से झालते हुए कहा- "मेरे डैडी तो आज भी इस दुनिया के सबसे ऐलिजिबल बैचलर है, क्यो अंकल सही कहा ना?"

वह अपने अंकल मिस्टर बालकृष्ण की ओर शरारत भरी नजरों से देख रहा था "सही कह रहे हो वैभव" - मिस्टर बालकृष्ण ने उसकी शरारत मे अपने शब्द जोड़ते हुए कहा।

मिस्टर पाटिल इस सब से कुछ शर्मा गये और अपने बेटे की बाहो को अपने गले से निकालते हुए बोले- "बस... बस.... बहुत हो गया, शरारत बन्द करो और यह बताओ तुम्हारे हाथ मे यह लिफाफा क्या है?" उनकी नजर अभी-अभी उस लिफाफे पर पड़ी थी जो वैभव ने अपने हाथ मे पकड़ रखा था। वैभव तो जैसे उस लिफाफे के बारे मे भूल चुका था- "ओह! यह, मै आपको इसी के बारे मे बताने आया था मुझे एक इण्टर कालिज मे छोटे बच्चो को पढ़ाने की जॉब मिल गयी है" यह कहते हुए वह अपने पिता की कुर्सी के हत्थे पर बैठ गया था।

"जॉब करोगे! तब तुम्हारी पढ़ाई का क्या होगा वैभव?" - मिस्टर बालकृष्ण ने चाय का कप सामने टेबल पर रखते हुए चिन्ता से पूछा

"जनाब को पार्ट टाइम जॉब करने का शौक चढ़ा है" - मिस्टर पाटिल ने जवाब देते हुए अपनी त्यौरिया चढ़ा ली थी, वैभव ने अपने पिता की आवाज मे नाराजगी को भाँपते हुए फिर से अपनी बाहे अपने पिता के गले मे ड़ालकर उन्हे मनाने के अन्दाज मे कहा- "ओ हो डैडी, आप परेशान क्यो है? मै सब कुछ मैनेज कर लूंगा अपने बेटे की काबिलियत पर शक करने की जरुरत नहीं है आपको, देखना एक दिन मै आपका नाम बहुत रोशन करूँगा"

इतना कहकर उसने अपना सिर अपने पिता के सिर से मिला लिया और उन तीनो के चेहरे पर सुकून और होठो पर मुस्कुराहट आ गयी।

सुबह के 6 बजे थे और मिस्टर पाटिल नाश्ते की टेबल पर बैठे अखबार पढ़ रहे थे तभी पीछे से वैभव ने आकर उनके हाथ से अखबार छीन लिया जिससे वह थोड़ा चिढ़ गये परन्तु वैभव ने उस

पर ध्यान नहीं दिया और अपनी नाश्ते की प्लेट लेकर बैठते हुए कहा- "डैडी कितनी बार कहा है मैने आपसे, कि नाश्ते की टेबल पर अखबार नहीं पढ़ते "

"मै बस हैडलाइन्स चैक कर रहा था" - मिस्टर पाटिल ने थोडे खीजते हुए कहा,

"आपकी हैडलाइन्स के चक्कर मे नाश्ता ठण्डा हो जाएगा और मुझे दोबारा गर्म करना पड़ेगा वैसे भी आज मेरे काम का पहला दिन है तो मै लेट नहीं होना चाहता, इसलिए अब आप बिना किसी शिकायत के अपना नाश्ता जल्दी से खत्म कीजिए" - वह लगातार बोलता जा रहा था और मिस्टर पाटिल नजरे झुकाकर अपना नाश्ता खत्म करने की कोशिश कर रहे थे जब वैभव चुप हुआ तो उन्होने थोड़े धीमे स्वर मे कहा- "वैसे कभी-कभी मुझे लगता है कि मै तुम्हारा नहीं बल्कि तुम मेरे डैडी है" यह सुनकर वैभव को हसी आ गयी और साथ मे मिस्टर पाटिल को भी.....

थोड़ी देर बाद वैभव कार मे बैठा हार्न बजा रहा था और मिस्टर पाटिल घर का ताला लगा रहे थे।

"जल्दी कीजिए डैडी, मै लेट हो जाऊँगा" - वैभव ने अपने सिर को कार की खिड़की से बाहर निकालते हुए कहा,

"आ रहा हूँ वैभव" - मिस्टर पाटिल मुड़कर सीढियाँ उतरते हुए कार मे बैठ गये और घर की चाबिया उन्होने सामने पड़ी खाली जगह पर डाल दी।

"चले?" -वैभव ने अपने डैडी की तरफ देखा और उनके हाँ मे सिर हिलाने पर वह कार स्टार्ट करके आगे कि ओर चल दिया।

कार पहाड़ो के बीच बने संकरे रास्तो से तेजी से गुजर रही थी, इस दौरान वैभव थोड़ा चुप था, उसके डैडी ने उसकी चुप्पी को भापँते हुए उसकी ओर देखकर पूछा- "क्या हुआ वैभव, तुम ठीक तो हो ना, परेशान लग रहे हो?"

"डर लग रहा है डैडी स्कूल का पहला दिन है.... शायद इसलिए... अ.... थोड़ा अजीब सा लग रहा है।"

मिस्टर पाटिल उसे थोड़ा चिढ़ाते हुए बोले- "स्कूल का पहला दिन है। वैभव तुम वहां पढ़ाने जा रहे हो पढ़ने नहीं और मुझे अच्छी तरह याद है इतना तो तुम बचपन मे पहले दिन स्कूल जाते हुए भी नहीं डरे थे जितना आज..."

थोड़ा रुककर उन्होने आगे कहा- "तुम कहते हो ना कि तुम सब मैनेज कर सकते हो, चिन्ता मत करो, मुझे तुम पर पूरा भरोसा है सब अच्छा होगा..." अपने डैडी से यह सुनकर उसे हिम्मत और सुकून दोनो ही मिल गये थे इसीलिए वह थोड़ा मुस्कुरा दिया।

कुछ समय बाद वैभव ने एक सांइस रिसर्च लैब के सामने कार रोक दी और अपने डैडी से कहा- "लिजिए डैडी, आपकी मन्जिल आ गयी" मिस्टर पाटिल ने मुस्कुराकर अपने बेटे को गले लगाया और बेस्ट ऑफ लक कहकर वह कार से उतरकर अन्दर लैब मे चले गये जिसके बाद वैभव ने फिर से सड़को पर कार दौड़ानी शुरु कर दी।

वैभव की कार कॉलिज की कार पार्किंग मे आकर रुकी, कार से उतरकर उसने कॉलिज की बिल्डिंग को देखा, यह बहुत शानदार और वैभवशाली लग रही थी, काँच की बनी उस शानदार बिल्डिंग पर चमकदार और सुन्हरे अक्षरो मे लिखा था "दि प्यूचरस हाइट" उसे देखकर वैभव मे एक उत्साह की लहर दौड़ पड़ी, एक लम्बी और ठण्डी सांस लेकर वह नये जोश के साथ लम्बे-लम्बे डग भरता हुआ आगे बढ़ गया।

कुछ समय बाद मिस्टर देवव्रत शर्मा जो उस कॉलिज के प्रिंसिपल थे और दिखने मे एक मजबूत इरादो वाले शख्स महसूस होते थे क्लास मे वैभव का परिचय करा रहे थे, "स्टूडैण्ट्स यह है आपके नये गणित अध्यापक आज से आपको गणित यही पढ़ाएगे और मुझे पूरी उम्मीद है कि आप इन्हे शिकायत का कोई मौका नहीं देगे और बहुत अच्छे विध्यार्थी साबित होगे, एम.. आई..

राइट..." -आखिर तीन शब्द उन्होने पूरे जोश के साथ बोले जिसे सुनकर बच्चो मे भी उत्साह भर गया और सभी ने एक स्वर मे जवाब दिया- "यस सर"

"ठीक है तो अब बच्चे आपके हवाले सर, मै चलता हूँ, बैस्ट ऑफ लक" - उन्होने वैभव की ओर मुड़कर मुस्कुराते हुए कहा और फिर क्लास से बाहर चले गये।

वैभव थोड़ा इरा हुआ जरुर था लेकिन अपनी जिन्दगी की नयी शुरुआत के लिए उत्साहित भी था कुछ हिम्मत जुटा लेने के बाद उसने बच्चो से बोलना शुरु किया- "ओके स्टूडैण्ट्स वैसे तो मै आपका टीचर हूँ लेकिन मुझे लगता है अगर हम दोस्तो की तरह रहे तो मै ज्यादा अच्छी तरह से अपनी बात आपको समझा पाऊँगा" बच्चो के चेहरो पर उत्साह देखकर उसने आगे कहा - "तो क्या आप सब मुझसे दोस्ती करोगे?"

सभी बच्चो ने खुश होकर हाँ मे जवाब दिया लेकिन एक बच्चा पीछे की डेस्क पर बिल्कुल चुपचाप बैठा हुआ था, वह बच्चा हष्ट-पुष्ट व शान्त स्वभाव था परन्तु इस समय उसका चुप रहना वैभव को थोड़ा अजीब लगा लेकिन उसने वह सब नजरअन्दाज करते हुए पढ़ाई पर ध्यान देना उचित समझा। इसीलिए उसने जल्दी से अपना ध्यान सभी बच्चो की ओर करते हुए कहा- "हमारा परिचय तो पहले हो ही चुका है इसीलिए अब मै आपका ज्यादा समय नहीं लूंगा, पहला दिन है और पढ़ाई भी जरुरी है तो अब आप सब अपनी-अपनी किताबे खोलिए, हम पढ़ाई शुरु करते है" कहकर उसने डैस्क से किताब उठाकर खोलनी शुरु की, एक पेज पर आकर वह रुक गया और डैस्क से चॉक उठाकर बोर्ड की ओर मुड़ गया।

कुछ समय बाद वह अपनी कुर्सी पर बैठा सभी बच्चो का क्लास वर्क चैक कर रहा था और सबसे लास्ट मे वही शान्त बच्चा खड़ा था, उसकी बारी आने पर वैभव ने देखा कि उसकी नोट बुक मे एक भी गलती नहीं थी और ऐसा करने वाला वह अकेला बच्चा

था और उसकी लिखावट तो इतनी खूबसूरत थी कि कोई नहीं मान सकता था कि यह एक 10 साल के बच्चे की लिखावट है।

कॉपी चैक करते हुए वैभव उससे बात करने की कोशिश करने लगा- "अरे वाह! बहुत खूबसूरत है तुम्हारी लिखावट, तुम्हारा नाम क्या है?"

"नृप, और मुझे तुम नही आप कहो" - वह थोड़ा गुस्से से बोला,

वैभव ने इस जवाब की उम्मीद कतई नहीं की थी एक छोटे बच्चे से ऐसा जवाब सुनकर वह चौका परन्तु फिर उसे लगा बच्चा ही तो है और वैसे भी गलती उसकी थी उसे इस तरह बात नहीं करनी चाहिए थी उसे अच्छी तरह याद था कि जब वह छोटा था तो उसके पिता उससे हमेशा आप कहकर बात करते थे। इसीलिए उसने जल्दी से अपनी गलती सुधारते हुए कहा- "ठीक है, ठीक है मै आपसे आप कहकर ही बात करूँगा"

नृप की नोट बुक चैक करने के बाद उसने आगे कहा- "आप पूरे समय चुप थे, मतलब बाकियो की तरह नहीं थे, बुरा मत मानना मै बस जानना चाहता हूँ, कि आप हमेशा ही इतने चुप रहते है या मै आपको... एज ए टीचर पसन्द नहीं आया?"

वैभव ने अपनी बात खत्म की ही थी कि क्लास खत्म होने की बेल बज गयी, नृप कुछ पल चुप रहा फिर उसने अपनी नोट बुक टेबल से उठाते हुए कहा- "मुझे ज्यादा बोलना पसन्द नहीं" इतना कहकर वह मुड़ गया, कुछ पल रूका और पलट कर उसने फिर से कहा- "और एक बात मुझे आप तो क्या कोई पसन्द नहीं है सिवाय मेरे खुद के" ऐसा कहते हुए वह वैभव की आँखो मे घूर कर देख रहा था फिर वह जल्दी से पलटा और अपनी नोट बुक बैग मे रखकर बाकी बच्चो के साथ बाहर की और चला गया।

वैभव अभी भी वहाँ पत्थर की तरह बैठा था वह समझने की कोशिश कर रहा था कि जो उसने अभी-अभी सुना था क्या वह सच था, उसे यकीन नहीं हो रहा था कि क्लास का उसका पहल दिन

इतना अजीब बीता था। खैर जो भी हो उसने सच्चाई स्वीकार की और धीरे-धीरे भारी कदमो से क्लास से बाहर निकलता हुआ वह प्रिंसिपल सर के ऑफिस की ओर बढ़ गया।

"मे आई कम इन सर?" - ऑफिस का गेट थोड़ा सा खोलकर अपनी गर्दन अन्दर ड़ालते हुए उसने पूछा। अन्दर प्रिंसिपल सर के सामने वाली कुर्सी पर एक लड़की बैठी थी, वैभव की आवाज सुनकर उन्होने तुरन्त उस ओर देखते हुए कहा- "हाँ, हाँ वैभव, आओ बैठो"

वैभव अन्दर जाकर कुर्सी पर बैठते हुए बोला- "धन्यवाद सर पर शायद मैने आपको डिस्टर्ब कर दिया"

"अरे नहीं, बिल्कुल नहीं, तुम बिल्कुल ठीक समय पर आये हो, इनसे मिलो यह है मिस पार्वती शर्मा, साइकॉलॉजी की स्टूडेण्ट है, और मेरी बेटी भी" - हँसते हुए उन्होने अपने हाथ से कुर्सी की ओर इशारा करते हुए कहा।

"ओह! अच्छा" -कहकर वैभव ने उनकी ओर देखा और देखता ही रह गया, बड़ी-बड़ी काली आँखे खूबसूरत और मासूम चेहरा और उस पर बिखरे हुए खुले रेशमी बाल, वैभव को तो वह किसी परी की तरह लग रही थी जिसे देखकर वह सब कुछ भूल चुका था, फिर अचानक एक मीठी आवाज सुनकर वह जैसे नींद से जागा।

"हाय, मै पार्वती, पार्वती शर्मा" -इतना कहकर उन्होने अपना हाथ वैभव की ओर बढ़ा दिया

"वैभव पाटिल" - कहते हुए वैभव ने भी जल्दी से अपना हाथ पार्वती से मिलाने के लिए बढ़ा दिया।

"नाइस टू मीट यू" - पार्वती से मुस्कुराकर कहा और कहकर अपना हाथ वापिस खींच लिया।

"तुम्हारा पहला दिन कैसे रहा वैभव, ऑल गुड?" - प्रिंसिपल सर की आवाज पर वह सामने की ओर मुड़ा और जैसे उसे वह

मुद्दा याद आ गया हो जिस पर बात करने के लिए वह यहाँ आया था।

"ओह! हाँ, अच्छा ही था पर.... थोड़ा अजीब था"

प्रिंसिपल सर की सवालियाँ नजरो को भापते हुए उसने आगे कहा- "एक स्टूडेण्ट... थोड़ा अजीब था और उसकी बातो भी थोड़ी.... या बहुत अजीब थी" वैभव समझ नहीं पा रहा था कि वह अपनी बात प्रिंसिपल सर को कैसे समझाए,

"नृप के बारे मे कह रहे हो.." प्रिंसिपल सर तो जैसे पहले से ही सब जानते थे। उन्होने आगे कहा- "जानता हूँ वह थोड़ा अजीब है, शुरु से ही ऐसा है, हमेशा चुप रहता है, कोई दोस्त नहीं बनाता और कभी भी कोई गलती नहीं करता, उसका बर्ताव बाकी बच्चो से बहुत अलग है"

प्रिंसिपल सर ने वह सब कह दिया था जो वह यहाँ कहने आया था। फिल्हाल प्रिंसिपल सर से यह सब सुनकर वैभव ने कहा- "लेकिन ऐसा क्यो है? इसकी कोई तो वजह होगी, आई मीन हमे कोशिश तो करनी ही चाहिए यह जानने की कि उसके साथ क्या परेशानी है?"

"सही कह रहे हो वैभव यही जानने के लिए तो मैने पार्वती को यहाँ बुलाया है हो सकता है पार्वती इसमे कुछ मदद कर सके"

इस समय वह दोनो ही पार्वती को उम्मीद भरी नजरो से देख रहे थे जिसे भाँपते हुए पार्वती ने थोड़ा हिचकिचाते हुए कहा- "मै कोशिश तो पूरी करूंगी कि जितना हो सके उसे बाकियो की तरह नार्मल कर सकूं, पर मै वादा नहीं कर सकती.... मेरा मतलब है जैसा कि आप बता रहे है मै नहीं जानती इसमे कितना वक्त लगेगा"

"डोन्ट वरी पार्वती! तुम पर कोई प्रेशर नहीं है तुम्हे जितना वक्त चाहिए तुम ले सकती है" -प्रिंसिपल सर ने कहा जिसे सुनकर पार्वती को कुछ राहत महसूस हुयी....

"अच्छा, तो यह जॉब आप पार्ट टाइम के लिए कर रहे हैं" -कॉलिज के गलियारो मे साथ चलते वक्त पार्वती ने वैभव से उसके बारे मे लगभग सबकुछ जान लेने के बाद इम्प्रेस होते हुए कहा।

"वैसे क्या आपको लगता है कि आप जॉब और पढ़ाई दोनो एक साथ कर सकेंगे"

"हाँ बिल्कुल, मै कर सकता हूँ" - वैभव ने शान झाड़ते हुए थोड़ा तन कर कहा तभी लंच टाइम खत्म होने की बेल बजी वैभव ने तुरन्त अपनी कलाई घड़ी की ओर देखते हुए कहा- "मेरा कॉलिज जाने का वक्त हो गया है" फिर पार्वती के चेहरे पर नासमझी के भाव देखकर उसने तुरन्त आगे कहा- "मैने पढ़ाई के लिए शिफ्ट चेंज कर दी है जिससे जॉब और पढ़ाई दोनो साथ कर सकूं"

"ठीक है, फिर कल मिलते है, बॉय" - कहकर वह आगे की ओर चली गयी,

"बॉय" - वैभव ने धीरे से कहा और वह भी मुड़कर अपनी कार की ओर बढ़ गया।

"अन्दर आओ नृप, मै आपका ही इन्तजार कर रही थी" - खाली कमरे मे चैयर पर बैठी पार्वती ने दरवाजे पर खड़े नृप को देखकर कहा, पार्वती को पहले ही नृप के बारे मे सब कुछ पता था इसीलिए वह उसे "तुम" कहकर नाराज नहीं करना चाहती थी। नृप धीरे-धीरे अन्दर आया और पार्वती के सामने आकर खड़ा हो गया। पार्वती ने मुस्कुराहट के साथ उसकी टेबल के सामने पड़ी कुर्सी की ओर इशारा किया और नृप बिना कुछ कहे चुपचाप कुर्सी पर बैठ गया।

"हैलो, मेरा नाम पार्वती है मुझे आपके जैसे समझदार बच्चो से दोस्ती करना पसन्द है, मेरे डैडी... आई मीन आपके प्रिसिंपल, वह मेरे डैडी है उन्होने मुझे बताया आप हमेशा क्लास मे प्रथम आते है तो मेरा बहुत मन था आपसे मिलने का ओर दोस्ती करने का क्या आप मुझसे दोस्ती करोगे?" -पार्वती बहुत उत्साह मे थी

आखिर वह पहली बार इस तरह किसी से बात कर रही थी और अपने नौसिखया होने का पूरा सबूत भी दे रही थी उसने सारी बातें एक ही सांस में बोल दी और अब उसे उम्मीद थी कि नृप भी कुछ कहेगा।

"नहीं" - नृप ने केवल यही कहा जिसे सुनकर उसके मन में थोड़ी देर पहले फूले उत्साह के गुब्बारे की सारी हवा बाहर निकल गयी।

"ऑके, कोई बात नहीं" - पार्वती ने अपनी खीझ मिटाते हुए और बनते हुए कहा

"अच्छा यह बताइए, आपको खेलना पसन्द है?"

"नहीं"

"चॉकलेट?"

"नहीं"

"पिकनिक?"

"नहीं"

"झूला?"

नृप पार्वती के हर सवाल का जवाब नहीं कहकर दे रहा था परन्तु पार्वती हर सवाल दोगुने उत्साह के साथ कर रही थी......

"परेशान क्यो होती हो पार्वती, सब ठीक हो जाऐगा" - कॉफी हाऊस में वैभव ने अपने सामने बैठी परेशान पार्वती से कहा।

"मुझे ऐसा नहीं लगता बल्कि मुझे तो यह लग रहा है कि अगर मै कुछ दिन ओर इसे ट्रीट करती रही तो मै भी उसी की तरह बन जाऊँगी और हर सवाल का बस एक ही जवाब दूंगी नहीं" - आखिरी शब्द कहते हुए उसने अपने दाँत भींच रखे थे।

"उसे थोड़ा वक्त तो दो पार्वती" - वैभव ने कहा

"दो सप्ताह हो गये है और मैने उसके मुँह से नहीं के सिवाय कुछ नहीं सुना है और कितना वक्त दूं वैभव" - पार्वती जैसे पूरी

तरह ऊब चुकी थी और वैभव द्वारा बार-बार नृप का पक्ष लिए जाने से नाराज भी लग रही थी। वैभव उसे बिल्कुल भी नाराज नहीं करना चाहता था इसीलिए उसने पार्वती का मूड बदलने के लिए टॉपिक ही बदल दिया- "वैसे यह जरूरी तो नहीं है कि अगर हम मिले तो केवल नृप के बारे मे ही बात करे"

यह सुनकर पार्वती ने थोड़ी सवालिया नजरो से वैभव की ओर देखते हुए पूछा- "मतलब?"

"मतलब हम आपके बारे मे, मेरे बारे मे या फिर... हमारे बारे मे भी तो बात कर सकते है, है ना...." - कहते हुए उसने अपना हाथ पार्वती के हाथ पर रख दिया था, ऐसा करते समय उसके मन मे थोड़ी हिचकिचाहट थी मानो उसे लगा हो कि पार्वती बुरा मान जाएगी परन्तु उसे किसी तरह तो पार्वती से बात करनी ही थी। हालफिल्हाल अपने हाथ पर वैभव का हाथ आने पर पार्वती थोड़ा शर्मायी और फिर उसने मुस्कुराकर अपनी नजरे सामने रखे कॉफी मग पर गड़ा ली, इससे वैभव को जो राहत और खुशी महसूस हुयी थी वह इस समय कोई भी इंसान उसकी आँखो मे साफ-साफ देख सकता था।

नृप सुबह स्कूल के लिए तैयार होकर अपनी माँ की तस्वीर के सामने नजरे गड़ाए खड़ा था, पहली बार वह थोड़ा उदास नजर आ रहा था।

"नृप, नाश्ता तैयार है, आकर नाश्ता कर लो" - बाहर से उसकी दादी ने उसे आवाज दी नृप ने मुड़कर टेबल पर से एक काली किताब जिस पर खून जैसा लाल रंग का धब्बा था उठाकर अपने बैग मे रख ली और कमरे से बाहर आ गया।

नाश्ते की टेबल पर मिस्टर तलवार अखबार पढ़ रहे थे, नृप के आते ही उन्होने अखबार अलग रख दिया और मुस्कुराकर "गुड मार्निंग" कहा

"गुड मार्निंग" - कहते हुए नृप भी कुर्सी पर बैठ गया।

"मिस पार्वती से दोस्ती कहा तक पहुँची बेटा" - मिस्टर तलवार को स्कूल से सारी जानकारी मिल गयी थी।

"वह मेरी दोस्त नहीं है" - नृप ने कह तो दिया लेकिन ऐसा लग रहा था जैसे खुद नृप को भी अपनी बात पर विश्वास ना हो।

"कोई बात नहीं, अभी नहीं है तो क्या हुआ धीरे-धीरे बन जायेगी, वैसे मै उनसे मिला हुँ वह बहुत समझदार है बिल्कुल तुम्हारी तरह" - नृप के पिता भी उसे बाकी बच्चो की तरह नार्मल देखना चाहते थे इसीलिए वह पार्वती के आने से बहुत खुश थे।

नृप जैसे इस बार उनकी बात से सहमत लग रहा था हालांकि उसने कुछ कहा नहीं, तभी बाहर बस का हॉर्न बजा और नृप ने जल्दी से अपना बैग उठाया जिसमे अभी-अभी उसकी दादी ने लंच बाक्स ड़ाला था और फिर वह तेज कदमो से बाहर की ओर चला गया और मिस्टर तलवार नाश्ता करने लगे।

आज क्लास मे वैभव को नृप थोड़ा बैचेन महसूस हो रहा था लेकिन वैभव जानता था कि पूछने का कोई फायदा नहीं होगा इसीलिए उसने इसे नजरअन्दाज करना ही उचित समझा इसका एक बड़ा कारण यह भी हो सकता था कि वह पूरी क्लास के सामने नृप से बेइज्जत नहीं होना चाहता था।

जब इन्टरवेल की बेल बजी तो नृप जल्दी से अपना बैग पैक कर बाहर चला गया और वैभव ने देखा कि ऐसा करने वाला वह पहला बच्चा था जबकि हमेशा वह आखिर मे ही क्लास से बाहर जाता था हालफिल्हाल वैभव को कॉलिज भी जाना था इसीलिए वह अपनी बुक उठाकर क्लास से बाहर निकल गया।

"मे आई कम इन" - ऑफिस मे अकेली बैठी और किताबो मे उलझी पार्वती को किसी ने दरवाजे पर से आवाज दी, पार्वती ने उस ओर देखा तो देखती ही रह गयी क्योंकि वहाँ नृप खड़ा था, पार्वती को तो जैसे अपनी आँखो पर यकीन ही नहीं हो रहा था और

इसकी तीन वजहे थी पहली- नृप कभी भी अपने आप उसके पास नहीं आता था। हमेशा पार्वती ही किसी को भेजकर उसे बुलाती थी।

दूसरी- वह कभी भी अपने आप अन्दर आने के लिए नहीं पूछता था जब तक पार्वती उसे अन्दर आने के लिए नहीं कहती थी वह चुपचाप दरवाजे पर खड़ा रहता था और तीसरी- आज पार्वती ने पहली बार उसेक मुँह से "नहीं" शब्द से अलग कुछ सुना था।

"हाँ, बिल्कुल नृप आइए" - पार्वती ने अपने चेहरे के आश्चर्यजनक भावों को छुपाते हुए कहा

"थैक्स मिस पार्वती" - नृप ने अन्दर आकर कहा और वह पार्वती के सामने वाली कुर्सी पर बैठ गया, कुछ समय बाद वह थोड़ा हिचकिचाते हुए बोला- "कही मैंने पहले आकर आपको डिस्टर्ब तो नहीं कर दिया?"

"बिल्कुल नहीं बल्कि मै तो बहुत खुश हूँ कि आप मुझसे मिलने आये" - पार्वती हर गुजरते पल के साथ उत्साह से भरती जा रही थी।

"मै आपके सवाल का जवाब देने आया था"

"कौन सा सवाल नृप?"

"जो आपने पहले दिन मुझसे पूछा था कि क्या मै आपसे दोस्ती करुंगा?"

"सच मे तो क्या जवाब है आपका" - पार्वती ने अपनी आँखे उत्साह से बड़ी कर ली थी। नृप ने थोड़ा हिचकिचाते हुए आगे कहा- "मै आपसे दोस्ती करना चाहता हूँ आप बाकियो की तरह नहीं है सबसे अलग है... और... सबसे अच्छी भी"

पार्वती तो बस सुनती जा रही थी उसकी कुछ भी बोलने की हिम्मत नहीं हो रही थी, पार्वती चुप थी इसीलिए नृप ने आगे कहा- "मै आपसे माफी भी माँगना चाहता था आई मीन पहले मैंने आपके

साथ बहुत बुरा बर्ताव किया लेकिन फिर भी आपने मुझे कभी कुछ नहीं कहा हमेशा मुझसे प्यार से बात करती रही... आई एम सॉरी"

कहकर नृप ने अपनी गर्दन झुका ली और अपने पैरो को घूरने लगा, एक पल को कमरे मे बिल्कुल खामोशी छा गयी, कुछ पल बाद पार्वती को अहसास हुआ कि उसे कुछ कहना चाहिए तो उसने तुरन्त अपनी गर्दन झटकी और अपना हाथ नृप के कन्धो पर रखते हुए बोली- "नृप तुम्हे सॉरी कहने की जरुरत नहीं है मै नाराज नहीं हूँ, ठीक है,"

नृप ने चेहरा उठाकर पार्वती की ओर देखा उसे उसकी आँखो मे केवल भरोसा और प्यार नजर आ रहा था और पार्वती का एक-एक शब्द उसके दिल मे उतरता जा रहा था। नृप की आँखो मे सुकून उतरते देख पार्वती ने मुस्कुराकर कहा- "मुझे खुशी है कि मेरे पास तुम जैसा अच्छा दोस्त है, मेरी दोस्ती कुबूल करने के लिए शुक्रिया"

आज नृप ने पहली बार किसी से इतनी बात की थी जितनी उसने अपनी पूरी जिन्दगी मे भी नहीं की थी और वह दोनो ही तुम या आप का अन्तर भूल चुके थे।

डिनर की टेबल पर वैभव चुपचाप बैठा था वह अपने सामने रखे सूप के बाउल मे लगातार चम्मच घुमा रहा था। मिस्टर पाटिल ने पहले कभी-भी वैभव को इतना चुपचाप बैठे नहीं देखा था इसीलिए वह वैभव को देखकर परेशान थे।

"वैभव क्या बात है? तुम चुप क्यो है? क्या कोई परेशानी है?" - अपने पिता से यह सवाल सुनकर वैभव थोड़ा चौक गया क्योंकि वह वास्तव मे दिमागी तौर पर कही और ही था।

"ओह नहीं, बिल्कुल नहीं, कोई परेशानी नहीं है"

"झूठ बोल रहे हो वैभव, अपने पिता से झूठ, अब तुम इतने बड़े हो गये हो" - मिस्टर पाटिल नाराजगी से बोले तो वैभव जैसे

नींद से जागा हो वह तुरन्त अपने पिता को मनाने के लिए उनका हाथ पकड़कर बोला - "ऐसी बात नहीं है डैडी मै तो बस आपको परेशान नहीं करना चाहता था, दरअसल मै नृप की वजह से थोड़ा परेशान हूँ"

"नृप कौन है?" - मिस्टर पाटिल ने पूछा

"नृप मेरी क्लास का एक स्टूडेण्ट है, बहुत ही समझदार और शान्त बच्चा है बस उसका व्यवहार थोड़ा अलग है वह हमेशा गुस्से मे रहता है, कभी कोई दोस्त नहीं बनाता, किसी से ठीक से बात नहीं करता, सब कुछ अजीब है उसमे...."

"तुम उसकी मदद करना चाहते हो यह तो अच्छी बात है वैभव" - मिस्टर पाटिल ने मुस्कुराते हुए कहा।

"करना तो चाहता हूँ डैडी मगर फिल्हाल यह काम प्रिसिंपल सर की बेटी पार्वती कर रही है वह साइकॉलॉजी की स्टूडैण्ट है हमे पूरी उम्मीद है वह इसमे कामयाब हो जायेगी, मतलब वह बहुत ही समझदार है और प्यारी भी... और खूबसूरत भी.... और ...." -पार्वती के बारे मे बताते हुए वह बिल्कुल खो गया था जैसे उसे अहसास ही न हो कि वह किससे ओर क्या कह रहा है। मिस्टर पाटिल उसकी बातो मे पार्वती के लिए उसकी पसन्द को साफ महसूस कर पा रहे थे।

"पार्वती हाँ..." -मिस्टर पाटिल ने उसे चिढ़ाते हुए थोड़ा मुस्कुराकर कहा जिसे सुनकर वैभव वापिस इसी दुनिया मे लौट आया और उसे आखिरकार अपनी कही बातो पर शर्म आ गयी और उसने झिझकते हुए अपने पिता से पीछा छुड़ाने की कोशिश की- "नहीं मेरा मतलब है मै वो नहीं कह रहा था जो आप समझ रहे है वह बहुत समझदार है मै तो बस इसीलिए कह रहा था..." -वैभव की बातो का मिस्टर पाटिल पर कोई असर नहीं हो रहा था वह लगातार वैभव की ओर देखकर शरारत से मुस्कुरा रहे थे और उन्हे समझाने की पूरी कोशिश कर रहे वैभव ने अन्त मे हार मान

ली और धड़ाम से अपना चेहरा टेबल पर उल्टा रख दिया, कुछ पल मिस्टर पाटिल हँसते रहे फिर प्यार से वैभव के सर पर हाथ फेरते हुए उन्होने उससे कहा - "उसे बता दो कि तुम उससे प्यार करते हो इससे पहले कि बहुत देर हो जाए वैभव"

"नहीं, अभी नहीं डैडी मेरा मतलब है कि मै नहीं जानता कि वह मुझसे प्यार करती है कि नहीं हम अच्छे दोस्त तो है लेकिन प्यार और दोस्ती मे फर्क होता है अगर उसने ना कह दिया तो मुझे बुरा लगेगा डैडी" - वैभव ने कहा।

"ठीक है जैसा तुम सही समझो तुम उसे बेहतर समझ सकते हो मगर मेरी मानो तो समय गवाना ठीक नहीं, वक्त सबको मौका नहीं देता वैभव" - मिस्टर पाटिल उस पर प्रेशर नहीं डालना चाहते थे लेकिन एक पिता होने के नाते वह वैभव को हमेशा खुश देखना चाहते थे इसीलिए उन्होने वैभव को प्यार से समझाया और फिर "गुड नाइट" कहकर अन्दर कमरे मे सोने चले गये जबकि वैभव वही बैठा अपने पिता के द्वारा कही गयी बातो के बारे मे सोचता रहा।

अगले दिन वैभव सुबह जल्दी से नाश्ता करके तैयार हो गया था और शीशे के सामने खड़ा होकर अपने बाल सवाँरता हुआ गुनगुना रहा था, मिस्टर पाटिल ने भाँप लिया था कि वह पार्वती से ही मिलने जा रहा है किन्तु उन्होने उसे चिढ़ाने के लिए अनजान बनते हुए पूछा- "आज तो रविवार है स्कूल, कॉलिज सब बन्द है फिर सुबह-सुबह तैयार होकर कहा जा रहे हे?"

"मै तो बस दोस्तो के साथ घूमने जा रहा था पूरे सप्ताह तो वक्त ही नहीं मिलता सोचा आज चला जाऊ" - वह अपने पिता से अभी इस बारे मे कोई बात नहीं करना चाहता था क्योंकि वह पहले ही उनके शब्दो मे शरारत को भाँप चुका था।

"बॉय डैडी, लंच के लिए वेट मत करना" - कहकर उसने जल्दी से टेबल पर रखी कार की चाबियां उठायी और बाहर की ओर चला

गया, मिस्टर पाटिल अभी भी उसकी हालत के बारे मे सोचकर खड़े मुस्कुरा रहे थे।

कार चलाते समय वैभव सोच रहा था कि वह आज पार्वती को उसके दिल की बात बता देगा और उसे पूरी उम्मीद थी कि पार्वती भी हाँ ही कहेगी, यही सोचकर आज वह बहुत खुश था।

"वैभव कितना वक्त लगा दिया मै कब से तुम्हार इन्तजार कर रही हूँ" - कॉफी हाऊस मे टेबल के सामने बैठी पार्वती वैभव के आते ही उठ खड़ी हुई "सॉरी, मै तो बस...." - परन्तु इससे पहले वैभव अपनी बात पूरी कर पाता पार्वती उसका हाथ पकड़कर उसे जल्दी से कुर्सी पर बैठाते हुए बोली- "खैर वह सब छोड़ो और मेरी बात सुनो तुम यकीन नहीं करोगे कि क्या हुआ, जो बच्चा मुझसे बात तक नहीं करना चाहता था कल वह खुद चलकर मेरे पास आया और उसने मुझसे बहुत सारी बात की"

पार्वती पूरे उत्साह मे थी और वैभव के चेहरे के भावो पर ध्यान दिये बिना बस बोलती जा रही थी।

"नृप के बारे मे कह रही हो" - वैभव ने निराशाजनक स्वर मे कहा दरअसल आज वह केवल अपने और पार्वती के बारे मे बात करना चाहता था परन्तु पहले ही नृप का नाम सुनकर उसे बहुत बुरा लग रहा था लेकिन पार्वती जैसे यह सब समझ ही नहीं पा रही थी, वह तो बस बोले जा रही थी।

"हाँ वैभव उसी के बारे मे कह रही हूँ सच कहूँ तो मै इतनी खुश हूँ कि बता नहीं सकती, मुझे तो लगा था कि मै यह नहीं कर पाऊँगी पर अब लगता है कि तुम सही कहते थे उसे सिर्फ थोड़े वक्त की जरुरत थी" - अब जाकर वैभव पार्वती की कही बातो का मतलब समझ पाया था परन्तु वह पार्वती की तरह खुश नहीं बल्कि परेशान हो गया था- "पार्वती मुझे समझ नहीं आ रहा कि एक दिन मे ऐसा क्या हो गया जो नृप इतना बदल गया"

"कैसी बाते कर रहे हो वैभव तुम पागल तो नहीं हो गये हो, नृप केवल एक बच्चा है उसमे क्या गलत हो सकता है और मुझे यकीन नहीं हो रहा कि यह तुम कह रहे हो, वह तुम ही थे ना जो हमेशा नृप की साइड़ लिया करते थे फिर आज अचानक ऐसा क्या हो गया जो तुम नृप से इतना चिढ़ रहे हो" - पार्वती वैभव से नाराज हो गयी थी और उसके शब्दो मे यह साफ दिखाई दे रहा था।

"नहीं पार्वती मै चिढ़ नहीं रहा हूँ मै भला एक बच्चे से क्यो चिढ़ूंगा यह तो अच्छी बात है कि वह नार्मल हो रहा है मै उसके लिए खुश हूँ लेकिन मेरी बात का मतलब बस इतना सा है कि तुम सावधान रहना, मुझे तुम्हारी बहुत चिन्ता है पार्वती प्लीज मेरे लिए अपना ख्याल रखो" - उसे रूठो को मनाना अच्छी तरह आता था उसने अपने लहजे मे प्यार भरकर कहा और कहते हुए पार्वती का हाथ थाम लिया, पार्वती उसके शब्दो के जादू से भर गयी, उसकी नाराजगी काफूर हो गयी लेकिन फिर भी आज तो पार्वती जैसे अलग ही दुनिया मे थी और केवल नृप के बारे मे ही बात करना चाहती थी। वैभव भी अब तक यह बात अच्छी तरह समझ चुका था इसीलिए उसने पार्वती को अपने दिल की बात बताने का इरादा टाल दिया और ना चाहते हुए भी मुस्कुराकर पार्वती से नृप की बाते सुनने लगा जो वह लगातार किये जा रही थी....

वक्त बीतता रहा, मौसम बदल गया शिमला का सर्दी का मौसम था, पहाड़ो पर बर्फ जमी हुयी थी, पेड़ो का रंग सफेद बर्फ की चादर के नीचे ढक चुका था, इस बदलते और खुबसूरत होते मौसम के साथ-साथ नृप और पार्वती की दोस्ती भी गहरी हो गयी थी, क्लास से अलग नृप हमेशा पार्वती के साथ होता था, पार्वती भी बाकी किसी बात पर ध्यान नहीं दे रही थी सिवाय नृप के वह समझ ही नहीं पा रही थी कि नृप का बर्ताव केवल उसी के लिए बदला था। पार्वती से अलग नृप आज भी पहले जैसा ही था लेकिन वह तो जैसे अपना मकसद ही भूल चुकी थी उसे नृप की दोस्ती भा गयी थी और अब उसे कोई फर्क नहीं पड़ता था कि नृप बाकी बच्चो की तरह है या नहीं।

वैभव इस सब से बहुत परेशान था वह जानता था कि कुछ गलत हो रहा है लेकिन वह पार्वती को नहीं समझा पा रहा था कि पार्वती ने नृप को नहीं बदला था इसके विपरीत नृप ही पार्वती को बदल रहा था, वैभव और पार्वती अब पहले जितना नहीं मिलते थे और अगर कभी मिलते भी थे तो पार्वती केवल नृप के विषय मे ही बात करती थी और अगर वैभव कुछ और बात करने की कोशिश भी करता तो वह नाराज हो जाती थी, पार्वती मे आया यह बदलाव वैभव को बहुत परेशान कर रहा था वह चुप-चाप और खोया-खोया सा रहने लगा था जिसे मिस्टर पाटिल भी महसूस कर पा रहे थे।

वैभव अपने कमरे मे बिस्तर पर बैठा अपने पर्स मे लगी पार्वती की तस्वीर देख रहा था।

“अन्दर आ सकता हूँ?” मिस्टर पाटिल ने दरवाजे पर खड़े हुए पूछा।

“आपको पूछने की जरुरत कब से पड़ने लगी डैडी?” -वैभव ने उदास लहजे मे पूछा।

“जब से तुमने मेरे बेटे की जगह ले ली है” -मिस्टर पाटिल कहते हुए आकर वैभव के पास बैठ गये थे।

“कैसी बात कर रहे है डैडी मै आपका वैभव हूँ” -वैभव अपने पिता की कही बात का मतलब नहीं समझ पाया।

“बिल्कुल गलत तुम मेरे बेटे जैसे बिल्कुल नहीं हो, मेरे बेटे के चेहरे पर हमेशा मुस्कुराहट रहती थी, तुम उसके जैसे लगते ही नहीं” -मिस्टर पाटिल आज वैभव से खुलकर बात करने आये थे।

“प्लीज डैडी, आप जानते है ना सब कुछ कितना बदल गया है” -कहते हुए उसने अपने पिता के कन्धे पर सिर रख लिया।

“मुझे समझ नहीं आ रहा मै क्या करूँ कैसे उसे समझाऊ, वह हर दिन, हर पल मुझसे दूर होती जा रही है और मै कुछ नहीं कर पा रहा हूँ डैडी, मगर यह भी सच है डैडी कि मै पार्वती के बिना नहीं जी सकता....” -वैभव लगभग रो रहा था।

"हिम्मत रखो वैभव सब ठीक हो जायेगा अगर तुम उससे सच्चा प्यार करते हो तो वह तुम्हे जरुर मिलेगी" - मिस्टर पाटिल अपने बेटे की हिम्मत बाँधने की कोशिश कर रहे थे फिर उन्होने कुछ पल रुककर आगे कहा- "और जहाँ तक बात उस बच्चे की है तो मुझे उसमे कुछ अजीब बात लगती है जो किसी के साथ रहकर उसे सब से अलग कर दे और इतना बदल दे उसे नार्मल तो नहीं कहा जा सकता" - मिस्टर पाटिल इस समय गम्भीर थे और नृप के विषय मे सोच रहे थे किन्तु वैभव अभी भी पार्वती के ख्यालो मे गुम था उसकी आँखो मे सूनापन उतर आया था।

"तुम उसके पिता से बात क्यो नहीं करते" - मिस्टर बालकृष्ण ने एक अच्छे दोस्त का फर्ज निभाते हुए मिस्टर पाटिल को सलाह दी।

"वह लोग पार्वती का बर्ताव नहीं बदल सकते" - मिस्टर पाटिल ने सलाह को नजरअन्दाज करते हुए कहा लेकिन मिस्टर बालकृष्ण हार मानने वाले नहीं थे- "फिर भी मुझे लगता है तुम्हे उनसे बात करना ही चाहिए उसके माता-पिता उसके बारे मे कुछ बता सकते है वह उन्ही के सबसे ज्यादा करीब होगी"।

इस बार मिस्टर पाटिल को बात मे दम नजर आया जिससे उनकी आँखो मे चमक आ गयी और अपनी समझदारी पर मिस्टर बालकृष्ण का सीना थोड़ा और चौड़ा हो गया।

"मुझसे अलग भी तुम्हारा कोई दोस्त है?" स्कूल के प्ले ग्राउण्ड मे एक लम्बी चेयर पर बैठी पार्वती ने अपने बराबर मे बैठे नृप से सवाल किया,

इस समय वह दोनो वहाँ सर्दियों की धूप सेक रहे थे और साथ मे नृप के टिफिन से खाना भी खा रहे थे।

"बस एक और है" - नृप ने खाने का निवाला मुँह मे देते हुए कहा जिसे सुनकर पार्वती थोड़ा चिढ़ गयी और जिसे देखकर नृप के होठो पर मुस्कान आ गयी।

"कौन?" पार्वती ने मुँह बनाते हुए पूछा

"आप मेरे घर आकर उससे मिल सकती है"

"वह तुम्हारे घर मे है?" -पार्वती तीखी नजरो से नृप को देख रही थी।

"नही, वह तो हमेशा मेरे साथ रहती है जैसे मेरा ही हिस्सा हो, बस उसे हर किसी से मिलना पसन्द नहीं, लेकिन मै उसे आपसे मिलवा सकता हूँ बस घर पर अकेले मे"

पार्वती नृप की बातो से अन्दर तक ईर्ष्या से भर चुकी थी फिर भी उसने अपनी भावनाओं को छूपाते हुए मुस्कुराकर कहा- "ठीक है नृप कल सन्डे मे मै तुम्हारे घर आऊँगी और उससे मिलूंगी वैसे भी अब तो उससे मिलना जरुरी हो गया है"

आखिरी लाइन कहते हुए उसने अपने दांत बुरी तरह भींच रखे थे और उसे इस तरह देखकर नृप खुशी से भरता जा रहा था।

दूर खड़ा वैभव उन दोनो को बाते करते देख रहा था, कुछ देर वह उदास खड़ा उन दोनो को देखता रहा फिर जैसे उसे लगा कि इसका कोई फायदा नहीं होगा इसीलिए उसने अपनी गर्दन झटकी और नजर झुकाकर कॉलिज जाने के लिए बाहर निकल गया।

प्रिंसिपल सर कुछ देर पहले ही घर आये थे और इस समय अपने घर के बरामदे मे बैठे अपनी पत्नी के साथ शाम की चाय पी रहे थे तभी उनके घर के बाहर एक कार आकर रूकी जिसमे मिस्टर पाटिल उतरकर उनकी ओर बढे।

"सॉरी मैने आप दोनो को डिस्टर्ब किया" - उन्होने अन्दर आते हुए पूछा और अब तक मिस्टर और मिसेज शर्मा भी उनके लिए खड़े हो गये थे।

"नहीं कोई बात नहीं, लेकिन माफ करिए मैने आपको पहचाना नहीं" - प्रिंसिपल सर ने पूछा

"सॉरी मुझे अपना परिचय करवाना चाहिए था, मेरा नाम शिवराज पाटिल है और मै वैभव का पिता हूँ" - कहते हुए उन्होने अपना हाथ मिस्टर शर्मा से मिलाने के लिए बढ़ा दिया जिसे तुरन्त अपने हाथ से मिलाते हुए मिस्टर शर्मा ने कहा- "हाँ, हाँ वैभव बहुत ही समझदार बच्चा है"

"माफ करिए मै आपको पहचान नहीं पाया, हम पहले कभी मिले नहीं वैसे वैभव से आपके बारे मे सुना जरुर था मैने" - मिस्टर शर्मा ने अपनी सफाई पेश करते हुए उन्हे बैठने का इशारा किया।

"कोई बात नहीं" -कहते हुए मिस्टर पाटिल उन दोनो के साथ वही बैठ गये।

"बताइए यहाँ कैसे आना हुआ, मै आपकी क्या मदद कर सकता हूँ?" -मिस्टर शर्मा ने चाय के कप की ओर इशारा करते हुए कहा जो मिसेज शर्मा ने अभी-अभी उनके लिए तैयार किया था लेकिन मिस्टर पाटिल वहाँ चाय पीने नहीं आये थे इसीलिए उन्होने बिना समय गवाएँ मुद्दे की बात की- "दरअसल मै पार्वती के बारे मे बात करने आया था, आप तो जानते ही होगे कि वैभव और पार्वती दोस्त है लेकिन सच तो यह है कि वैभव पार्वती से बहुत प्यार करता है लेकिन कुछ समय से पार्वती बहुत अजीब सा बर्ताव कर रही है बुरा मत मानना लेकिन वह पहले जैसी नहीं रही जिस वजह से वैभव बहुत परेशान है और मै भी...... देखिए मै केवल अपने बच्चो को हमेशा खुश देखना चाहता हूँ बस इसीलिए बहुत उम्मीद के साथ आपके पास आया हूँ" -

मिस्टर पाटिल ने उन्हे सब कुछ एक ही बार मे बता दिया और अब उम्मीद कर रहे थे कि वह कुछ कहेगे लेकिन उन दोनो के चेहरो पर केवल उदासी थी, उन्हे देखकर मिस्टर पाटिल ने बैचेन होकर पूछा-

"आप दोनो चुप क्यो है? कही आप लोगो को वैभव..." परन्तु इससे पहले वह कुछ कहते मिसेज शर्मा ने कहा- "नहीं, नहीं हमे

वैभव से कोई शिकायत नहीं हैं हम तो खुद भी यही चाहते है कि वह दोनो खुश रहे लेकिन...."

"लेकिन क्या मिसेज शर्मा?" -मिस्टर पाटिल नहीं समझ पा रहे थे कि आखिरकार वह कहना क्या चाहती है।

"लेकिन हम कुछ नहीं कर सकते हम तो खुद पार्वती के बर्ताव से परेशान है नृप के सिवा तो उसे कोई और नजर ही नहीं आता, लगता है किसी ने उस पर जादू कर दिया है जैसे वह अपने वश मे ही न हो" - मिस्टर शर्मा एक बेबस पिता की तरह बोल रहे थे एक ठण्डी सांस लेकर उन्होने दोबारा कहा- "ऐसा लगता है उसकी इस हालत का जिम्मेदार मै हुँ ना मै उसे नृप का केस सोपता और ना आज वह इस हाल मे होती उससे मिलने से पहले मेरी बेटी बिल्कुल ठीक थी पता नहीं क्या जादू कर दिया है उसने मेरी बेटी पर" -उनके लफ्जो मे उदासी साफ नजर आ रहा थी।

"वैभव ने मुझे उस लड़के नृप के विषय मे बताया है, मुझे लगता है कि वह अजीब है" - मिस्टर पाटिल बहुत गम्भीर हो चुके थे।

"आप सही कह रहे है यह सब उसी की वजह से है समझ नहीं आ रहा कि पार्वती को उससे कैसे अलग करूँ"

"आप पार्वती से बात कीजिए आप उसके पिता है वह आपकी बात जरूर समझेगी" - मिस्टर पाटिल ने जोर देकर कहा और जवाब मिसेज शर्मा ने दिये- "आपको क्या लगता है हमने कोशिश नहीं कि लेकिन वह नृप के खिलाफ कुछ सुनना ही नहीं चाहती हम समझाते है तो नाराज हो जाती है" फिर थोड़ा रुककर उन्होने आगे कहा- "अब तो वैभव ही उसे बचा सकता है उस लड़के के चंगुल से, अगर वह सच मे पार्वती से प्यार करता है तो उसे पार्वती को वापिस लानी ही होगा"

"हम तो खुद वैभव से बात करना चाहते थे अब वही हमारी आखिरी उम्मीद है प्लीज हमारी मदद कीजिए प्लीज..." - मिस्टर

शर्मा ने अपने मन की बात उनके सामने रख दी थी और इस समय वह दोनो ही मिस्टर पाटिल को उम्मीद भरी नजरो से देख रहे थे, मिस्टर पाटिल इस सब से थोड़ा निराश जरुर हुए थे लेकिन नाउम्मीद नहीं थे। उन्होने एक लम्बी और ठण्डी सांस ली और आगे के बारे मे सोचने लगे.....

अगले दिन सुबह मिस्टर शर्मा नाश्ते की टेबल पर बैठे अखबार पढ़ रहे थे "कहाँ जा रही हो पार्वती?" - लगभग दरवाजे तक पहुँच चुकी पार्वती को उसकी माँ ने पीछे से रोकते हुए पूछा जिसे सुनकर मिस्टर शर्मा का ध्यान भी उस ओर गया बाहरहाल पार्वती इस सब से थोड़ा चिढ़ गयी- "मै नृप के घर जा रही हूँ" - उसने गैर जरुरी अन्दाज मे कहा

"नृप से तो तुम रोज मिलती हो एक दिन अपने घर अपने परिवार के साथ नहीं बिताओगी" - उसकी माँ के शब्दो मे उम्मीद और आँखो मे प्यार भरा था जिसे देखकर पार्वती कुछ पिघल गयी मानो अभी उनकी गोद मे सर रखकर रो देगी लेकिन जैसे अचानक ही उसे कुछ हुआ उसने अपनी गर्दन झटकी और गुस्से से भरकर कहा- "मै जा रही हूँ"

यह चार छोटे से शब्द कहकर वह गुस्से मे पैर पटकते हुए बाहर की ओर चली गयी और मिस्टर व मिसेज शर्मा बस बेबस माता-पिता की तरह अपनी बेटी को जाते देखते रहे।

"हैलो नृप कैसे हो?" -दरवाजा खुलते ही पार्वती ने नृप से मुस्कुराकर पूछा

"अच्छा हूँ आइए, अन्दर आइए" -नृप ने भी मुस्कुराकर कहा और दरवाजा पूरा खोल दिया, अन्दर मिस्टर तलवार और उनकी माँ नाश्ता कर रहे थे।

"वेलकम मिस पार्वती आइए नाश्ता कीजिए" - पार्वती को देखकर मिस्टर तलवार ने मुस्कुराकर कुर्सी की ओर इशारा करते

हुए कहा, पार्वती भी "थैंक्स" कहकर कुर्सी पर बैठ गयी जिसके बाद वह चारो चुपचाप नाश्ता करने लगे,

"लगता है मै गलत समय पर आ गयी" - पार्वती इस शान्ति से उलझन मे आ गयी थी

"नहीं बल्कि मै तो कब से आपका इन्तजार कर रहा था" - इससे पहले कोई कुछ कहता नृप ने जवाब दिया जिसे सुनकर पार्वती तो मुस्कुरा दी लेकिन मिस्टर तलवार और नृप की दादी उसे घूरने लगे दरअसल आज से पहले नृप, मिस पार्वती से स्कूल मे ही मिलता था इसीलिए उन्होने कभी-भी नृप को किसी से इतनी सभ्य भाषा मे बात करते हुए नहीं सुना था, इस सब से वह थोड़ा सदमे मे जरुर थे परन्तु खुश भी थे आखिरकार वह यही तो चाहते थे इसीलिए मिस्टर तलवार ने भी अपनी खुशी जाहिर करते हुए नृप का साथ दिया- "हाँ, बिल्कुल मिस पार्वती नृप ने हमे बताया था कि आप आने वाली है हम तो बस आपका इन्तजार कर रहे थे"।

"अच्छा" - पार्वती ने कहा और फिर से अपना नाश्ता करने लगी, इस समय वहाँ का माहौल किसी परीक्षा कक्ष की तरह लग रहा था जिससे पार्वती कुछ बैचेन हो गयी, वह तो सिर्फ अपना मकसद पूरा करना चाहती थी जिसके लिए वह यहां आयी थी इसीलिए उसने धीरे से नृप से कहा- "तुम्हारी दोस्त कहाँ है, नृप दिखाई नहीं दे रही?"

"वह मेरे कमरे मे है" - नृप ने धीरे से जवाब दिया

"मेरा नाश्ता हो गया चलो नृप तुम्हारे कमरे मे चलते है" - पार्वती उससे मिलने के लिए बहुत बैचेन थी इसीलिए उसने तेज आवाज मे कहा और तुरन्त चलने के लिए खड़ी हो गयी।

"चलिए" - नृप भी कहकर खड़ा हो गया, और वह दोनो नृप के कमरे की ओर चले गये

मिस्टर तलवार और उनकी माँ अभी भी सब कुछ समझने की कोशिश कर रहे थे।

नृप के कमरे मे जाने के बाद उसने देखा कि वह कमरा बिल्कुल भी किसी बच्चे के कमरे की तरह नहीं था शेल्फ मे बहुत सारी किताबे थी जो करीने से सजी हुयी थी, हर चीज सफाई से चमक रही थी पूरा कमरा एकदम मेनेज्ड था।

"तुम्हारा कमरा तो कमाल का है दादी जी इस उम्र मे भी इतनी मेहनत कर पाती है" - पार्वती इस साफ-सफाई और दादी की मेहनत की मुरीद हो चुकी थी।

"मेरा कमरा मै खुद साफ करता हूँ कोई मेरे कमरे की किसी चीज को हाथ नहीं लगा सकता" - नृप ने पार्वती की गलतफहमी जल्दी ही दूर कर दी

"क्या सच मे! मुझे तो यकीन ही नहीं हो रहा लगता है तुम्हारी दोस्त इसमे तुम्हारी मदद करती होगी" - पार्वती ने आँखो को मटकाते हुए कहा जिसका जवाब नृप ने घमण्ड के साथ दिया।

"मुझे अपना काम करने के लिए किसी की भी जरुरत नहीं"

"वह सब तो ठीक है लेकिन वह है कहाँ दिखाई नहीं दे रही" - पार्वती कमरे मे गोल-गोल घूमकर उसे ढूंढने की कोशिश कर रही थी

"यहाँ है मिस पार्वती, इधर आइए" - नृप अपनी स्टडी टेबल के पास खड़ा था और स्कूल बैग खोल रहा था उसकी आवाज सुनकर उस ओर आती हुयी पार्वती आश्चर्यजनक नजरो से उसे देख रही थी। उसे यह बिल्कुल समझ नहीं आ रहा था कि कोई इंसान स्कूल बैग के अन्दर कैसे रह सकता है। हालफिल्हाल नृप यह सब नहीं देख रहा था उसने अपने बैग से एक काले रंग की लाल धब्बे वाली किताब निकालकर पार्वती की ओर बढ़ाते हुए कहा- "यही मेरी दोस्त है, मेरे शरीर के हिस्से जितनी खास दोस्त"

पार्वती ने ऐसा कुछ होने की उम्मीद नहीं की थी वह कुछ पल सदमे मे उसे देखती रही और फिर अचानक से वह एक जोरदार आवाज के साथ हँस पड़ी जिसे देखकर नृप को बहुत बुरा लगा लेकिन पार्वती को इस सब से कोई फर्क नहीं पड़ रहा था वह अपना पेट पकड़े पागलो की तरह हसंती जा रही थी- "सॉरी नृप यह तुम्हारी दोस्त है इतना तो ठीक है लेकिन मै यह बिल्कुल हजम नहीं कर सकती कि इसे किसी के सामने आना पसन्द नहीं, तुम एक किताब को मुझसे मिलने के लिए मना रहे थे, तुम पागल हो गये हो नृप, बिल्कुल पागल...."

"तुम्हारी हिम्मत कैसे हुयी इतना सब कहने कि तुम्हे इसकी सजा मिलेगी समझी...." - नृप गुस्से मे अपने दाँत भीचते हुए कह रहा था और उसकी आवाज फटे बाँस जैसी लग रही थी और आँखे पूरी तरह लाल हो चुकी थी, पार्वती ने पहली बार नृप का यह रुप देखा था जिससे वह अन्दर तक काँप गयी और कुछ पल पहले कि उसकी हसीं की जगह काँपते हुए इर ने ले ली।

इधर अचानक ही मौसम मे बदलाव हो गया था पूरा आसमान काले बादलो से घिर चुका था तेज हवाएँ चल रही थी, रोशनी तो पूरी तरह गायब हो गयी थी जैसे दिन मे ही रात हो गयी हो और कड़कती बिजली ने इस मौसम की भयानकता और बढ़ा दी थी बाहर सब लोग इस सब से सहम गये लेकिन घर से कुछ ही दूर पहुँचे मिस्टर तलवार जैसे कुछ समझ रहे थे और उनके मुँह से केवल इतना ही निकल पाया- "ओह माय गॉड़, नृप... और उन्होने वापिस घर की ओर दौड़ लगा दी"

इधर कमरे मे पार्वती नृप को शान्त करने की कोशिश कर रही थी- "प्लीज नृप मै तुम्हारी बेइज्जति नहीं करना चाहती थी मुझे माफ कर दो प्लीज..."

पार्वती समझ ही नहीं पा रही थी कि आखिर हो क्या रहा है वह कुछ कर पाती इससे पहले ही नृप ने इशारे के साथ-साथ वह

हवा मे ऊपर की तरफ उठती चली गयी और फिर सिर से पैर और पैर से सिर की ओर बहुत तेजी से घूमने लगी, उसे लग रहा था कि जैसे उसका सिर फट जायेगा। वह बहुत जोर से चिल्ला रही थी लेकिन नृप के गुस्से के आगे उसे कुछ समझ नहीं आ रहा था। पार्वती की चीख सुनकर नृप की दादी वहाँ आ गयी यह सब देखकर उन्हे एक जोरदार झटका लगा लेकिन फिर भी उन्हे देखकर लग रहा था कि यह सब समझने के लिए उन्हे ज्यादा मेहनत करने की जरुरत नहीं थी, वह डरते हुए धीरे-धीरे पीछे से नृप के करीब आयी और जैसे ही उन्होने नृप के कन्धे पर हाथ रखा उन्हे एक तेज झटका लगा और वह दूर दिवार से टकराकर सीधा फर्श पर गिर पड़ी, नृप को जैसे ही इसका अहसास हुआ वह शान्त हो गया, तुरन्त ही पार्वती भी नीचे फर्श पर बेहोश होकर गिर पड़ी और बाहर मौसम पहले जैसा, शान्त हो गया।

नृप पीछे की ओर मुड़ा उसकी दादी फर्श पर औधी पडी थी और उनके सिर से खून बह रहा था, वह मर चुकी थी, नृप धीरे-धीरे अपनी दादी की ओर बढ़ा और उनके पास घुटनो के बल बैठ गया इतना सब होने के बाद भी नृप बिल्कुल शान्त बैठा रहा, कुछ ही पलो मे भाँगते हुए मिस्टर तलवार वहाँ पहुँचे काफी दूर भागकर आने की वजह से वह हॉफ रहे थे लेकिन जैसे ही वह कमरे मे पहुँचे तो सामने अपनी माँ को देखकर वह सन्न रह गये, मिस्टर तलवार को समझ नहीं आ रहा था कि आखिर वह क्या करे, कुछ देर वह बैठे रोते रहे फिर बिना नृप की ओर देखे उन्होने उससे पूछा- "क्यो किया?" उनकी आवाज रूआसी जरुर थी लेकिन उसमे अनजानपन का भाव कही नहीं था।

"मैने जानबूझ कर कुछ नहीं किया, मै तो बस पार्वती से बात कर रहा था वही बीच मे आ गयी" - नृप ने अपनी सफाई पेश की परन्तु मिस्टर तलवार ने केवल पार्वती सुना और सुनते ही दूर फर्श पर बेहोश पड़ी पार्वती की ओर दौड़ लगा दी, उसकी धड़कन व सासें

महसूस कर उन्होने भी चैन की सासं ली। फिर उन्होने पार्वती को गोद मे उठा लिया और नृप से कहा-

"तुम घर पर ही रहना मै इसे हॉस्पिटल छोड़कर आता हूँ, कही मत जाना प्लीज...." उनकी इस विनती को सुनकर नृप जाकर चुप-चाप अपनी स्टडी टेबल की कुर्सी पर बैठ गया।

मिस्टर तलवार ने एक नजर अपनी माँ के मृत शरीर पर ड़ाली और अपने आँसुओ को लगभग पीते हुए मिस पार्वती को लेकर कमरे से बाहर चले गये नीचे जाकर उन्होने कार स्टार्ट की जिसकी आवाज सुनकर नृप खिड़की के पास जाकर खड़ा हो गया और उनकी कार को सड़क पर दूर जाते देखता रहा...

दूसरी ओर वैभव घर मे ही छुट्टी बिता रहा था और आसमान की ओर ताक रहा था जो सफेद बादलो से भरा था तभी नीचे कार रूकने की आवाज आयी, मिस्टर पाटिल थोडे परेशान से कार से उतरकर अन्दर आ गये उन्हे देखकर वैभव भी नीचे की ओर मुड़ गया मिस्टर पाटिल निराश से अन्दर आकर सोफे पर बैठ गये।

"क्या हुआ डैडी? आप तो मछलियाँ पकड़ने गये थे इतनी जल्दी वापिस आ गये" वैभव ने सीढ़ियो से नीचे की ओर उतरते हुए पूछा

"अचानक से मौसम इतना खराब हो गया कि हमे वापिस आना पड़ा वैभव" - मिस्टर पाटिल ने निराशा से कहा

"डैडी मौसम तो बिल्कुल साफ है और आप तो ज्यादा दूर भी नहीं गये थे"

"अभी साफ है वैभव जब वहाँ थे तो मौसम अचानक से बहुत खराब हो गया था, मै और बाला तो डर ही गये थे हालांकि कुछ वक्त मे मौसम साफ हो गया लेकिन फिर भी हमने वापिस आना ही बेहतर समझा"

वैभव अभी-भी थोड़ा उलझन मे था जो उसके पिता ने उसके चेहरे पर साफ महसूस करते हुए कहा- ओहो वैभव इतने बड़े हो

गये हो लेकिन दिमाग अभी-भी बच्चो वाला है तुम यहाँ पैदा हुए, बड़े हुए क्या आज तक इतना भी नहीं समझ पाए की यहाँ हर पाँच मिनट की दूरी पर भी मौसम बदल सकता है कहते हुए वह वैभव के सिर पर प्यार से हाथ फेर रहे थे अपनी बेवकूफी को महसूस करते हुए वैभव को खुद पर थोड़ी सी शर्म आ गयी और अपने को बचाने की कोशिश करते हुए उसने अपने पिता को परेशान करने की कोशिश मे कहा- "बच्चा मुझे कह रहे हो और इर आप गये थे" कहते हुए अपनी भौहे वह शरारती अन्दाज मे मटका रहा था।

"बच्चा! नहीं.... नहीं.... मै तो बूढा हो गया हूँ ना इसीलिए छोटी-छोटी बातो से घबरा जाता हूँ"

"डैडी अभी आप बूढ़े नहीं हुए है, और खबरदार अगर दोबारा अपने आप को बूढ़ा कहा तो मै आपसे बिल्कुल भी बात नहीं करूँगा...." वैभव ने कहते हुए अपने पिता के कन्धे पर सिर रख दिया और मिस्टर पाटिल ने प्यार से उसके चारो ओर अपनी बाहे लपेट दी इस समय उन दोनो को देखकर 10 साल पुरानी उस अमावस्या की याद आती है, जहाँ से हमारी कहानी शुरु हुयी थी मानो आज भी उनका रिश्ता उतना ही मासूम और पवित्र हो,

फिर एक बेल(फोन बेल) के साथ हम वापिस इसी समय मे आ गये जहाँ फोन उठाते ही मिस्टर पाटिल ने "हैलो" कहा और दूसरी ओर की बात सुनकर उनका चेहरा भूरा सफेद पड़ गया।

"मेरे साथ चलो वैभव" - फोन रखते ही उन्होने वैभव का हाथ पकड़कर खीचते हुए कहा और उसे लेकर बाहर की ओर बढ़ गये, इस बीच वैभव अपने पिता को अजीब व उलझन भरी नजरो से देख रहा था।

हालफिल्हाल हॉस्पिटल पहुँचते समय रास्ते मे मिस्टर पाटिल ने वैभव को सब बता दिया था जब वह दोनो पार्वती के पास पहुँचे तो वह बेहोशी की हालत मे थी।

"पार्वती...." - वैभव ने बस इतना कहा और बैचेन सा जाकर पार्वती के बिस्तर पर बैठ गया उसने उसके बालो मे हाथ फेरा और फिर प्यार से उसका हाथ अपने हाथो मे थाम लिया, तभी उसकी नजर वहाँ पास मे थोडे शर्मिन्दा से खड़े मिस्टर केशवनाथ तलवार पर गयी जो पार्वती के माता-पिता के पास खड़े थे वह उनसे कुछ पूछता उससे पहले ही मिस्टर पाटिल ने पूछ लिया- "यह सब कैसे हुआ मिस्टर तलवार प्लीज जरा साफ-साफ बतायेगे हमे..."

"नृप ने पार्वती को घर बुलाया था" - मिस्टर तलवार बोलते हुये थोड़ा हिचकिचा रहे थे लेकिन वह जानते थे कि उन्हे सबको सबकुछ बताना ही होगा इसीलिए उन्होने आगे बोलना शुरु किया- "दरअसल घर पर पार्वती और मेरी माँ के बीच झगड़ा हो गया पार्वती को लगता है कि मेरी माँ ने नृप को ठीक तरह से नहीं पाला, माँ को यह बात बुरी लगी वह गुस्से मे थी तेजी से नीचे आ रही थी... सीढ़ियो पर उनका पैर फिसला और वह गिर गयी मेरी माँ नहीं रही.... पार्वती को लगा यह उसकी वजह से हुआ है जिससे उसे सदमा लगा और वह बेहोश हो गयी. बस.... और कुछ नहीं....."

वह सब शान्त मिस्टर तलवार की बाते सुन रहे थे जो अपने बेटे को बचाने के लिए सबसे सफेद झूठ बोल रहे थे, हालांकि उनके इस झूठ का उन सब पर कोई असर होता नहीं दिख रहा था। वे सभी अभी-भी उन्हे शक की नजरो से घूर रहे थे। मिस्टर तलवार ने उनकी पैनी निगाहो को भापते हुये कहा- "मै बिल्कुल सच कह रहा हूँ प्लीज मेरा यकीन कीजिए इसमे नृप की कोई गलती नहीं है"

"और हमने कब कहाँ कि इसमे नृप की गलती है" - वैभव ने सख्त लहजे मे कहा जिसे सुनकर एक पल को केशव झेंप गये

"नहीं मेरा यह मतलब नहीं था मै तो बस आपको समझा रहा था कि इसमे किसी की भी कोई गलती नहीं" - मिस्टर पाटिल की लाख कोशिशो के बाद भी उनकी आँखे उनके शब्दो का साथ नहीं दे रही थी यही वजह थी कि किसी को भी उनकी बातो पर यकीन

नहीं हो रहा था लेकिन जब तक पार्वती होश मे नहीं आ जाती और सब सच नहीं बता देती वह मिस्टर तलवार को गलत साबित नहीं कर सकते थे इसीलिए इस समय चुप थे।

"मिस्टर तलवार आपकी माँ के लिये दुःख है अब आप जाइए, घर पर आपकी ज्यादा जरूरत है यहाँ हम सम्भाल लेगे और हाँ, पार्वती को यहाँ लाने के लिए शुक्रिया" - मिस्टर पाटिल ने उनके कंधे पर हाथ रखकर अफसोस जताते हुये कहा जिसे सुनकर मिस्टर तलवार ने एक पल उनकी ओर देखा और फिर मिस्टर शर्मा की ओर देखा जिनके सहमति मे सिर हिलाने पर वह सबको धन्यवाद कहकर नजरे झुकाकर वहाँ से चले गये और जाते समय उन्होने पीछे से दरवाजा बन्द कर दिया।

इसके बाद कमरे मे बिल्कुल खामोशी छा गयी सभी पार्वती को ओर देख रहे थे और उसके होश मे आने का इन्तजार कर रहे थे....

अगले दिन की सुबह तक भी पार्वती को होश नहीं आया था, मिसेज शर्मा उसके पास बैठी एकटक उसे देखे जा रही थी और मिस्टर शर्मा कोने मे सोफे पर बैठे कुछ सोच रहे थे जब वैभव चाय के दो कप लिए कमरे मे आया, वह घर नहीं गया था और सारी रात पार्वती के पास ही बैठा रहा था उसने जाकर पहले मिस्टर शर्मा को चाय दी और फिर वह मिसेज शर्मा की ओर बढ़ा उसने मिसेज शर्मा की ओर चाय का कप बढ़ा दिया जिसे मिसेज शर्मा ने लेने से इंकार मे सिर हिलाकर अपनी गर्दन नीचे झुका ली।

"प्लीज आंटी, क्या ऐसा करने से पार्वती उठ जाएगी... बल्कि जब वह उठेगी और उसे मालूम होगा कि आपने कुछ नहीं खाया पिया है तो उसे और बुरा लगेगा और मुझे यकीन है कि आप ऐसा कभी नहीं चाहेगी, है ना...."

वैभव बिल्कुल बेटे की तरह उन्हे मना रहा था जिसे देखकर उनकी आँखो मे वैभव के लिए बेपनाह प्यार उतर आया, मना करने कि उनकी हिम्मत नहीं हुयी और उन्होने हल्की सी मुस्कुराहट

के साथ वैभव के सिर पर प्यार से हाथ फेरा और उसके हाथ से चाय का कप ले लिया, यह सब देखकर मिस्टर शर्मा भी सुकून मे नजर आ रहे थे।

हालफिल्हाल उन्हे चाय देकर वैभव पार्वती के दूसरी ओर जाकर बैठ गया और वह दोनो धीर-धीरे अपने कपो से चाय पीने लगे....

थोड़ी देर बाद वैभव को अपने हाथ से पकड़े हुए पार्वती के हाथ मे हरकत महसूस हुयी "पार्वती.... पार्वती....." - उसने उसे उठाने के लिए आवाजे दी, अब तक मिस्टर व मिसेज शर्मा भी अपनी चाय छोड़कर पार्वती को उठाने की कोशिश कर रहे थे- "पार्वती बेटा उठ जाओ प्लीज देखो हम तुम्हारे पास, प्लीज मेरी बच्ची उठ जाओ" - वह सभी उसे उठाने की कोशिश कर रहे थे।

लेकिन पार्वती की बैचेनी हर गुजरते पल के साथ बढ़ती जा रही थी।

"मै डॉ. को बुलाकर लाता हूँ" - वैभव कहकर जल्दी से बाहर की ओर चला गया वह दोनो अभी-भी बैचेन पार्वती को सम्भालने की कोशिश कर रहे थे जो धीरे-धीरे उनके बस से बाहर होता जा रहा था....

जब तक वैभव डॉ. को लेकर आया पार्वती की हालत बहुत बिगड़ चुकी थी वह अपने हाथ-पैर बैचेनी मे पटक रही थी और इर से बुरी तरह काँप रही थी ऐसा लग रहा था जैसे पार्वती के दिमाग मे अभी-भी उन्ही भयानक पलो की यादे हो जिनसे वह बाहर नहीं आ पा रही।

डॉ. बहुत अच्छी तरह जानता था कि उसे क्या करना है उसने आते ही मिसेज शर्मा को पीछे हटने के लिए कहा और तुरन्त ही एक इन्जेक्शन तैयार कर पार्वती को लगा दिया जिसके बाद धीरे-धीरे पार्वती शान्त होकर सो गयी।

"मेरी बच्ची ठीक तो हो जायेगी ना..." - मिसेज शर्मा ने रोते हुए डॉ. से पूछा

"देखिए आप चिन्ता मत कीजिए, आपकी बेटी होश मे आ गयी है और बहुत जल्दी बिल्कुल ठीक होकर घर भी चली जाऐगी" - डॉ. ने मिसेज शर्मा को भरोसा दिलाया जिसके बाद वह पार्वती के पास जाकर बैठ गयी, दरवाजे के करीब आकर मिस्टर शर्मा और वैभव ने डॉ. से धीरे से पूछा- "डॉ. क्या लगता है आपको, वह इस तरह का बर्ताव क्यो कर रही है?"

"मिस्टर शर्मा मुझे लगता है पार्वती के दिल मे किसी चीज का डर बैठ गया जिसकी वजह से उसकी ऐसी हालत है लेकिन आप चिन्ता मत कीजिए बहुत जल्दी वह ठीक हो जाऐगी..." -डॉ. ने मिस्टर शर्मा के कन्धे पर भरोसा दिलाते हुए हाथ रखकर कहा और फिर वह चला गया, मिस्टर शर्मा और वैभव दोनो ही इस समय नृप के बारे मे सोच रहे थे लेकिन बिना एक दूसरे से कुछ कहे चुपचाप अजीब नजरो से एक-दूसरे को देख रहे थे।

"मुझे स्कूल नहीं जाना है मिस पार्वती से मिलने जाना है" -नृप स्कूल की अपनी यूनीफॉर्म जो उसके पिता द्वारा जबरदस्ती पहनायी गयी थी मे चीखते हुए कह रहा था लेकिन मिस्टर तलवार बिना उसकी ओर ध्यान दिये उसका स्कूल बैग लगा रहे थे।

"आपने सुना कि नहीं, मुझे स्कूल नहीं जाना है मिस पार्वती से मिलने जाना है" -नृप ने थोड़ा जोर देकर कहा

"तुम आज के बाद मिस पार्वती से कभी नहीं मिलोगे, कभी... भी... नहीं..... सुना तुमने" - मिस्टर तलवार गुस्से से लाल हो चुके थे और अपने दांत भींच कर नृप को लगभग चेतावनी देने के अन्दाज मे कह रहे थे।

"वह मेरी दोस्त है प्लीज मुझे उनसे मिलने दीजिए" -आज पहली बार नृप किसी से इतनी विनती कर रहा था।

"अगर सच मे वह तुम्हारी दोस्त है तो तुमने यह सब क्यो, इस सब की वजह से मैने अपनी माँ खो दी और अब तुम क्या

चाहते हो तुम्हारी जिद की वजह से तुम्हे भी खो दू... तुम नहीं जानते मैने कितनी मुश्किल से उन्हे समझाया है कि इसमे तुम्हारी कोई गलती नहीं थी यह सिर्फ एक हादसा था, मै नहीं चाहता कि तुम्हारी नासमझी की वजह से उन्हे तुम्हारे बारे मे कुछ भी मालूम हो..."

"लेकिन डैडी..." -नृप कुछ कहना चाहता था लेकिन उसके पिता ने उसे बीच मे ही रोक दिया

"प्लीज नृप बहुत कुछ सहना पड़ा है मुझे तुम्हार साथ देने के लिए अब मुझमे और हिम्मत नहीं है ना कुछ सहने कि और न ही तुम्हे खोने कि इसीलिए प्लीज अपने पिता पर थोड़ा तरस खाओ, बख्श दो मुझे... प्लीज...." -मिस्टर तलवार रोते हुए बेबसी मे अपने घुटनो के बल बैठ गये थे लेकिन इस बार नृप पिघलने के स्थान पर चिढ़ गया- "आप मुझे दोष नहीं दे सकते इसमे मेरी कोई गलती नहीं है उन्होने मेरी किताब...."

"किताब, यही तो है सारी मुसीबत की जड़..." -मिस्टर तलवार गुस्से मे उसे बीच मे टोकते हुये उठ खड़े हुए और जाकर टेबल से नृप की किताब उठा ली

"इसे तुमसे अलग करना ही होगा नृप यही तुम्हारे लिए सही होगा" -उन्होने किताब को खोला वह बिल्कुल खाली थी एकदम सफेद उन्हे जैसे पहले से इसकी उम्मीद थी उन्होने एक लम्बी सांस ली और उस किताब को जमीन पर पटक दिया और लम्बे-लम्बे डग भरते हुये तेजी से कमरे से बाहर चले गये कुछ पल बाद जब वह वापिस आए तो उनके हाथ मे एक छोटी बोतल थी जिसमे कैरोसीन भरा था उन्होने आते ही बिना इधर-उधर देखे किताब पर कैरोसीन उडेल दिया और अपनी जेब से माचिस निकाल कर किताब मे आग लगा दी। वह किताब घू-घू कर जलने लगी फिर वह नृप की ओर पलटे- "किस्सा खत्म, अब तुम इस किताब की वजह से किसी को नुकसान नहीं पहुचाओगे, कभी... भी.... नहीं....."

नृप ने इस बात का जवाब मुस्कुराहट के साथ दिया जिसे घमण्ड भी कहा जा सकता है। क्या सच मे आपको ऐसा लगता है कि किस्सा खत्म, मुझे ऐसा नहीं लगता और आज इतने समय बाद तो आपको भी ऐसा नहीं सोचना चाहिए डैडी आप अच्छी तरह जानते हो इसे कोई खत्म नहीं कर सकता, कोई नहीं... कभी नहीं...

उसने अपने पिता को अजीब सी मुस्कान दी और अपनी बाहं उस किताब की ओर बढ़ा दी वह किताब तुरन्त ही उड़कर उसके हाथो मे आ गयी और उसमे लगी आग भी पूरी तरह बुझ गयी।

मिस्टर तलवार ने उस किताब की ओर देखा, वह बिल्कुल सुरक्षित थी जलने का नामोनिशान भी उस पर नहीं था।

"एक बार और...." उसने अपने पिता की ओर देखकर बनावट मे कहा और फिर वह किताब अपने स्कूल बैग मे रखकर और अपना बैग उठाकर बाहर की ओर चला गया।

मिस्टर तलवार उस सब से पूरी तरह निराश हो चुके थे वह थके हारे से पीछे पड़े नृप के बिस्तर पर बैठ गये.....

अगले दिन की सुबह तक पार्वती को होश आ चुका था लेकिन वह अभी-भी सदमे से पूरी तरह बाहर नहीं आ सकी थी इसीलिए चुपचाप नजरे झुकाए उदास सी हॉस्पिटल मे अपने बिस्तर पर बैठी थी, उसके माता-पिता व वैभव उससे बात करके उसे नार्मल करने की पूरी कोशिश कर रहे थे लेकिन उस पर किसी की भी बात का कोई असर नहीं हो रहा था मानो उसे कुछ सुनाई ही नहीं दे रहा हो.... आखिरकार हार मानते हुए मिसेज शर्मा ने उसे अपने सीने से लगा लिया उनकी आँखो से बेबसी के आँसु बह रहे थे और मिस्टर शर्मा और वैभव निराश हो चुके थे लेकिन पार्वती अभी-भी किसी पत्थर की मूर्ति की तरह अपनी माँ के सीने से चुपचाप लगी बैठी थी।

कहते है वक्त से बड़ा मरहम कुछ नहीं होता यहाँ भी यही हुआ वक्त बीतता गया, पार्वती की हालत मे काफी सुधार आ गया

था, उसे हॉस्पिटल से छुट्टी तो पहले ही मिल गयी थी बाकी कसर वैभव पूरी कर रहा था। आजकल वह सारा समय पार्वती के साथ उसके घर पर ही बिताता था, पार्वती के लिए वैभव की चिन्ता देखकर पार्वती के माता-पिता काफी सन्तुष्ठ थे शायद यह वैभव के प्यार और कोशिशो का ही परिणाम था कि पार्वती ने अब मुस्कुराना शुरु कर दिया था, बीते समय को वह धीरे-धीरे भूलती जा रही थी जिससे सभी सुकून मे थे और पार्वती की हालत को ध्यान मे रखते हुए उन सब ने यह फैसला लिया था कि उस हादसे के बारे मे पार्वती से कोई कुछ नहीं पूछेगा वह नहीं चाहते थे कि पार्वती फिर से उस सब को याद करे।

वही दूसरी और नृप का एक-एक पल उसी याद मे गुजर रहा था वह पार्वती के साथ ऐसा बर्ताव करने की वजह से खुद से थोड़ा नाराज था उसकी इस भावना ने उसे पहले से ज्यादा गुस्सैल और चिड़चिड़ा बना दिया था।

इस समय वह अपनी क्लास मे बैठा किसी गहरी सोच मे गुम था जब तीन बच्चो का एक ग्रुप उसकी क्लास मे आया वह तीनो ही उससे बहुत बड़े थे बीच वाला काफी लम्बा तगड़ा था साफ दिख रहा था कि वह उनका लीड़र था।

"मुझे ज्यामेट्री बॉक्स चाहिए" - दायी तरफ खड़े साँवले लड़के ने कहा

"और मुझे रंग" - बायी ओर के घुंघराले बाल वाले लड़के ने कहा

"हाँ, हाँ ठीक है अपनी ही क्लास समझो और अपना ही सामान जो चाहिए ले लो..." - बीच वाले लड़के ने अकड़ के साथ कहा जिसे सुनकर वह दोनो जाकर वहाँ रखे बैगो मे अपना मनपसन्द सामान ढूढ़ने लगे यह सब उनके लिए ज्यादा मुश्किल नहीं था क्योंकि इस समय लंच टाइम था और सभी बच्चे क्लास से बाहर थे सिवाय नृप के जिसके वहाँ होने से उन्हे ज्यादा फर्क महसूस भी नहीं हो

रहा था और वह दोनो पूरी दिलचस्पी से अपना काम करने मे लगे हुए थे लेकिन तीसरे लड़के की नजर उसी पर थी वह धीरे-धीरे उसके पास आकर बोला- "क्यो छुटकू यहाँ क्या कर रहे हो तुम्हे लंच नहीं करना क्या?"

डिस्टर्ब होने से नृप चिड़ गया था उसने उस लड़के को घूरा जिससे उसे गुस्सा आ गया- "ओ.... घूरता किसे है आकाश नाम है मेरा यहाँ के ट्रस्टी का बेटा तेरी इतनी हिम्मत तू मुझे घूरे"

इतने पर भी जब नृप ने अपनी आँखे नीचे नहीं की तो आकाश थोड़ा झेंप गया क्योंकि वह दोनो भी जो उसके साथ आए थे वहां आकर खड़े हो गये थे और यह सब देख रहे थे, आकाश ने इसे थोड़ा नजरअन्दाज करते हुए दोबारा कहा- "तेरी इतनी ओकात नहीं कि मै तुझे अपना परिचय दू तू सिर्फ इतना सुन की मै तेरा सीनीयर हूँ और अपनी आँखे नीचे कर समझा..."

"लेकिन मुझे तो तुम सिर्फ चोर लगे वह भी अच्छे नहीं..." - नृप ने उसी तीव्रता के साथ घूरते हुए जवाब दिया,

"तेरी इतनी हिम्मत मेरे कॉलेज मे बैठ कर मुझे ही चोर कह रहा है चल उठ खड़ा हो" - आकाश गुस्से मे लाल पीला हो चुका था

"तू जानता नहीं है यह कौन है?" - सावले लड़के ने नृप को चेताया

"जानते तो तुम मुझे नहीं हो कि मै कौन हूँ और अगर अभी यहां से नहीं गये तो यकीन करो जिन्दगी भर नहीं भूल पाओगे कि मै... कौन... हूँ...." - नृप अभी भी आकाश को घूरे जा रहा था जिससे आकाश आग बबूला हो गया उसने अपने दाये हाथ से नृप का कॉलर पकड़ लिया- "अभी बताता हूँ तुझे चल खड़ा हो"

नृप खड़ा तो हो गया था लेकिन आकाश का हाथ उसकी गर्दन से हट चुका था क्योंकि उठते सयम नृप ने आकाश की गर्दन पकड़कर उसे हवा मे ऊपर उठा लिया था आकाश जमीन से एक

फुट ऊपर हवा मे झूल रहा था और सांस ना ले पाने की वजह से तकलीफ मे था और बोल भी नहीं पा रहा था।

नृप की आँखे गुस्से से अंगारो की तरह लाल हो चुकी थी मानो उनमे खून उतर आया हो उसकी भयानक सासो की तेज आवाज पूरे करमे मे गूंज रही थी नृप को इस तरह देखकर वहां खड़े दोनो लड़को मे से किसी भी तरह आकाश को छुड़ाने की कोशिश भी करने की हिम्मत नहीं हुयी वह दोनो डर कर चीखे और बाहर भाग गये....

कुछ पलो बाद जब वह वापिस आए तो उनके साथ मे वैभव और बाकी टीचर भी थे, वह दोनो बहुत डरे हुए थे, इसीलिए बाकी टीचर्स के साथ अन्दर नहीं आए और बाहर दरवाजे से लगकर खड़े हो गये जबकि आकाश व बाकी सभी दौड़ते हुए अन्दर आए और आकाश को छुड़ाने की कोशिश करने लगे "छोड़ो मेरे भाई को..." - एक लगभग वैभव की ही उम्र का दुबला पतला लड़का आकाश को छुड़ाने की पुरजोर कोशिश कर रहा था लेकिन वह अकेले तो क्या सब के साथ मिलकर भी उसे छुड़ा नहीं पा रहा था।

"मैने कहा छोड़ो मेरे भाई को.... तुम्हारी हिम्मत कैसे हुयी, अगर इसे कुछ हुआ तो मै तुम्हे...." इससे पहले की वह अपनी धमकी पूरी करता नृप ने आकाश को छोड़ दिया और वह तुरन्त बेहोश होकर गिर पड़ा जिसके बाद नृप ने टीचर को घूरना शुरु किया वह सीधा उनकी आँखो मे देख रहा था टीचर अपने आप को रोक नहीं पाये और लगभग जबरदस्ती नृप की आँखो मे देखते रहे जहाँ उन्हे तबाही का एक भयानक मंजर दिखाई दिया जिसे महसूस कर वह अगले ही पल डर से काँप गये।

"अविनाश! हमे इसे हॉस्पिटल ले जाना होगा जल्दी..." - वैभव की आवाज पर वह नीचे की ओर पलटे जहाँ आकाश बेहोश पड़ा था, वह बहुत बैचेन थे इसीलिए उन्होने वापिस ऊपर की ओर पलट कर देखा तो नृप वहां से जा चुका था।

"उसकी.... आँखे.... उसकी...... आँखे......" - वह एक हल्की सी मदहोशी मे बड़बड़ा रहे थे जब दूसरे टीचर की आवाज पर उनका ध्यान वापिस अपने भाई की ओर हुआ उन्होने अपनी गर्दन झटकी और गुजरे कुछ पलो को अपने दिमाग से निकालते हुए अपने भाई को गोद मे उठाकर जल्दी से बाहर की ओर बढ़ गये बाकी टीचर भी उनके पीछे-पीछे चले गये लेकिन वैभव जैसे किसी जगह अटक गया था अब कही जाकर वह पार्वती की हालत का मतलब समझ पा रहा था लेकिन फिर भी वह इस सब से डरा हुआ नहीं था ऐसा लग रहा था जैसे उसके सवालो के जवाब मिलने उसे शुरु हो गये हो और वह अच्छी तरह जानता था कि उसके बाकी सवालो के जवाब उसे कहाँ मिलेगे इसीलिए वह बिना देरी किये कहीं जाने के लिए लम्बे लम्बे डग भरता हुआ तेजी से वहां से निकल गया....

इधर नृप वहां से निकलकर कुछ ही दूरी पर स्थित उसके पिता के क्लीनिक पहुँच गया जहां वह गुस्से से भन्नाता हुआ सीधा अपने पिता के पास उनके ऑफिस मे पहुँचा और उसने सिर्फ इतना कहा- "मुझे मिस पार्वती से मिलना है"

उसे अचानक से वहां इतने गुस्से मे देखकर मिस्टर तलवार एक पल को घबरा गये लेकिन उन्होने नार्मल बर्ताव करते हुए पहले अपने सामने की चेयर पर बैठे पैशेंट को बाहर जाने का इशारा किया जिसके जाते ही वह भी उठकर नृप के पास आ गये, नृप की हालत देखकर उनकी कुछ भी कहने की हिम्मत नहीं हो रही थी उन्होने उसे शान्त करने की कोशिश मे सिर्फ इतना कहा- "ठीक है अगर तुम चाहते हो तो हम....

"अभी.... और इसी वक्त...." - नृप ने उनकी बात को बीच मे ही काटते हुए गुस्से से दांत भींच कर कहा ऐसा लग रहा था कि आज उसे समझा पाना किसी के बस की बात नहीं थी और उसके पिता भी यह बात अच्छी तरह समझ चुके थे।

"ठीक है अभी चलो..." - मिस्टर तलवार ने लम्बी व ठण्डी सांस लेकर कहा और उसे हाथ पकड़कर बाहर ले आये जहां वह उसे

कार मे बैठाकर मिस पार्वती के पास जाने के लिए निकल गये, अब यह कहना मुश्किल है कि अपनी बात माने जाने से नृप ज्यादा खुश था या उसका गुस्सा शान्त हो जाने की वजह से मिस्टर तलवार ज्यादा सुकून मे थे।

दूसरी ओर वैभव भी अपने पिता से मिलने उनकी लेब मे पहुँच चुका था

"मुझे आप से बात करनी है डैडी...." - वैभव सीधा अपने पिता के केबिन मे जा पहुँचा जहाँ वह टेबिल पर फाइलो से घिरे बैठे थे लेकिन वैभव के वहां इस तरह अचानक आने से सतर्क हो गये।

"क्या हुआ वैभव? सब ठीक तो है" - उन्होने उठकर वैभव की ओर आते हुए पूछा

"मै ठीक हूँ डैडी लेकिन नृप..." - वैभव घबराहट मे ठीक से बोल भी नहीं पा रहा था

"यहां बैठो और शान्ति से बताओ क्या हुआ" - मिस्टर पाटिल ने उसे चेयर पर बैठाया और पीने के लिए पानी का गिलास देते हुए कहा वैभव ने पानी पीकर गिलास टेबल पर रख दिया, कुछ पल उसने शान्त रहकर फिर सारी बाते अपने पिता को बता दी, वैभव के शब्दो के साथ-साथ उसकी घबराहट भी मिस्टर पाटिल की नृप को समझने मे मदद कर रही थी जब वैभव की बात खत्म हुयी तो मिस्टर पाटिल उसके सामने ही टेबल पर बैठे किसी गहरी सोच मे गुम थे।

"क्या हुआ डैडी क्या सोच रहे है आप, मै तो अब समझ पा रहा हूँ कि पार्वती इतनी ज्यादा क्यो घबरायी हुयी थी न जाने उसके साथ क्या हुआ होगा जो इतनी बुरी हालत थी उसकी...." - वैभव की बात पर मिस्टर पाटिल शायद कुछ कहना चाहते थे लेकिन उनके मुँह खोलते ही उनके फोन की बेल बजी

"हैलो...." - उन्होने कहा फिर दूसरी ओर की बात सुनकर वह घबरा गये

"वैभव मेरे ही साथ है हम अभी आते है आप कुछ मत करिएगा प्लीज...." - मिस्टर पाटिल ने कहकर जल्दी से फोन रख दिया

"क्या हुआ डैडी? किसका फोन था" - वैभव के सवाल पर मिस्टर पाटिल ने कोई जवाब नहीं दिया बस तेजी से उसका हाथ पकड़कर उसे लगभग खींचते हुए वहां से निकल गये।

मिस्टर शर्मा के घर मे नृप के पिता उसे पार्वती से मिलने देने के लिए मिस्टर शर्मा को मनाने मे लगे हुए थे।

"प्लीज सर, मै आपसे वादा करता हूँ कुछ गलत नहीं होगा, प्लीज...." - मिस्टर तलवार ने हाथ जोड़कर कहा लेकिन मिस्टर शर्मा बहुत गुस्से मे थे और पिघलने वाले नहीं थे, दूर बैठा नृप यह सब ध्यान से देख रहा था।

"आपको क्या लगता है आपकी उस बकवास कहानी पर हमे यकीन हो गया, हमने कुछ कहा नहीं मिस्टर तलवार लेकिन हम अच्छी तरह जानते है कि इसके पीछे कौन था..." - जब मिस्टर शर्मा ने नृप की ओर देखते हुए कहा तो मिस्टर तलवार समझ गये कि आज तक वह बहुत बड़ी गलतफहमी मे जी रहे थे।

"मुझे माफ कर दीजिए लेकिन मेरे पास और कोई रास्ता नहीं था" - मिस्टर तलवार ने बिना बहस किए अपनी सफाई पेश कर दी लेकिन वह ज्यादा कुछ कहते उससे पहले ही पीछे से आती आवाज पर वह पलटे जहाँ से वैभव और मिस्टर पाटिल चले आ रहे थे।

"रास्ते तो बहुत थे आपके पास लेकिन आपको अपने बेटे से अलग कोई दिखाई ही नहीं देता है ना!...." - वैभव ने आकर मिस्टर तलवार की आँखो मे घूरते हुए कहा जिसे सुनकर वह शर्मिन्दा हो गये, अपने पिता को सबके सामने कमजोर पड़ते देख नृप समझ चुका था कि यहां उसकी दाल नहीं गलने वाली इसीलिए वह धीरे-धीरे चुपचाप अन्दर की ओर खिसक लिया।

"आपने सब कुछ जानते हुए भी उसे बचाने के लिए पार्वती पर ही इल्जाम लगा दिया आपको अपने बेटे की सच्चाई का मालूम

था फिर भी.... आप ऐसा कैसे कर सकते है...." - मिस्टर पाटिल उन्हे बता देना चाहते थे कि अब उनका कोई भी झूठ काम नहीं आने वाला

"कैसी सच्चाई?" - मिसेज शर्मा ने पूछा

"वही सच्चाई जिसका अन्दाजा मुझे बहुत पहले हो गया था और आज यकीन भी हो गया" - मिस्टर पाटिल ने एक लम्बी और ठण्डी सांस ली जैसे थोड़ी हिम्मत इकट्ठी कर रहे हो फिर आखिरकार उनकी सवालिया नजरो को जवाब देते हुए उन्होने कहा- "नृप इंसान नहीं है.... शैतान है...."

"आ.... आ.... आ.... आ...." - यह एक तेज ड़री हुयी चीख थी जो पार्वती के कमरे से आ रही थी

"नृप?... नृप?..." - मिस्टर तलवार नृप को वहां न पाकर बहुत घबरा गये

"पार्वती...." - मिसेज शर्मा चीखी और उन सभी ने पार्वती के कमरे की ओर दौड़ लगा दी जब वह सब वहां पहुँचे तो पार्वती कमरे के एक कोने मे ड़री बैठी थी और बुरी तरह कांप रही थी, नृप उसके करीब जाने की कोशिश मे था जिसे जल्दी से जाकर मिस्टर तलवार ने पीछे से पकड़ लिया और मिसेज शर्मा ने तुरन्त जाकर पार्वती को अपनी बाहो मे भर लिया जिससे वह शान्त हो गयी और अपनी माँ के सीने से लगकर उसने अपनी आँखे बन्द कर ली, वैभव भी इस समय उसके पास ही बैठा था उधर मिस्टर पाटिल और मिस्टर शर्मा, नृप व उसके पिता के घेरे खड़े थे।

"और भी कुछ कहना चाहते हो आप..." - मिस्टर पाटिल ने मजबूती दिखाते हुए कहाँ

"तुम अभी और इसी समय अपने बेटे को लेकर यहाँ से निकल जाओ समझे!...." - मिस्टर शर्मा ने उन्हे चेतावनी देते हुए कहा जिससे सुनकर नृप को गुस्सा आ गया।

"तुम्हारी हिम्मत कैसे हुयी मेरे डैडी से इस तरह बात करने की मै तुम्हे..." - नृप गुस्से मे लाल हो चुका था लेकिन इससे पहले वह कुछ गलत करता उसके डैडी ने उसे सम्भाल लिया- "नहीं, नहीं कोई बात नहीं नृप तुम्हे पार्वती से मिलना था ना मिल लिया अब हम घर चलेगे ठीक है?" - मिस्टर पाटिल उसका चेहरा अपने दोनो हाथो मे लेकर बोल रहे थे उसके पिता के प्यार ने उसे शान्त कर दिया।

"लेकिन डैडी उन्होने आपसे..." -

"कोई बात नहीं प्लीज नृप अब घर चलो प्लीज मेरी बात मानो" - मिस्टर तलवार की आँखो मे आँसू भरे थे जिन्हे देखकर नृप पूरी तरह पिघल गया उसने लम्बी सांस ली पार्वती पर पैनी निगाह डाली और बाकी सभी को घूरते हुए चुपचाप अपने पिता के साथ वहाँ से चला गया जिससे सभी ने सुकून की सांस ली और फिर वह पार्वती को बिस्तर पर सुला कर कमरे से बाहर आ गये और दरवाजा बन्द कर दिया।

नीचे आकर वह सभी लिविंग रूम मे सोफे पर बैठ गये वह सभी इस समय बहुत अधिक परेशान थे

"ऐसा कब तक चलेगा इस तरह हम पार्वती को ज्यादा समय नृप से दूर नहीं रख पाऐगे" - सबसे पहले वैभव ने कहा जिस पर मिसेज शर्मा ने तुरन्त कहा- "बिल्कुल नहीं रख पायेगे देखा नहीं था किस तरह घूर रहा था मेरी बच्ची को शैतान कही का...."

"क्या हम कुछ भी नहीं कर सकते?" - वैभव अपने पिता की और उम्मीद भरी नजरो से देख रहा था।

"नृप की शक्तियाँ हमारी पहुँच से दूर है हम उसका कुछ नहीं बिगाड़ सकते" - मिस्टर पाटिल पूरी तरह निराश हो चुके थे।

"लेकिन हमे कुछ तो करना ही होगा डैडी हम इस तरह पार्वती को छोड़ भी तो नहीं सकते"

"सही कह रहे हो वैभव हम पार्वती को इस तरह नहीं छोड़ सकते लेकिन उसकी खुशी के लिए हमे उसे छोड़ना ही होगा..." - मिसेज शर्मा की बात सुनकर एक पल को सभी चौक गये।

"कहना क्या चाहती हो शीतल?" - मिस्टर शर्मा भी अपनी पत्नी का मन पढ़ पाने मे असमर्थ थे।

"मै सिर्फ इतना चाहती हूँ कि मेरी बच्ची सुरक्षित रहे बस और कुछ नहीं और इसके लिए हमे उसे इस जगह से दूर करना ही होगा...." इतना कहकर वह वैभव की ओर मुड़ी और उम्मीद भरी नजरो से उसे देखते हुए कहा- "वैभव! तुम उसे यहां से दूर ले जाओ हमेशा हमेशा के लिए, कभी वापिस लेकर मत आना कभी नहीं.... ले जाओ उसे यहां से" वैभव उनकी बात का जवाब दे पाता इससे पहले ही मिस्टर शर्मा ने दूसरा मुद्दा खड़ा कर दिया-

"मुझे नहीं लगता इससे कुछ हल निकलेगा वह उसे कभी-न-कभी ढूंढ लेगा और जैसा आपने बताया है मिस्टर पाटिल उसके लिए यह बहुत मुश्किल नहीं होगा।"

सभी इस परेशानी का हल ढूंढ रहे थे कि मिस्टर पाटिल की आँखो मे अचानक चमक आ गयी- "इसका हल है मेरे पास"

"क्या?" - तीनो ने एक साथ सवाल किया

"पार्वती की मौत" - मिस्टर पाटिल ने कहा तो उनकी आँखे फट गयी जिसके तुरन्त बात मिस्टर पाटिल ने अपनी बात पूरी की "मेरा मतलब है कि हम उसे यह यकीन दिलायेगे कि पार्वती मर चुकी है और पार्वती को यहां से दूर ले जायेगे इससे वह उसे ढूंढने की कोशिश ही नहीं करेगा समझे आप सब...." - कुछ पल सभी चुपचाप उनकी ओर देखते रहे और फिर सबसे पहले मिसेज शर्मा ने कहा- "बहुत बढ़िया अगर ऐसा हो गया तो मेरी बच्ची जहां रहेगी खुश रहेगी।"

मिस्टर शर्मा की बात सुनकर उन सभी को उम्मीद की किरण नजर आयी थी और वह ऐसा करने मे जरा भी देर नहीं करना चाहते थे।

"ठीक है आज रात ही आप वैभव और पार्वती को लेकर यहां से चले जाइए बाकी हम सम्भाल लेगे" - मिस्टर शर्मा, मिस्टर पाटिल को देखकर कह रहे थे क्योंकि वह चाहते थे कि मिस्टर पाटिल बच्चो के साथ रहे।

"आप साथ नहीं चलेगे?" - सवाल वैभव की ओर से आया था और जवाब मिसेज शर्मा ने दिया- "नहीं वैभव हम यहीं रहेगे केवल हम नृप को पार्वती की मौत का यकीन दिला सकते है अगर हम सब एक साथ चले गये तो उसे शक हो जाऐगा..."

"शीतल सही कर रही है और हमे तुम पर पूरा विश्वास है कि तुम पार्वती का हम से भी ज्यादा ख्याल रखोगे" - मिस्टर शर्मा उम्मीद और विश्वास से वैभव की ओर देख रहे थे।

"मै आपके साथ यही रहूँगा..." - मिस्टर पाटिल के कहने पर वह तुरन्त उनकी ओर मुडे- "नहीं शिवराज आपको बच्चो के साथ जाना होगा उन्हे आपकी जरूरत पडेगी अगर आप नहीं होगे तो वह दोनो कमजोर पड़ जाऐगे...."

"ठीक है अगर आप यही चाहते है तो यही सही, हम आज रात ही निकल जाऐगे और पहुँचकर आपको बताऐगे" - उनके यह कहते ही मिस्टर शर्मा लगभग चीख पड़े- "नहीं बिल्कुल नहीं ऐसा मत करना वहां जाने के बाद आपको यहां से कोई कनेक्शन नहीं रखना है अगर ऐसा किया तो हमारा राज कभी-न-कभी खुल ही जाऐगा समझे आप सब...."

"ठीक है मै समझ गया जैसा आप कहे...." - मिस्टर पाटिल ने उदास स्वर मे कहा और कहकर अपनी नजरे दुःख से जमीन मे गड़ा ली जिसके बाद किसी मे भी कुछ कहने की हिम्मत नहीं

रही वह सभी बस चुपचाप अपने आप मे खोए अपनी किस्मत पर अफसोस करते रहे....

घर आने के बाद मिस्टर तलवार और नृप चुपचाप बैठे थे नृप अपने पिता की ओर चुपचाप देखे जा रहा था लेकिन वह उसकी ओर नहीं देख रहे थे उन्होने एक हाथ से अपना सिर पकड़ रखा था और अपनी नजरे जमीन मे गड़ा रखी थी तभी उनके फोन की बेल बजी- "हैलो, जी बोल रहा हूँ, कहिए...."

"क्या"

"नहीं... प्लीज सर मेरी बात सुनिए...."

"प्लीज सर.... वह बच्चा है...."

"मै उसकी ओर से माफी....."

"सर मेरी बात....."

मिस्टर तलवार न तो अपनी कोई बात पूरी कर पाए और न इससे आगे कुछ कह पाए और फोन डिसकनेक्ट हो गया, मिस्टर तलवार बहुत बैचेन और परेशान थे। उन्होने नृप की ओर देखकर गुस्से मे कहा- "तुमने आज स्कूल के ट्रस्टी के बेटे से झगड़ा किया?"

"मैने नहीं उसने किया था" - नृप समझ गया था कि फोन कहाँ से आया है इसीलिए उसने बुरी तरह खीझ कर कहा

"अच्छा उसने झगड़ा किया था इसीलिए वह आई.सी.यू. मे भर्ती है" - उसके पिता बहुत गुस्से मे थे।

"मुझे बहुत अफसोस है डैडी उसके आई.सी.यू. मे होने का मुझे तो लगा था मर जाएगा" - नृप ने थोड़े मजाकिया अन्दाज मे कहा जिससे उसके पिता चिढ़ गये- "तुम्हारा अफसोस उन पर कोई असर नहीं डालता क्योंकि उन्होने तुम्हे स्कूल से निकाल दिया है नृप"

"सच डैडी! चलो अच्छा हुआ मै भी अब उस घटिया जगह नहीं जाना चाहता था, और वैसे भी उनसे मुझे कुछ भी सीखने की

जरुरत नहीं है, मुझे जो चाहिए वह मै उनके बिना भी पा सकता हूँ....” - नृप बोले जा रहा था और मिस्टर तलवार बेबसी से उसे देखे जा रहे थे और फिर आखिरकार वह रो पड़े।

“डैडी प्लीज आप रोइए मत, आप जानते हो न कि मै आपसे बहुत प्यार करता हूँ मै आपको इस तरह नहीं देख सकता मै जानता हूँ आप मेरे लिए परेशान है लेकिन आपको ऐसा करने की कोई जरुरत नहीं है डैडी प्लीज आप खुद को परेशान करना बन्द कीजिए, प्लीज चुप हो जाइए डैडी” - नृप अपनी जिन्दगी मे पहली बार इतना भावुक था, मिस्टर तलवार ने उसे अपनी बाहो मे कस लिया लेकिन वह अभी-भी नृप के भविष्य को लेकर परेशान थे इसीलिए अपने आँसु रोक नहीं पा रहे थे.....

उधर रात के 9 बजे वाली ट्रेन से दिल्ली जाने के लिए वह सभी वहां पहुँच चुके थे, वैभव और पार्वती ट्रेन मे चढ़ चुके थे और बाहर खड़ी मिसेज शर्मा से बाते कर रहे थे।

“प्लीज मम्मी आप भी चलिए ना हमारे साथ” - पार्वती रोकर अपनी माँ को साथ चलने के लिए मनाने की कोशिश कर रही थी

“पार्वती मैने कहा ना हम जल्दी ही यहाँ से काम समेट कर आपके पास आ जायेगे” - उन्होने पार्वती का हाथ पकड़कर उसे दिलासा दिया और फिर वह वैभव की ओर मुड़ी- “वैभव मै जानती हूँ कि तुम मेरी बच्ची का ख्याल रखोगे लेकिन रिश्ते से मजबूर हूँ इसीलिए कह रही हूँ इसकी आँखो मे कभी आँसू मत आने देना....”

“आप चिन्ता मत करिए आंटी मै पार्वती का खुद से भी ज्यादा ख्याल रखूंगा, यकीन दिलाता हूँ” - वैभव की बात सुनकर उन्हे बहुत सुकून मिला था और अब वह मुस्कुरा पा रही थी

दूसरी ओर कुछ ही दूरी पर मिस्टर शर्मा, मिस्टर पाटिल से कह रहे थे- “शिवराज मै अपनी बच्ची तुम्हे सौप रहा हूँ उसकी सुरक्षा तुम्हारी जिम्मेदारी है ख्याल रखना...”

"चिन्ता मत कीजिए पार्वती केवल आपकी बेटी नहीं है बल्कि मेरे बेटे की जिन्दगी भी है और एक पिता के लिए उसकी सन्तान की जिन्दगी क्या मायने रखती यह आपसे बेहरत कौन समझ सकता है" तभी रेल का सिग्नल हुआ "चलता हूँ..." - मिस्टर पाटिल ने कहा और लगभग रेगती हुयी ट्रेन मे चढ़ गये अन्दर जाकर वह वैभव के बराबर वाली सीट पर बैठ गये, पार्वती अभी-भी रो रही थी लेकिन उसके माता-पिता उसे खुश करने के लिए लगभग जबरदस्ती मुस्कुराकर हाथ हिला रहे थे जवाब मे पार्वती ने भी रोते हुए हाथ हिला दिया, अब तक ट्रेन अपनी गति पकड़ चुकी थी और मिस्टर व मिसेज शर्मा अपनी बेटी को हमेशा के लिए खुद से दूर जाते हुए देख रहे थे

"हमने जो सोचा है हम नृप को उसका यकीन कैसे दिलायेगे" - घर आते समय रास्ते मे मिसेज शर्मा ने कार की ड्राइविंग सीट पर बैठे मिस्टर शर्मा से पूछा

"इस सब का इन्तजाम मैने पहले ही कर लिया है सुबह तक नृप तो क्या पूरे शहर को इन तीनो की मौत की खबर मिल जायेगी. मेरा मतलब..... झूठी मौत की....." - मिस्टर शर्मा ने कहा जिसके बाद बिना कुछ पूछे मिसेज शर्मा भी उनके साथ कार की विंड स्क्रीन से बाहर देखने लगी......

अगली सुबह रविवार था मिस्टर तलवार अपने लिविंग रूम मे बैठे न्यूज देख रहे थे और अगली खबर पर उनके होश उड़ गये उन्होने तुरन्त नृप को आवाज देकर वहाँ बुलाया और वह दोनो चुप-चाप टी.वी. पर प्रवक्ता की बात सुन रहे थे वह कह रहा था- "कल रात एक कार एक्सीडेन्ट मे जाने माने साइन्टिस्ट मिस्टर शिवराज पाटिल उनके बेटे वैभव पाटिल और दि फ्यूचरस हाइट कॉलिज के प्रिसिंपल मिस्टर देवव्रत शर्मा की बेटी पार्वती शर्मा की मौत हो गयी, कहा जा रहा है कि उनकी नयी-नयी शादी तय हुयी थी और उस समय वह सगाई की अंगूठी पसंद करने जा रहे थे, उनकी कार

खाई मे गिरी और कार मे आग लग गयी तीनो शव बुरी तरह से जल गये थे उनके सामानो से उनकी पहचान हो सकी.....”

“नहीं......” -यह सब सुनकर नृप जोरो से चिल्लाया जिससे सामने रखे टी.वी. मे एक जोरदार विस्फोट हुआ और वह चूरा चूरा होकर जमीन पर बिखर गया, मिस्टर तलवार ने नृप को तुरन्त ही कस कर पकड़ लिया।

“नृप जो होना था हो गया किसी को जिन्दगी या मौत पर किसी का बस नहीं होता” -वह उसे शान्त करने की पूरी कोशिश कर रहे थे

“यह सब झूठ है ऐसा नहीं हो सकता मुझे अभी वहां जाना है, अभी.....” - नृप गुस्से से चिल्लाकर कह रहा था और बुरी तरह कांप रहा था, उसे सम्भालपाना मिस्टर तलवार से बस से बाहर होता जा रहा था इसीलिए मिस्टर तलवार ने बिना देर किये उसे पार्वती के घर ले जाने का फैसला किया और तुरन्त ही उसे लेकर वहाँ से निकल गये।

जब वह वहाँ पहुँचे तो उन्होने देखा कि मिस्टर शर्मा के घर का दरवाजा खुला था और घर के अन्दर बहुत सारे लोग जमा थे, सामने मिस्टर पाटिल, वैभव और पार्वती की माला चढ़ी हुयी तस्वीरे रखी थी जिनके पास बैठी मिसेज शर्मा बुरी तरह रो रही थी, मिस्टर शर्मा कुछ लोगो के साथ एक कोने मे खड़े थे। वहां का माहौल काफी चिन्ताजनक था मिस्टर तलवार शायद नृप से कुछ कहना चाहते थे लेकिन इससे पहले वह कुछ कहते एक तेज आवाज पर वह चौंके

“फिर आ गये तुम दोनो अब क्यो आये हो यहाँ, यह सब तुम्हारी ही वजह से हुआ है तुम्हारी ही नजर लग गयी मेरी बच्ची को...” - मिसेज शर्मा बुरी तरह रोते हुये गुस्से मे उन्हे सुना रही थी जिससे सभी लोगो का ध्यान उस ओर हुआ जिसके बाद मिस्टर शर्मा ने सभी लोगो के सामने हाथ जोड़ दिये जिसका इशारा

समझते ही सभी लोग धीरे-धीरे वहां से बाहर निकल गये और घर मे उन चारो से अलग कोई नहीं बचा

"देखिए मिसेज शर्मा हमे इस सब का बहुत दुख है" - मिस्टर तलवार ने धीरे-धीरे दरवाजे से अन्दर की ओर बढ़ते हुए अपना अफसोस जाहिर किया।

"आपको किस बात का दुःख केशव आपने कब हमारी बच्ची का भला चाहा था, मै कुछ गलत तो नहीं कह रहा ना..." - मिस्टर शर्मा की बात शायद खत्म भी नहीं हुयी थी कि नृप बीच मे ही बोल पड़ा- "यह सब झूठ है, बिल्कुल झूठ अब चुपचाप हमे सच्चाई बताइए कहाँ है मिस पार्वती?"

नृप अभी-भी यह बात मानने को तैयार नहीं था जिससे मिस्टर व मिसेज शर्मा चिन्ता मे आ गये आखिरकार मिसेज शर्मा ने अपनी सारी हिम्मत बटोरकर आगे कहा- "बस कर दो अब बखश दो मेरी बच्ची को तुम्हारे मन्हूस साये कि वजह से मेरी बच्ची की जिन्दगी बर्बाद हो गयी यहां तक की अब उसकी जान भी चली गयी, अब क्या मरने के बाद भी चैन से नहीं रहने दोगे मेरी बच्ची को..." - मिसेज शर्मा बुरी तरह रोते हुए नृप को पार्वती की मौत का जिम्मेदार टहरा रही थी जिससे नृप किसी ज्वालामुखी की तरह भर रहा था और फिर कुछ ही पलो मे वह फट गया,

"नहीं...." - वह इतनी तेज चीखा कि वहाँ मौजूद हर चीज टूट गयी शीशे टूटकर टुकड़े-टुकड़े होकर जमीन पर बिखर गये मिस्टर तलवार नृप को इतने गुस्से मे देखकर बहुत घबरा गये लेकिन अब तक नृप उनके द्वारा शान्त किये जाने कि हद से बाहर जा चुका था उसकी आँखे आंगारो की तरह लाल हो चुकी थी, गुस्से से वह बुरी तरह काँप रहा था और फिर कुछ ऐसा हुआ जिसकी कल्पना मिस्टर तलवार ने भी नहीं की थी और जिसे देखकर उनके रोंगटे खड़े हो गये।

उन्होने देखा कि नृप जमीन से ऊपर उठता जा रहा था सीधा बिना किसी परेशानी के वह कुछ ही पलो मे हवा मे तैर रहा था जैसे उसे किसी सहारे कि जरुरत ही नहीं हो उन तीनो को अपनी आँखो पर यकीन नहीं हो रहा था कि जो कुछ वह देख रहे है वह सच है लेकिन वह कुछ भी कहते या करते उससे पहले ही नृप की फटे बांस जैसी आवाज उनके कानो मे पड़ी-

"बहुत कहा तुमने और बहुत सुना मैने अब नहीं अब तुम्हारे चुप होने का समय आ गया है हमेशा.... हमेशा.... के लिए पार्वती की मौत की सजा अब तुम लोगो को मिलेगी....." - कहते हुए नृप ने अपनी बाहे ऊपर उठायी जिनके साथ वहाँ पड़े हुए सारे कांच के टुकड़े ऊपर उठते हुए हवा मे तैरने लगे और अगले ही पल उसके इशारे के साथ ही वह सभी टुकड़े तेजी से मिस्टर और मिसेज शर्मा की ओर बढ़े यह सब इतनी तेजी से हुआ कि उन्हे कुछ करने का मौका ही नहीं मिला।

"नहीं...." - मिस्टर तलवार जो कि मिस्टर शर्मा के बराबर मे खड़े थे चीखे और मिस्टर शर्मा के आगे आकर खड़े हो गये जिससे उनकी ओर आता काँच 2 इंच की दूरी पर रूका और फिर नीचे गिर गया जिससे उन दोनो ने चैन की सांस ली लेकिन जब मिस्टर शर्मा की नजर दूसरी ओर गयी तो उन्होने देखा कि मिसेज शर्मा का सारा शरीर काँच के टुकड़ो से भर चुका था खून बहकर जमीन पर बिखर रहा था मिस्टर शर्मा तुरन्त उस ओर दौड़े और गिरने से पहले ही उन्हे अपनी बाहो मे भर लिया।

"शीतल नहीं.... नहीं शीतल...." - कहते हुए वह उन्हे लेकर जमीन पर बैठ गये मिसेज शर्मा बोल नहीं पा रही थी उन्होने कुछ पल के लिए मुस्कुराते हुए मिस्टर शर्मा की ओर देखा और फिर हमेशा के लिए अपनी आँखे बन्द कर ली जिसके बाद मिस्टर शर्मा कुछ कह नहीं पाए बस उनकी आँखे उनकी तकलीफ को आँसू बनाकर बाहर निकालती रही, दूर खड़े मिस्टर तलवार यह सब देख

रहे थे जब नृप ने आकर उनसे कहा- "आपको क्या जरुरत थी यह सब करने की अगर आपको कुछ हो जाता तो"

नृप हमेशा की तरह शान्त हो चुका था और उसके शब्दो मे उसके पिता के लिए उसकी चिन्ता साफ नजर आ रही थी

मिस्टर तलवार अभी भी शॉक मे थे वह सदमे मे पीछे की ओर लड़खडाए और पीछे कुछ दूरी पर रखे सोफे पर ढह गये

"डैडी..." - नृप ने उनके पास जाकर उनका हाथ पकड़ लिया

"यह तुमने क्या किया नृप अब क्या होगा मै तुम्हे कैसे बचाऊगाँ अब सबको पता चल जायेगा तुम्हारे बारे मे...." - वह बहुत घबराए हुये थे

"तो चलने दीजिए सबको पता...." - नृप के आगे कुछ भी कहने से पहले मिस्टर तलवार ने उसे रोक दिया

"बस नृप अब तुम न कुछ करोगे और न ही कुछ कहोगे अब जो करना है मै करूँगा अब जब तक मै न कहूँ यहाँ से हिलना मत समझे" - उन्होने नृप से सख्त लहजे मे कहा जिसे सुनकर नृप ने अपनी गर्दन झुका ली उसके बाद वह उठकर मिस्टर शर्मा के पास आकर बैठ गये और उनके कंधे पर हाथ रखते हुए उन्होने कहा- "मै जानता हूँ जो हुआ गलता हुआ मुझे उसका अफसोस है लेकिन अगर यह सब यही खत्म नहीं किया गया तो अंजाम इससे भी बुरा होगा और मुझे पूरा यकीन है सर कि आप ऐसा नहीं चाहेगे..."

मिस्टर शर्मा ने अपने आसुओ को लगभग पीते हुए मिस्टर तलवार की ओर देखा जिसके बाद मिस्टर तलवार ने एक लम्बी सांस लेकर आगे कहा- "अगर आप चाहते है कि यह बात यही खत्म हो जाए तो प्लीज आप किसी से मत बताइऐगा कि यहां क्या हुआ"

मिस्टर शर्मा की आँखो मे गुस्सा देखकर उन्होने तुरन्त कहा- "मै वादा करता हूँ आगे से ऐसा नहीं होगा अब तक आप यह तो जान ही गये होगे कि नृप को केवल मै रोक सकता हूँ अगर ऐसा

नहीं होता तो अपनी पत्नी के लिए रोने को आप भी नहीं बचते इसीलिए समझदारी इसी मे है कि आप मेरी बात माने वरना आगे जो होगा उसके जिम्मेदार आप होगे सर" - मिस्टर तलवार पर इस समय पूरी तरह उनके पिता का भाव हावी था शायद वह खुद नहीं जानते थे कि वह क्या कह रहे है लेकिन मिस्टर शर्मा इस समय यह सब नहीं सोच रहे थे वह बहुत दुःखी थे और वह जानते थे कि उनके पास और कोई रास्ता नहीं है इसीलिए उन्होने सहमति मे अपना सिर हिला दिया जिससे मिस्टर तलवार ने सुकून की सांस ली।

"बहुत सही, धन्यवाद सर... आज के बाद आपको यह सब दोबारा नहीं देखना पड़ेगा" मिस्टर शर्मा ने कहा और उठकर नृप को लगभग खीचते हुए उनके घर से बाहर निकल गये और मिस्टर शर्मा अपनी पत्नी के खून से लथपथ शरीर को अपनी बाहो मे समेटे हुए बस रोते रहे...

मिस्टर तलवार ने घर पहुँचकर अपनी कार रोकी और उसी तरह नृप को खीचते हुए उसके कमरे मे ले आए

"यहाँ बैठो नृप" - उन्होने नृप को बिस्तर पर बैठाया और स्वयं जमीन पर बैठकर उसके दोनो हाथ अपने हाथो मे ले लिए "नृप अगर तुम मुझसे प्यार करते हो तो आज मे तुमसे जो कहूँगा तुम्हे मानना होगा मै जो मागूँगा तुम्हे देना होगा बोलो दोगे मुझे?"

मिस्टर तलवार बहुत प्यार से कह रहे थे जिसे सुनकर नृप ने मुस्कुराकर कहा- "क्या चाहिए आपको डैडी"

"एक वादा कि आज के बाद तुम मिस्टर शर्मा से कोई वास्ता नहीं रखोगे, आज के बाद तुन सिर्फ और सिर्फ अपने भविष्य पर ध्यान दोगे, वादा करो मुझसे" - कहकर मिस्टर तलवार ने अपना हाथ उसके सामने कर दिया नृप ने एक पल सोचा और फिर मुस्कुराकर अपना हाथ उनके हाथ पर रखते हुए कहा- "ठीक है डैडी मै वादा करता हूँ जैसा आप चाहते है वैसा ही होगा"

मिस्टर तलवार इससे बहुत खुश थे उन्होने नृप को गले लगाया उठकर प्यार से उसके सिर पर हाथ फेरा और फिर कुछ सोचते हुए कमरे से बाहर निकल गये।

नृप अपने पिता को जाते हुए देखता रहा और जैसे ही वह कमरे से बाहर निकले एक अजीब सी आवाज नृप के कानो मे पड़ी वह आवाज न तो आदमी की थी और न ही औरत की वह आवाज इतनी तीखी थी कि धीमी होने के बाद किसी शोर की तरह महसूस हो रही थी और यह आवाज कह रही थी कि -तुम्हारे डैडी सही कहते है तुम्हे अपने भविष्य के बारे मे ही सोचना चाहिए।

यह आवाज नृप की डायरी की थी जो कुछ पल पहले तक सामने टेबल पर थी लेकिन इस समय ठीक नृप की आँखो के सामने हवा मे तैर रही थी हालांकि नृप को इस सब से ज्यादा फर्क नहीं पड़ा था।

"मैं" अपने भविष्य के बारे मे ही सोच रहा हूँ लेकिन समझ नहीं आ रहा कि कहाँ से शुरुआत करुँ"

"राज... राज करने से शुरुआत करो पूरी दुनिया पर पूरी कायनात पर राज करो यही तुम्हारी जिन्दगी का मकसद है और इसीलिए तुम पैदा हुए हो..." - ऐसा लग रहा था कि वह किताब उसे रास्ता दिखा रही थी जिससे नृप की आँखो मे चमक आ गयी थी ऐसा लग रहा था मानो उसे इसी का इन्तजार हो

"बिल्कुल सही मै करूँगा राज इस सम्पूर्ण मानव जाति पर मै.... मेरा राज होगा यहाँ जो मै चाहूँगा वही होगा मेरा राज होगा... मेरा..." नृप चिल्लाकर फटी आवाज मे कह रहा था और ऐसा लग रहा था कि उसके इरादे जानवरो ने भाँप लिए थे मौसम पहचान गया था प्रकृति जान गयी थी उसे तभी तो अचानक से प्रकृति ने अपना रूप बदल लिया था पशु-पक्षी डर कर छिप गये थे, काले बादल छा गये थे इतना अँधेरा हो गया था जैसे अब कभी-भी सूरज उस ओर नहीं देखेगा, नृप इस सब को महसूस कर पा रहा था

और हर जगह अपना इर देखकर वह बहुत खुश था उसके होठो पर कुठिल मुस्कान नाच रही थी, प्रकृति बदल चुकी थी शिमला बदल चुका था सब कुछ बदल चुका था न जाने इसके बाद वहाँ उम्मीद कि किरण कब नजर आऐगी, आऐगी भी या नहीं कोई नहीं जानता, कोई नहीं.................................

15 साल बाद हमारी कहानी दिल्ली शहर से शुरु होती है जहाँ एक शानदार बंगले मे बैठे मिस्टर शिवराज पाटिल सुबह का नाश्ता कर रहे थे उन्हे देखकर कोई नहीं कह सकता था कि उनकी उम्र 15 वर्ष बढ़ गयी थी वह आज भी पहले की तरह मजबूत नजर आ रहे थे उनके सामने वाली कुर्सी पर वैभव अखबार के पीछे मुँह छिपाए बैठा था जिसे पार्वती ने वहां आते ही उसके हाथो से छीन लिया –"कितनी बार कहा है वैभव नाश्ते की टेबल पर अखबार नही पढ़ते" सिल्क की काली साड़ी मे पार्वती बहुत खुबसूरत लग रही थी गले मे मंगलसूत्र, मांग मे सिन्दूर और हाथो मे खनकती चूड़ियां उसकी खूबसूरती मे चार चाँद लगा रहे थे, दूसरी ओर वैभव को आजकल सब कुछ साफ-साफ देखने के लिए चश्मे की जरूरत पड़ने लगी थी जिसके लगने से उसकी उम्र की परिपक्कता उसके चेहरे पर साफ नजर आ रही थी लेकिन इस सब के बावजूद भी मिस्टर पाटिल वैभव से अधिक आकर्षक लग रहे थे हालांकि बढती उम्र की वजह से वह और अधिक बच्चे बनते जा रहे थे तभी तो पार्वती की बात पर उन्होने जोर का ठहाका लगाकर वैभव को चिढ़ाते हुए कहा- "आ हा यह हुई ना बात क्यो कैसा लगा वैभव मजा आया मैने कहा था ना मेरी बेटी तुमसे मुझ पर किये गये सारे अत्याचारो का बदला लेगी...."

मिस्टर पाटिल की बात सुनकर पार्वती मुस्कुराते हुए किचन की ओर चली गयी जिसके बाद वैभव ने धीमे स्वर मे सावधानी बरतते हुए कहा –"बस कीजिए डैडी पार्वती कम है जो आप भी शुरु हो जाते हो"

"ओ हो… बुरा लग रहा है…." - मिस्टर पाटिल ने उसे चिढ़ाने के लिए बुरा मुँह बनाते हुए कहा जिससे वैभव को गुस्सा आ गया- "मै सब जानता हूँ डैडी यह सब आपका ही किया धरा है अगर आप मुझे पहले ही बता देते कि शादी के बाद यह सब होता है तो मै कभी शादी नहीं करता.."

"क्या होता है शादी के बाद?" - पार्वती उधर ही आते हुए गुस्से मे कह रही थी जिसे सुनकर वैभव के होश उड़ गये और उसकी ऐसी हालत देखकर मिस्टर पाटिल मुँह भींचकर हँसने लगे

"मेरी बात का जवाब नहीं दिया वैभव" - पार्वती ने कुर्सी पर बैठते हुए दोबारा कहा

"शादी के बाद…. आ…. हाँ…. शादी के बाद जिन्दगी बहुत खूबसूरत हो जाती है तुम मेरा कितना ख्याल रखती हो कितना प्यार करती हो मुझसे सच पार्वती अगर तुम न मिलती तो पता नहीं मेरा क्या होता…." - वैभव के अन्दर जितनी ताकत थी उसने पार्वती को पटाने मे लगा दी लेकिन पार्वती पर इस सब का बहुत ज्यादा असर नहीं हुआ - "बस बस मसका लगाना बन्द करो और अपना नाश्ता करो…."

"ठीक है" - वैभव ने जल्दी से कहा और चुपचाप नाश्ता करने लगा अब तक मिस्टर पाटिल भी अपनी हँसी पर काबू पाकर नाश्ता करने मे लगे थे।

"तेजस… शौर्य… जल्दी आओ बच्चो, नाश्ता ठण्डा हो जायेगा" - पार्वती ने बुलन्द आवाज मे कहा और तुरन्त अन्दर से एक साथ दो आवाजे आयी -"आ रहे है मम्मी….."

आवाज के पीछे-पीछे 2 लड़के अपना स्कूल बैग उठाए उधर ही आ रहे थे उन्होने अपनी स्कूल की ब्लू यूनिफार्म पहन रखी थी वह लगभग एक ही उम्र के थे और उन्हे देखकर वैभव का बचपन याद आ रहा था

"गुड मार्निंग" - उन्होने एक साथ कहा और अपना स्कूल बैग साइड मे रखकर नाश्ता करने बैठ गये

"गुड मार्निंग" - सभी ने जवाब दिया और पार्वती ने उनकी प्लेट मे पराठे रख दिये जिसे वह दोनो दही के साथ मजे लेकर खाने लगे,

थोड़ी देर बाद शौर्य की फुसफुसाहट जैसी आवाज उनके कानो मे पड़ी

"तुम कहो" - शौर्य तेजस से कह रहा था

"नहीं तुम कहो" - तेजस ने जवाब दिया कुछ वक्त वह तीनो उन दोनो को ऐसा करते देखते रहे फिर आखिरकार वैभव न कहा - "तुम दोनो कुछ कहना चाहते हो?"

"नहीं, नहीं डैडु ऐसी कोई बात नहीं" - शौर्य ने बड़े होने का फर्ज निभाते हुए जल्दी से कहाँ हालांकि ऐसा करते समय वह बुरी तरह हिचकिचा रहा था ["तुम्हे जो कहना है साफ-साफ कहो, हिचकिचाओ मत चलो बताओ क्या बात है" - वैभव के पूछे जाने पर उन दोनो ने एक दूसरे की ओर देखा और फिर से शौर्य ने जवाब दिया -"हमारे स्कूल से 10 दिन का पिकनिक ट्रिप जा रहा है, हमारे सारे फ्रेन्डस जा रहे है क्या.... हम भी..... जा.... सकते है.... प्लीज....."

"नहीं, बिल्कुल नहीं तुम दोनो अभी बच्चे हो हम तुम्हे अकेले कही नहीं भेजेगे" - किसी से कुछ भी कहने से पहले पार्वती ने अपना फैसला सुना दिया जिसे सुनकर शौर्य ने अपनी गर्दन झुका ली लेकिन तेजस चिढ़ गया -"हम बच्चे नहीं है, जल्दी हम 11 साल के हो जायेगे"

"उससे कोई फर्क नहीं पड़ता" - पार्वती ने जवाब दिया

"सच कहा, उससे कोई फर्क नहीं पड़ता क्योंकि हमारे सारे फ्रेन्डस भी हमारी उम्र के है फिर भी उनके मम्मी डैडी ने उन्हे प्रमिशन दे दी बस आप ही हमे कही जाने नहीं देदी प्लीज मम्मी

हमे भी जाना है” - तेजस ने बुरा मुँह बनाकर लगभग रोते हुए अन्दाज मे कहा जिसे देखकर मिस्टर पाटिल को दया आ गयी -“जाने दो पार्वती बच्चे है इनका मन करता है घूमने का”

“लेकिन डैडी” - पार्वती कुछ और कहती उससे पहले वैभव ने कहा -“डैडी सही कह रहे है जाने दो इन्हे”

उन दोनो से यह सब सुनकर पार्वती भी थोड़ा पिघल गयी और उसने बिना कुछ कहे अपनी गर्दन झुका ली

“जाओ बच्चो मजे करो” - अपने पिता से यह सुनकर वह दोनो खुशी से खिल उठे और उन्हे इतना खुश देखकर पार्वती के होठो पर भी मुस्कान आ गयी

“वैसे यह ट्रिप जा कहा रहा है” - वैभव ने पराठा मुँह मे ठूसते हुए कहा

“शिमला” - उन दोनो ने एक साथ जवाब दिया जिसे सुनकर उन तीनो के होश उड़ गये उनके हाथो मे पकड़ा गया नाश्ता वापिस प्लेट मे पहुँच गया, सदमे मे उनकी आँखे बड़ी हो गयी वह तीनो उन दोनो को इतनी बुरी तरह घूर रहे थे जैसे उन्होने कोई भूत देख लिया हो,

“क्या हुआ?” - शौर्य ने थोड़े डरते हुए पूछा कुछ पल तो खामोशी रही फिर आखिरकर सबसे पहले पार्वती ने बोलने की हिम्मत दिखाई “कहाँ... जा रहे हो?” - उसने अटकते अटकते कहा

“शिमला” - तेजस ने तेजी से जवाब दिया

“कही नहीं जा रहे तुम लोग सुना तुमने” - वैभव ने इतने गुस्से से कहा कि वह थोड़ा डर गये

“लेकिन डैडी आपने तो....” - तेजस के बात आगे बढ़ाने से पहले वैभव का गुस्सा आसमान पर पहुँच चुका था -“बस तेजस मैने कहा ना कही नहीं जा रहे तुम दोनो और अब मुझे इस बारे मे कोई बात नहीं करनी तुम दोनो से बात समझ मे आयी तुम्हे”

कहते हुए वैभव अपनी कुर्सी से खड़ा हो गया था तभी बाहर बस का हार्न बजा,

"तुम्हारी बस आ गयी" - वैभव ने बस इतना कहा और वह दोनो बिना कुछ कहे गुस्से मे अपना बैग उठाकर तेजी से बाहर की ओर चले गये उनके जाने के बाद वैभव निराश होकर वापिस कुर्सी पर ढह गया।

"तुम्हे उनसे इस तरह बात नहीं करनी चाहिए थी वह छोटे बच्चे है और कुछ जानते भी नहीं है" - मिस्टर पाटिल को वैभव की यह हरकत पसन्द नहीं आयी थी।

"जानता हूँ डैडी, मुझे ऐसा नहीं करना चाहिए था लेकिन अगर मै उनसे प्यार से कहता तो वह कभी नहीं मानते और यह बात आप भी जानते है कि मै उन्हे किसी कीमत पर नहीं जाने दे सकता" - वैभव ने अपनी सफाई पेश की लेकिन फिर भी मिस्टर पाटिल अपनी बात पर टिके थे -"जानता हूँ वैभव लेकिन फिर भी तुम्हे ऐसा नहीं करना चाहिए था, उन्हे कितना बुरा लगा होगा, दोनो कितना उदास हो गये थे"

"आप चिन्ता मत कीजिए डैडी मै उन्हे मना लूंगा" - वैभव बोल ही रहा था कि पार्वती की नजर दीवार घड़ी पर पड़ी जो 8 बजा रही थी

"तुम्हे लेट हो रहा है वैभव" - उदास बैठी पार्वती ने धीरे से कहा, जिसे सुनकर वैभव ने लम्बी सांस ली और कुर्सी के पीछे टंगा अपना कोट पहन लिया

"शाम मे मिलते है" - कहकर वह सोफे से अपना सूटकेस उठाकर चला गया जिसके बाद मिस्टर पाटिल भी भारी कदमो से जाकर सोफे पर बैठकर अखबार पढ़ने लगे और पार्वती धीरे-धीरे नाश्ते की टेबल साफ करने मे जुट गयी।

स्कूल बस मे स्कूल जाते हुए तेजस और शौर्य खिड़की से बाहर नजरे गडाए चुपचाप बैठे थे

"तुम दोनो ठीक तो हो! अजीब लग रहे हो....." - यह सवाल एक पतली सुन्दर नीली आँखो वाली लड़की का था जिसके साथ एक थोड़ा मोटा लड़का खड़ा हुआ था

"तुम्हे आज पता चला है रतिका, मुझे तो पहले से पता है कि यह दोनो अजीब है" - पीछे वाली सीट पर बैठे एक लम्बे तगड़े लड़के ने उनका मजाक उड़ाते हुए कहा

"शटअप राघव" - रतिका ने कहा और शौर्य ने तुरन्त मामले को ठण्डा करने की कोशिश की -"प्लीज रतिका हम ठीक है"

"मुझे तो ऐसा नहीं लगता" - मोटा लड़का तेजस को पैनी निगाहो से घूर रहा था

"नहीं विशाल ऐसी कोई बात नहीं है हम ठीक है है ना तेज...." - शौर्य ने तेजस को कोहनी से इशारा करते हुए कहा और तेजस को न चाहते हुए भी शौर्य का साथ देना पड़ा - "हाँ बिल्कुल, बस मुझे किसी से बात नहीं करनी पर शायद यहाँ पर किसी को यह बात समझ ही नहीं आ रही"

"चुप हो जाओ तेज" - शौर्य ने तेजस को गुस्से मे कहा जिसे सुनकर तेजस ने फिर से अपनी नजरे खिड़की से बाहर गड़ा ली फिर शौर्य ने उन दोनो की ओर देखा जिनका चेहरा अब तक पूरी तरह उतर चुका था।

"इसका मूड़ ठीक नहीं है" - शौर्य ने अपने भाई की सफाई पेश की

"कोई बात नहीं हम बाद मे बात करते है" - रतिका ने कहा और फिर वह विशाल के साथ जाकर आगे की सीट पर बैठ गयी और तेजस के साथ शौर्य भी खिड़की से बाहर देखने लगा।

स्कूल मे लंच टाइम आते-आते तेजस का मूड़ काफी बेहरत हो चुका था और उसे अपने दोस्तो से इस तरह बात करने के लिए बहुत बुरा लग रहा था लेकिन उसे समझ नहीं आ रहा था कि किस

तरह बात करे, लंच टाइम की बेल बजने पर जब टीचर क्लास से बाहर चले गये तो शौर्य ने थोड़ा जोर देकर तेजस से कहा - "अब जाओ तेज" जिसके बाद वह धीरे-धीरे उनके पास आकर खड़ा हो गया और उसने धीरे से कहा - "सारी...."

उन दोनो ने कुछ पल तेजस की ओर देखा और फिर रतिका ने कहा - "कोई बात नहीं तेजस तुम्हे माफी माँगने की जरुरत नहीं है"

"सच मे इसका मतलब तुम नाराज नहीं हो" - तेजस लगभग खुशी से उछल गया था।

"बिल्कुल नहीं है" - विशाल ने कहा जिसके बाद वह तीनो मुस्कुराने लगे, तेजस काफी सुकून मे था।

"अब चलो लंच करना है या नहीं" - रतिका ने कहा तो शौर्य भी उठकर उनके पास आ गया और उसने धीरे से कहा - "अ...... दरअसल हम आज लंच नहीं लाए"

"कोई बात नहीं हम तो लाए है एक ही बात है" - रतिका ने कहा और फिर वह तीनो विशाल के साथ बाहर चले गये और कुछ समय बाद वह ग्राउण्ड मे बैठे लंच कर रहे थे, "तुम्हारा मूड़ खराब क्यो था तेजस?" - विशाल ने सैण्डविच मुँह मे ठूंसते हुए कहा जिस पर बराबर मे बैठी रतिका ने भी उसे सवालिया नजरो से देखा

"डैडु ने हमे शिमला जाने से मना कर दिया" - शौर्य ने जवाब दिया,

"और वह भी बुरी तरह से" - तेजस फिर से गुस्से मे आ गया था

"बस भी करो तेजस" - रतिका ने तेजस को शान्त करने की कोशिश की लेकिन वह मानने वाला नहीं था - "बिल्कुल नहीं उन्होने हमे बहुत बुरी तरह डाटा, शौर्य का तो पता नहीं लेकिन मै उनसे बहुत नाराज हुँ और मै उन्हे कभी माफ नहीं करुँगा...."

"फिक्र मत करो तेजस उसकी नौबत ही नहीं आऐगी क्योंकि मुझे नहीं लगता कि तुम्हारे मम्मी-पापा इसके लिए तुमसे माफी

माँगेंगे" - विशाल ने थोड़े मजाकिया अन्दाज मे कहा जिसे सुनकर उन तीनो को हंसी आ गयी और तेजस कुछ पल पहले के अपने गुस्से को भूल गया, इसके बाद उन चारो ने अपना लंच खत्म किया और बाकी का स्कूल अच्छे से खत्म किया, जब स्कूल की छुट्टी हुयी तो वह चारो स्कूल बस की ओर बढ़े

"उधर देखो" - रतिका ने सड़क के किनारे कार के पास खड़े वैभव की ओर इशारा किया, यह देखकर शौर्य और तेजस वही रुक गये,

"बाय" - रतिका व विशाल ने एक साथ कहा और फिर वह तेजी से स्कूल बस की ओर दौड़ गये

"बाय" - तोजस और शौर्य भी कहकर धीरे-धीरे आकर कार मे बैठ गये।

"गुड़ आफटरनून बच्चो दिन कैसा बीता?" - वैभव ने खिड़की से अन्दर झाँकते हुए पूछा

"गुड़ आफटरनून और हाँ.... दिन अच्छा था" - शौर्य ने जवाब दिया लेकिन तेजस चुप रहा इसी बीच वैभव की नजर पास मे खड़ी आइस्क्रीम वैन पर पड़ी और उसने तेजस की चुप्पी को नजरअन्दाज करते हुए कहा - "अच्छी बात है चलो फिर इसी के नाम एक-एक आइसक्रीम हो जाए"

कहकर वह वैन से दोनो के लिए एक-एक आइस्क्रीम खरीद लाया उसने खिड़की मे हाथ डालकर शौर्य को आइस्क्रीम दी जिसे शौर्य ने तुरन्त ले लिया, इसके बाद उसने तेजस की ओर आइस्क्रीम बढ़ायी पहले तेजस ने कुछ पल सोचा और फिर शौर्य की घूरती नजरो को खुद पर महसूस करते हुए उसने धीरे से आइस्क्रीम पकड़ ली जिससे वैभव के चेहरे पर थोड़ी मुस्कुराहट आ गयी और उसने कार मे बैठकर कार चलानी शुरू कर दी।

घर पहुँचकर जब कार रुकी तो तेजस जल्दी से कार से उतरकर सीधा अन्दर की ओर चला गया, शौर्य ने कुछ पल अपने पिता की

और देखा और फिर वह भी तेजस के पीछे-पीछे चला गया वैभव को इससे काफी निराशा हुयी थी, जब वह कार लॉक करके अन्दर आया तो मिस्टर पाटिल और पार्वती सामने ही खड़े थे साफ दिख रहा था कि वह तेजस और शौर्य को रोक पाने मे सफल नहीं हुए थे और उन दोनो ने ऊपर जाकर अपने रूम का दरवाजा बन्द कर लिया था जिससे वह दोनो काफी परेशान थे और फिर निराश वैभव को देखकर उनकी परेशानी और भी बढ़ गयी जो हताश सा चुपचाप आकर सोफे पर ढह गया, वह दोनो ही समझ गये थे कि वैभव सुबह किये गये अपने वादे को पूरा नहीं कर पाया था परन्तु फिल्हाल उन तीनो मे से किसी से भी कुछ कहते नहीं बन रहा था इस समय वह तीनो ही चुपचाप थे और एक दूसरे को अजीब नजरो से घूर रहे थे,

रात मे डिनर के लिए उन दोनो का इन्तजार करके पार्वती स्वंय ही उन्हे बुलाने के लिए गयी, जब वह वापिस आयी तो वैभव ने उन दोनो के लिए पूछा और पार्वती बिना कुछ कहे इंकार मे सिर हिलाकर वही बैठ गयी, वैभव ने कुछ पल सोचा और फिर एक लम्बी सांस लेकर उसने मजबूती के साथ कहा - "बस बहुत हो गया, अगर वह दोनो जानना ही चाहते है कि मैने ऐसा क्यो किया तो मै उन्हे जाकर बताऊँगा, आज और अभी बताऊँगा...."

"हाँ वैभव शायद सब कुछ जानकर वह हमारी बात समझ जाए और अपनी जिद्द छोड़ दे" - पार्वती ने भी वैभव का साथ दिया अब वह दोनो मिस्टर पाटिल की ओर देख रहे थे और आखिरकार जब उन्होने भी सहमति मे सिर हिलाया तो उन्हे और अधिक हिम्मत मिल गयी फिर वह तीनो ऊपर उनके कमरे की ओर बढ़ गये।

कमरे मे तेजस और शौर्य बिस्तर पर औंधे मुँह पड़े थे शायद उन्हे लगा हो कि इससे उनके पेट मे उछलने वाले भूख के चूहे थोड़े शान्त हो जायेगे हालफिलहाल उन तीनो के कमरे मे आते ही वह दोनो उठकर बैठ गये।

"डिनर पर क्यो नहीं आए?" - वैभव के पूछने पर भी उन्होने कोई जवाब नहीं दिया और चुपचाप सिर झुकाए बैठे रहे

"ठीक है तुम दोनो यही जानना चाहते हो ना कि मैने शिमला जाने से क्यो मना किया तुम दोनो को" - बिल्कुल डैडू हमे जानना है आपने ऐसा क्यो किया

"हाँ डैडू जब आपने हमे प्रमीशन दे दी थी तो फिर शिमला का नाम सुनकर मना क्यो किया, आपको शिमला से क्या परेशानी है, क्या है शिमला मे?" - शौर्य ने मौका पाकर अपने सारे सवाल एक साथ अपने पिता पर दाग दिये और अब तेजस और शौर्य दोनो ही पूरी उम्मीद से उन तीनो की ओर देख रहे थे उन्हे पूरी उम्मीद थी कि उनके दिन भर भूखे रहने का फल उन्हे जल्दी मिल जायेगा, हालफिल्हाल कुछ देर हिम्मत जुटाने के बाद वैभव ने कहा -"नृप..... नृप है शिमला मे" नृप का नाम सुनकर पार्वती की कंपकपी छूट गयी।

"नृप कौन है और इस नृप की वजह से हम वहाँ क्यो न जाए भला" - तेजस ने लापरवाही से कहा तो पार्वती कुछ बुरा मान गयी और उसने तेजी से जवाब दिया - "शैतान है नृप, बहुत बुरा शैतान जिसने मुझे हमेशा के लिए मेरे परिवार से दूर कर दिया, मजबूर कर दिया मुझे अपनो से हमेशा के लिए दूर रहने के लिए" - पार्वती को अपने माता-पिता याद आ रहे थे और वह बुरी तरह रो रही थी लेकिन बच्चे अभी-भी इस सब को अच्छी तरह नहीं समझ पा रहे थे उनकी इस उलझन को मिस्टर पाटिल समझ रहे थे इसीलिए बाकी सब उन्होने खुद ही बताने का फैसला लिया, उन्होने हिम्मत जुटाई, एक गहरी सांस ली बोलना शुरु किया........जब मिस्टर पाटिल की बात खत्म हुयी तो पार्वती बच्चो की स्टडी टेबल की कुर्सी पर बैठी रो रही थी, वैभव खिड़की के पास खड़ा सूनी निगाहो से आसमान की ओर ताक रहा था और मिस्टर पाटिल बच्चो के साथ उनके बिस्तर पर बैठे थे।

कुछ समय कमरे मे बिल्कुल खामोशी छायी रही और फिर सबसे पहली आवाज तेजस की आयी - "इसका मतलब कि आपने हमसे छिपाया कि हमारे नानू और नानी भी है"

"बस तेजस! बहुत हुआ तुम्हे इस सब मे बस यही समझ आया कि हमने तुमसे सच छिपाया यह नहीं कि हमने ऐसा क्यो किया" - वैभव लगभग चीख पड़ा था।

"तेज सही कह रहा है डैडी हमे भी अपने नानू नानी के बारे मे जानने का हक है" - शौर्य ने पहली बार तेजस की नासमझी मे उसका साथ दिया था, कम-से-कम वैभव को तो यही लगा था इससे पहले वह शौर्य से कुछ कहता मिस्टर पाटिल ने उसे चुप रहने का इशारा किया और स्वंय बच्चो से बात करने लगे - "देखो बच्चो हम जानते है कि तुम्हे भी अपने नानू-नानी के बारे मे जानने का हक है लेकिन यकीन करो हमने तुमसे यह सब केवल तुम्हरी सुरक्षा के लिए ही छिपाया था, हम नहीं चाहते थे कि तुम दोनो अपनी जिन्दगी इतनी उलझनो के साथ जियो और तुम्हे यह सब बताकर हम परेशान नहीं करना चाहते थे क्योंकि यह सब जानकर भी हम या तुम कुछ नहीं कर सकते"

"कुछ नहीं कर सकते! आप ऐसा क्यो कह रहे हो दादू आप देख लेना हम नानू और नानी को लेकर आयेगे" - तेजस ने वही कहा जिसकी उन सब को उससे उम्मीद थी,

"काश ऐसा हो पाता तेजस काश मे उनसे फिर से मिल पाती लेकिन हम चाहकर भी यह नहीं कर सकते" - पार्वती ने रूआसी आवाज मे कहा

"लेकिन क्यो मम्मी" - तेजस के सवाल का जवाब वैभव ने दिया - "तुम क्या चाहते हो तेजस 15 साल जो उन्होने अपनी बेटी का चेहरा देखे बिना बिता दिये सब बेमतलब हो जाए, उनकी कुर्बानी जाया चली जाए यही चाहते हो तुम बोलो?"

वैभव के सवाल का तेजस के पास कोई जवाब नहीं था इसीलिए उसने अपनी गर्दन झुका ली, लेकिन शौर्य के दिमाग मे न जाने क्या चल रहा था कि उसने उत्साह से कहा -"लेकिन कम-से-कम हम यह तो पता कर ही सकते है कि वह कैसे है?"

शौर्य की बात पर सबसे ज्यादा जोश तेजस ने ही दिखाया - "सच मे! क्या ऐसा हो सकता है?"

शौर्य ने बाकी सब की ओर देखा जिनमे इस बात को लेकर कुछ खास उत्साह नहीं था लेकिन फिर भी उसने बोलना जारी रखा - "हम दोनो ट्रिप के बहाने वहाँ जायेगे और किसी बहाने से नानू-नानी से मिल लेगे, वह नृप हम दोनो को तो नहीं पहचानता न तो क्या परेशानी है, हम दोनो उन्हे आपके बारे मे जानकारी दे सकेगे इससे उन्हे भी अच्छा लगेगा उन्हे भी तो आपकी चिन्ता होती होगी और हम भी उनसे एक बार मिल आयेगे, अगर आप सब चाहे तो" शौर्य ने उन्हे मनाने के लिए अपनी सारी समझदारी लगा दी थी आखिरकार तेजस के साथ वह भी एक बार अपने नानू और नानी से मिलना चाहता था हालांकि उसकी इतनी मेहनत का भी उन सब पर ज्यादा असर नहीं हुआ सिवाय तेजस के जिसकी आँखे उत्साह से चमक उठी थी।

"वाह शौर्य यह तो सच मे कमाल का आइडिया है बहुत ही बढ़िया शौर्य तुमने तो कमाल कर दिया" - तेजस हवा मे उछल उछल कर बोलता जा रहा था लेकिन शौर्य के इशारा करने पर उसने बाकी सब की ओर देखा तो उसका उत्साह एक ही पल मे ठण्डा हो गया क्योंकि वह सभी चुपचाप नीरस भाव से खड़े उन्हे देख रहे थे।

"क्या हुआ आप सब ऐसे क्यो देख रहे है सच मे दादू सच मे शौर्य का आइडिया कमाल का है प्लीज हमे जाने दीजिए दादू प्लीज....." - तेजस ने थोड़ा जोर देते हुए कहा

"नहीं, बिल्कुल नहीं कही नहीं जा रहे तुम दोनो समझे" - वैभव ने अपना फैसला सुनाते हुए कहा लेकिन तेजस हार मानने वाला

नहीं था वही वैभव भी पिघलता नहीं दिख रहा था इसीलिए तेजस पार्वती की ओर मुड़ा और वहाँ जाकर घुटनो के बल बैठ गया - "प्लीज मम्मी क्या आप नहीं जानना चाहती के आपके मम्मी डैडी कैसे है प्लीज मम्मी हमे जाने दीजिए हम उनसे एक बार मिलना चाहते है मम्मी प्लीज.....।" पार्वती को पिघलते देख उसने और अधिक जोर देकर कहा - "मम्मी वह दोनो वहाँ 15 सालो से अकेले है अगर हम उनसे मिलेगे तो उन्हे अच्छा लगेगा प्लीज.....।"

वह अपनी बात खत्म करते हुए प्लीज लगाना नहीं भूलता था हालफिल्हाल इस बार उसकी मेहनत रंग लायी पार्वती भी इतने सालो से अपने माता-पिता के बारे मे जानने के लिए बैचेन थी, और अपने बच्चो मे उसे हल्की आशा की किरण नजर आयी थी उसने उम्मीद भरी नजरो से मिस्टर पाटिल और वैभव की ओर देखा, वैभव अभी-भी अपने फैसले पर सख्त नजर आ रहा था लेकिन वह कुछ और कहता उससे पहले मिस्टर पाटिल ने कहा "ठीक है जाओ तुम दोनो शिमला और कर लो अपने मन की पूरी" अपने दादू से यह सुनकर तेजस और शौर्य खुशी से उछल पड़े, उन दोनो ने तुरन्त आकर थैक्स कहते हुए उन्हे गले लगा लिया, मिस्टर पाटिल ने उनके सिर पर प्यार से हाथ फैरते हुए कहा - "अच्छा ठीक है ठीक है अब तुम खुश हो, अब नीचे जाकर डिनर करो, हम अभी आते है" वह दोनो जल्दी से बिना कुछ कहे हँसते हुए कमरे से बाहर चले गये उनके जाने के बाद मिस्टर पाटिल ने वैभव की ओर देखा जो खड़ा हुआ एक टक उन्हे घूर रहा था।

"प्लीज वैभव नियती उन्हे बुला रही है जाने दो उन्हे" - मिस्टर पाटिल ने वैभव को मनाने के अन्दाज मे कहा

"अगर मेरे बच्चो को कुछ भी हुआ तो उसके जिम्मेदार आप होगे, मै आपको कभी माफ नहीं करूंगा कभी नहीं" - वैभव गुस्से मे कहकर लगभग पैर पटकता हुआ वहां से चला गया, पार्वती कुर्सी से उठी और रोते हुए आकर मिस्टर पाटिल के गले लग गयी।

"थैंक्स डैडी" - उसने रूआसी आवाज मे कहा और मिस्टर पाटिल उसके सिर पर हाथ फैरते हुए उसे कमरे से बाहर लेकर चले गये।

2 दिन बाद सुबह-सुबह घर मे बहुत अफरा तफरी मची थी बच्चे जल्दी-जल्दी तैयार होने मे और पैकिंग मे लगे थे जिसमे मिस्टर पाटिल उनकी मदद कर रहे थे और पार्वती किचन मे नाश्ता तैयार करने और बच्चो का टिफिन पैक करने मे लगी थी लेकिन वैभव चुपचाप अपने कमरे मे बैठा था वह अभी-भी उन्हे शिमला भेजने के पक्ष मे नहीं था। चूंकि मिस्टर पाटिल ने उन्हे इसकी प्रमीशन दे दी थी तो वह चाहकर भी कुछ नहीं कर पा रहा था, जब बच्चो की पैकिंग पूरी हो गयी तो मिस्टर पाटिल ने उन्हे प्यार से अपने पास बैठाकर समझाते हुए कहा - "देखो बच्चो मै तुम दोनो को अपनी जिम्मेदारी पर भेज रहा हूँ और मै चाहता हूँ कि 10 दिन बाद तुम दोनो मुझे सही सलामत यही मिलो समझे" आखरी लाइन उन्होने तेजस की ओर देखते हुए जोर देकर कही थी जिसे भाँपते हुए तेजस ने तुरन्त अपनी सफाई देने के अन्दाज ने कहा- "हम वादा करते है दादू हमे कुछ नहीं होगा, हम ऐसा कुछ नहीं करेगे जिससे उसे हमारे या आपके बारे मे पता चले, है ना शौर्य" - उसने शौर्य की ओर देखते हुए कहा इस उम्मीद मे कि वह उसका साथ देगा क्योंकि वह जानता था कि जब तक शौर्य न कहे तब तक कोई उसकी बात का विश्वास नहीं करेगा आखिरकार शौर्य बड़ा था और सबकी नजरो मे तेजस से अधिक समझदार और जिम्मेदार भी हालफिलहाल शौर्य ने तेजस का साथ देते हुए सहमति से सिर हिला दिया जिससे सचमुच मिस्टर पाटिल का सुकून मिला इसीलिए वह हल्का सा मुस्कुरा दिये,

"चले?" - मिस्टर पाटिल ने मुस्कुराते हुए कहा और दोनो के हाँ मे सिर हिलाने पर वह तीनो बैग्स उठाकर कमरे से बाहर चले गये

जब वह बाहर आए तो पार्वती टेबल पर नाश्ता लगा रही थी

"डैडू कहाँ है मम्मी?" - अपने डैडू को वहाँ न पाकर शौर्य ने सवाल किया

"वह बस आ रहे है बेटा आप नाश्ता करो" - पार्वती ने जल्दी से कहकर उनकी प्लेट मे नाश्ता परोस दिया और स्वंय भी वहीं बैठ गयी, वह सभी समझ रहे थे कि वैभव वहाँ क्यो नहीं था लेकिन फिर भी उनमे से किसी ने कुछ नहीं कहा और चुपचाप नाश्ता करने लगे,

कुछ देर बाद बाहर बस का हार्न बजा

"बस आ गयी" - दोनो बच्चो ने लगभग उछलकर कहा और फिर तुरन्त जाकर सोफे से अपने बैग उठाकर पीठ पर टांग लिए

"ख्याल रखना और कोई शैतानी मत करना" - पार्वती ने उन दोनो के बैग मे टिफिन डालते हुए कहा और फिर प्यार से दोनो को गले लगा लिया

"चिन्ता मत कीजिए मम्मी अब हम बड़े हो गये है अपना ख्याल रख सकते है" - तेजस ने अपनी भौहे मटकाते हुए कहा जिसे सुनकर मिस्टर पाटिल को हसी आ गयी

"डैडु कहाँ है मम्मी?" - शौर्य की नजरे अभी भी अपने डैडू को ढूंढ रही थी,

शौर्य का सवाल सुनकर पार्वती झेप गयी उसे समझ नहीं आया कि वह क्या करे, पार्वती की स्थिति को भाँपते हि मिस्टर पाटिल ने कहा- "वैभव सो रहा है, अब तुम लोग जल्दी करो नहीं तो बस तुम दोनो को यही छोड़ कर चली जाऐगी...."

तेजस ने शायद आखरी लाइन ही सुनी थी और उसे सुनकर उसकी आँखे फट गयी- "नहीं.... जाना नहीं हम आ रहे है बाय मम्मी बाय दादू" वह चीखता हुआ घर से बाहर भाग गया, शौर्य ने भी मुस्कुराकर अपनी मम्मी को बाय कहा और फिर वह मिस्टर पाटिल के साथ बाहर आ गया जहाँ तेजस पहले ही बस मे घुस

चुका था और खिड़की मे वह दोस्तो के साथ मस्ती करता दिख रहा था, बच्चो के टीचर जो बस के बाहर खड़े थे काफी लम्बे तगड़े थे, उनके बाल लम्बे कन्धो तक थे और उन्होने काले रंग का ओवर कोट पहन रखा था।

"परिचय नहीं कराओगे शौर्य?" - उन्होने शौर्य से मिस्टर पाटिल की ओर इशारा करते हुए कहा

"हाँ बिल्कुल, यह मेरे दादू है, और दादू यह मेरे टीचर है अभी 1 महीने पहले आए है" - शौर्य ने दोनो का एक दूसरे से परिचय करवा दिया

"आकाश वर्मा" - टीचर ने कहते हुए अपना हाथ आगे बढ़ा दिया

"शिवराज पाटिल" - कहकर मिस्टर पाटिल ने उनसे हाथ मिला लिया।

"आपको कौन नहीं जानता, आप शिमला के मशहूर साइंटिस्ट है, है ना...." - आकाश सर ने थोड़ी अजीब मुस्कुराहट के साथ कहा जिसे सुनकर मिस्टर पाटिल एक पल को चौंक गये, आखिर वह उनके बारे मे कैसे जान सकता था लेकिन इससे पहले वह कुछ कह पाते आकाश सर ने आगे कहा- "आपसे मिलकर अच्छा लगा मिस्टर पाटिल"

"हाँ... मुझे भी.... अच्छा लगा...." - मिस्टर पाटिल ने उलझन के साथ कहा जिसके बाद आकाश सर शार्य को चलने का इशारा करके बस मे चढ़ गये, शौर्य ने अपने दादू को बाय कहा और वह भी जाकर तेजस के बराबर वाली सीट पर बैठ गया

"बाय दादू" - दोनो ने खिड़की से हाथ हिलाकर दोबारा बाय कहा,

"बाय" - मिस्टर पाटिल ने भी कहते हुए मुस्कुराकर हाथ हिला दिया और फिर बस चली गयी, मिस्टर पाटिल कुछ पल खड़े सोचते रहे और फिर मुड़कर भारी कदमो से घर की ओर बढ़ गये।

ऊपर अपने कमरे की खिड़की से वैभव यह सब देख रहा था वह काफी दूर तक बस को जाते देखता रहा,

"एक बार नीचे आकर उनसे मिल तो सकते थे" - पार्वती की आवाज पर वह पीछे की ओर पलटा

"पार्वती सही कह रही है वैभव तुम्हे नीचे आना चाहिए था" - मिस्टर पाटिल पार्वती के पीछे ही खड़े थे और नाराजगी जताते हुए कह रहे थे।

"क्यो मिलता उनसे इसीलिए कि अब कभी नहीं मिल पाऊँगा" - वैभव ने झुझलाहट के साथ कहा जिसे सुनकर पार्वती की कपकंपी छूट गयी,

"प्लीज वैभव ऐसा मत कहो, कुछ नहीं होगा उन्हे" - उसने रुआसी आवाज मे कहा जिसे सुनकर वैभव ने जबरजस्ती की हसी हसते हुए कहा -"हाँ, बिल्कुल पार्वती कुछ नहीं होगा इसीलिए तो भेजा है तुम दोनो ने उन्हे वहाँ, है ना....."

"वैभव तुम..." - मिस्टर पाटिल कुछ कहना चाहते थे लेकिन वैभव ने उन्हे बीच मे ही रोकते हुए कहा - "नहीं डैडी इस बार नहीं, इस बार आप गलत है आप ही बताइए 15 सालो मे क्या आपने किसी को मुँह से शिमला का नाम भी सुना है ऐसा लगता है कि उसे नक्शे मे बनाकर भुला दिया गया है, लगता नहीं वह किसी को नजर भी आता है..... और अचानक, केवल हमारे बच्चो की क्लास का ट्रिप शिमला भेजा जा रहा है, क्या आपको नहीं लगता कि 10 दिन के ट्रिप के लिए वह छोटी क्लास है, आपको यह सब अजीब नहीं लग रहा या फिर आप जानकर भी अनजान बन रहे है...." वैभव गुस्से मे लगातार बोलता जा रहा था और मिस्टर पाटिल व पार्वती चुपचाप खड़े सुन रहे थे जब वैभव चुप हुआ तो मिस्टर पाटिल ने उनके पास जाकर कहा - "वैभव मै जानता हूँ कि तुम्हे उन दोनो की चिन्ता है और पिता होने के नाते यह सही भी है लेकिन यकीन करो मै भी उनका दुश्मन नहीं हूँ, बहुत प्यार

करता हूँ उनसे कभी उनका बुरा नहीं चाहूगाँ" मिस्टर पाटिल की बात सुनकर वैभव की आँखो मे आँसू आ गये,

"फिर आप समझ क्यो नहीं रहे डैडी, वह वहाँ गये नहीं है उन्हे वहाँ बुलाया गया है" - उसने रूआसी आवाज मे कहाँ

"जानता हूँ वैभव" - मिस्टर पाटिल की आवाज मे इस समय भारीपन के सिवाय कुछ नहीं था

"जानने के बाद भी आपने उन्हे जाने दिया डैडी...." - वैभव पहली बार अपने पिता को समझ पाने मे असमर्थ था और उसकी आवाज मे उसके खुद के लिए नाराजगी साफ नजर आ रही थी दूसरी ओर पार्वती से कुछ कहते नहीं बन रहा था वह बेबसी की हालत मे सोफे पर ढह गयी,

"वैभव तुम जानते हो मैंने ऐसा क्यो किया, नियती यही चाहती है बेटा और हम नियती के आड़े नहीं आ सकते" - मिस्टर पाटिल की बात सुनकर वैभव पूरी तरह निराश होकर सोफे पर गिर गया

"पर मेरी ही औलाद क्यो, उसे भी हक है एक शान्त और सकून की जिन्दगी जीने का......"

"नहीं वैभव उसका फर्ज है लोगो को शान्त और सुकून की जिन्दगी देना, यही उसके जीवन का लक्ष्य है और मै अच्छी तरह जानता हूँ तुम कभी नहीं चाहोगे कि वह अपने लक्ष्य से भटके है ना वैभव......" - मिस्टर पाटिल वैभव को समझाते हुए कह रहे थे जब उनकी बात खत्म हुयी तो उन्हे लगा कि वैभव कुछ कहेगा, चूकि उसने बिना कुछ कहे अपनी गर्दन झुका ली तो उन्होने मान लिया कि वह उनकी बात से सहमत है,

फिर उन्होने वैभव से कुछ नहीं कहा, वह धीरे से खिड़की के एक कदम ओर करीब चले गये एक लम्बी और ठण्डी सांस लेकर उन्होने बादलो से भरे आसमान की ओर देखते हुए धीरे से बोलना शुरु किया - "आज उन्हे तुम्हारी जरुरत है साबित करो कि 11

साल पहले कि बात पर तुम अभी भी कायम हो, मैने सिर्फ तुम्हारे भरोसे अपने बच्चो को मौत के मुँह मे भेज दिया है और अब उन्हे वहाँ से लाने कि जिम्मेदारी तुम्हारी है...... सिर्फ तुम्हारी........."

उनकी बात खत्म होते ही आसमान मे एक तेज गड़गड़ाहट हुयी मानो वह आसमान उनसे कुछ कहना चाहता हो और कुछ ही पलो मे सारे बादल छट गये और सूरज की किरणे धरती को रोशन करने लगी वह देखकर ऐसा लग रहा था कि मानो आज सारा संसार पहली बार सूरज की रोशनी मे नहाया हो.....

उधर शिमला की ओर तेजी से जाती हुयी बस मे सभी बच्चे मस्ती कर रहे थे हमेशा की तरह शौर्य और तेजस विशाल और रतिका के साथ बैठे थे

"तुम्हारे डैडी ने तुम दोनो को जाने की अनुमति कैसे दे दी, वह तो मान ही नहीं रहे थे" - रतिका ने पूछा तो तेजस ने शान झाड़ते हुए एक हाथ से अपना कॉलर उठाते हुए कहा - "उन्हे तो मानना ही था आखिर आज तक कभी ऐसा हुआ है कि मैने कुछ चाहा हो और मुझे ना मिला हो......"

"बिल्कुल नहीं......" - विशाल ने पूरे जोश के साथ कहकर तेजस को एक ताली दी और उसके बाद वह दोनो अपनी ही बात पर हँसने लगे, बस मे बिल्कुल आगे की सीट पर बैठे आकाश सर कनखियो से उन्हे ही देख रहे थे, जिसका उन्हे कोई अहसास नहीं था,

बस के कुछ दूर और चलने के बाद उन्हे बाहर एक बोर्ड दिखाई दिया, जिस पर लिखा था - "शिमला मे आपका स्वागत है"

बच्चे शिमला पहुँचने पर बहुत खुश थे लेकिन उनसे भी ज्यादा आकाश सर खुश थे जिन्हे देखकर लग रहा था जैसे सदियो बाद घर लौटे हो, इस सब के बीच शायद शौर्य ही था जिसका ध्यान इस ओर गया कि बोर्ड को पार करते ही मौसम बिल्कुल बदल गया है कुछ देर पहले जहाँ धूप खिली हुयी थी वहीं अब सूरज पूरी तरह

काले बादलो से घिर चुका था, पहले उसे यह सब अजीब लगा जो शायद नृप के विषय मे सुनने की वजह से था फिर उसने सोचा कि पहाड़ो मे मौसम कब बदल जाए कोई कुछ नहीं कह सकता, कभी धूप तो कभी छाव इसीलिए उसने अपने दिमाग से सारे वहम निकाले और बाकी तीनो के साथ मशगूल हो गया,

काफी दूर चलने के बाद बस सड़क से कुछ दूरी पर बने एक कॉटेज के सामने आकर रूकी, आकाश सर ने तुरन्त खड़े होकर पूरे जोश के साथ कहा - "हम अपनी मंजिल पर पहुँच गये बच्चो, तुम सभी अपने बैग उठा लो और नीचे आ जाओ" कहकर वह तेजी से नीचे उतर गये, ना जाने क्यो परन्तु वह बहुत खुश नजर आ रहे थे हालफिल्हाल उनके पीछे-पीछे सभी बच्चे अपने-अपने बैग उठाकर नीचे आकर आकाश सर के सामने खड़े हो गये,

"हटो... पीछे हटो.... मुझे जाने दो" - राघव बच्चो को लगभग धकेलता हुआ आगे आकर उन चारो के साथ खड़ा हो गया और सबसे पहले कोहनी मारकर तेजस को चिढ़ाया जिसे बाकी तीनो ने देख लिया, वह तीनो अच्छी तरह जानते थे कि तेजस ईट का जवाब पत्थर से देने मे माहिर था, उसने अपना हाथ उठाया ही था कि शौर्य ने उसे पकड़ लिया - "नहीं तेज.... प्लीज..... यहाँ नहीं" उसने धीरे से कहा जिस पर ना चाहते हुए भी तेजस को शान्त होना पड़ा और राघव फिर से उसे एक बार चिढ़ाते हुए मुस्कुरा दिया,

"सभी आ गये?" - आकाश सर ने पूछा और सभी बच्चो के हाँ मे जवाब देने पर वह सामने की ओर मुड़े

"ठीक है बच्चो, वह रही तुम्हारी मंजिल" - उनके इशारा करने पर बच्चो ने कॉटेज की ओर देखा जिसे देखकर किसी भूत बंगले की याद आ रही थी उसके आस-पास का माहौल भी इराने के लिए काफी था

क्योंकि उसके आस-पास घना जंगल था सिवाय उस संकरे रास्ते के जो सीधा कॉटेज तक जाता था, यह सब देखकर बच्चे

कुछ सहम गये, बच्चो की घबराहट को महसूस करते हुए दोबारा उनकी ओर देखते हुए उन्होने कहा –"घबराओ मत बच्चो, पहाड़ी इलाको मे अकसर बादल छाए रहते है, तुम सभी मेरे साथ रहे तो बिल्कुल सुरक्षित रहोगे ठीक है"

अपने टीचर से यह सुनकर बच्चो मे हिम्मत आ गयी इसीलिए उन्होने पूरे जोश के साथ एक आवाज मे कहा –"यस सर"

"तो फिर चलो" - कहकर आकाश सर कॉटेज की ओर मुड़कर चल दिये, सभी बच्चे भी इधर-उधर ताँकते हुए उनके पीछे हो गये और जब कॉटेज का वह छोटा सा दरवाजा खोलकर वह अन्दर आए तो उनका सारा डर काफूर हो गया अन्दर सैकड़ो बल्बो की रोशनी मे कॉटेज किसी महल की तरह जगमगा रहा था, दीवारो पर खूबसूरत पेटिंग्स लगी हुयी थी, बड़े-बड़े सोफे चारो ओर लगे हुए थे जहाँ पर कुछ लोग बैठे आपस मे बाते कर रहे थे, एक आदमी काले कोट मे बैठा सिगरेट पी रहा था, दूर सोफे पर बैठी काले कपड़ो मे एक और काले रंग का स्वेटर बुन रही थी, एक छोटा बच्चा जिसने काले कपड़े पहन रखे थे सोफे के इधर-उधर अपनी बॉल से खेल रहा था, इन सब के बीच शौर्य की नजर काले कपड़े पहने उस आदमी पर टिक गयी जो बराबर के सोफे पर बैठा अखबार पढ़ रहा था।

लेकिन शौर्य को लगा जैसे वह अखबार पढ़ने का केवल नाटक कर रहा हो क्योंकि वह बार-बार तिरछी निगाहो से उन्हे और आकाश सर को देख रहा था, जिससे शौर्य को थोड़ा अजीब महसूस हुआ वह इस बारे मे तेजस को बताना चाहता था।

लेकिन जब उसने तेजस की ओर देखा तो पाया कि वह भी बाकी बच्चो की तरह कॉटेज की खूबसूरती और साफ सफाई का मुरीद हो चुका था, उसकी आँखे फटी और मुँह खुला हुआ था जिन्हे बन्द करने के बारे मे वह शायद भूल चुका था, शौर्य को उसकी इस हालत पर अफसोस जताने का मौका मिलता उससे पहले ही आकाश सर ने उन्हे आवाज दी जो रिसेप्शन पर खड़े रिसेप्शनिष्ट से बात कर रहे थे जिसने काले रंग की पेट-शर्ट पहन रखी थी,

"मैने कहा था मेरे साथ रहना इधर आओ सभी" - आकाश सर की आवाज पर वह सभी बच्चे दौड़ते हुए जाकर आकाश सर के पीछे खड़े हो गये

"धन्यवाद सर" - रिसेप्शनिष्ट ने कहा और दो चाबिया आकाश सर की ओर बढ़ा दी जिन्हे लेकर आकाश सर बच्चो के साथ सीढ़ियो से ऊपर चले गये जहाँ जाकर गलियारे मे कुछ दूर चलकर वह रुक गये, उनके दोनो ओर दो दरवाजे थे, दाये दरवाजे पर लिखा था 11 और बाये दरवाजे पर लिखा था 12 आकाश सर ने दोनो न0 पढ़े, चाबियो की ओर देखा और फिर वह बच्चो की ओर मुड़े

"मैने तुम सब के लिए दो हॉल बुक किये है, लड़के दायी ओर जायेगे और लड़किया बायी ओर जायेगी यह रही तुम्हारी चाबियाँ" - कहते हुए उन्होने एक चाबी लड़कियो की ओर बढ़ायी जिसे सामने खड़ी रतिका ने ले लिया और दूसरी चाबी तेजस की ओर बढ़ायी, तेजस के चाबी पकड़ने से पहले ही राघव ने उसे घकेलते हुए चाबी स्वंय ले ली जिससे तेजस को इतना गुस्सा आया कि वह उसे जान से ही मार देता लेकिन फिल्हाल आकाश सर के वहाँ होते हुए वह सिवाय उसे खूनी नजरो से घूरने के और कुछ नहीं कर सकता था और इस समय वह वही कर रहा था, हालफिल्हाल आकाश सर को इससे ज्यादा फर्क नहीं पड़ा था, इसीलिए उन्होने राघव के चाबी लेने पर अपनी त्यौरिया चढ़ायी और उन्हें वही कॉटेज मे रहने के लिए कहकर लम्बे-लम्बे डग भरते हुए सीढ़ियो से नीचे चले गये, और उनके जाते ही तेजस तुरन्त राघव से भिड़ गया - "तुमने मुझे धक्का क्यो दिया?"

"मेरा मन किया और वैसे भी तुम इन चाबियो के लायक नहीं" - राघव के ऐसा कहने पर तेजस का गुस्सा आसमान पर पहुँच गया और वह लड़ने के लिए पूरी तरह तैयार हो गया - "इस समय मेरा मन तुम्हारा मुँह तोड़ने का कर रहा है और मुझे पूरा यकीन है कि तुम इसी के लायक हो राघव"

"कोशिश करके देख लो" - राघव भी हार मानने वाला नहीं था, लेकिन तेजस भी उससे डरता नहीं था उसने राघव को मारने के लिए अपना हाथ उठाया ही थी कि पीछे से शौर्य ने उसका हाथ पकड़ लिया - "नहीं, तेज यह तुम क्या कर रहे हो?"

"शौर्य आज मत रोको, आज मै इसे सबक सिखा कर ही रहूँगा" - तेजस शौर्य से शिकायती तौर पर कह रहा था लेकिन शौर्य भी हार मानने वाला नहीं था उसने तेजस को मनाने के लिए आगे कहा - "तुमने दादू से वादा किया था तेज"

"हाँ, लेकिन इसके बारे मे नहीं किया था" - तेजस ने झुझलाहट से कहा

"उससे कोई फर्क नहीं पड़ता, तुमने कहा था कि तुम कोई झगड़ा नहीं करोगे" - इस बार शौर्य भी गुस्से मे आ गया था इसीलिए तेजस शान्त हो गया और उसने अपनी सफाई देते हुए कहा - "मै झगड़ा नहीं कर रहा"

शौर्य अभी-भी उसे घूर रहा था जिस पर एक बार फिर तेजस ने हार मान ली उसने मुड़कर राघव को गुस्से से घूरा जो अपनी जीत पर मुस्कुरा रहा था और फिर अपनी नजरे झुकाकर चुपचाप शौर्य के पीछे जाकर खड़ा हो गया

"दरवाजा खोलो राघव, हमे अन्दर जाना है" - शौर्य ने सख्त लहजे मे कहा तो राघव ने मुड़कर तुरन्त दरवाजा खोला और वह मुस्कुराता हुआ अन्दर चला गया, जिसके पीछे-पीछे सभी बच्चे अपने अपने बैग उठाकर कमरे मे चले गये, रतिका भी दरवाजा खोलकर लड़कियो के साथ अन्दर चली गयी, शौर्य ने तेजस की ओर देखा जो अभी-भी गुस्से से फर्श को घूर रहा था, शौर्य ने तेजस का हाथ पकड़ा और उसे लगभग खींचता हुआ विशाल के साथ अन्दर चला गया, अन्दर हॉल मे फर्श पर बिस्तर करीने से लगे थे जिन पर काले तकिए, काले कम्बल और काले गद्दे थे जिन्हे देखकर तेजस का बचा कुचा मूड़ भी सड़ गया, उसने बुरा

मुँह बनाते हुए कहा - "लगता है यहाँ इंसानों को छोड़कर बाकी सब काला ही होता है" शौर्य अच्छी तरह जानता था कि तेजस को काला रंग बिल्कुल पसन्द नहीं था इसीलिए वह उसके खराब मूड़ का अन्दाजा लगा सकता था, हालफिल्हाल यह सब देखकर सबसे ज्यादा झटका विशाल को लगा था जो आँखे बड़ी करके सदमे मे कह रहा था - "क्या यहाँ खाना भी काला ही मिलेगा" विशाल की बात सुनकर आखिरकार तेजस को भी हँसी आ गयी लेकिन शौर्य इस माहौल से परेशान था और मजाक के मूड़ मे बिल्कुल नहीं था।

उसने गुस्से से विशाल को घूरते हुए कहा - "विशाल तुम खाने से अलग किसी और चीज के बारे मे नहीं सोच सकते क्या?"

इसका जवाब राघव ने दिया जो पहले ही अपने बिस्तर पर कब्जा कर चुका था - "नहीं, बिल्कुल नहीं अगर किसी और चीज के बारे मे सोचेगा तो अपने नाम से खुद को मैच कैसे करेगा वि....शा.....ल....." आखिरी शब्द उसे अपनी बाहे पूरी तरह फैलाते हुए कहा था।

इस बार उन तीनो को ही उस पर बहुत गुस्सा आया लेकिन उन्हे केवल तेजस की चिन्ता थी लेकिन उसने उसकी उम्मीद के विपरीत कार्य किया, तेजस अच्छी तरह जानता था कि वह राघव पर अपना गुस्सा नहीं निकाल पाएगा इसिलिए उसने शौर्य पर अपना गुस्सा निकाला और उसे बुरी तरह घूरते हुए पैर पटककर जाकर सबसे कोने वाले बिस्तर पर बैठ गया जिसके बाद शौर्य और विशाल भी जाकर बराबर वाले बिस्तरो पर बैठ गये।

दूसरी और रतिका और बाकी लड़किया भी काले रंग के बिस्तर देखकर कुछ परेशान थी लेकिन वह सभी इस सब से ज्यादा शिमला आने की वजह से उत्साहित थी और आगे की बाते सोच-सोच कर खुश हो रही थी वह सोच भी नहीं सकती थी कि यहाँ आगे उनके साथ क्या-क्या होने वाला था और इस सब की शुरुआत हो चुकी थी बस उन सब को इसका अहसास होना बाकी था और शाम होते-होते

उन्हे अहसास हो गया कि यह सब उतना अच्छा नहीं जितना वह सोच रहे थे, क्योंकि शाम होते होते उनके दिमाग मे शिमला नहीं बल्कि कुछ और ही घूम रहा था और वह था - "खाना"

शाम के 8 बज चुके थे तेजस, विशाल और शौर्य तीनो ही कमरे के बाहर दरवाजे के पास दीवार से टिके खड़े थे और उन्हे देखकर लग रहा था मानो बस बेहोश होने ही वाले है हालांकि ऐसी हालत सिर्फ उनकी नहीं थी कमरे का दरवाजा खुला था और अन्दर सभी बच्चे इसी हालत मे नजर आ रहे थे, कुछ समय बाद लड़कियो के कमरे का दरवाजा खुला और रतिका लगभग टूट कर गिर चुके चेहरे मे बाहर आयी

"हे दोस्तो तुम्हारे पास कुछ खाना बचा है क्या?" - उसने सवाल किया

"क्या तुम्हे सच मे ऐसा लगता है कि हमारे पास कुछ बचा होगा" - विशाल के जवाब पर वह भी उनके साथ दीवार से टिक गयी और उसने केवल इतना कहा - "नहीं"

कुछ समय वह चारो वहाँ उसी हालत मे चुपचाप खड़े रहे और आखिराकर रतिका की हिम्मत जवाब दे गयी, उसने गुस्से से अपनी त्यौरिया चढ़ाते हुए कहा - "अब तो हद हो गयी लापरवाही की, आकाश सर ने हमे समझ कर क्या रखा है 8 बज चुके है न जाने कब आयेगे.....?"

"शायद हम सब के मरने के बाद" - विशाल ने रूआसी आवाज ने कहा तो उन तीनो को उस पर दया आ गयी, कुछ पल बाद शौर्य ने थोड़ी हिम्मत जुटाते हुए कहा - "हमे नीचे जाकर देखना चाहिए शायद कुछ मिल जाए..... क्या कहते हो"

"हमारी हालत नहीं है कि हम कुछ कहे, तुम जैसा चाहो" - तेजस ने निराश भाव से कहा और धीर-धीरे नीचे जाने के लिए बढ़ गया, उसके पीछ-पीछे वह तीनो भी चले गये,

सीढ़ियो से नीचे उतरते हुए उनकी नजरे आकाश सर को ढूंढ रही थी लेकि उनका कही नामोनिशान नहीं था तभी तेजस ने उछलकर कहा - “अरे वह रहे सर और इतना सारा खाना भी, क्या करते हो शौर्य, अगर तुम हमे पहले ही नीचे ले आते तो हमे इतने समय भूखा नहीं रहना पड़ता” तेजस के कहते ही उन्होने तुरन्त उधर की ओर देखा लेकिन वहाँ पर कोई नहीं था इसीलिए तेजस के मजाक पर वह तीनो गुस्से से उसे घूर रहे थे जबकि वह इस सब की परवाह किये बिना बनावटी अन्दाज मे लगातार बोलता जा रहा था, अपनी बात खत्म करके उसने शौर्य को गुस्से से घूरा और फिर बराबर मे पड़े सोफे पर गिर गया,

“सही कर रहे हो, नीचे आकर तो और भी थक गये” - विशाल भी कहता हुआ तेजस के बराबर मे ही पसर गया।

उनकी बाते सुनकर शौर्य ने बिना कुछ कहे नजरे चुराते हुए अपना मुँह फेर लिया।

“तुम चारो यहाँ क्या कर रहे हो” - यह आकाश सर थे जो गुस्से मे बोलते हुए दरवाजे से अन्दर आ रहे थे उन्हे आते देखकर तेजस और विशाल जल्दी से उठकर उन दोनो के बराबर मे खड़े हो गये।

“मैने पूछा यहाँ क्या कर रहे हो, तुम जानते हो तुम्हे इस तरह अजनबी जगह पर अकेले नहीं घूमना चाहिए” - आकाश सर अजीब नजरो से इधर-उधर घूरते हुए गुस्से मे कह रहे थे जिसे सुनकर उन चारो के चेहरे के भाव तुरन्त बदल गये

“हमे भूख लगी है, हम सब को” - रतिका ने गुस्से से अपनी त्यौरिया चढ़ाते हुए जवाब दिया।

रतिका के जवाब पर आकाश सर न चिढ़ते हुए कहा -“ठीक है समझ गया, अब तुम जाओ और जाकर बाकी बच्चो को बुलाकर ले आओ” फिर उन्होने विशाल की ओर देखकर कहा - “तुम भी उसके साथ जाओ” आकाश सर की बात सुनते ही वह दोनो बिना वक्त

गवाएँ लपक कर सीढ़ियो पर चढ़ गये, उनके जाने के बाद आकाश सर ने उन दोनो से बात की जो इधर-उधर अजीब नजरो से देख रहे थे - "क्या हुआ परेशान क्यो लग रहे हो?"

उन दोनो के मन मे सवाल तो बहुत थे लेकिन उनसे इस बारे मे पूछते हुए वह थोड़ा हिचकिचा रहे थे आखिरकार तेजस ने हिम्मत जुटाकर एक छोटा सा सवाल पूछ ही लिया - "सर यहां सभी काले कपड़े क्यो पहनते है, मेरा मतलब है यहां मैने काले रंग से अलग कोई रंग नहीं देखा, हमारे तो बिस्तर भी काले है, यह सब अजीब नहीं लगता आपको"

उनकी उम्मीद के विपरित आकाश सर उनके सवाल पर गम्भीर होने के स्थान पर मुस्कुराने लगे - "क्या सच मे तुम्हे यह अजीब लग रहा है, मुझे तो यह माहौल बहुत सकून देता है देखो कितनी शान्ति है यहां और वैसे भी काले रंग से बेहतर कोई रंग नहीं होता, लेकिन तुम्हे परेशान होने की कोई जरुरत नहीं है जल्दी ही तुम्हे इस सब से छुटकारा मिल जायेगा" वह लगातार बोलते जा रहे थे और बोलते हुए उनके चेहरे पर अजीब शैतानी मुस्कुराहट नाँच रही थी जिसे देखकर वह दोनो सहम गये, जैसे ही आकाश सर ने उनकी ओर देखा उन्होने माहौल को नार्मल करने की कोशिश करते हुए कहा - "अरे.... मेरा मतलब है वापिस भी तो जाना है, कही यही बसने का इरादा तो नहीं है तुम दोनो का" उन्होने हँसते हुए अपनी बात खत्म की लेकिन उनकी बात पर तेजस और शौर्य को बिल्कुल हसी नही आयी, उन्हे इस तरह देखकर आकाश सर थोड़ा घबरा गये, मानो उनसे कोई गलती हो गयी हो तभी उनकी नजर सीढ़ियो से नीचे आते बच्चो पर गयी और जैसे उन्हे बात बदलने का मौका मिल गया इसीलिए वह तुरन्त सभी बच्चो की ओर मुड़ गये जो आकर वहीं खड़े हो गये थे और फिर उन्होने शर्मिन्दगी के भाव से कहा -"ओह! मुझे माफ कर बच्चो, मै भूल गया था, तुम सब को बहुत भूख लगी होगी ना" आकाश सर

से यह सुनते ही सभी बच्चो ने शोर मचा दिया, आखिरकार वह सभी भूख से बेहाल थे लेकिन उनके ऐसा करने पर वहाँ मौजूदा कुछ लोग उन्हे घूरने लगे जिसकी भनक लगते ही आकाश सर ने उन्हे चुप कराते हुए दोबारा कहा - "ठीक है, ठीक है समझ गया, अब चुप हो जाओ और मेरे साथ आओ मै तुम सब को स्वादिष्ट भोजन कराऊँगा, करना है ना......" सभी बच्चो के उत्साह मे हाँ कहने पर वह उन्हे अपने पीछे आने के लिए कहकर दरवाजे की ओर मुड़ गये, जाने से पहले एक बार उन्होने तेजस और शौर्य को पैनी निगाहो से देखा था, हालफिल्हाल सभी बच्चे भूखे थे इसीलिए तुरन्त उनके पीछे-पीछे चले गये लेकिन तेजस और शौर्य अभी-भी अपनी जगह से हिलने की हालत मे नहीं थे,

"क्या हुआ, तुम दोनो को भूख नहीं है क्या" - रतिका ने पीछे से शौर्य के कन्धे पर हाथ रखकर कहा तो उन दोनो ने चौक कर कहा - "ओह.... हाँ..... बिल्कुल, लगी है ना......"

"तो फिर किसका इन्तजार कर रहे हो, क्रिसमस का" - विशाल ने उन्हे थोड़ा चिढ़ाते हुए कहा और इससे पहले वह उसे जवाब दे पाते रतिका और विशाल उन्हे खीचते हुए बाहर ले गये.....।

कुछ समय बाद वह चारो एक खुले मैदान मे लगे मेज और कुर्सीयो पर बैठे थे, बाकी बच्चे भी इसी तरह जगह-जगह ग्रुप मे बैठे थे और अपने-अपने सामने रखी खाने की प्लेटो से खाना खाने मे मशगूल थे लेकन तेजस और शौर्य अभी-भी आकाश सर की कही बात का मतलब समझने की कोशिश कर रहे थे हालाकि वह ज्यादा समय अपना ध्यान उस पर नहीं लगा पाए, पीछे से आती राघव की आवाज पर उनका ध्यान उस ओर गया जो बुरी तरह चिढ़ कर कह रहा था - "अगर मेरे डैडी को पता चल जाए कि यहां हमे इस तरह का खाना खिलाया जा रहा है तो वह न जाने क्या कर दे"

वह अपनी प्लेट मे रखी लगभग उबली हुयी सब्जियो से काफी नाराज लग रहा था उसकी बात के जवाब मे विशाल जो लगातार

अपने मुँह मे खाना ठूसे जा रहा था ने थोड़े मजाकिया अन्दाज मे कहा - "काश तुम्हारे डैडी को पता चल जाए राघव, शायद वही हमारे लिए यहां एक अच्छा रेस्टोरेन्ट खुलवा दे कम से कम फिर हमे यह बकवास खाना तो नहीं खाना पड़ेगा" विशाल की बात पर बाकी बच्चे हँस दिये जिससे राघव और अधिक चिढ़ गया, उसने तुरन्त उसके मजाक का जवाब दिया - "ओह! अच्छा वैसे तुम्हारी हालत देख कर लग तो नहीं रहा कि तुम्हे यह खाना बकवास लग रहा है नहीं" कहकर राघव ने अपनी प्लेट से खाना उठाकर मुँह बनाते हुए लगभग जबरदस्ती अपने मुँह मे ठूस लिया, विशाल जानता था कि आगे कुछ भी कहना अपना मजाक बनाने का मौका देना है इसीलिए वह चुपचाप गर्दन झुकाकर फिर से अपना खाना खत्म करने की कोशिश मे जुट गया, अब तक तेजस और शौर्य का मूड भी काफी बेहतर हो चुका था इसीलिए वह दोनो भी चुपचाप अपना खाना खाने लगे, तभी वह तेज कदमो की आवाज पर चौके, आकाश सर अपना काला ओवरकोट लहराते हुए लम्बे-लम्बे डग भरकर तेजी से सीढ़ियाँ चढ़ते हुए ऊपर बरामदे मे खड़े एक पतले शरीर वाले और काली पेन्ट व शर्ट पहने एक आदमी से बात करने लगे, इस बार वह काफी परेशान नजर आ रहे थे और उनकी इस परेशानी को तेजस और शौर्य दोनो ने ही भाँप लिया था लेकिन इससे पहले वह दोनो एक दूसरे से कुछ कह पाते रतिका की दबी हुयी आवाज उनके कानो मे पड़ी -"मुझे आकाश सर बहुत अजीब लगते है तुम्हे ऐसा नहीं लगता"

उनके चेहरे पर उभरे अनजानपन वाले भाव देखकर उसने दोबारा अपनी बात को साबित करने के लिए थोड़ा जोर देकर कहा - "क्या! अच्छा यह बताओ हमे यहां आए पूरा एक दिन हो चुका है और हमने पूरा दिन अपने कमरे मे बिताया वह भी भूखे, उनका तो पता ही नहीं रहता कहाँ आते है कहाँ जाते है, वह यहां हमे घूमाने लाए है या खुद घूमने आए है....." फिर अपनी बात के लिए उन तीनो के चेहरो पर सहमति के भाव देखकर उसने अपनी आवाज

को ओर थोड़ा दबाकर कहा ताकि कोई ओर न सुन सके - "सच कहूँ तो मुझे लगता है कि यहाँ के लोग आकाश सर को पहले से जानते है, वह जिस तरह उन्हे घूरते है और उनसे बात करते है कम से कम मुझे तो ऐसा ही लगता है"

वह तीनो ही रतिका की बात से सहमत थे लेकिन इससे पहले वह अपनी बात रखते, आकाश सर उनके सर पर खड़े थे - "लगता है खाना बहुत..... स्वादिष्ट था......" ऐसा कहते समय वह अफसोस की नजरो से विशाल की ओर देख रहे थे जिसका चेहरा बता रहा था कि उसने हफ्ते भर का खाना एक साथ खा लिया है लेकिन राघव अपनी भड़ास निकालने का मौका ढूंढ रहा था - "यह खाना बिल्कुल बकवास है, क्या यहां अच्छा खाना नहीं मिलता...."

"आह, राघव मुझे तुमसे यही उम्मीद थी..... खैर चिन्ता मत करो कल का खाना तुम्हे यहां के सबसे बड़े कॉलेज की केन्टीन से मिलेगा"

"क्या! कॉलेज, लेकिन हम यहां घूमने आए है कॉलेज जाने नहीं" - रतिका ने आकाश सर को बीच मे टोकते हुए कहा जिससे वह चिढ़ गये और उन्होने अपने दांत भीचते हुए कहा - "बिल्कल मिस रतिका मै जानता हूँ कि आप यहां घूमने आए है इसीलिए मै आपको वहाँ लेकर जा रहा हूँ मेरे ख्याल से वहाँ का म्यूजियम आपके लिए मनोरंजक होगा" आकाश सर की बात सुनकर रतिका थोड़ा झेप गयी लेकिन बाकी बच्चो की आँखे उत्साह से चमक उठी थी।

"अगर आप सब के सवाल खत्म हो गये हो तो वापिस कॉटेज चले, मेरे ख्याल से बहुत रात हो गयी है" - आकाश सर के कहते ही सभी बच्चे खड़े हो गये और आकाश सर के साथ बस की ओर चल पड़े तेजस और शौर्य भी बिना कुछ कहे सब के साथ चले गये, उन दोनो की खामोशी को विशाल और रतिका दोनो ही नहीं समझ पा रहे थे हालफिल्हाल यह समय उन दोनो से बात करने का नहीं

था इसीलिए उन दोनो ने एक दूसरे की ओर देखा और अपने कन्धे उचकाकर उनके पीछे-पीछे चले गये।

रात के 2 बजे जब सभी बच्चे अपने बिस्तर मे आराम से सो रहे थे तो तेजस की आँख खुली, उसने देखा बराबर वाला बिस्तर खाली था, उसने चारो ओर अपनी नजरे दौड़ायी और शौर्य को कही नहीं पाकर वह उसे ढूढने के लिए कमरे से बाहर आ गया जहाँ शौर्य को गलियारे मे टहलते देख उसने चैन की सांस ली - "इतनी रात को यहां क्या कर रहे हो शौर्य"

"बस यू ही नींद नहीं आ रही थी" - शौर्य ने टहलते हुए जवाब दिया

"और भला नींद क्यो नहीं आ रही थी" - तेजस ने भी कहते हुए उसके साथ टहलना शुरु कर दिया

"मै बस प्लान करने की कोशिश कर रहा था कि आगे क्या करना है" - शौर्य ने कुछ सोचते हुए जवाब दिया

"मतलब" - तेजस ने अपनी भौहे सिकोड़कर कहा

"तुम भूल गये तेज हम यहां खाना खाने नहीं बल्कि नानू और नानी से मिलने आए है"

"नहीं शौर्य मै भूला नहीं हूँ मै तो बस सोच रहा था कि हमे कुछ भी करने से पहले इस जगह को अच्छे से जानना और समझना चाहिए तभी हम कुछ कर पायेगे" - तेजस के जवाब पर शौर्य पूरी तरह झुझला गया

"मुझे इस वाहियात जगह को न जानना है और न ही समझना है मै बस नानू-नानी से मिलकर यहां से जल्दी से जल्दी निकल जाना चाहता हूँ"

"क्या तुम्हे सच मे यह जगह वाहियात लगती है शौर्य तुम्हे तो साफ-सफाई की कद्र ही नहीं है बस जरा काले रंग को छोड़ दो तो यहां हर चीज कितनी साफ-सुथरी है कितना मैनेजमेन्ट है यहां,

यह जगह दिल्ली से बहुत बेहतर है, यकीन करो मेरा......" - तेजस आँखो मे चकम लिए बोलता जा रहा था और शौर्य उसे एकटक देखे जा रहा था उसे विश्वास नहीं हो रहा था कि यह उसका भाई है जो सब कुछ जानते हुए भी इस तरह की बात कर रहा है

"तेज! क्या हो गया है तुम्हे तुम आकाश सर की तरह बाते कर रहे हो" - शौर्य ने तेजस का हाथ कसकर पकड़ते हुए कहा और लगातार बोलता हुआ तेजस चुप हो गया, तेजस ने एक लम्बी सांस ली और फिर से कहा - "अब मैने ऐसा क्या कह दिया शौर्य, मै तो बस इस माहौल की तारीफ कर रहा था"

"यह माहौल तारीफ के काबिल नहीं है, कम से कम मुझे तुमसे यह उम्मीद नहीं थी तेज" - शौर्य ने निराशा के साथ कहा और तेजस का हाथ छोड़कर कमरे मे जाने के लिए मुड़ गया लेकिन तुरन्त ही तेजस ने उसका हाथ दोबारा पकड़ लिया, शौर्य पलटा तो उसने देखा की तेजस ने दोनो हाथो से अपने दोनो कान पकड़ लिए थे और कान पकड़े हुए उसने शौर्य को मनाने के लिए कहा - "अच्छा ठीक है दोबारा ऐसा नहीं करूँगा बस तुम नाराज मत हो तुम जानते हो मुझे सब कुछ बर्दाश्त है बस तुम्हारी नाराजगी नहीं......."

शौर्य की आँखो का गुस्सा कम न होते देख उसने शिकायती अन्दाज मे कहा - "देखा मै तुम्हारी वजह से उस राघव को कितनी बार माफ करता हूँ, जबकि वह मुझसे माफी भी नहीं माँगता फिर मै तो माफी माँग रहा हूँ तुम मुझे एक बार माफ नहीं कर सकते प्लीज......" अपने प्लीज के साथ ही तेजस झूठे-मूटे रोने का नाटक करने वाला था जिसे शौर्य ने पहले ही भाँप लिया अपने भाई के इस अन्दाज पर उसे हँसी आ गयी और उसने तुरन्त हँसते हुए उसे प्यार से गले लगा लिया।

तेजस को किसी को भी बहुत जल्दी मना लेने का गुण अपने पिता से मिला था जिसका उसे आज सबसे ज्यादा फायदा हुआ था

हालफिल्हाल शौर्य के मान जाने से तेजस को बहुत सुकून मिला था इसीलिए उसने शौर्य को और थोड़ा कसते हुए अपनी आँखे बन्द कर ली, उन दोनो को अहसास भी नहीं था कि राघव कमरे के दरवाजे से टिका हुआ उनकी सारी बाते सुन रहा था और जब बहुत कोशिश करने के बाद भी उसे उनकी बातो का मतलब समझ नहीं आया तो उसने स्वंय को बहलाने की कोशिश की - "यह दोनो तो सच मे अजीब है बेवजह मेरी नींद खराब की, पागल कही के..... हूँ......" उसने अपनी भौहे सिकोड़ते हुए कहा और अन्दर तेजस और शौर्य के खाली बिस्तरो को अपने पैरो से रौंदता हुआ कोने मे अपने बिस्तर पर जाकर सो गया।

अगले दिन सभी बच्चे कॉटेज के हाल मे खड़े थे और म्यूजियम जाने के लिए पूरी तरह तैयार दिख रहे थे, आकाश सर रिसेप्शन पर खड़े कुछ बात कर रहे थे और सभी बच्चे हमेशा की तरह कॉटेज की खुबसूरती को ताकने मे लगे थे

"कितनी खूबसूरत घड़ी है" - छोटे घुंघराले बाल वाली एक छोटी लड़की ने कहा जिसे सुनकर शौर्य ने उस घड़ी की ओर देखा जो मुख्य दरवाजे के ऊपर लगी थी, उस घड़ी का फ्रेम सोने का था और उसके चारो ओर कीमती रत्न लगे हुए थे, सभी बच्चे उस घड़ी को मन्त्रमुग्ध होकर देख रहे थे जो 9 बजा रही थी हालफिल्हाल शौर्य के दिमाग मे न जाने क्या चल रहा था जो उसने बिना सोचे समझे कहा - "इसमे क्या खास है समय तो मेरे हाथ मे बंधी घड़ी भी बता रही है"

ऐसा कहकर वह शायद सब का ध्यान घड़ी से हटाकर उन लोगो पर लगाना चाहता था जो वहाँ बैठे उन्हे घूर रहे थे हालांकि ऐसा कुछ हुआ नहीं, सभी बच्चो का ध्यान घड़ी से तो हटा लेकिन लोगो की जगह शौर्य पर टिक गया और सभी उसे घूरने लगे, तभी आकाश सर वहां आए और उन्हे अपने साथ चलने के लिए कहकर बाहर की ओर चले गये, सभी बच्चे शौर्य को नजरअन्दाज करते

हुए उनके पीछे चले गये जिससे शौर्य ने चैन की सांस ली, आज पहली बार शौर्य को आकाश सर बहुत पसन्द आए थे, वह सोच ही रहा था कि तेजस की आवाज उसके कानो मे पड़ी - "जल्दी करो शौर्य नहीं तो बस चली जायेगी"

"आया....." - कहता हुआ शौर्य जल्दी से बाहर की ओर भागा जहाँ सभी बच्चे बस मे चढ़ रहे थे केवल तेजस वहाँ खड़ा उसका इन्तजार कर रहा था उसके आते ही वह दोनो बस की ओर दौड़ पड़े

"क्या बस के साथ तुम भी मुझे छोड़ कर चले जाते" - दौड़ते हुए शौर्य ने तेजस से पूछा

"बिल्कुल" - तेजस ने थोड़े टशन के साथ कहा और आगे चला गया लेकिन उसका जवाब सुनकर शौर्य वही रुक गया, एक पल बाद तेजस मुड़ा और उसने शरारती अन्दाज मे हँसते हुए कहा - "नहीं" और दौड़ते हुए बस मे चढ़ गया, यह सुनकर शौर्य भी अपने भाई के मजाक पर हँसता हुआ जाकर बस मे चढ़ गया और बस तुरन्त ही आगे की ओर चल पड़ी।

बड़े-बड़े पहाड़ो के बीच बने घुमावदार रास्तो पर बस सरपट दौड़ी चली जा रही थी और सभी बच्चे खिड़की के शीशे पर अपनी नाक गड़ाए बाहर के खूबसूरत नजारो को देखने ने व्यस्त थे तभी अचानक एक तेज हवा का झौका आधी की तरह आया और तूफान की तरह पेड़ो को बुरी तरह झकझौरता हुआ दूर चला गया, एक पल को तो लगभग सभी की सांसे रुक गयी वह इतना डर गये कि उन्हे समझ ही नहीं आया कि आखिर हुआ क्या, लेकिन आकाश सर अच्छी तरह जानते थे कि उन्हे क्या करना है वह तुरन्त ही ड्राइवर के साथ अपना दाया हाथ अपने दिल पर रखकर सिर झुकाकर एक घुटने के बल बैठ गये, उस झौके के गुजर जाने के बाद जब बच्चो ने उन्हे इस तरह देखा तो वह घबरा गये कि आखिर यह सब क्या हो रहा है, आकाश सर ने बच्चो को घबराते हुए देखकर अपने बर्ताव को सामान्य कर खड़े होते हुए कहा - "घबराओ मत

बच्चो मै तो बस हमारे भगवान से प्रार्थना कर रहा था कि हमारी रक्षा करे, बस......"

इसी बीच ड्राइवर ने फिर से बस चलानी शुरु कर दी थी और बच्चे जो आकाश सर की बात सुनकर काफी सन्तुष्ट नजर आ रहे थे उन्होने फिर से अपना ध्यान बाहर की ओर लगा लिया। शौर्य को अभी-भी आकाश सर की बात पर यकीन नहीं हुआ था उसने अपने सामने बैठे और बाहर की ओर नजरे गड़ाए तेजस से धीमे स्वर मे कहा - "मुझे तो आकाश सर की बात पर बिल्कुल भी यकीन नहीं है और यह सब मुझे सामान्य नहीं लग रहा तेज"

"मुझे भी नहीं लग रहा...." - रतिका के कहने पर उन तीनो ने चौक कर उसकी ओर देखा जो काफी आत्मविश्वास के साथ कह रही थी - "इतनी तेज हवा का झौंका और वह भी कुछ पलो के लिए यह सामान्य कैसे हो सकता है" रतिका के सवाल पर तेजस और शौर्य दोनो ही थोड़ा सकपका गये।

"मुझे कैसे मालूम होगा, मै तो खुद पूछ रहा हूँ" - कहकर जल्दी से शौर्य ने अपनी नजरे बाहर की ओर गड़ा ली जिसमे तेजस ने उसका पूरा-पूरा साथ दिया रतिका को जैसे मालूम था कि यही होने वाला है इसीलिए उसने इस पर ज्यादा ध्यान न देते हुए विशाल की ओर अपने कंधे उचकाए जो पहले ही कुछ भी समझ पाने मे नाकाम लग रहा था और फिर वह दोनो बाहर तेजी से गुजरते खूबसूरत नजारो को देखने लगे जिससे तेजस और शौर्य दोनो ने ही राहत की सांस ली, दूर बैठा राघव इस सब से काफी परेशान और गुस्से मे लग रहा था, उसके बराबर मे बैठे एक सांवले, लम्बे बाल वाले लड़के ने आगे की ओर आकर बाहर देखने कि कोशिश की तो राघव ने उसका कॉलर पकड़कर उसकी सीट पर वापिस धकेलते हुए अपने दांत भींचकर कहा -"धीरज, अगर बाहर देखने का इतना ही शौक है तो खिड़की से बाहर ही क्यो नहीं कूद जाते, तुम कहो ते मै कुछ मदद करू, हाँ....."

"नहीं धन्यवाद" - धीरज ने अपना चेहरा दूसरी ओर करते हुए धीरे से जवाब दिया और फिर चुपचाप अपनी सीट पर सिमट कर बैठ गया, इसी बीच सभी बच्चे धीरज को अफसोस की नजरो से देख रहे थे तभी आकाश सर की आवाज पर उन्होने उस ओर देखा जो बेहद खुशी के साथ कह रहे थे - "हमे वहां जाना है बच्चो" वह पहाड़ से नीचे उतरते हुए एक रास्ते पर बनी बहुत ही भव्य और शान्दार इमारत की ओर इशारा कर रहे ते, जिसकी कांच की इमारत के ऊपर बहुत ही चमकदार और सुनहरे शब्दो मे लिखा था - "दि फ्यूचरस हाइट" वह इतना बड़ा था कि सभी बच्चे उसे ऊपर से भी साफ-साफ पढ़ सकते थे और उसे पढ़कर तेजस और शौर्य दोनो की ही आँखे फटी रह गयी, तेजस कुछ कहता इससे पहले शौर्य ने उसे चुप रहने का इशारा किया और वह दोनो भी सभी बच्चो के साथ वहाँ तक जाने का इन्तजार करने लगे,

बस जब नीचे कॉलेज की पार्किंग ने आकर रुकी तो सभी बच्चे उत्साह के साथ बस से नीचे उतरकर आकाश सर के साथ चलने लगे, रास्ते मे वह कॉलेज के ग्राउण्ड मे खेलते बच्चो को देख रहे थे जिन सभी ने काली यूनिफार्म पहन रखी थी, अब तक उन्हे इस सब की आदत हो चुकी थी इसीलिए वह इस सब पर ज्यादा ध्यान न देते हुए और ग्राउण्ड व कॉलेज की खूबसूरती को निहारते हुए आकाश सर के साथ गलियारे मे चलते हुए एक बड़े हॉल मे दाखिल हुए जिसमे दोनो ओर लकड़ी की बड़ी-बड़ी बेचों की दो कतारे लगी हुयी थी सामने की ओर एक स्टेज था, जिस पर कोने मे लकड़ी के एक बड़े बॉक्स के ऊपर माइक लगा हुआ था, दिवारो पर बड़ी-बड़ी खूबसूरत पेटिंग्स लगी हुयी थी, और दीवारो पर चारो ओर जल रहे लाल बल्बो की रोशनी हॉल की खूबसूरती मे चार चाँद लगा रही थी, कुछ ही पलो मे आकाश सर उन्हे वहाँ रूकने के लिए कहकर तेज-तेज कदमो से बाहर की ओर चले गये और कुछ समय बाद जब वह लौटे तो उनके साथ कॉलेज के प्रिसिंपल मिस्टर देवव्रत शर्मा, अविनाश वर्मा और एक स्त्री थी, वह तीनो कुछ परेशान

नजर आ रहे थे, तेजस और शौर्य ने उनके नानू का फोटो देखा था इसीलिए उन दोनो ने उन्हे तुरन्त पहचान लिया जिस पर उनकी हल्की सफेद दाड़ी और चेहरे की कुछ झुर्रियो का भी कोई असर नहीं हुआ लेकिन वह दोनो इस समय उनसे कुछ नहीं कह सकते थे इसीलिए चुप रहे, उनके आने के बाद आकाश सर ने परिचय कराना शुरू किया - "बच्चो यह है यहाँ के प्रिंसिपल मिस्टर देवव्रत शर्मा, वाइस प्रिंसिपल आविनाश वर्मा और बहुत ही होनहार व समझदार टीचर मिस हंसिका रॉय....." मिस हंसिका का परिचय उन्होने थोड़े बनावटी अन्दाज मे दिया था जिसके जवाब मे मिस हंसिका ने अपना मुँह फेर लिया जिस पर से ध्यान हटाते हुए आकाश सर ने आगे कहा -"और सर यह रहे हमारे प्यारे-प्यारे विद्यार्थी जिनके बारे मे मेरा ख्याल है आपको सूचना दे दी गयी थी"

"बिल्कुल हमे वक्त पर ही सूचना मिल गयी थी" - कहकर प्रिंसिपल सर ने बच्चो की ओर देखा जिन्हे देखकर उनकी आँखो मे दया उतर आयी, अगले ही पल उन्होने खुद को सम्भालते हुए कहा "आप सब का स्वागत है मुझे पूरी उम्मीद है कि हमारा शहर, कॉलेज और म्यूजियम आपके लिए फायदेमन्द साबित होगा, आप यहां काफी कुछ सीखेगे और जानेगे, अब हमारे वाइस प्रिंसिपल आपको म्यूजियम तक ले जायेगे..." कुछ गिने चुने शब्द कहकर वह मिस्टर वर्मा की ओर मुड़े जिन्होने उन्हे एक विश्वास भरी नजरो से देखा और तुरन्त ही बच्चो को लेकर वहाँ से चले गये, बच्चे भी आकाश सर के इशारे पर उनके पीछे चले गये और शौर्य तेजस को जो वहाँ से हिलने के लिए भी तैयार नहीं था जबरदस्ती हाथ पकड़कर खींच ले गया, सब के जाने के बाद आकाश सर आगे बढे - "क्या हुआ प्रिंसिपल सर बहुत परेशान लग रहे है कहे तो मै कुछ मदद करू" आकाश सर लगभग उनका मजाक बनाने के अन्दाज मे मुस्कुराते हुए कह रहे थे प्रिंसिपल सर चुप थे तो मिस हंसिका ने जवाब दिया - "तुम्हे अपने आप पर शर्म आनी चाहिए, जब मुझे लगता है कि तुम इससे ज्यादा नहीं गिर सकते, तभी

तुम मुझे गलत साबित कर देते हो" उनकी बात सुनकर आकाश सर झेप गये और उन्होने अपना मुँह फेर लिया, जिसके बाद मिस हंसिका ने प्रिसिंपल सर की ओर देखकर कहा -"चलिए सर, मुझे नहीं लगता यहां खड़े रहने का कोई भी फायदा है" फिर उन्होने एक नजर आकाश सर पर डाली और प्रिसिंपल सर के साथ गुस्से मे पैर पटकते हुए वहां से बाहर चली गयी, कुछ समय आकाश सर वहां अकेले खड़े गुस्सा उलगते रहे और फिर बच्चो के पास जाने के लिए वहां से निकल गये।

"तुम मुझे क्यो लेकर आए" - अविनाश सर के पीछे चलते हुए तेजस धीरे से मगर गुससे मे शौर्य से शिकायत कर रहा था

"वह सही समय नहीं था तेज, इसने सारे लोग थे वहां हम उनसे क्या कहते" - शौर्य ने भी धीरे से अपनी सफाई पेश की

"अगर आगे हमे समय नहीं मिला तो...." - तेजस ने फिर सवाल किया,

"हम अभी यही है तेज, और हम मौका मिलते ही उनसे जरुर बात करेगे, यकीन करो मेरा" - शौर्य ने पूरे आत्मविश्वास के साथ कहा

"जरुर" - तेजस ने गर्दन झटककर छोटा सा जवाब दिया और आगे चलने लगा, कुछ ही पलो मे अविनाश सर रुक गये और उनके पीछे सभी बच्चे भी, उनके सामने एक दरवाजा था जिस पर गहरे काले और बड़े अक्षरो मे लिखा था "MUSEUM"

अविनाश सर के हलके से छूने से ही वह दरवाजा खुल गया और अन्दर का नजारा देखकर उनकी आँखे फटी रह गयी, हालाकि उनके खुद के स्कूल मे एक अच्छा म्यूजियम था लेकिन इतना बड़ा और शानदार म्यूजियम उन्होने कभी नहीं देखा था,

"अन्दर आओ" - कहकर वह अन्दर चले गये उनके पीछे-पीछे सभी बच्चे अपनी गर्दन चारो ओर घुमाकर सभी कुछ एक साथ

देखने की कोशिश मे लगे हुए थे, जहाँ दीवार पर बने एक बोर्ड के सामने दो लड़के दीवार की ओर मुँह करके खड़े थे और बाते कर रहे थे - "इस बार भी हमारे मार्क्स कम रह गये और वह भी इतनी मेहनत के बाद, यह तो सरासर नाइंसाफी है, हमेशा उसे ही ज्यादा मार्क्स क्यो मिलते है"

"क्योंकि वह दिल से मेहनत करती है और तुम सब केवल मार्क्स पाने के लिए" - अविनाश सर अगले ही पल उनके सिर पर खड़े थे जिन्हे देखकर उन दोनो के मुँह से केवल यही निकल पाया –"स.....स.... सारी सर...... हम तो बस.."

"ठीक है ठीक है जाओ और उससे कहो मैने बुलाया है अभी....." वह दोनो तुरन्त ही म्यूजियम मे सामने की ओर बने एक छोटे से गलियारे से होते हुए दायी ओर चले गये, उनके जाने के बाद सभी बच्चे फिर से म्यूजियम को निहारने लग गये, बायी और तीन मूर्तिया शीशे मे बनी हुयी थी, एक कोने मे गमले मे शीशे के अन्दर एक पौधा लगा हुआ था जो गमले के बीचो बीच लगी लकड़ी पर बेल की तरह लिपटा हुआ था और उस पर छोटे-छोटे अंगूरो जैसे लाल फल लटके हुए थे दायी ओर बोर्ड के बराबर मे लकड़ी की दो खूबसूरत अलमारियाँ रखी थी जो फिल्हाल बन्द थी, इस सब के बीच उनकी एक साथी लड़की वहाँ के चमकदार फर्श मे देखकर अपने बाल सवारने मे लगी हुयी थी तभी सामने की ओर से आती हुयी जूतो की आवाज पर उन सब की ध्यान उस और गया जहाँ से एक लगभग उनकी ही उम्र की लड़की लम्बे-लम्बे डग भरते हुए चली आ रही थी, उसने काली टीशर्ट और काली स्कर्ट पहन रखी थी, उसके बाल छोटे मगर काले और चमकदार थे और उसका लगाया हुआ चश्मा उसे उम्र से ज्यादा समझदार दिखने पर मजबूर कर रहा था हालिफिल्हाल बच्चे यह सब नहीं देख रहे थे उन सब का ध्यान तो उसके गले मे बंधे लाल कलर के स्कार्फ से हट ही नहीं रहा था।

"आपने बुलाया डैडी" - उसने आकर अविनाश सर के सामने खड़े होते हुए कहा

"तारा..." - अविनाश सर ने शिकायती अन्दाज मे कहा

"उफ..... सारी सर..... अब ठीक है" - तारा ने तुरन्त अपनी गलती सुधार ली

"ठीक है" - अविनाश सर ने मुस्कुराकर कहा और फिर वह बच्चो की ओर मुड़े

"यह तारा है म्यूजियम की हेड़ और कॉलेज की प्रिफेक्ट भी" - बच्चो से यह कहकर उन्होने दोबारा पलटकर तारा की ओर देखते हुए कहा - "तारा इन्हे म्यूजियम की किसी भी चीज की जानकारी देना तुम्हारी जिम्मेदारी है"

"मै समझ गयी सर" - तारा ने आत्मविश्वास के साथ कहा और तभी अविनाश सर की नजर दरवाजे से अन्दर आते आकाश सर पर पड़ी

"आप सब इन्जॉय कीजिए, हम बाद मे मिलते है" - कहकर वह आकाश सर को तिरछी निगाहो से घूरते हुए बाहर चले गये उधर तारा कुछ भी कहने के लिए अपना मुँह खोलती उससे पहले ही उसे अहसास हुआ कि सभी बच्चे उसके स्कार्फ को बुरी तरह घूर रहे थे जिसका कारण वह अच्छी तरह जानती थी इसीलिए उसने बिना किसी के पूछे खुद ही जवाब दे दिया - "ओह! यह... यह म्यूजियम की हैड़ के पास होता है और कॉलेज की प्रिफेक्ट के पास ही, वैसे मै बता दू कि प्रिफेक्ट को ही म्यूजियम की हेड़ के लिए चुना जाता है हर साल" कहकर वह कुछ पल के लिए रूकी और चूकि सभी चुप थे इसीलिए उसने आगे बोलना शुरु किया -"आप यहां आराम से घूमिए अगर आपको किसी चीज के बारे मे जानकारी चाहिए तो मुझसे पूछ सकते है" कहकर वह शान्त हो गयी लेकिन उसका बर्ताव देखकर उन्हे नहीं लग रहा था कि वह सभी उससे ज्यादा

बाते करना चाहेंगे इसीलिए वह सभी बिना कुछ कहे चीजो और वहां लगी तस्वीरो को ध्यान से देखने लगे "यह मूर्तियाँ किसकी है?" - राघव ने मूर्तियो की ओर इशारा करते हुए पूछा लेकिन उसे उनमे कोई इन्टरेस्ट नहीं था ऐसा लग रहा था जैसे वह केवल स्वंय को महत्वपूर्ण साबित करना चाहता था।

"तुम्हे वाकई लगता है इसे मूर्तियो मे इन्टरेस्ट है" - रतिका ने धीरे से कहा जिसका जवाब विशाल ने दिया - "नहीं, बल्कि मुझे तो लगता है इसकी नजर उस लाल स्कार्फ पर है यह जरुर उसे चुराना चाहता होगा, आखिर शिमला मे लाल स्कार्फ एन्टीक पीस है"

"मुझे भी ऐसा ही लगता है" - तेजस ने भी उनकी बेवकूफी मे उनका साथ दिया इसके बाद वह आँखे बड़ी करके इन्तजार करने लगे कि राघव कब स्कार्फ पर हमला बोलेगा लेकिन उनकी उम्मीद के विपरीत उसने ऐसा कुछ नहीं कहा और वह चुपचाप आकर बाकी सब के साथ खड़ा हो गया और तारा ने मूर्तियो के इर्द-गिर्द घूम कर बोलना शुरु किया -"यह तीनो मूर्तियौ यहां के तीन प्रिसिंपल मिस्टर विश्वजीत त्रिपाठी, मिस्टर दीनदयाल वर्मा और मिस्टर सोहनलाल चतुर्वेदी की है, यह तीनो ही यहां के बेहतरीन प्रिसिंपल रहे है इसके साथ ही हमारे वर्तमान प्रिसिंपल मिस्टर देवव्रत शर्मा भी एक बेहतरीन प्रिसिंपल साबित हुए है उन्होने सभी को अनुशासन मे रहना सिखाया है जो एक उज्जवल भविष्य पाने के लिए बहुत जरुरी है" तारा की बात खत्म होते ही पीछे से किसी के ताली बजाने की आवाज आयी जब उन सब ने पीछे मुड़कर देखा तो आकाश सर दीवार से टीके हुए ताली बजा रहे थे उनके चेहरे से साफ दिख रहा था कि वह तारा के इस लगभग भाषण देने वाले अन्दाज से काफी प्रभावित थे हालांकि बच्चो को यह कुछ खास पसन्द नहीं आया था इसीलिए वह चुपचाप अपनी जगह पर खड़े थे तारा ने मुस्कुराकर आकाश सर को धन्यवाद दिया और तभी उसका ध्यान दूसरी ओर गया जहाँ गुंजन कोने मे रखे उस पौधे के काफी करीब पहुँच गयी थी, तारा अपना काम बखूबी करना जानती थी इसीलिए वह तुरन्त लपककर वहां पहुँच गयी, बाकी बच्चे भी उसके पीछे वही पहुँच गये

"अजीब है यह पौधा, किसका पौधा है यह?" - गुंजन ने बड़ी मासूमियत के साथ उस पौधे की ओर इशारा करते हुए पूछा

"इस पौधे का नाम विषधर है, यह नाम इसे इसके विषैले फलो के आधार पर मिला है जो इतने विषैले होते है कि अगर कोई इन्हे खा ले तो बचना नामुमकिन है और इसीलिए सुरक्षा के लिहाज से इस पूरे पौधे को शीशे मे रखा जाता है" - उसने सारी जानकारी लगभग एक ही बार मे देने की कोशिश की लेकिन फिर भी शौर्य ने एक सवाल दाग ही दिया - "पौधो को जीने के लिए खुला वातावरण चाहिए, यह पौधा चारो ओर से शीशे के अन्दर बन्द है फिर यह कैसे जीवित है"

"बिल्कुल सही कहा, लेकिन यह सब एक आम पौधे के लिए जरुरी है विषधर के लिए नहीं, जहां इसकी जरुरत हो यह स्वंय उगता और तेजी से बढ़ता है" तारा ने पौधे की एक और तारीफ कर दी जिससे तेजस चिढ़ गया क्योंकि उसके अनुसार वह कुछ ज्यादा ही बोल रही थी।

"अगर ऐसा है तो म्यूजियम मे इस जहरीले पौधे की क्या जरुरत" - शौर्य का सवाल लाजमी था और इस बार तेजस को लगा कि वह चुप हो जायेगी लेकिन उसने दोगुने उत्साह के साथ शौर्य के सवाल का जवाब दिया - "सबसे ज्यादा जरुरत है, यह पौधा सबसे ज्यादा जंगलो मे पाया जाता है, जहरीले जानवरो को और अधिक जहरीला बनाने के लिए इसकी जरुरत होती है, अगर कभी किसी का गलती से इस पौधे से सामना हो जाए तो बचाव के लिए जानकारी होना आवश्यक है जो यहां सभी को दी जा सकती है" इस बार तारा के अन्दाज से सभी प्रभावित दिख रहे थे सिवाय तेजस के, "आइए मै आप सब को कुछ और ऐसी चीजे दिखाती हूँ जो आपने पहले कभी नहीं देखी होगी" - कहते हुए तारा सामने गलियारे की ओर बढ़ गयी, सभी बच्चे और भी नयी-नयी चीजे देखने के लिए उत्सुक थे इसीलिए तुरन्त उसके पीछे हो गये और

तेजस को न चाहते हुए भी सबके साथ जाना पड़ा उन सब के पीछे आकाश सर भी चले गये।

गलियारे से दाये मुड़कर कुछ दूरी पर एक लकड़ी का दरवाजा था, तारा ने जब उस दरवाजे को खोला तो उनमे से किसी को भी अपनी आँखो पर यकीन नहीं हुआ, दरवाजे के ठीक पीछे एक शीशे की दीवार थी और वह कोई कमरा नहीं बल्कि शीशे का बना एक तालाब था जिसकी छत सीधा आसमान मे खुलती थी, उस तालाब का पानी शीशे की तरह चमक रहा था जिसमे अलग-अलग प्रकार के पौधे और जानवर तैर रहे थे, कुछ मछलिया छोटी मगर लगभग इंसानो जैसे चेहरे वाली थी, एक चूहे की तरह दिखने वाले जानवर के सिर पर एक नुकीला सींग था, एक बड़ी मछली के 4 पैर इंसानो की तरह थे, जिनसे वह आसानी से पानी मे चल पा रही थी, कोने मे शीशे के बिल्कुल पास लगा एक ऑक की तरह दिखने वाला पौधा बहुत चमकदार था, कुछ छोटे घास की तरह दिखने वाले पौधे जड़ सहित पानी मे तैर रहे थे, वह तालाब इतना बड़ा था कि सभी कुछ आराम से पानी मे इधर से उधर घूम रहा था।

"यह क्या है?" - केवल राघव के मुँह से ही शब्द निकल पाए

"मैने कहा था ना यह सब आपने पहले कभी नहीं देखा होगा" - तारा उन सब की फटी आँखे और खुला मुँह देखकर काफी खुश लग रही थी हालफिल्हाल तारा जानती थी कि बच्चे सवाल करने की स्थिति मे नहीं है इसीलिए उसने स्वंय ही इन सब के विषय मे जानकारी देनी शुरु कर दी - "यह हमारा अपना तालाब है और इसमे मिलने वाले पौधे और जानवर बहुत ही दुर्लभ है जो शायद ही पूरे शिमला मे कही ओर मिले मै आपको इनके बारे मे बताती हुँ सबसे पहले कोने मे लगा यह छोटा पौधा प्रकाश्य है रात मे इसकी चमक इतनी बढ़ जाती है कि यह पूरे तालाब को दिन की तरह प्रकाशमय कर सकता है, दूसरा तैरने वाले यह छोटे पौधे भ्रमि है इनका एक छोटा सा भी भाग खाने से कोई भी इंसान या

जानवर कुछ समय के लिए भ्रमित हो जाता है, और हाँ!..... मै आपको बता दूँ यह स्वाद मे शहद की तरह मीठे होते है" भ्रमि के स्वाद के विषय मे बताते हुए तारा इतनी खो गयी थी जैसे वह अभी इन्हे खाकर आयी हो फिर अगले ही पल वह वापिस आ गयी और उसने बोलना शुरु किया -"लगभग इंसानो जैसे चेहरे वाली यह मछलिया मन्त्रा है यह किसी को भी अपनी ओर आकर्षित कर सकती है" तारा के ऐसा कहते समय उनमे से एक मन्त्रा शीशे के बिल्कुल करीब आ गयी थी और यह शायद उसकी आकर्षण ही थी कि बच्चे मन्त्रामुग्ध होकर शीशे के उस पार जाने के लिए तैयार दिख रहे थे लेकिन समय रहते तारा ने यह सब महसूस कर लिया, उसने तुरन्त शीशे पर दो बार हल्का सा ठोका जिससे तुरन्त मन्त्रा मुड़कर दूसरी ओर चली गयी और सभी बच्चे फिर से सामान्य हो गये और इससे पहले बच्चे इसके बारे मे कुछ कहते तारा ने आगे बोलना शुरु किया - "सींग वाला यह जानवर रींद है यह जमीन और पानी दोनो जगह रह सकता है, इसके सींग मे इतनी शक्ति होती है कि यह बड़े से बड़े जानवर को पीछे धकेल सकता है और आखिर मे घोड़े के पैर वाली मछली जलश्व है यह शान्त स्वभाव की होती है लेकिन मुश्किल से ही किसी पर विश्वास करती है लेकिन अगर इन्हे एक बार विश्वास मे ले लिया जाए तो यह पानी मे एक बहुत मजबूत और तेज सवारी साबित हो सकती है"

"क्या कभी आपने उनकी सवारी की है" - तारा के चेहरे पर उत्साह देखकर रतिका ने उससे पूछा

"नहीं, कभी नहीं, लेकिन इनकी सवारी मेरा सपना है और मै एक दिन इसे जरुर पूरा करूंगी" - तारा की आँखो मे चमक और चेहरे पर आत्मविश्वास नजर आ रहा था। हालफिल्हाल बच्चे इस सब से ज्यादा खुश नहीं थे वह सभी डरे हुए लग रहे थे लेकिन तारा को इस सब से ज्यादा फर्क नहीं पड़ रहा था वह तो अपना काम करनने मे मशगूल थी। इस सब के बीच शौर्य का ध्यान आकाश सर की ओर गया जो पीछे दीवार से टिके खड़े थे, शौर्य

कुछ सवालो के जवाब चाहता था इसीलिए वह धीरे-धीरे सबके बीच से होता हुआ पीछे आ गया।

"यह सब कितना डरावना है सर मैने इसके बारे मे पहले कभी नहीं सुना" - शौर्य आकाश सर को सवालिया नजरो से देख रहा था

"ओह हाँ...... यह डरावना है, बहुत डरावना" - आकाश सर ने शायद शौर्य की नजरो को पढ़ लिया था इसीलिए उन्होने शौर्य से फौरी तौर पर कहा और फिर अपनी आवाज ऊँची कर उन्होने तुरन्त ही बाकी बच्चो से कहा - "चलो बच्चो बहुत हो गया, अभी चलकर सब खाना खा लो, बाकी बाद मे देखेगे....."

सभी बच्चे खाना खाने से ज्यादा म्यूजियम से जाने के लिए बैचेन थे इसीलिए तुरन्त ही बाहर जाने के लिए मुड़ गये।

"चले शौर्य" - तेजस ने पीछे से शौर्य के कन्धे पर हाथ रखते हुए कहा, उसके साथ रतिका और विशाल भी थे

"हाँ, चलो" - शौर्य ने कहा और जैसे ही वह आगे बढ़े उन्हे पीछे से एक आवाज आयी, वह पलटे तो तारा उन्हे बहुत ध्यान से देख रही थी,

"क्या हुआ" - तेजस ने पूछा तो तारा ने अपनी सारी मासूमियत को इकट्ठा करते हुए कहा - "तुम सब के कपड़े बहुत सुन्दर है" इस समय वह उन चारो को उस तारा से बिल्कुल अलग लगी जिसे उन्होने कुछ पल पहले तक देखा था, उन चारो को उस पर दया आ रही थी उन्होने ज्यादा कुछ नहीं कहा बस धीरे से मुस्कुराकर धन्यवाद दिया और फिर जल्दी से दौड़कर वहाँ से निकलकर बाहर सभी बच्चो के साथ आकर चलने लगे

"कितनी अजीब जगह है" - गुंजन से दिव्या ने कहा तो गुंजन ने भी सहमति जतायी - "सही कह रही हो, मुझे तो डर लग रहा है घर की बहुत याद आ रही है।"

"मुझे भी" - दिव्या ने उदासी के साथ जवाब दिया सिर्फ गुंजन और दिव्या नहीं बाकी बच्चे भी इस माहौल से काफी डरे हुए लग

रहे थे उनका सारा उत्साह ठण्डा पड़ चुका था हालफिल्हाल सभी बच्चे आकाश सर के पीछे चलते हुए कॉलेज की कैन्टीन मे दाखिल हुए जो काफी बड़ी और उम्मीद से कही ज्यादा साफ-सुथरी थी, लकड़ी की बड़ी बैंचे तीन कतारो मे लगी हुयी थी और उसके दोनो ओर लकड़ी की ही कुर्सियाँ कतारो मे लगी हुयी थी, कुछ कुर्सीयो पर कोने मे बैठे विद्यार्थी खाना खा रहे थे और कुछ अपना खाना ऑर्डर करने के लिए काउण्टर पर खड़े थे, आकाश सर ने उन्हे बैठने के लिए कहा और काउन्टर पर जाकर खाना ऑर्डर करने लगे सभी बच्चो के दिमाग मे यही चल रहा था कि उन्हे खाने मे कुछ अजीब और डरावना न मिल जाए और इसका डर उन सब के चेहरो पर साफ नजर आ रहा था, वह सभी इसके बारे मे सोच ही रहे थे कि आकाश सर वहाँ आ गये और उन्होने तेजी से मगर धीमी आवाज मे बोलना शुरु किया - "मैने खाना ऑर्डर कर दिया है, अगर और कुछ चाहिए तो काउन्टर से ले लेना, आप सब खाना खाकर कॉलेज मे घूम सकते है मुझे अभी जाना है, मै शाम को आपको लेने आऊँगा"

वह कहकर मुड़े ही थे कि राघव ने उन्हे आवाज दी - "हमे यहां नहीं घूमना, हमे भी साथ लेकर चलिए" उसकी आवाज मे डर साफ नजर आ रहा था इसीलिए आकाश सर ने उसे सन्तावना देने के भाव से कहा - "मुझे ऐसा क्यो लग रहा है कि आप डरे हुए है जबकि आपको डरने की कोई जरुरत नही है मै बस कुछ ही समय मे वापिस आ जाऊँगा, तब तक आप घूमिए जानकारी इकट्ठा कीजिए, यह सब बाद मे आपके बहुत काम आयेगा" आकाश सर ने सारी बाते शान्त और धीमे स्वंर मे कही थी लेकिन फिर भी बच्चे उनकी बातो से ज्यादा प्रभावित नहीं लग रहे थे, रतिका ने कुछ कहने के लिए मुँह खोला ही था कि उसके शब्द बाहर आने से पहले ही आकाश सर ने उन्हे अपना फैसला सुनाते हुए गुड़बाय कहा और तेजी से लम्बे-लम्बे डग भरते हुए बाहर चले गये।

"मैं शुरू से कह रही हूँ कि आकाश सर का बर्ताव सही नहीं है, अब तो हद हो गयी, वह हमे यहां छोड़कर नहीं जा सकते, यह सरासर गलत है....." - आकाश सर के जाने के बाद रतिका ने गुस्से मे अपने दातों को बुरी तरह भींचते हुए कहा और राघव ने तुरन्त उस पर प्रतिक्रिया दी - "पहली बार तुमने समझदारी की बात की है रतिका"

"क्या मतलब पहली बार...." - रतिका बस अपना गुस्सा उगलने के लिए किसी को ढूंढ रही थी लेकिन वह कुछ नहीं कर पायी क्योंकि कुछ लोग खाना लिए उधर ही आ रहे थे जिन्हे देखकर वह पीछे की ओर शान्त होकर बैठ गयी, कुछ ही समय मे उनकी टेबल पर अलग-अलग तरह के लजीज व्यंजन रखे हुए थे जिनसे उनकी टेबल लगभग पूरी तरह छिप गयी थी, जिसमे आलू, पूरी, छोले, रायता, पनीर, पीने के लिए अलग-अलग शर्बत और मिठाईयाँ थी जो देखने मे ही इतने स्वादिष्ट लग रहे थे कि बच्चे कुछ पल पहले के अपने डर को भूल गये और पिछली रात उबली सब्जियाँ खाने के बाद उन्हे यहाँ ऐसा खाना मिलने की उम्मीद बिल्कुल नहीं थी हालफिल्हाल इतना सारा मनपसन्द खाना एक साथ एक टेबल पर उन्होने शायद ही देखा हो इसीलिए वह सभी सब कुछ भूल कर जल्दी-जल्दी अपनी प्लेट मे खाना निकालकर खाने मे मशगूल हो गये, कुछ समय बाद जब उन सब का पेट पूरी तरह भर गया तो वह सभी आराम से बैठ इस बात का इन्ताजर करने लगे कि विशाल का खाना कब खत्म होगा जो कि अपना मुँह प्लेट पर झुकाए अभी-भी तेजी से खाए जा रहा था।

"बस कर मोटे ज्यादा खाएगा तो फट जायेगा" - राघव का सब्र लगभग जवाब दे चुका था,

"तुम्हे क्या परेशानी है, अगर उसे भूख लगी है तो खाने दो" - तेजस के जवाब पर राघव ने अपना मुँह बनाते हुए कहा - "मुझे क्या परेशानी होगी, मैं कौन सा इसे अपने पैसो से खिला रहा हूँ, मैं तो बस यहां से बाहर जाना चाहता हूँ"

"तो चले जाओ रोका किसने है या अकेले जाने से तुम्हे डर लगता है राघव..." - रतिका ने उसे थोड़ा चिढ़ाते हुए मुस्कुराकर कहा और अब उसे तसल्ली थी कि खाने से पहले का अपना बदला उसने पूरा कर लिया था लेकिन राघव इससे बहुत चिढ़ गया - "मुझे कोई इर वर नहीं लगता, अजनबी जगह मे हमे साथ रहना चाहिए बस इसीलिए....." राघव ने अपने अन्दर के इर को छुपाने के लिए थोड़ा बनते हुए कहा हालाकि वह समझ गया था कि वह इसमे पूरी तरह कामयाब नहीं हुआ था और इसका अहसास उसे बाकी बच्चो के धीरे-धीरे मुस्कुराने से हो रहा था। हालफिल्हाल उसके पास और कोई रास्ता नहीं था इसीलिए वह शान्त बैठकर सब के साथ बाहर जाने के लिए इन्तजार करने लगा और कुछ समय बाद जब वह सभी एक साथ कैन्टीन से बाहर निकले तो उनके चेहरो पर बस यही उम्मीद थी कि अब उन्हे कुछ भी अजीब देखने को न मिले, वह सभी एक-दूसरे से काफी सट कर चल रहे थे और गलियारे मे इधर-उधर जाते विद्यार्थी को देख रहे थे तभी उनकी नजर बाहर प्लेग्राउण्ड की ओर गयी जहाँ कुछ बच्चे फुटबॉल खेल रहे थे, कुछ झूला झूल रहे थे, कुछ लड़कियाँ रस्सा कूद रही थी और कुछ बेंच पर बैठी किताबे पढ़ रही थी।

"कितना बड़ा प्लेग्राउण्ड है चलो न हम भी खेलते है" - गुंजन ने कहा, हालांकि उन सभी का मन खेलने का था लेकिन यहाँ खेलने मे उन्हे झिझक हो रही थी,

"नहीं गुंजन यह हमारा स्कूल नहीं है, हम यहाँ नहीं खेल सकते" - शौर्य ने कहा ही था कि उसके पीछे से एक आवाज आयी - "क्यो नहीं खेल सकते" उन्होने उस ओर देखा तो अविनाश सर उनके पीछे ही खड़े थे उन्होने मुस्कुराकर आगे कहा - "आप सब वहाँ जाकर खेल सकते है, प्लेग्राउण्ड खेलने के लिए ही बना है" उनके इतना कहने पर भी बच्चे चुप खड़े रहे तो उन्होने उन्हे विश्वास मे लेने की कोशिश की - "आपके सर आपकी जिम्मेदारी

मुझे देकर गये है और मेरे ख्याल से इतना काफी होना चाहिए आप सब अब जाइए और मजे कीजिए" सभी बच्चो को अविनाश सर पर विश्वास हो गया था बस फिर क्या था वह सभी तुरन्त प्लेग्राउण्ड की ओर दौड़ पड़े और अविनाश सर भी मुस्कुराकर वहाँ से चले गये। वह जब ग्राउण्ड मे पहुँचे तो सभी ने एक पल उन्हे देखा और अगले ही पल उनसे बात करने और उनके साथ खेलने के लिए दौड़ पड़े, उन सब को तो यकीन ही नहीं हो रहा था कि यहां के विद्यार्थी उनसे इतना अच्छा बर्ताव कर रहे है क्योंकि वह कभी भी अपने स्कूल मे नये विद्यार्थीयो के साथ अच्छा बर्ताव नहीं करते थे हालफिल्हाल कुछ पल बाद ही वह सभी उन सब के साथ खेलने मे मशगूल हो गये, रतिका और गुंजन बैंच पर बैठी किताबे पढ़ने लगी, दिव्या व बाकी लड़कियाँ रस्सा कूदने लगी, विशाल और धीरज झूला झूलने लगे, और राघव दूसरे बच्चो के साथ फुटबॉल खेलने लगा और तेजस और शौर्य ग्राउण्ड के बराबर मे जाली के पीछे बने गार्डन को देखने लगे जहाँ बहुत सारे रंग बिरंगे फूल खिले हुए थे।

"कितने खूबसूरत है" - रतिका उनके बराबर मे जाली से टिकी खड़ी थी और अपनी आँखे बड़ी करके कह रही थी

"हाँ.... बिल्कुल है" - अपनी नजरे दोबारा फूलो पर गड़ाते हुए तेजस ने कहा

"यहाँ के बच्चे इतने अच्छे है, बिल्कुल दोस्तो की तरह बर्ताव कर रहे है देखो...." - रतिका ग्राउण्ड मे खेलते बच्चो को देखकर कह रही थी उसकी बात सुनकर तेजस और शौर्य भी उस ओर पलटे तो शौर्य ने तुरन्त रतिका की गलतफहमी दूर करते हुए कहा -"मुझे लगता है यह सब सिर्फ हमारे इन रंग-बिरंगे कपड़ो का कमाल है"

शौर्य की बात सुनकर रतिका को अपनी सोच और बच्चो दोनो पर अफसोस हो रहा था - "शायद तुम सही हो, पर यहां पर ऐसा

क्यो है बस काला रंग ही है यह तो बहुत अजीब है" इस समय रतिका बहुत दयालू नजर आ रही थी।

"मुझे नहीं मालूम और मालूम करना भी नहीं है" - शौर्य ने नजर चुराते हुए कहा, इसी बीच तेजस की नजरे बाहर पार्किंगं की ओर बढ़ते अपने नानू पर पड़ गयी, उसने तुरन्त उस और इशारा करते हुए कहा - "शौर्य देखो..... नानू"

"नानू, कौन नानू" - रतिका ने तुरन्त सवाल किया लेकिन तेजस बिना जवाब दिये उस ओर भाग गया और शौर्य ने रतिका के सवाल का जवाब दिया - "अ.... दरअसल उनका चेहरा हमारे नानू से मिलता है इसीलिए वह उन्हे देखकर भावुक हो गया है, मै जाकर देखता हूँ कही रोना ना शुरु कर दे, तुम विशाल को सम्भालो कही वह गिर न जाए....." कहता हुआ वह भी तेजस के पीछे उस और भाग गया, रतिका ने विशाल की ओर देखा जो सही सलामत झूला झूल रहा था उसने पलट कर शौर्य से कुछ कहना चाहा मगर तब तक शौर्य काफी दूर जा चुका था, वह पूरी ताकत के साथ दौड़ रहा था ताकि तेजस के साथ हो सके और आखिरकार वह दोनो पहुँच गये।

"नानू...." - उन दोनो ने वहाँ पहुँचकर अपने घुटनो पर हाथ रखकर हाँफते हुए कहा जिसे सुनकर अपनी गाड़ी का गेट खोलते मिस्टर शर्मा एक पल को हैरान रह गये, वह पलटे तो वह दोनो खड़े मुस्कुरा रहे थे

"क्या आप मुझसे बात कर रहे है?" - मिस्टर शर्मा को अपने कानो पर यकीन नहीं हो रहा था

"आपसे ही कह रहे है और किससे कहेगे" - शौर्य ने दोबारा जोर देकर कहा

"मेरे ख्याल से आप लोगो को कोई गलतफहमी हुयी है, मै आपका नानू नहीं" - मिस्टर शर्मा ने इसे बच्चो की गलतफहमी

समझकर लापरवाही से कहा और वह गाड़ी मे बैठने के लिए मुड़े ही थे कि उन्हे पीछे से आवाज सुनाई दी,

"वैभव, पार्वती आप ही के बच्चे है ना...." तेजस ने इतना मासूम सा चेहरा बनाकर कहा मानो बस रोने ही वाला हो, लेकिन उसके मुँह से वैभव और पार्वती का नाम सुनकर मिस्टर शर्मा स्तब्ध रह गए, 15 साल पहले का हर वाकिया उनकी आँखो के सामने से मानो अभी-अभी गुजरा हो और वह सब याद करके एक ही पल मे उनकी आँखे आसुँओ से भर गयी, वह पलटे और उन दोनो की आँसुओ से भरी आँखे देखकर मानो उन्हे अब कुछ समझने की जरुरत नहीं थी, वह घुटनो के बल बैठ गये।

"तुम दोनो..... वैभव... पार्वती..... मेरे बच्चे....." - उनके मुँह से शब्द पूरी तरह निकल नहीं पा रहे थे उन्होने उन दोनो को बाहो मे भर लिया और इतना जोर से कस लिया मानो बस अब कभी नहीं छोड़ेगे, वह दोनो भी उनसे मिलकर बहुत खुश थे और उन सब की खुशी उनकी आँखो से छलक रही थी कुछ समय के लिए वह तीनो ही सब कुछ भूल चुके थे लेकिन मिस्टर शर्मा ने अगले ही पल खुद को सम्भाल लिया, वह जल्दी से उठे और उन दोनो को लेकर कार के पीछे चले गये ताकि कोई उन्हे देख न सके वहाँ जाकर वह फिर से घुटनो के बल बैठ गये और प्यार से उन्के चेहरो पर हाथ फेरने लगे "कैसे हो तुम दोनो, वैभव.... पार्वती.... मिस्टर पाटिल..... सब कैसे है....." -उन्होने जल्दी-जल्दी एक साथ बहुत सारे सवाल उन पर दाग दिये और इसके पहले वह कुछ और सवाल पूछते शौर्य ने उनका हाथ अपने दोनो हाथो मे लेकर उन्हे शान्त करते हुए कहा - "शान्त हो जाइए नानू, हम ठीक है, मम्मी, डैड़ू, दादू सब ठीक है, बस आपको बहुत याद करते है, आपकी और नानी की बहुत याद आती है उन्हे"

"नानी कैसी है? कहाँ है वह" - तेजस ने शौर्य की बात खत्म होने से पहले ही पूछ लिया और उसके सवाल पर मिस्टर शर्मा खामोश हो गये, उन्हे समझ नहीं आया कि वह बच्चो से क्या कहे।

"क्या हुआ नानू आप चुप क्यो है, नानी ठीक तो है ना......"
- उन्हे चुप देखकर शौर्य ने दोबारा पूछा और आखिरकार हिम्मत जुटाकर उन्होनो सब कुछ बताने का फैसला लिया

"वह अब नहीं रही बच्चो" - मिस्टर शर्मा की आँखो मे सूनापन उतर आया था वह बस इतना ही कह पाए और चुप हो गये लेकिन यह सब सुनकर बच्चो की उम्मीद पूरी तरह टूट गयी।

"हम उनसे मिलना चाहते थे बस..... एक बार...." - तेजस ने रूआंसी आवाज मे कहा तो मिस्टर शर्मा ने उसे समझाते हुए कहा - "मुझे माफ कर दो बच्चो मै तुम्हारी नानी को नहीं बचा पाया, यह सारी गलती मेरी है"

"उन्हे क्या हुआ था नानू" - तेजस के सवाल पर मिस्टर शर्मा को जैसे कुछ याद आ गया हो, वह तुरन्त उठ खड़े हुए और उसे जवाब देने के स्थान पर उन्होने घबरा कर उन्ही से सवाल कर लिया - "तुम दोनो यहां आए क्यो, उन्होने तुम्हे आने कैसे दिया"

"हम दादू की प्रमिशन लेकर आए है" - शौर्य ने सफाई पेश की लेकिन उसकी इस बात ने मिस्टर शर्मा को ओर अधिक परेशान कर दिया।

"यह तुम क्या कह रहे हो, उन्होने ऐसा क्यो किया" कहकर उन्होनो तेजी से अपने आस-पास देखा और अपनी आवाज को धीमी करते हुए दोबारा कहा - "हम इस बारे मे बाद मे बात करेगे, यह जगह ठीक नहीं है बिल्कुल नहीं है, मै आज रात तुमसे मिलने आऊँगा, तैयार रहना" - मिस्टर शर्मा घबराकर इधर-उधर देखते हुए कह रहे थ,

"आपको पता तो है कि हम कहाँ ठहरे है" - तेजस के सवाल पर मिस्टर शर्मा ने उसे प्यार से देखते हुए कहा - "तुम चिन्ता मत करो मै तुमसे मिलूंगा, चाहे जो हो समझे"

उनकी बात सुनकर उन दोनो को काफी सुकून मिला था जिसके बाद उन्हे मिस्टर शर्मा के कहने पर ना चाहते हुए भी

वापिस ग्राउण्ड की ओर जाना पड़ा, मिस्टर शर्मा प्यार भरी नजरो से उन्हे जाते देखते रहे और फिर खुद को रोने से रोकने की नाकाम कोशिश करते हुए कार मे बैठकर वहाँ से चले गये।

तेजस और शौर्य जब ग्राउण्ड मे पहुँचे तो रोने के कारण उनकी आँखे लाल हो चुकी थी जिन्हे रतिका ने तुरन्त महसूस कर लिया - "तुम्हारी आँखो को क्या हुआ?"

"कुछ खास नहीं, तिनका गिर गया था" - शौर्य ने लापरवाही से कहा क्योंकि वह ज्यादा बात करने के मूड़ मे नहीं था लेकिन रतिका समझ रही थी कि कुछ अलग है इसीलिए उसने सच्चाई पता करने की कोशिश मे दोबारा कहा - "दोनो की आँखो मे, वह भी एक साथ"

"हाँ, एक साथ" - शौर्य ने कहा और वह रतिका के किसी ओर सवाल का जवाब नहीं देना चाहते थे इसीलिए वह जल्दी से जाकर वापिस गार्डन को देखने लगे बिना एक दूसरे से बात किये,

रतिका उन दोनो को ध्यान से देखती रही मानो इस तरह वह जान पायेगी की उन्हे क्या परेशानी है आखिरकार वह उनकी दोस्त थी और उन्हे परेशान देखकर फिक्रमन्द थी हालफिल्हाल शाम होते-होते भी उनकी हालत मे कोई सुधार नहीं हुआ, बाकी समय वह दोनो बिल्कुल अलग और चुपचाप रहे उन्होने विशाल और रतिका से भी ज्यादा बाते नहीं की जिस वजह से वह दोनो उनके लिए बहुत परेशान थे लेकिन चाहते हुए भी उनसे कुछ पूछ नहीं पा रहे थे। हालफिल्हाल जब तक आकाश सर वापिस आए सभी बच्चे इरने के स्थान पर खुश और उत्साह से भरे हुए नजर आ रहे थे जिन्हे लेकर आकाश सर वापिस कॉटेज आ गये। लेकिन इस पूरे समय तेजस और शौर्य की चुप्पी आकाश सर से भी नहीं छिप पायी थी जिस पर वह काफी खुश नजर आ रहे थे मानो वह यही चाहते हो इसीलिए उन्होने इसे नजरअन्दाज करते हुए कॉटेज पहुँचकर बच्चो से कहा -"आज के लिए बहुत हो गया अब आप सब रुम मे जाइए और आराम कीजिए"

"लेकिन सर..... रात का खाना" - विशाल ने उम्मीद के अनुसार सवाल किया जिस पर सभी बच्चो की हसी छूट गयी सिवाय तेजस और शौर्य के, आकाश सर ने भी हल्की सी मुस्कुराहट के साथ जवाब दिया - "फ्रिक मत करो विशाल तुम सब को तुम्हारा टेस्टी और स्पेशल डिनर रूम मे ही मिल जायेगा" फिर उन्होने अपनी आवाज धीमी करते हुए कहा - "आज के डिनर के बाद तुम मुझसे खाने के विषय मे कभी कोई शिकायत नहीं करोगे.... अच्छा अब तुम सब सोने जाओ, मेरा मतलब है रुम मे जाओ सोना तो तुम सब को खाना खाने के बाद ही है" उन्होने कुछ सोचते हुए कहा और फिर दोबारा सब को ऊपर जाने के लिए कहकर स्वंय बाहर चले गये जिसके बाद बच्चे भी ऊपर चले गये और अपने-अपने रुम मे मस्ती करने लगे, जब उन्हे भूख लगी तो उन्हे ज्यादा इन्तजार नहीं करना पड़ा क्योंकि कुछ ही समय मे एक लगभग 21-22 साल का लड़का एक बड़ा बॉक्स लेकर आया उसने सभी को उस बॉक्स से निकालकर एक-एक पैकेट दिया और उन्हे खाने की शुभकामनाएँ देकर वहाँ से चला गया, उसके जाने के बाद बच्चो ने अपना-अपना पैकेट खोला जिसमे एक बड़ा सा सैण्डविच था जो दिखने मे ही काफी खूबसूरत लग रहा था इसीलिए खुश होकर सभी ने उसे खाना शुरु कर दिया।

"क्या हुआ राघव तुम खाना क्यो नहीं खा रहे, यह बहुत टेस्टी है" - राघव के बराबर मे बैठे लड़के ने राघव से सवाल किया जिससे वह चिढ़ गया - "मुझे भूख नहीं है जब होगी तो खा लूंगा अब तुम मेहरबानी करके अपना मुँह बन्द रखो समझे" राघव का जवाब सुनकर वह झेप गया और चुपचाप अपना खाना खाने लगा और राघव ने फिर से अपना सारा ध्यान तेजस के बिस्तर पर दिवार से टिके बैठे तेजस और शौर्य पर लगा दिया जो काफी दुःखी थे और अपना पैकेट बराबर मे रखे चुपचाप बैठे थे।

जब से वह यहाँ आए थे राघव को उनका बर्ताव बहुत अलग लगा था और आज तो हद ही हो गयी और इसीलिए वह इस सब की वजह जानने के लिए बैचेन था।

"तुम दोनो क्यो नहीं खा रहे हो, भूख नहीं है क्या" - विशाल ने अपना सैण्डविच खत्म करने के बाद उनसे पूछा क्योंकि अभी तक तो वह अपना खाना खाने मे व्यस्त था और उसे मालूम ही नहीं था कि आसपास क्या हो रहा है,

"नहीं" - शौर्य ने छोटा सा जवाब दिया,

"अच्छा ठीक है, अगर ऐसा है तो क्या मै थोड़ा सा खा सकता हूँ मुझे अभी और थोड़ी भूख लगी है" - विशाल को ऐसा कहते हुए शर्मिन्दगी तो बहुत महसूस हो रही थी लेकिन वह अपने पेट के हाथो मजबूर था इसीलिए किसी तरह हिम्मत करके बोल रहा था।

"तुम मेरा खा लो" - शौर्य ने कहकर अपना सैण्डविच उसकी ओर बढ़ा दिया जिसे उसने धन्यवाद कहते हुए ले लिया और तुरन्त खोलकर खाने मे व्यस्त हो गया, राघव यह सब बहुत ध्यान से देख रहा था,

उधर दूसरी ओर रतिका भी अपने दोस्तो के लिए बहुत परेशान थी इसीलिए बिना कुछ खाए चुपचाप अपने बिस्तर पर बैठी थी,

"थोड़ा सा तो खा लो" - गुंजन ने उसे मनाते हुए कहा

"नहीं गुंजन कहा ना भूख नहीं है जब मन होगा तो खा लूंगी" - रतिका ने इस तरह कहा कि वह दोबारा उससे इस बारे मे बात न करे इसीलिए गुंजन ने अपने कंधे उचकाए और अपना बचा हुआ सैण्डविच खत्म करने मे लग गयी, रतिका अभी-भी तेजस और शौर्य के विषय मे सोच रही थी......

रात काफी गहरा चुकी थी सभी बच्चे आराम से अपने अपने बिस्तर मे सो रहे थे लेकिन तेजस और शौर्य अभी-भी छत को घूर रहे थे और जब उन्हे यकीन हो गया कि सब सो गये है तो वह दोनो धीरे से बिना आवाज किये उठे और दरवाजा खोलकर बाहर चले गये लेकिन उनकी इतनी सावधानी के बाद भी आखिरकार राघव की आँखे खुल ही गयी और उसने दोनो को बाहर जाते देख

लिया, वह अच्छी तरह जानता था कि अपने सवालो के जवाब पाने का इससे अच्छा मौका उसे नहीं मिलेगा इसीलिए वह बिना उन्हे मालूम हो उठकर उनका पीछा करने के लिए निकल गया, बाकी बच्चे आराम से सोते रहे, उनकी नींद पर दरवाजा खुलने की आवाज से कोई फर्क नहीं पड़ा था लेकिन दूसरे कमरे मे आधी-अधूरी नींद मे सोयी रतिका ने बाहर की हलचल महसूस कर ली थी, जब वह बाहर आयी तो उसने देखा कि सामने का दरवाजा खुला था और राघव दबे पांव सीढ़ियो की ओर बढ़ रहा था, उसने कमरे मे झांककर देखा तो पाया कि राघव के साथ-साथ तेजस और शौर्य भी कमरे मे नहीं थे। अब तो उसे और अधिक चिन्ता होने लगी, वह नहीं चाहती थी कि राघव उसके दोस्तो को नुकसान पहुँचाए लेकिन वह करना क्या चाहता है यह जानने के लिए वह दबे पांव उनका पीछा करने लगी।

तेजस और शौर्य जब कॉटेज के मेन दरवाजे पर पहुँचे तो उन्हे यह देखकर बहुत हैरानी हुयी की दरवाजा खुला था लेकिन फिर भी इस पर ज्यादा ध्यान न देते हुए वह दोनो वहाँ से निकल कर सीधा सड़क के किनारे आकर खड़े हो गये।

उनके पीछे राघव और उसके पीछे रतिका दोनो भी बाहर आ गये और उनसे कुछ दूरी पर पेड़ो के पीछे छिप गये वह उनसे इतनी दूरी पर थे कि उन्हे देख भी सकते थे और थोड़ी मेहनत करने पर सुन भी सकते थे हालांकि इस समय उन्हे मेहनत करने की जरुरत नहीं थी क्योंकि इस समय वह दोनो चुपचाप मगर बैचेनी से सड़क के दोनो ओर देख रहे थे जैसे किसी का इन्तजार कर रहे हो फिर कुछ ही समय इन्तजार करने के बाद उन्हे सड़क के बायी ओर दूर से आती एक रोशनी दिखाई दी जो कार की हैड़ लाइटे थे, धीरे-धीरे वह बड़ी होती गयी और कुछ ही समय मे वह कार उनके ठीक सामने आकर रुक गयी और राघव व रतिका दोनो को ही यह देखकर हैरानी हुयी कि उसमे से बाहर निकलने वाला आदमी

मिस्टर देवव्रत शर्मा थे जिन्हे कार की हैड़लाइट की तेज रोशनी मे पहचानने मे उनसे कोई गलती नहीं हो सकती थी।

"नानू" - वह दोनो उनके आते ही उनसे लिपट गये

"मेरे बच्चे" - मिस्ट शर्मा ने भी उन्हे तुरन्त अपनी बाहो मे भर लिया, वह तीनो ही रो रहे थे और उन्हे इस तरह रोते देख रतिका बस रोना शुरु करने ही वाली थी मगर उससे पहले ही वह तीनो खुद को सम्भालते हुए अलग हो गये और शौर्य ने सबसे पहले वह सवाल किया जिसका जवाब पाने के लिए वह कब से बैचेन था।

"क्या नानी को...." - शौर्य ने अपने आँसू पोछते हुए कहा लेकिन उसकी बात पूरी होने से पहले ही मिस्टर शर्मा ने उसे रोक दिया - "नहीं..... उसका नाम मत लेना" वह काफी घबरा गये थे

"क्यो नानू?" - तेजस के पूछने पर मिस्टर शर्मा ने कुछ देर सोचने के बाद जवाब दिया - "क्योंकि उसकी बिना इजाजत अगर कोई उसका नाम ले तो उसे बहुत भयानक सजा मिलती है"

"कैसी सजा" - तेजस ने फिर सवाल किया तो मिस्टर शर्मा ने कहा - "उसका नाम लेने वाला इंसान हमेशा के लिए एक बेजान पत्थर बन जाता है"

यह सुनकर वह दोनो ड़र गये लेकिन उनसे ज्यादा तो राघव और रतिका ड़र गये थे क्योंकि वह तो जानते भी नहीं थे कि बात किसके बारे मे हो रही है और अनजान ड़र जानने वाले ड़र से ज्यादा भयानक होता है।

"लेकिन अगर उसके बारे मे बात करनी हो तो" - शौर्य एक विकल्प ढूंढने की कोशिश कर रहा था,

"मालिक! यहाँ पर सभी उसे इसी नाम से बुलाते है क्योंकि वह खुद कहता है कि वह मालिक है और सब उसके गुलाम" मिस्टर शर्मा ने कहा तो तेजस चिढ़ गया

"मै उसे मालिक नहीं बोलने वाला, कभी नहीं" - तेजस को यह सुनकर गुस्सा आ गया, उस पर तो आजतक उसके माँ बाप

की नहीं चली थी फिर वह किसी और को राज करने की अनुमति कैसे दे सकता था,

"नहीं मेरे बच्चे, तुम्हे उसे मालिक कहने की कोई जरुरत नहीं है, मै कभी नहीं चाहूँगा कि तुम ऐसा करो, वह सिर्फ एक शैतान है उससे ज्यादा और कुछ नहीं" - मिस्टर शर्मा ने उसके गुस्से को शान्त करते हुए कहा

"सही कहा नानू, यही तो है वह एक शैतान, भयानक और निर्दयी शैतान मै जानता हूँ उसी ने हमसे नानी को छीना है" - कहते हुए शौर्य फिर से रो दिया था, इस बार मिस्टर शर्मा के मुँह से शब्द नहीं निकल पाए उन्होने सहमति मे अपना सिर झुका लिया और जब यह सब तेजस से बर्दाश्त नहीं हुआ तो वह लगभग चीख पड़ा - "मै उसे छोड़ूगा नहीं, उसने हमारी नानी को छीना है मै उसे जान से मार दूंगा" उसकी मासूमियत पर मिस्टर शर्मा को प्यार आ गया, उन्होने मुस्कुराते हुए उसके सिर पर प्यार से हाथ रखते हुए कहा - "बेटा तुम उसे जानते नहीं हो वह तुम्हारी सोच से कही ज्यादा ताकतवर है हम उसका कुछ नहीं बिगाड़ सकते बेटा"

"नानू, दादू कहते है कि बुराई कितनी भी बड़ी हो अच्छाई से हमेशा छोटी ही होती है, हर शैतान का अन्त होता है लेकिन तब तक नहीं जब तक हम उनके खिलाफ लड़ते नहीं" - शौर्य की उम्मीद भरी बाते सुनकर मिस्टर शर्मा उनकी बहादुरी से बहुत खुश हुए, उन्होने शौर्य से कहा - "तुम बहुत बहादुर हो मेरे बच्चे, और तुम्हारे दादू भी बिल्कुल सही कहते है लेकिन सही समय का इन्तजार करना भी एक तरह की बहादुरी ही होती है और अभी सही समय नहीं आया है"

"सही समय के लिए आपको किसका इन्तजार है नानू" - तेजस का सवाल सुनकर मिस्टर शर्मा की आँखो मे चमक आ गयी, वह उठ खड़े हुए और उन्होने पूरी उम्मीद के साथ कहा - "कहते है जब दुनिया मे शैतानो का राज बढ़ता है तो भगवान अवतार लेकर इस

दुनिया मे आते है शैतान का संहार कर दुनिया को उससे मुक्ति दिलाते है, हमे भी बस इसी का इन्तजार है कि कब कोई मसीहा आयेगा और इस शैतान से हमे मुक्ति दिलाएगा, क्योंकि उससे लड़ना किसी इंसान के बस की बात नहीं है"

"क्या आपने उससे लड़ने की कोशिश की है नानू" - तेजस के इस मासूमियत भरे सवाल पर मिस्टर शर्मा की हसी छूट गयी - "आप अभी बच्चे हो और बहुत मासूम हो यह सब समझ पाना आपके बस के बाहर है आपने जिसके बारे मे सुना होगा, वह सिर्फ एक 10 साल का बच्चा था, इन 15 सालो मे वह क्या से क्या हो गया है यह तो तुम कभी सोच भी नहीं सकते" - कहते हुए मिस्टर शर्मा संकरे रास्ते पर थोड़ा आगे आ गये थे इसीलिए राघव और रतिका अपनी-अपनी जगह पर थोड़ा पीछे की ओर सिमट गये फिर मिस्टर शर्मा पलटे और बच्चो से दोबारा कहा - "मै नहीं तो क्या और बहुत से लोग उसके खिलाफ लड़े और उसने उन्हे बहुत बुरी तरह मार डाला, इसीलिए मुझे तुम दोनो की चिन्ता हो रही है, तुम जानते भी नहीं हो कि तुम कहा हो, मुझे समझ नहीं आ रहा कि उन लोगो ने तुम्हे आने कैसे दिया" कहते हुए वह आकर उनके पास बैठ गये।

"आप चिन्ता न करे नानू हमने उनसे वादा किया है कि हम ऐसी कोई भी गलती नहीं करेगे जिससे कोई परेशानी हो, हम यहाँ सब के साथ आए है और सभी के साथ वापिस जायेगे" - शौर्य ने अपने नानू को विश्वास मे लेने के लिए थोड़ी मजबूती के साथ कहा लेकिन फिर भी मिस्टर शर्मा के चेहरे का डर खत्म नहीं हुआ।

"क्या हुआ नानू आप ठीक तो है" - उन्हे चुप देखकर तेजस ने पूछा तो उन्होने तुरन्त खुद को सामान्य करते हुए कहा - "मै ठीक हूँ, अब तुम जाओ, बहुत समय हो गया है"

तेजस कुछ कहने के लिए मुँह खोलने की वाला था कि मिस्टर शर्मा ने उसे चुप रहने का इशारा करते हुए कहा - "कोई जिद

नहीं, मै वादा करता हूँ हम जल्दी मिलेंगे, यकीन करो...." इतना कहकर वह उनके गले लग गये और उन्हे प्यार करने लगे, मौके का फायदा उठाकर राघव वहां से जल्दी से निकल गया जिसमे अन्धेरे की वजह से काफी मदद मिली, उसके जाने के बाद रतिका भी जल्दी से वहां से निकल गयी, वह तो लगभग पकड़ी गयी होती लेकिन बच गयी क्योंकि अन्दर जाने के लिए मुड़ चुके उन दोनो को मिस्टर शर्मा ने पीछे से आवाज दे दी और वह दोनो वापिस मुड़कर उनके पास चले गये, इसी बीच रतिका को वहां से आराम से निकलने का मौका मिल गया,

"क्या हुआ नानू?" - उन दोनो ने अपने नानू से पूछा,

"कुछ खास नहीं, बस मै तुम्हारा नाम नही जानता" - कहकर मिस्टर शर्मा हल्के से मुस्कुरा दिये और साथ मे वह दोनो भी, फिर उन दोनो ने अपने नानू को अपना-अपना नाम बताया और गुड़नाइट कहकर कॉटेज की ओर मुड़ गये, मिस्टर शर्मा वही खड़े उन्हे जाते देखते रहे, अन्दर पहुँचकर उन दोनो ने अपने नानू की ओर प्यार से हाथ हिलाया और फिर दरवाजा बन्द करके चले गये। उनके जाने के बाद मिस्टर शर्मा को चेहरे पर एक अजीब सी बैचेनी और इर उभर आया और वह बहुत तेजी के साथ कार मे बैठकर वहां से चले गये, वहां पर तो फिल्हाल सब कुछ सामान्य हो चुका था।

लेकिन दूसरी ओर कुछ भी सामान्य नहीं था, शहर के बीचो बीच एक बड़े पहाड़ के ऊपर के हिस्से को काटकर बने किले को एक संकरा रास्ता पहाड़ के घुमावो से जोड़ता था, उस रास्ते के दोनो ओर लम्बे और घने पेड़ थे जिनकी शाखाएँ आपस मे जुड़कर उस पूरे रास्ते के लिए छत का काम कर रही थी। उसी रास्ते पर एक आदमी अपना लम्बा और काला चोगा घसीटते हुए किले की ओर बढ़ रहा था, किले के दरवाजे पर आकर वह रुक गया, जब दरवाजा खुला और वह अन्दर दाखिल हुआ तो दरवाजा पीछे

से बन्द हो गया अन्दर बहुत ज्यादा रोशनी नहीं थी सिवाय उन जलती हुयी मशालो के जो जगह-जगह दीवारो पर लगायी गयी थी इनकी हल्की रोशनी के बाद भी वहां पर सभी कुछ साफ दिखाई दे रहा था जिसमे वह जगह किसी राजा की सभा की तरह लग रही थी।

सामने की तरफ एक लकड़ी का सिंहासन लगा हुआ था जो लकड़ी का होने के बाद भी उम्मीद से कही ज्यादा चमकदार और आर्कषक था, उसके सामने दायी ओर मलमल के काले कपड़े से बना एक छोटा सा स्टूल रखा हुआ था उस सिंहासन से नीचे उतरकर दोनो ओर कुछ आदमी काले चोगे पहने खड़े थे जिनके चहरे आधे ढके हुए थे अंदर हल्की रोशनी मे भी साफ नजर आ रहा था कि अन्दर आने वाला शख्स कोई और नहीं बल्कि आकाश सर थे जो इस समय सिंहासन के दायी ओर सर झुकाकर खड़े थे इस समय उनके चहरे पर हमेशा वाली मुस्कान नहीं बल्कि डर नजर आ रहा था कुछ पल वहां पर खामोशी छायी रही फिर अचानक कुछ हलचल हुई। बाहर एक तेज हवा का झोका पेड़ो को बुरी तरह झकझोरता हुआ किले की तरफ बढ़ा और दरवाजे को चीरता हुआ अंदर दाखिल हो गया।

सिंहासन के पास पहुँचकर उसने एक आकृति का रुप ले लिया जो एक आर्कषक और प्रभावित व्यक्तित्व की थी। बड़ी काली और गहरी आँखे, गोरा रंग, मजबूत शरीर के साथ उसने पैरो तक एक लम्बा ओवरकोट पहना हुआ था, जो काले रंग का था और उसके कॉलर उसके कान तक खड़े थे, ओवरकोट के ऊपर उसका काला चोगा गर्दन के पीछे की ओर पड़ा हुआ था साथ ही उसने काले रंग के ऊँचे बूट पहन रखे थे। उसने अपने दाए हाथ मे एक बड़ी छड़ी पकड़ी हुई थी, जिसके सिर पर बने गुम्बद के बीच एक लाल रंग का चमकता रत्न दिखाई दे रहा था और उसके चेहरे मे नजर आ रहा था एक क्रूर राजा जो सिर्फ और सिर्फ अपनी सत्ता चाहता था, हमेशा के लिए और उसे पाने के लिए वह कुछ भी कर सकता था।

कुछ पल उसने अपनी आँखे दोनो ओर घुमायी और फिर वह अपने चोगे को दाये हाथ से पीछे की ओर धकेलता हुआ एक पैर उस स्टूल पर रखकर सिंहासन पर विराजमान हो गया। उसके आते ही सभी लोग अपना दाया हाथ अपने दिल पर रखकर एक घुटने के बल बैठ गये थे जो उसके बैठ जाने के बाद फिर से खड़े हो गये, उसने सब पर एक पैनी निगाह डाली और आकाश सर पर ठहरकर कहा - "अब क्या तुम्हे निमन्त्रण देना पड़ेगा" वह धीमी मगर एक खरखराहट वाली आवाज मे कह रहा था जो उसे अजीब बना रही थी,

आकाश सर बहुत डर गये थे मानो उनसे कोई गलती हो गयी हो लेकिन इससे पहले वह कुछ कह पाते उसने अपनी छड़ी गुस्से मे उधर की ओर कि जिसके इशारे पर आकाश सर हवा मे 2 इंच उठे और ठीक सामने आकर खड़े हो गये।

"माफ.... कर दे..... म.....म.....मालिक....., मै बस.... बताने ही वाला था" आकाश सर इतने डरे हुए थे कि उनके मुँह से शब्द पूरी तरह नहीं निकल पा रहे थे।

"ओह...! आकाश..... मै आजकल खुद को पूरी तरह शान्त रखने की कोशिश कर रहा हूँ..... लेकिन क्या करू.... तुम्हारे जैसे बेवकूफ मुझे....." फिर उसने एक ठण्डी सांस लेकर आगे कहा "खैर छोड़ो.... इससे पहले मेरी खुद को शान्त रखने की ख्वाहिश अधूरी रह जाए, तुम अपनी शान्ति तोड़ो समझे...." उनकी बात खत्म होते ही आकाश सर ने घबराते हुए तेजी से बोलना शुरु किया - "जी.... जी मालिक मैने वैसा ही किया था जैसे आपने कहा, सब कुछ हमारे मेरा मतलब है आपके कन्ट्रोल मे है, अब तक वही हुआ जो आप चाहते थे मालिक...."

"अब तक!...... आगे भी आकाश, आगे भी वैसा ही होगा जैसा मै चाहता हूँ बस तुम्हारे जैसा बेवकूफ और डरपोक इंसान कोई गलती न कर दे, वैसे अभी तक तुमने काबिले तारीफ काम किया

और तुम इनाम के हकदार हो, बोलो क्या दूँ मै तुम्हे, क्या चाहते हो?" - उसने आकाश सर की बात को बीच मे काटते हुए कहा था जिससे आकाश सर घबरा गये थे लेकिन अन्त मे अपनी तारीफ सुनकर उनमे हिम्मत आ गयी लेकिन इतनी नही कि वह ठीक से बोल पाते इसीलिए आगे बोलते हुए भी उनकी आवाज लड़खड़ा रही थी,

"मालिक मै बहुत शुक्रगुजार हूँ कि आपने मुझे इस काबिल समझा, मुझे कुछ नहीं चाहिए, मै तो बस हमेशा आपका विश्वासपात्र बनकर रहना चाहता हूँ लेकिन अगर आप जान की माफी दे तो मै कुछ पूछना चाहता हूँ" फिर उसके सहमति मे सिर हिलाने पर आकाश सर ने आगे कहा- "मालिक आप जो चाहते थे वह हो गया तो अब आप उन्हे खत्म क्यो नहीं कर देते उन्हे इतनी आजादी क्यो दे रहे है?" आकाश सर के सवाल पर उसने एक शैतानी मुस्कुराहट के साथ कहा - "अगर तुम्हे इसकी समझ होती हो तुम तुम नहीं होते समझे वैसे मै बता दूँ 11 साल लगे उसे ढूंढकर यहाँ तक लाने मे और 11 मिनट मे खत्म करके मजा ही खत्म कर दूँ पहले मे उनके साथ खेलूगा, उन्हे खुश करूगां फिर इराऊगां तड़पाऊगाँ और तब खत्म करूगां ताकि उन्हे पता चले कि मुझे धोका देने की कोशिश करने का अंजाम क्या होता है और उनके भगवान को भी पता चले कि मेरा मुकाबला करने की ख्वाहिश भी रखने का क्या अंजाम होता है समझे"

"जी....जी...मालिक" - आकाश सर ने उनकी हाँ मे हाँ मिलाते हुए कहा

"अब तुम जाओ और बाकी का काम करो" - उसके कहते ही आकाश सर फिर से उन्हे प्रणाम करके तेजी से वहाँ से निकल गये और कुछ पल बाद ही वह भी फिर से एक काले रंग के हवा के गुब्बार मे बदल कर वहाँ से चला गया और हर तरफ एक चीरने वाली खामोशी छा गयी।

उधर अगली सुबह जब तेजस और शौर्य की आँख खुली तो उन्हे महसूस हुआ कि वह काफी देर तक सो रहे थे, अपनी आँखे मलते हुए जब उन्होने अपने आस-पास नजरे दौड़ायी तो उन्हे पता चला कि वहाँ सभी बच्चे आराम से सो रहे थे।

"क्या हम जल्दी उठ गये" - तेजस ने उबासी लेते हुए पूछा

"मुझे तो नहीं लगता" - शौर्य कमरे मे लगी खुली खिड़की से बाहर की ओर देखते हुए कह रहा था जहाँ सूरज तो नहीं दिख रहा था लेकिन दिन जितनी रोशनी थी, इसी बीच राघव की भी आँख खुल गयी और वह उठकर बैठ गया, कल रात के बाद वह उन दोनो को शक की नजरो से देख रहा था।

"मुसीबत तो जाग गयी" - तेजस ने राघव पर एक हल्की सी नजर ड़ाली और फिर धीरे से शौर्य से कहा

"शटअप तेज" - शौर्य ने उसे चुप कराया और जाकर विशाल को उठाने की कोशिश करने लगा लेकिन जब लाख कोशिशो के बाद भी विशाल नहीं उठा तो उनके साथ-साथ राघव भी परेशान हो गया, बस फिर क्या था उन तीनो ने एक-एक कर सभी बच्चो को उठाने मे अपनी पूरी ताकत लगा दी लेकिन उनमे से कोई भी हिल तक नहीं रहा था, उनकी समझ मे कुछ नहीं आ रहा ता कि वह क्या करें, वह तीनो दरवाजे की ओर भागे और जैसे ही उन्होने दरवाजा खोला, रतिका रोती हुयी परेशान हालत मे बाहर आयी और एक-दूसरे को देखकर उनके मुँह से एक साथ निकला -"कोई उठ नहीं रहा।" वह समझ गये कि दूसरे कमरे की भी हालत ऐसी ही है, अब तो वह पहले से भी ज्यादा ड़र गये, रतिका बुरी तरह रो रही थी जिसे दिलासा देते हुए शौर्य ने कहा - "प्लीज रतिका परेशान मत हो, सब ठीक हो जायेगा, वह जल्दी उठ जायेगे"

"हमे आकाश सर से बात करनी होगी" - तेजस ने कहा जिसके बाद वह चारो नीचे रिसेप्सन की ओर दौड़ पड़े ताकि उन्हे पता चले कि आकाश सर किस रुम मे है नीचे पहुँचते ही शौर्य ने

रिसेप्सनिष्ट से सवाल किया - "हमारे सर, आकाश वर्मा, वह कौन से रुम मे है?"

रिसेप्सनिष्ट ने अपना रजिस्टर चैक किया और अगले ही पल उन्हे उनका जवाब मिल गया - "देखिए यहाँ आकाश वर्मा नाम का कोई शख्श नहीं ठहरा है"

"ऐसा कैसे हो सकता है, आप ठीक से चैक कीजिए वह यही है" - तेजस ने जिद की तो रिसेप्सनिष्ट ने सख्ती से अपना निर्णय सुनाते हुए कहा - "हम ठीक से चैक कर चुके, वह यहाँ नहीं है, बेवजह हमारा समय नष्ट न करे, अब आप जा सकते है...."

"आप अपने कस्टुमर से ऐसे बात नहीं कर सकते" - राघव लड़ने के लिए तैयार दिख रहा था लेकिन शौर्य ने उसे रोक लिया - "राघव.....प्लीज....कोई फायदा नहीं, चलो यहां से" कहकर वह उन तीनो को लेकर कमरे के पास वापिस ऊपर आ गया।

"पता नहीं सबको क्या हो गया है, अब तो आकाश सर का भी कुछ पता नहीं, मुझे बहुत डर लग रहा है" - रतिका रोने से खुद को रोक नहीं पा रही थी।

"यह सब इन दोनो की वजह से हुआ है, इन्ही की वजह से हम यहाँ फसे है" - राघव ने बिना सोचे समझे तेजस और शौर्य को इन सब का दोषी ठहरा दिया लेकिन उनके कुछ भी कहने से पहले रतिका बोल पड़ी - "राघव तुम इन्हे दोषी नहीं ठहरा सकते, उन्होने कुछ नहीं किया"

"अच्छा वाकई, अगर कल रात तुमने वह सब देखा होता जो मैने देखा और सुना था तो तुम इस समय मुझसे यह नहीं कह रही होती" - राघव की बात सुनकर उन दोनो की आँखे फटी रह गयी, उनसे कुछ कहते नहीं बन रहा था लेकिन फिर भी उन्हे कुछ तो कहना ही होगा, फिर उन्हे लगा कि उसे राघव की गलतफहमी या घुमा फिरा कर बताना ही ठीक होगा। शौर्य ने यह जिम्मेदारी अपने सर पर ली जो उन्होने इशारो मे ही तय कर लिया था

लेकिन जैसे ही शौर्य ने अपना मुँह खोलना चाहा रतिका की बात उसके कानो मे पड़ी जिसे सुनकर उसे लगा कि मुँह बन्द कर लेना ज्यादा बेहतर होगा।

"मैने सब सुना भी था और देखा भी था" - वह लगभग अपने दोस्तो के पक्षकार की तरह बोल रही थी,

"लेकिन कैसे" - राघव ने पूछा तो रतिका ने एक सीधा सा जवाब दिया - "बिल्कुल वैसे.... जैसे तुमने पीछा करके" उसकी बात सुनकर राघव ऐसे तन गया जैसे उसने कोई जंग जीत ली हो लेकिन अगले ही पल रतिका ने उसकी सारी अकड़ ढ़ीली कर दी - "हाँ, लेकिन इसका मतलब यह नहीं है कि इसके लिए भी तुम इन्हे दोषी ठहराओ, इसमे इनकी कोई गलती नहीं है, तुम कुछ कहते क्यो नहीं" - आखिरी लाइन उसने उन दोनो की ओर देखकर कहा था लेकिन वह दोनो किसी दोषी की तरह सर झुकाए अपने पैरो को घूर रहे थे।

"प्लीज कुछ कहो....." - रतिका ने जोर देकर कहा तो शौर्य ने हिम्मत कर अपना मुँह खोला - "राघव सही कह रहा है यह सब हमारी वजह से या यूं कहे कि हमारे लिए हुआ है, हमारे डैडी नहीं चाहते थे कि हम यहां आए लेकिन हमे नानू नानी से मिलने का ऐसा मौका दोबारा नहीं मिलता इसीलिए हमने जिद की ओर यहाँ आ गये, सब हमारी गलती है" कहकर उन दोनो ने अपनी गर्दन झुका ली, वह तो समझ भी नहीं पा रहे थे कि क्या कहे और क्या नहीं।

"देखा, मैने कहा था न अब तो इन्होने खुद भी अपनी गलती मान ली, अभी-भी तुम्हे कुछ कहना है" - राघव अपनी जीत पर अकड़ कर रतिका से कह रहा था।

"चुप हो जाओ तुम" - राघव से गुस्से से कहकर रतिका ने उन दोनो की ओर देखकर कहा - "देखो एक बात अच्छे से समझ लो इसमे तुम्हारी कोई गलती नहीं है, हम यहाँ तुम्हारे लिए नहीं

अपनी मर्जी से आये थे, हाँ यह सच है कि हम उस शैतान.... या जो भी तुम कहो उसके बारे मे नहीं जानते थे लेकिन मै इतना जरुर समझ गयी हुँ कि अगर वह है और यह सब तुम्हारे लिए कर रहा है तो तुम्हे सम्भल कर रहना होगा, तुम दोनो को बहुत खतरा है.... लेकिन इस सब से पहले तुम्हे हमे सब कुछ सच-सच बताना होगा"

"मुझे भी जानना है सब कुछ" - राघव ने जोर देकर कहा लेकिन चूकि वह दोनो चुप थ इसीलिए रतिका ने कहा - "प्लीज बता दो, हम माने या न माने लेकिन अब हम सब यहाँ बुरी तरह फँस चुके है..... इसीलिए हमे भी यहां के बारे मे सब कुछ पता होना चाहिए..... प्लीज बता दो......."

वह दोनो बार-बार जोर देकर कह रहे थे तो उन्होने आखिरकर सब कुछ बताने का फैसला किया, तेजस और शौर्य ने एक दूसरे की ओर देखा और लम्बी सांस लेकर बोलना शुरु किया,

जब उनकी बात खत्म हुयी तो सबसे पहले रतिका ने कहा - "इसमे तुम्हारी कोई गलती नहीं है, अगर मै भी अपने नानू-नानी से कभी नहीं मिली होती तो मै भी जरुर आती चाहे मुझे कितनी भी जिद क्यों नहीं करनी पड़ती और हाँ तुम्हारी..... नानी के लिए अफसोस है, बहुत ज्यादा"

"हाँ.... मुझे भी है" - राघव भी इतनी दुःख भरी कहानी सुनकर पहली बार दुःखी नजर आ रहा था

"लेकिन अब हम क्या करे" - तेजस ने सबसे जरुरी सवाल किया था जिसका जवाब राघव ने दिया।

"तुम्हारे नानू, इस समय सिर्फ वही है जो हमारी मदद कर सकते है"

"राघव सही है अब सिर्फ वहीं हमे बचा सकते है" - रतिका के कहने के बाद वह चारो बाहर जाने के लिए मुड़े ही थे कि शौर्य रुक गया - "हम नहीं जा सकते, अगर हम चले गये तो इनका क्या होगा"

"अच्छा सच तो फिर ठीक है हम नहीं जाते, वैसे तुम्हे पूरा यकीन तो है ना कि हमारे यहाँ खड़े रहने से सब ठीक हो जायेगे" - राघव ने उसका मुँह चिढ़ाते हुए कहा जिसके बाद शौर्य ने उन दोनो की ओर देखा, इस उम्मीद मे कि वह उसका साथ देगे और चूंकि उन्होने ऐसा नहीं किया तो शौर्य ने हार मान ली और वह चुपचाप उन तीनो के साथ जाने के लिए तैयार हो गया जिसके बाद उन्होने कमरे से अपने-अपने जूते पहने और विशाल को उदासी से देखते हुए कमरे का दरवाजा बन्द करके कॉटेज से बाहर आ गये और ऐसा करते समय रिसेप्सनिष्ट उन्हे बहुत ध्यान से देख रहा था। हालफिल्हाल वह अच्छी तरह जानते थे कि उन्हे किस रास्ते जाना है इसीलिए उन्होने बिना किसी इन्तजार किये सीधा कॉलेज के रास्ते पर दौड़ लगा दी....

काफी देर लगातार दौड़ने के बाद वह थक गये, इसीलिए कुछ मिनट आराम करने के लिए रुक गये इसी बीच वहाँ से गुजरती गाड़ियो को देखकर राघव ने कहा –"क्या हम किसी गाड़ी से लिफ्ट ले ले प्लीज मै और नहीं भाग सकता, अभी तो हमने थोड़ी सी ही दूरी तय की है, इस तरह तो हम शाम तक पहुँचेगे"

"हम कोशिश करेगे तो जल्दी पहुँच जायेगे लेकिन लिफ्ट लेकर कोई और मुसीबत मोल नहीं लेगे, क्योंकि फिल्हाल के लिए हमारे पास काफी मुसीबत है इसीलिए अब लड़की की तरह रोना बन्द करो और भागो" - तेजस राघव को मुफ्त की सलाह देकर आगे की ओर भाग गया लेकिन उसके बाद के शब्द शायद रतिका को कुछ खास पसन्द नहीं आये थे।

"हे! तुमसे किसने कहा कि लड़कियाँ रोती है..." - तेजस को यह बात समझाने के लिए वह तेजी से उसके पीछे चली गयी, शौर्य भी राघव को चलने के लिए कहकर आगे भाग गया और राघव ने ना चाहते हुए भी अपनी सारी ताकत बटोर कर फिर से भागना शुरु कर दिया। वह चारो ना जाने कितने समय तक रुक-रुक कर दौड़ते रहे और आखिरकार उन्हे उनकी मंजिल दिखाई दे ही गयी।

"वह देखो कॉलिज..." - शौर्य न नीचे की ओर इशारा करते हुए कहा, कॉलिज को देखकर उन चारो मे ही एक नयी स्फूर्ती आ गयी इसीलिए उन्होने ज्यादा तेजी से दौड़ना शुरु कर दिया. वह सब बस वहाँ पहुँचे ही थे कि उन्होने देखा कि मिस्टर शर्मा अपनी कार मे कॉलिज से बाहर निकल रहे थे, वह उन्हे आवाज देते हुए कार के पीछे भागे, इस समय मिस्टर शर्मा उनकी आखिरी उम्मीद थे और वह किसी भी कीमत पर इस उम्मीद को खोना नहीं चाहते थे, उनकी किस्मत अच्छी थी कि मिस्टर शर्मा ने उन्हे जल्दी ही कार के शीशे मे पीछे भागते हुए देख लिया और उन्होने तुरन्त अपनी कार रोक दी, मिस्टर शर्मा जब कार से बाहर निकले तो तेजस और शौर्य तुरन्त जाकर अपने नानू के पैरो से लिपट गये, रतिका और राघव भी उनके साथ ही थे उन चारो का सब्र का बांध अब टूट चुका था इसीलिए वह बुरी तरह रो रहे थे, उन्हे इस तरह देखकर मिस्टर शर्मा बहुत परेशान हो गये वह उन्हे चुप कराने और उनके रोने का कारण जानने की कोशिश मे लगे थे लेकिन इस समय बच्चो की हालत ऐसी नहीं थी कि वह कुछ कह पाते, इसी बीच मिस्टर शर्मा ने महसूस किया कि आते जाते लोग उन्हे घूर रहे थे इसीलिए उन्होने किसी तरह बच्चो को सम्भाला और उन्हे कार मे बैठाकर घर ले आए, वही जगह जहाँ वह पिछले 15 सालो से अकेले रह रहे थे, यह जगह बाकी शिमला से अलग लग रही थी, यह चमकदार नहीं बल्कि एक बिल्कुल सामान्य जगह थी, लेकिन इस समय बच्चो का ध्यान इस ओर नहीं था, इस समय वह मिस्टर शर्मा के हॉल मे बैठे पानी पी रहे थे और पहले से ज्यादा सामान्य नजर आ रहे थे। इसके बाद उन्होने धीरे-धीरे अटकते हुए मिस्टर शर्मा को सारी बाते बता दी, मिस्टर शर्मा जानते थे कि इस समय उन चारो को उन पर विश्वास करने की बहुत जरुरत है।

"तुम सब चिन्ता मत करो, जब तक मै जिन्दा हूँ मै तुम चारो को कुछ नहीं होने दूंगा, बस मेरे साथ रहना, तुम सब सुरक्षित रहोगे, यकीन करो मेरा" - मिस्टर शर्मा ने उनकी आँखो मे आँखे झालकर विश्वास दिलाते हुए कहा

"और हमारे दोस्त, वह सब ठीक तो हो जायेंगे ना" - शौर्य अभी-भी उन सब को लेकर परेशान था।

"तुम चिन्ता मत करो, मुझे पूरा यकीन है वह सभी जल्दी ठीक हो जायेंगे" - मिस्टर शर्मा ने कहा तो उन चारो को थोड़ी हिम्मत मिल गयी थी, उन्हे लगा कि अब सब कुछ जल्दी ही ठीक हो जायेगा, जिस वजह से वह चारो पहले से ज्यादा शान्त नजर आ रहे थे.....

कुछ समय आराम करने के बाद राघव हल्का सा खांसा ताकि वह सबका ध्यान अपनी ओर कर सके -"अ...... मै..... दरअसल मुझे भूख लगी है, मुझे इस समय कहना तो नहीं चाहिए लेकिन.... क्या कुछ खाने को मिल सकता है प्लीज......"

"मुझे भी प्लीज...." - रतिका ने भी उसमे अपने शब्द जोड़ दिये

"दरअसल हमने कल से कुछ भी नहीं खाया है" - तेजस ने लगभग अपनी सफाई देते हुए कहा और तुरन्त ही मिस्टर शर्मा उठ खड़े हुए - "मुझे माफ कर दो बच्चो मै जानता नहीं था, मै अभी तुम सब के लिए कुछ खाने के लिए लाता हूँ" कहकर मिस्टर शर्मा अन्दर किचन की ओर चले गये और कुछ समय बाद जब वह चारो उनके बुलाने पर टेबल की ओर गये तो उन्होने देखा कि खाने मे कुछ ज्यादा नहीं था सिवाय कुछ फल, टोस्ट और मामूली से दिखने वाले सैण्डविच लेकिन जो भी हो वह बहुत भूखे थे इसीलिए तुरन्त बैठ गये और अपनी-अपनी प्लेट मे खाना निकालकर जल्दी-जल्दी खाने लगे, खाने के लिए उनकी ऐसी हालत देखकर मिस्टर शर्मा को थोड़ी शर्म आ गयी और उन्होने थोड़ा हिचकिचाते हुए कहा - "मै जानता हूँ खाना इतना अच्छा नहीं है, पर मै इससे ज्यादा कुछ नहीं कर सकता ..... दरअसल.... मुझे खाना बनाना नहीं आता..... मै हमेशा बाहर ही खाता हूँ, बस कभी-कभार के लिए घर पर इतना ही कर सकता हूँ" बच्चो से ऐसा कहते हुए वह थोड़ा शर्मा रहे थे।

"यह खाना सच मे बहुत स्वादिष्ट है" - तेजस ने सैण्डविच मुँह मे ठूसते हुए कहा और रतिका और शौर्य ने भी खाने की तारीफ करके उसका साथ दिया, राघव को लगा कि उसे भी कुछ कहना चाहिए इसीलिए उसने अपनी सारी अकल लगाते हुए कहा - "भूख लगी हो तो घास-फूस भी ठीक ठाक ही लगती है और यह कम से कम घास तो नहीं है" इतना कहने के बाद भी वह लगातार खाए जा रहा था और फिर जैसे उसे अहसास हुआ कि बाकी लोग खाना छोड़कर उसे ही घूर रहे थे तो उसने तुरन्त बात को घुमाने की कोशिश की - "मै तो बस इसीलिए कह रहा था कि मैने कल रात का टेस्टी सैण्डविच मिस कर दिया ना, अब इसे मिस नहीं करना चाहता, मैरा मतलब है यह अच्छा है..... आ..... ठीक है ना....." अन्त मे वह उनके लगातार घूरे जाने से चिढ़ गया था, उन्हे यह तो समझ मे नहीं आया था कि राघव कहना क्या चाहता था हालाकि यह साफ था कि उन्हे उसकी किसी भी बात से कोई फर्क नहीं पड़ता था और वह अभी-भी उसे अफसोस भरी निगाहो से देख रहे थे, जब राघव को ज्यादा कुछ समझ मे नहीं आया तो उसने अपने दांत निकाल दिये, उसने सोचा कि इससे सबको यही लगेगा कि उसने मजाक किया था और वह भी हँसेगे चूकि किसी ने ऐसा नहीं किया तो उसने तुरन्त अपना सिर झुका कर फिर से खाना शुरु कर दिया, और अचानक ही शौर्य को कुछ याद आया उसने तुरन्त रतिका से सवाल किया - "क्या रात तुमने सैण्डविच खाया था?"

"नहीं, लेकिन तुम ऐसा क्यो पूछ रहे हो" - रतिका के साथ-साथ तेजस और राघव की निगाहो मे भी यही सवाल था

"इसीलिए क्योंकि अब मुझे समझ आया कि आखिर हम चारो ही क्यो बचे" - शौर्य ने कहा तो सभी ने एक साथ पूछा - "क्यो?"

"क्योंकि सिर्फ हम चारो ही थे जिन्होने कल रात सैण्डविच नहीं खाया था" - शौर्य ने कहा जिससे वह तीनो अपने-अपने हाथ मे पकड़े हुए सैण्डविच को शक की नजरो से घूरने लगे

"मतलब?" - मिस्टर शर्मा को अभी ज्यादा कुछ समझ नहीं आया था,

"हाँ नानू, कल रात आकाश सर ने हमारे खाने के लिए सैण्डविच भेजे थे, मुझे लगता है उन्ही की वजह से हमारे दोस्तो की ऐसी हालत हुयी" - जब तक शौर्य कह रहा था उन तीनो के हाथ मे पकड़ा हुआ सैण्डविच वापिस प्लेट मे पहुँच चुका था।

"अगर आकाश ने दिये थे तो सही हो भी कैसे सकते थे" - मिस्टर शर्मा से यह सुनकर बच्चे चौक गये,

"आप आकाश सर को जानते है?" - रतिका ने सबकी ओर से सवाल किया,

"तुम्हारे आकाश सर मेरे ही कॉलिज के स्टूडैण्ट थे"

"क्या?" - उन चारो के मुँह से इससे अलग कुछ नहीं निकल पाया, तो मिस्टर शर्मा ने खुद ही उन्हे सब कुछ बता दिया।

"हाँ, आकाश वर्मा, अविनाश वर्मा का छोटा भाई है और उस शैतान का वफादार, जिसे उसने तुम्हे यहाँ लाने के लिए इस्तेमाल किया, पहले मे नहीं जानता था कि यह सब क्यो लेकिन तुम दोनो से मिलने के बाद मुझे सब समझ आ गया"।

"क्या समझ आ गया नानू" - शौर्य के सवाल पर मिस्टर शर्मा उठ खड़े हुए और हिम्मत जुटाते हुए उन्होने कहा - "वह तुम्हारी पहचान जानता था बहुत पहले से और तुम्हे किसी भी कीमत पर यहां लाना चाहता था"

"आपको यह सब कैसे मालूम" - तेजस के सवाल पर मिस्टर शर्मा ने उसे प्यार से देखते हुए कहा "क्योंकि बुराई भले ही सारे रास्ते बन्द कर दे अच्छाई फिर भी अपना रास्ता बना ही लेती है यहां कुछ लोग ऐसे भी है जो आज भी अच्छाई और सच्चाई का ही साथ देते है, बुराई का नहीं"

"इसका मतलब अब वह हमसे बदला लेगा, लेकिन हमने तो कुछ भी नहीं किया नानू" - शौर्य का डर उसके शब्दो मे साफ नजर आ रहा था।

"तुम्हे डरने की कोई जरुरत नहीं है, मै तुम सब को कुछ नहीं होने दूंगा" - मिस्टर शर्मा के पास वह स्वंय को सुरक्षित महसूस कर रहे थे इसीलिए वह हल्का सा मुस्कुरा दिये मिस्टर शर्मा ने उनके सिर पर प्यार से हाथ फेरा और फिर उनकी नजर सामने दीवार घड़ी पर पड़ी जो 2 बजा रही थी, उसे देखकर मिस्टर शर्मा को कुछ याद आ गया और उन्होने बच्चो से कहा - "देखो बच्चो मुझे अभी किसी काम से बाहर जाना है लेकिन मै जल्दी वापिस आ जाऊँगा"

"हम भी साथ चलेगे" - रतिका ने तुरन्त उठकर उनके सामने आते हुए कहा जिसमे उन तीनो ने भी उसका साथ दिया।

"ऐसा नहीं हो सकता बच्चो, मेरी बात सुनो तुम सब यहां पूरी तरह सुरक्षित हो, तुम्हे डरने की जरुरत नहीं है, अगर मै तुम्हे साथ ले जा सकता तो जरुर ले जाता, लेकिन इस समय ऐसा नहीं हो सकता, इसीलिए प्लीज मेरी बात मानो यही रहो....." मिस्टर शर्मा की बात सुनकर शौर्य ने हिम्मत दिखाते हुए आगे आकर कहा - "हमे आप पर यकीन है नानू, हम यही रुकेगे लेकिन प्लीज आप जल्दी आ जाइऐगा"

"मेरा बहादुर बच्चा!" - मिस्टर शर्मा ने शौर्य का माथा चूम कर कहा और फिर उन सबको साथ रहने के लिए कहकर बाहर चले गये, जाते समय वह बाहर से दरवाजा लॉक कर गये थे।

शाम हो चुकी थी, मिस्टर शर्मा अभी तक घर नहीं लौटे थे।

"इतना वक्त हो गया है पता नहीं नानू कब आयेगे, कही उसे पता तो नहीं चल गया कि नानू ने हम सब को यहां रखा है" - शौर्य को अपने नानू की काफी चिन्ता हो रही थी

"अगर ऐसा हो गया तो हमारा क्या होगा?" - राघव ने डर कर कहा लेकिन इससे तेजस को गुस्सा आ गया - "तुम्हे तो बस अपनी ही चिन्ता है, है ना....." जिसके जवाब मे राघव ने अपना सिर झुका लिया फिर तेजस ने शौर्य से कहा - "और तुम शौर्य, प्लीज और मत डराओ"

"ठीक है.... मै तुम्हे डराना नहीं चाहता था, मै तो बस सोच रहा था...." - शौर्य ने अपनी सफाई पेश की जिसका तेजस पर कोई असर नहीं हुआ - "तो सोचना बन्द कर दो"

"ठीक है तो तुम्ही बता दो कि क्या करूं" - शौर्य ने तेजस से ही सवाल किया जिसका जवाब राघव ने दिया - "इतना बड़ा घर है चलो घूम कर आते है"

इस बार राघव की बात मे उन तीनो को ही दम दिखाई दिया, लेकिन सबसे पहले तेजस ही बोला - "सही कहा हम सब इतने समय एक ही जगह पर क्यो है चलो थोड़ा इधर-उधर चलते है"

"वह सब तो ठीक है लेकिन अगर नानू आ जाते तो ठीक रहता" - शौर्य ने समझदारी दिखाने की कोशिश की

"प्लीज शौर्य हम कही बाहर नहीं जा रहे, और अगर तुम याद करो तो जा भी नहीं सकते, दरवाजा लॉक जो है, फिर क्या परेशानी है, चलो भी शौर्य" - तेजस ने जोर देकर कहा तो शौर्य भी तैयार हो गया।

"लेकिन साथ-साथ रहना प्लीज...." - रतिका ने कहा और उसके बाद वह चारो सामने वाली सीढ़ियो से चढ़कर ऊपर चले गये, दायी ओर के कमरे का दरवाजा खोला तो सामने बिस्तर के पीछे लगी पार्वती की बड़ी सी तस्वीर देखकर वह तुरन्त समझ गये कि यह कमरा किसका था, उन्होने चारो ओर नजर दौड़ायी तो सभी जगह केवल पार्वती की ही तस्वीरे लगी हुयी थी बचपन से बड़े होने तक की सभी तस्वीरे, बिस्तर के बराबर मे रखे स्टूल पर फ्रेम मे

एक तस्वीर लगी हुयी थी, आगे बढ़कर शौर्य ने जब उसे हाथ मे उठाया तो अपनी माँ के साथ अपने नानू व नानी को देखकर वह उदास हो गया, तेजस ने पीछे से उसके कन्धे पर हाथ रखा लेकिन कुछ कहा नहीं वह दोनो बस नम आँखो से उस तस्वीर को देखते रहे, पीछे खड़े राघव और रतिका भी उस तस्वीर को देखकर काफी उदास हो गये थे।

"मै भी अपने नानू-नानी से बहुत प्यार करता हुँ और वह मुझसे" - राघव ने कहा तो उन तीनो ने उसकी ओर देखा वह लगभग रोने ही वाला था उसके वाद वह तस्वीर वापिस जगह पर रखकर वह चारो बिना कुछ कहे कमरे से बाहर आ गये, रतिका ने पीछे से दरवाजा बन्द कर दिया,

उसके बाद वह चारो आगे बढ़े, उन्होने दूसरा कमरा खोला जो शायद मिस्टर शर्मा का था क्योंकि बैड़ के बराबर के स्टूल पर एक तस्वीर जो मिस्टर और मिसेज शर्मा की शादी की थी, बैड़ पर कुछ काले रंग के कपड़े पड़े थे दरवाजे के बराबर मे सोफे के सामने रखी टेबल पर कुछ किताबे और चाय का खाली कप रखा हुआ था जिसे देख कर लग रहा था कि दो दिन पुराना है।

कमरे मे लकड़ी की एक बड़ी अलमारी थी जो थोड़ी खुली हुयी थी, उसमे रखे कपड़े हल्के से दिखाई दे रहे थे वह सब कुछ देख ही रहे थे कि उन्हे रतिका की आवाज सुनाई दी - "रंग" रतिका अलमारी की छोटी सी दरार से दिख रहे रंगबिरंगे कपड़ो की ओर इशारा कर रही थी। रतिका की बात सुनकर तेजस ने तुरन्त आगे बढ़कर अलमारी पूरी खोल दी जिसमे रंग-बिरंगे कपड़ो की भरमार थी, जिन्हे देखकर उन चारो मे ही उत्साह की लहर दौड़ पड़ी वह चारो उन कपड़ो को उलट-पलट कर देख ही रहे थे कि उनकी नजर नीचे की तरफ रखी एक काली चादर पर पड़ी जिसे देखकर उनका सारा उत्साह ठण्डा पड़ गया, इसके बाद उन्होने अलमारी बन्द करके नीचे आकर सोफे पर बैठ गये।

कुछ समय वह चारो वहां उसी हालत मे बैठे रहे और फिर राघव ने कहा - "मुझे भूख लगी है, मै किचन मे जा रहा हुँ कुछ खाने के लिए देखने"

"हम भी चलते है" - शौर्य ने कहा और वह तीनो भी उसके साथ उठकर किचन की ओर चले गये, वह तीनो अन्दर गये लेकिन शौर्य किचन से कुछ पल पहले रुक गया वह सीढ़ियो के नीचे की ओर बने एक छोटे से दरवाजे को ध्यान से देख रहा था जब रतिका की आवाज उसके कानो मे पड़ी जो उन दोनो के साथ किचन से वापिस आते हुए कह रही थी - "क्या हुआ शौर्य तुम रुक क्यो गये?"

"सीढ़ियो के नीचे वह दरवाजा किसका हो सकता है?" - शौर्य के कहने पर उन्होने उस दरवाजे की ओर देखा जो लगभग खिड़की जितना छोटा था,

"तुम तो पागल हो गये हो, हर चीज पर शक कर रहे हो, यह स्टोर रूम होगा जो ज्यादातर सीढ़ियो के नीचे ही बनते है, मेरे घर पर भी एक है" - रतिका अपनी इतनी समझदारी पर इतराते हुए कह रही थी, जिससे उन तीनो को अपने आप पर शर्म आ गयी और सबसे ज्यादा शौर्य को।

"हाँ, हाँ..... ठीक है समझ गया, मेरे घर मे नहीं है तो पता नहीं था" - शौर्य ने झेपते हुए कहा और जैसे ही वह किचन की ओर मुड़ा, उन्हे दरवाजे पर कुछ हलचल महसूस हुयी जैसे कोई दरवाजा खोलने की कोशिश कर रहा हो, वह चारो इर कर सीढ़ियो की ओर छिप गये ताकि कोई उन्हे देख न सके लेकिन जब दरवाजा खुला और मिस्टर शर्मा बहुत सारे पैकेट लिए अन्दर दाखिल हुए तो उनका सारा इर दूर हो गया और वह तुरन्त जाकर पैकेटो को सम्भालने मे मिस्टर शर्मा की मदद करने लगे, उन्होने पैकेट आपस मे बाट लिए और लाकर उन्हे सोफे के सामने पड़ी मेज पर रख दिया, मिस्टर शर्मा भी बहुत थके हुए थे इसीलिए आते ही सोफे पर ढह गये।

"मै पानी लेकर आती हुँ" - रतिका ने कहा और तेजी से किचन की ओर चली गयी इसी बीच राघव और तेजस हर पैकेट को फौरी तौर पर खोलकर देखने की कोशिश कर रहे थे और शौर्य बड़ी शर्मिन्दगी के साथ उन्हे ऐसा करते हुए देख रहा था आखिरकार जब उससे रहा नहीं गया तो उसने बोल ही दिया - "अब बस भी करो तुम दोनो"

"नहीं, नहीं उन्हे देखने दो, सब कुछ तुम्हारे लिए ही तो है" - मिस्टर शर्मा ने मुस्कुराते हुए कहा जिसके जवाब मे शौर्य भी मन मारकर मुस्कुरा दिया, सच तो यह था कि उसे उन दोनो की हरकत पर काफी शर्म आ रही थी।

अब तक रतिका भी पानी लेकर आ गयी थी जिससे मिस्टर शर्मा ने शुक्रिया कहते हुए पानी का गिलास ले लिया और खाली गिलास टेबल पर खाली जगह ढूंढकर वहाँ रख दिया, उसके बाद उन्होने एक-एक पैकेट उठाया और उसमे कुछ चैक करते हुए हर एक को उसके हिस्से का पैकेट पकड़ा दिया, आखिर मे टेबल पर कुछ पैकेट बच गये थे जिन्हे राघव घूर रहा था, मिस्टर शर्मा ने उन्हे टेबल से उठाते हुए कहा - "यह खाने के लिए है, मै तुम सब के लिए जल्दी से लगा देता हूँ तुम्हे भूख लगी होगी ना"

"नानू क्या हम कभी घर नहीं जायेगे इसीलिए आप यह सब लाए है" - शौर्य ने अपना पैकेट चैक करते हुए कहा जिसमे उसकी जरुरत का लगभग सारा सामान था।

"ऐसा तुमसे किसने कहा, तुम सब जल्दी घर जाओगे लेकिन इस समय तुम मेरे पास हो तो तुम्हारी जरुरते पूरी करना मेरी जिम्मेदारी है, बस इसीलिए लाया हूँ" - मिस्टर शर्मा ने बहुत ही सामान्य तौर पर जवाब दिया लेकिन शौर्य शायद कुछ और सवाल करना चाहता था जिसे भाँपते हुए मिस्टर शर्मा ने उसे पहले ही रोकते हुए कहा - "बस, अभी कोई सवाल नहीं तुम सब बस जल्दी से आकर यह खाना खा लो नहीं तो ठण्डा हो जायेगा, सवाल जवाब

तो बाद मे भी होते रहेगे.....” कहकर मिस्टर शर्मा किचन की ओर चले गये और जल्दी ही उन्होने सारा खाना टेबल पर लगा दिया जिसे वह सभी मजे लेकर खाने लगे, इसी बीच मिस्टर शर्मा का ध्यान शौर्य पर था जो उन्हे बार-बार सवालियाँ नजरो से देख रहा था जिसे वह जानबूझ कर नजरअन्दाज करने की कोशिश कर रहे थे, लेकिन शौर्य अपनी उम्र से कही अधिक समझदार था, वह यह सब कुछ अच्छे से समझ पा रहा था लेकिन फिर भी वह चुपचाप अपना खाना खाता रहा, जब उन सब ने खाना खा लिया तो उन चारो ने मिस्टर शर्मा की टेबल साफ करने, बर्तन धोने और उन्हे सम्भाल कर रखने मे मदद की जिसके लिए मिस्टर शर्मा लगातार उन्हे मना कर रहे थे, लेकिन वह नहीं माने और आखिरकार जब उनका काम खत्म हो गया तो वह सभी वापिस हॉल मे आ गये और सोफे पर बैठ गये।

बच्चो मे से किसी के भी कुछ भी कहने की हिम्मत नहीं हो रही थी क्योंकि उन्होने कुछ ज्यादा ही खा लिया था और जिन्दगी मे पहली बार इतनी मेहनत के बाद अब उन्हे नींद आ रही थी हालांकि उन्होने कुछ कहा नहीं लेकिन मिस्टर शर्मा उनकी हालत देखकर समझ गये - “मुझे लगता है अब हमे सो जाना चाहिए, रात भी काफी हो चुकी है”

“लेकिन हम कहाँ सोयेगे?” - शौर्य ने सवाल किया जिसके तुरन्त बाद रतिका बोल पड़ी - “हम अलग नहीं सोयेगे आपके साथ रहेगे....” उनके इस तरह विनती करने के अन्दाज से मिस्टर शर्मा को हसी आ गयी - “मै जानता हुँ, तुम सब फिक्र मत करो हम साथ ही रहेगे, ऊपर मेरा कमरा है हम वही सोयेगे, चलो मेरे साथ” कहकर मिस्टर शर्मा उन्हे साथ लेकर अपने कमरे मे आ गये।

मिस्टर शर्मा कमरे मे ध्यान से देखकर शायद कुछ अन्दाजा लगाने की कोशिश कर रहे थे, लेकिन बच्चे उनके इस अन्दाज से कुछ घबरा गये, उन्हे लगा कि अगर मिस्टर शर्मा को पता चला

कि वह सभी बिना इजाजत उनके कमरे मे आए थे तो उन्हे अच्छा नहीं लगेगा, कुछ देर कानाफूसी करने के बाद उन्होने तय किया कि वह सब खुद ही उन्हे सब कुछ सच सच बता देगे और चूकि तेजस बिना ड़रे अपनी बात कहने मे माहिर था इसीलिए इस बार यह जिम्मेदारी उसने अपने सिर पर ली।

"नानू..... हम... दअसल हम दिन मे.... आपकी इजाजत के बिना दोनो कमरो मे आए थे, हम बस बोर हो रहे थे इसीलिए घूमना चाहते थे बस....." - मिस्टर शर्मा ने पीछे पलट कर देखा तो वह सर झुकाए लेकिन शिकायती अन्दाज मे कह रहा था और उसके इस अन्दाज पर बाकी तीनो को गुस्सा आ रहा था, लेकिन उसे इस तरह शिकायत करते देख मिस्टर शर्मा को हसी आ गयी,

"सॉरी नानू, हमे ऐसा नहीं करना चाहिए था" - शौर्य ने तेजस की गलती सुधाने की कोशिश की,

"नहीं, नहीं कोई बात नहीं, यह तुम सब का घर है जहाँ चाहो घूमो, मेरी इजाजत की जरुरत नहीं है तुम्हे" - मिस्टर शर्मा की बात सुनकर वह चारो सुकून मे हल्का सा मुस्कुरा दिये फिर मिस्टर शर्मा ने उनकी ओर पीठ करते हुए कहा - "मै तो यह सोच रहा था कि यहां हम सब सोयेगे कैसे?"

"बस इतनी सी बात, मै बताती हूँ आप ऊपर सो जाइए मै और बाकी सब नीचे बिस्तर लगा लेगे" - रतिका को इस बात की खुशी थी कि उसने किसी परेशानी का हल ढूंढ़ लिया था।

"नहीं, नहीं ऐसा नहीं होगा, मै कुछ और सोचता हूँ" - मिस्टर शर्मा ने उसके सुझाव को सिरे से नकार दिया लेकिन बच्चे इतनी जल्दी हार नहीं मानने वाले थे उन्होने मिस्टर शर्मा को चारो ओर से घेर लिया और जिद करने लगे, वह उन्हे कॉटेज मे भी नीचे बिस्तर पर सोने का हवाला देने लगे, मिस्टर शर्मा की बात तो वह सुन भी नहीं रहे थे और आखिरकार मिस्टर शर्मा को ही उनसे हार माननी पड़ी - "अच्छा, अच्छा ठीक है जैसा तुम कहो"

इसके बाद मिस्टर शर्मा ने जाकर उस अलमारी के बराबर मे रखी एक दूसरी अलमारी से जिसमे सारे कपड़े काले रंग के ही थे गद्दे निकालने शुरू किये, कुछ गद्दे वह दूसरे कमरे से लेकर आए जिसमे बच्चो ने उनकी मदद की जिसके बाद उन सभी ने मिलकर नीचे चार बिस्तर तैयार कर लिये, जिसके बाद बिना देरी किये उन चारो ने एक-एक बिस्तर पर कब्जा कर लिया और मिस्टर शर्मा भी उन्हे गुड़नाइट कहते हुए बड़ी लाइट बन्द करके और नाइट बल्ब जलाकर अपने बिस्तर पर जाकर लेट गये लेकिन आधी रात तक भी काफी कोशिश करने के बावजूद वह सो नहीं पाये, वह उन बच्चो को सोते हुए देख रहे थे जिससे उन्हे काफी सुकून मिल रहा था लेकिन साथ ही उनके भविष्य को लेकर वह चिंतित भी थे, कुछ समय बाद जब शौर्य ने करवट बदली तो नाइट बल्ब की रोशनी मे वह साफ देख सकते थे कि उसकी आँखे खुली थी।

"शौर्य, क्या हुआ बेटा सोये नहीं" - मिस्टर शर्मा ने धीरे से उससे सवाल किया,

"सो गया था लेकिन फिर आँख खुल गयी, अब नींद नहीं आ रही" - शौर्य कहता हुआ अपने बिस्तर पर उठकर बैठ गया,

"इधर आओ, मेरे पास, चलो.... आ जाओ" - मिस्टर शर्मा कहते हुए उठकर बैठ गये और साथ ही शौर्य भी उनके करीब जाकर बैठ गया,

"मै जानता हूँ तुम्हे बहुत सारे सवाल करने है, है ना...." - मिस्टर शर्मा ने प्यार से उसके बालो मे हाथ फेरते हुए कहा तो उसने भी सहमति मे सिर हिला दिया, फिर कुछ पल चुप रहकर सोचने के बाद शौर्य ने पूछा - "क्या आप उस शैतान से ड़रते है"

"नहीं, बिल्कुल नहीं" - मिस्टर शर्मा ने तुरन्त जवाब दिया

"तो फिर आप सब की तरह काले कपड़े क्यो पहनते है आपके पास तो इतने सारे रंगीन कपड़े है..... हमने देखा है....." - शौर्य अलमारी की ओर इशारा करके कह रहा था

"मेरे बच्चे, मै काले कपड़े पहनता हूँ इसका मतलब यह नहीं है कि मै उससे डरता हूँ हालांकि यह सच है कि वह सबको काला कर देना चाहता है इससे उसे सुकून मिलता है और अपनी मिलकियत का अहसास भी होता है लेकिन मै यह सब उसके लिए नहीं बल्कि किसी से किये हुए वादे के लिए करता हूँ"

"कैसा वादा नानू?" - शौर्य ने पूछा

"वह वादा जो मैने उसके पिता से किया था जब मै उनसे आखिरी बार मिला था कि मै उसके किसी काम मे दखलअन्दाजी या उसका विरोध नहीं करूँगा और यह इसीलिए क्योंकि उन्होने कुछ वादे उससे भी लिए जिनकी पूर्ती के लिए यह बहुत जरुरी था"

शौर्य की आँखो मे मिस्टर शर्मा अगला सवाल साफ-साफ पढ़ पा रहे थे इसीलिए उसके पूछने से पहले ही उन्होने आगे कहा - "मै उन वादो के बारे मे नहीं जानता इसीलिए तुम्हे भी नहीं बता सकता मुझे माफ कर दो" - मिस्टर शर्मा का जवाब सुनकर शौर्य कुछ निराश हो गया लेकिन अगले ही पल उसे दूसरा सवाल मिल गया - "उसके पिता कहाँ है?"

इस सवाल पर मिस्टर शर्मा काफी गम्भीर हो गये - "कोई नहीं जानता"

"क्या" - शौर्य को इस जवाब की उम्मीद नहीं थी

"हाँ शौर्य, कोई नहीं जानता कि वह कहाँ है सालो पहले वह अचानक गायब हो गये, कहाँ गये किसी को मालूम नहीं, लोग कहते है उसने खुद अपने पिता को मार दिया लेकिन इस पर मुझे बिल्कुल यकीन नहीं है क्योंकि मैने उसकी आँखो मे उसके पिता के लिए जो प्यार देखा है वह शायद ही किसी ने देखा होगा, उसके हाथो उसके पिता की मौत, मै कभी मान ही नहीं सकता....."

"फिर आपको क्या लगता है नानू, वह कहाँ है?" - शौर्य ने अपने नानू को अजीब तरह देखते हुए पूछा

"मै यह तो नहीं जानता कि वह कहाँ है लेकिन इतना जरुर जानता हूँ कि वह बिल्कुल सही सलामत है..... मेरा दिल कहता है कि वह एक दिन हम सब के बीच जरुर लौटेगे..... जरुर......" - ऐसा कहते समय मिस्टर शर्मा की आँखो मे बहुत उम्मीद थी जिस पर यकीन करते हुए शौर्य ने अपने नानू के कन्धे पर सिर रख लिया और बड़ी ही मासूमियत के साथ कहा - "हम सब भी अपने घर लौटेगे नानू..... जरूर लौटेगे"

"बिल्कुल" - मिस्टर शर्मा ने कहा और शौर्य को अपनी बाहो मे कस कर अपनी आँखे बन्द कर ली, शौर्य को भी अपने सवालो के जवाब मिल गये थे इसीलिए उसने भी सुकून से अपनी आँखे बन्द कर ली और इसके बाद वह सुकून से सो गये।

अगले दिन सुबह जब सब बच्चे उठे तो मिस्टर शर्मा वहाँ नहीं थे नीचे से हल्की आवाजे आ रही थी इसीलिए वह उनके नीचे होने से निश्चिन्त थे, वह सभी अपने बिस्तर पर बैठे अपनी आँखे मल रहे थे, कुछ वक्त बाद रतिका उठी और जाकर उसने बैड़ के बराबर मे लगी खिड़की खोल दी उसने देखा बाहर हमेशा की तरह हल्की रोशनी थी लेकिन सूरज का कही नामोनिशान नहीं था

"आज भी सूरज नहीं निकला" - उसने शिकायती अन्दाज मे कहा जिसे सुनकर वह तीनो भी बाहर देखने के लिए खिड़की के पास जाकर खड़े हो गये,

"मैंने सुना था पहाड़ी इलाको मे सूरज कम दिखता है लेकिन यहां तो दिखता ही नहीं" - राघव ने आसमान की ओर देखकर बादलो के बीच सूरज को देखने की कोशिश करते हुए कह रहा था जिसमे तेजस ने भी अपने शब्द जोड़ दिये -"तीन दिन सूरज न दिखे ऐसा तो कही भी नहीं होता"

"कही यह सब उसकी वजह से तो नहीं है?" - रतिका के इस सवाल पर वह तीनो ही डर गये थे लेकिन फिर भी तेजस ने खुद को समझदार दिखाते हुए कहा - "कैसी बात करती हो रतिका,

कोई भी इतना ताकतवर नहीं हो सकता कि प्रकृति को ही बस मे कर ले”

“लेकिन अगर ऐसा हुआ तो” - राघव ने इर से अपनी आँखे बड़ी करते हुए कहा जिसका मतलब समझते ही उन सभी ने चिल्लाकर नीचे मिस्टर शर्मा तक दौड़ लगा दी जो इस समय उनके लिए नाश्ता तैयार करने की कोशिश मे लगे थे,

“क्या यहां कभी सूरज नहीं निकलता” - तेजस ने पूछा

“यह उस शैतान की वजह से है ना....” - राघव ने कहा

“इतने ताकतवर आदमी से बचकर हम घर कैसे जायेगे” - रतिका ने कहा,

“हम यही मर जायेगे, कभी घर नहीं जा पायेगे” - राघव ने कहा

“क्या यह सब सच है नानू?” - शौर्य ने पूछा

उन चारो ने आते ही मिस्टर शर्मा पर सवालो पर सवाल दाग दिये, वह लगातार बोले जा रहे थे और यह सुन ही नहीं रहे थे कि मिस्टर शर्मा उन्हे शान्त करने की कोशिश मे लगे थे जिसका उन पर कोई असर नहीं हो रहा था अन्त मे उन्हे शान्त करने के लिए मिस्टर शर्मा को अपनी आवाज ऊँची करनी पड़ी

“मेरी बात सुनो.....” - तेज आवाज से वह सब शान्त हो गये जिसके बाद मिस्टर शर्मा ने उन्हे किचन मे रखी टेबल की कुर्सियो पर बैठाया और राघव को पीने के लिए पानी दिया जिसकी हालत सबसे ज्यादा खराब लग रही थी फिर उन्होने सभी को समझाने की कोशिश की - “मैने कहा ना तुम सब अपने घर जाओगे मेरे होते तुम्हे कुछ नहीं होगा, तुम्हे मुझ पर यकीन करना ही होगा, चाहे जो हो.....”

“आप हमेशा हमारे साथ रहेगे ना, हमे कभी अकेला तो नहीं छोड़ेगे?” - रतिका ने मिस्टर शर्मा की बाजू कस कर पकड़ते हुए कहा

"मै तुम सब को कभी अकेला नहीं छोड़ूगाँ.... मै जानता हूँ मेरी बाते तुम्हे ड़रा देती है शायद इसीलिए कि मै तुम्हे सब कुछ सच सच बता देता हूँ लेकिन मेरा मानना है कि तुम सब को सच जानने का पूरा हक है तुमसे कुछ भी छुपाना गलत होगा, मै जानता हूँ कि यह सब कुछ भयानक है लेकिन यही सच है.... और इस सब के साथ एक और सच है कि कुछ भी हो जाये, हम साथ रहेगे, हमेशा, चाहे परिणाम जो हो....." - मिस्टर शर्मा की बात सुनकर वह चारो भावुक हो गये, उनकी आँखो मे नमी उतर आयी थी, वह उठे और आकर मिस्टर शर्मा से लिपट गये, मिस्टर शर्मा ने भी तुरन्त उन्हे अपनी बाहो मे भर लिया, कुछ समय बाद जब वह अलग हुए तो तेजस ने अपनी आँखे पोछते हुए कहा - "नानू हम तो आपके पास सुरक्षित है लेकिन कॉटेज मे हमारे दोस्तो के पास कोई भी नहीं है, मुझे उनकी चिन्ता हो रही है, क्या हम उनसे मिलने जा सकते है प्लीज...."

"नहीं तेजस मुझे माफ कर दो लेकिन मै तुम्हे वहां लेकर नहीं जा सकता" - मिस्टर शर्मा ने शर्मिन्दा होते हुए कहा,

"प्लीज नानू, हमारे सारे दोस्त वहां है, विशाल भी, हमे बस एक बार उनसे मिला दीजिए प्लीज....." - जब शौर्य ने यह कहा तो उन्हे और अधिक हिम्मत मिल गयी, इसके बाद उन सभी ने एक साथ प्लीज की झड़ी लगा दी, मिस्टर शर्मा उन्हे मना करते रहे लेकिन उन्हे तो जैसे सुनाई ही नहीं दे रहा था और फिर से मिस्टर शर्मा ने उनके सामने हार माननी पड़ी - "ठीक है मै तुम सब को वहां ले जाऊँगा लेकिन नाश्ता करने के बाद..... अब तुम सब जाओ और नहा कर कपड़े बदल लो"

अपनी मांग पूरी होने पर वह चारो बहुत खुश थे इसीलिए उन्होने मिस्टर शर्मा की हाँ मे हाँ मिलायी और जल्दी से तैयार होने के लिए ऊपर चले गये और फिर मिस्टर शर्मा भी दोबारा नाश्ता तैयार करने मे जुट गये।

ऊपर जाने के बाद वह चारो मिस्टर शर्मा द्वारा दिये गये पैकेटो को खोलकर देख रहे थे जिनमे उनकी जरुरत का लगभग सारा सामान था जिसमे कपड़े, तौलिया, मौजे, टूथब्रश भी शामिल था जिन्हे वह सब उलट-पलट कर देख रहे थे लेकिन शौर्य की नजर अपने कपड़ो से ज्यादा तेजस पर थी जो अपने सामने पड़े काले कपड़ो को देखकर बस रोने ही वाला था,

"तेज मै जानता हूँ तुम्हे काला रंग पसन्द नहीं, लेकिन तुम जानते हो कि कुछ नहीं हो सकता इसीलिए प्लीज कोई नाटक मत करना" - शौर्य ने उससे विनती करते हुए कहा जिस पर उसे उल्टा गुस्सा आ गया - "तुम जानते हो मुझे इससे नफरत है और अब मुझे यही पहनना है तुम कैसे कह सकते हो कि मै नाटक ना करूँ"

"बस भी करो तेज, इतनी बड़ी कोई बात नहीं है, कपड़े ही तो है, इसमे इतना सड़ा मुँह बनाने की कोई जरुरत नही है" - शौर्य की बात सुनकर राघव मुँह भीचकर हँसने लगा जिससे तेजस का गुस्सा और बढ़ गया लेकिन इससे पहले वह राघव को कुछ कहता उसकी नजर बाथरुम का दरवाजा खोलती रतिका पर पड़ी - "हे रूको! पहले मै जाऊँगा" - तेजस तुरन्त उठकर वही पहुँच गया,

"तेजस क्या तुमने कभी सुना नहीं"

"क्या?"

"लेडीज फर्स्ट" - रतिका ने इतराते हुए कहा और अन्दर जाकर बाथरुम का दरवाजा बन्द कर दिया, तेजस की नजर मुस्कुराते हुए राघव पर पड़ी जिसे खूनी नजरो से घूरते हुए वह वापिस आकर बैठ गया।

"इसके बाद मै जाऊँगा" - उसने झुंझलाहट मे बुरी तरह चिल्लाते हुए कहा जिसके बाद वह दोनो उसे अफसोस भरी नजरो से देखने लगे......

नीचे किचन मे मिस्टर शर्मा का काम लगभग खत्म हो चुका था और वह बनाया हुआ नाश्ता टेबल पर लगा रहे थे जब उन्हे

पीछे से कुछ आहट सुनाई दी, वह पलटे तो चारो बच्चे सीढ़ियो से नीचे आ रहे थे, उन्हे पहली बार काले कपड़ो मे देखकर मिस्टर शर्मा को बहुत अफसोस हो रहा था।

"मुझे माफ करना बच्चो, मै तुम्हे कभी इस तरह नहीं देखना चाहता था लेकिन मै इससे ज्यादा कुछ नहीं कर सकता था" - उन्हे अपने सामने खड़े देख मिस्टर शर्मा ने अफसोस से कहा, और उनके इस भाव को कम करने के लिए शौर्य ने तुरन्त कहा - "कोई बात नहीं कपड़े ही तो है, मुझे इससे कोई परेशानी नहीं है"

"बिल्कुल, और जैसे यहाँ सिर्फ तुम ही हो है ना...." - तेजस ने शिकायती तौर पर कहा और जाकर कुर्सी पर बैठ गया जहां रतिका और राघव पहले ही बैठ चुके थे।

"अपने भाई से इस तरह बात नहीं करते तेजस" - मिस्टर शर्मा ने शिकायती तौर पर कहा तो शौर्य ने अपने भाई की ओर से सफाई पेश कर दी -"कोई बात नहीं नानू, दरअसल उसे काला रंग पसन्द नहीं है उसने आज तक इस रंग के कपड़े नहीं पहने थे, बस इसीलिए उसका मूड़ खराब है"

"ठीक है मै समझ गया, अब जल्दी से आकर नाश्ता कर लो, नहीं तो ठण्डा हो जायेगा" - मिस्टर शर्मा इस पर और बात नहीं करना चाहते थे इसीलिए उन्होने बात बदल दी और शौर्य के साथ जाकर टेबल पर सभी के साथ नाश्ता करने लगे जिसके बाद वह सभी बिना देर किये मिस्टर शर्मा की कार मे बैठकर क़ॉटेज के लिए निकल गये और जब कार कॉटेज के सामने आकर रुकी तो सबसे पहले हिम्मत करके तेजस कार से बाहर निकला जिसके बाद शौर्य, राघव और रतिका भी मिस्टर शर्मा के साथ कार से बाहर आ गये, वह चारो संकरे रास्ते के सामने खड़े थे और कॉटेज को ध्यान से देख रहे थे वह सभी अपने दोस्तो से मिलना तो चाहते थे लेकिन फिर भी आगे बढ़ने से उन्हे डर लग रहा था।

"डरो मत, मै तुम्हारे साथ हूँ" - मिस्टर शर्मा ने पीछे से रतिका के कन्धे पर हाथ रखकर कहा जिसके बाद वह सभी एक लम्बी सांस लेकर धीमे-धीमे कदमो से कॉटेज की ओर बढ़ गये, जब वह अन्दर दाखिल हुए तो रिसेप्सनिष्ट उन्हे तिरछी निगाहो से घूर रहा था जिससे उन्हे काफी असहज महसूस हो रहा था, लेकिन जब मिस्टर शर्मा ने उसकी ओर देखा तो उसने जल्दी से अपनी नजरे अपने सामने पड़े रजिस्टर पर गड़ा ली जिससे उन्हे काफी राहत मिली और इसके बाद वह चारो मिस्टर शर्मा को लेकर ऊपर उनके दोस्तो के पास आ गये, जैसे ही वह वहाँ पहुँचे तो तेजस ने तुरन्त आगे बढ़कर दरवाजा खोल दिया और तुरन्त ही उसका चेहरा पीला पड़ गया उसकी ऐसी हालत देखकर वह सभी लगभग दौड़कर आगे बढे और वहां पहुँचकर उनकी भी आँखे फटी रह गयी क्योंकि अन्दर कोई नहीं था, वह कमरा बिल्कुल खाली था जैसे वहां पर कभी कोई रहा ही न हो।

"विशाल" - शौर्य के मुँह से इतना ही निकल पाया और रतिका ने तुरन्त पलटकर दूसरे कमरे का दरवाजा भी खोल दिया जो पहले कमरे की ही तरह खाली था, बच्चो के मुँह से शब्द नहीं निकल पा रहे थे लेकिन मिस्टर शर्मा जानते थे कि उन्हे क्या करना है उन्होने एक नजर दूसरे कमरे पर भी ड़ाली और फिर उन्हे लेकर नीचे उतर गये जहां रिसेप्सनिष्ट के होटो पर नाच रही कुटिल मुस्कान को नजरअन्दाज करते हुए वह सीधा बाहर निकल आए और उन्होने चैन की सांस अपनी कार के पास आकर ही ली,

"हमे यहां से जाना होगा बच्चो" - उन्होने बच्चो से कार मे बैठने का इशारा करते हुए कहा,

"कहाँ जायेगे हम?" - राघव ने अजीब तरह पूछा तो मिस्टर शर्मा भी उसे समझ नहीं पाये उन्होने नासमझी के भाव से कहा - "घर और कहा....."

"मुझे मेरे घर जाना है, दिल्ली जाना है मुझे अभी....." - राघव बहुत डरा हुआ था जिसे प्यार से समझाते हुए मिस्टर शर्मा ने

कहा - “देखो राघव समझने की कोशिश करो, हम वहाँ जायेंगे....
लेकिन अभी नहीं”

“हाँ राघव हमारे दोस्त और विशाल सब यही है हम उन्हे यहां छोड़कर ऐसे नहीं जा सकते” - शौर्य ने भी उसे समझाने की कोशिश की जिससे राघव बुरी तरह झल्ला गया - “बहुत हो गया, वह तुम्हारे दोस्त होंगे मेरे नहीं, मै उनकी वजह से इस वाहियात जगह नहीं रहूँगा अगर आप मुझे नहीं लेकर जायेंगे तो मै अकेले ही चला जाऊँगा, मुझे रास्ता अच्छी तरह याद है” कहकर राघव उनके रोकने के बावजूद आगे बढ़ता चला गया, वह बहुत दूर चला आया था लेकिन उनमे से किसी ने उसका पीछा नहीं किया शायद वह जानते थे कि वह जा ही नहीं पायेगा और हुआ भी ऐसा ही जैसे ही राघव को अपने ज्यादा दूर निकल जाने का अहसास हुआ उसने तुरन्त वापिस आने के लिए दौड़ लगा दी, उसे इस तरह भागकर आते देख तेजस ने उसका मजाक उड़ाते हुए कहा - “मै तो पहले ही जानता था यह खुद को सबसे ज्यादा बहादुर दिखाने की कोशिश करता है लेकिन है सबसे बड़ा डरपोक”

“चुप हो जाओ तेज” - शौर्य ने तेजस को चुप करा दिया इसी बीच राघव उनके काफी करीब पहुँच चुका था लेकिन फिर भी वह अपनी मांग पर अड़ा था इसीलिए उनसे कुछ दूरी पर रुक गया और मुँह फेर कर खड़ा हो गया, बच्चो को उसकी इस हरकत पर गुस्सा आ रहा था वह उसे कुछ कहना चाहते थे लेकिन इससे पहले ही मिस्टर शर्मा उन्हे वहाँ रुकने के लिए कहकर स्वंय राघव के पास आ गये और उसे प्यार से समझाने लगे जिस का राघव पर कोई असर नहीं हो रहा था और बच्चे भी दूर खड़े यह सब महसूस कर पा रहे थे आखिरकार मिस्टर शर्मा राघव का हाथ पकड़कर उसे लगभग जबरदस्ती वहां ले आए और उन्होने वहां पहुँचकर केवल इतना कहा - “हम दिल्ली जा रहे है......”

उनकी बात का मतलब बच्चो को समझ नहीं आया था लेकिन राघव इस सब से बहुत खुश था हालफिल्हाल जो भी हो मिस्टर

शर्मा ने उन चारो को कार मे बैठाया और तेजी के साथ कार चलानी शुरु कर दी, मिस्टर शर्मा चुप थे इसीलिए बच्चे कार के शीशे पर अपनी नाक गड़ाकर लगातार बाहर देखे जा रहे थे और उन्हे पूरा यकीन था कि वह सही रास्ते पर है लेकिन काफी दूर तक चलने के बाद भी जब उन्हे वह बोर्ड नहीं दिखा जिसे क्रास कर वह सभी शिमला मे आए थे तो वह कुछ परेशान हो गये और पूरी शिद्दत के साथ चारो और नजरे घुमाकर उस बोर्ड को ढूढने लगे, कुछ समय बाद उन्हे दूर पेड़ो के बीच मे एक इमारत दिखाई दी और कुछ समय बाद जब वहां पहुँचकर मिस्टर शर्मा ने कार रोकी, वह सभी हैरान रह गये क्योंकि वह उसी कॉटेज के सामने खड़े थे जहां से उन्होने शुरुआत की थी अब तो इर की वजह से उनके मुँह से शब्द भी नहीं निकल पा रहे थे, इसीलिए मिस्टर शर्मा ने कहा -"मैने कहा था ना कि अभी नहीं जा सकते, मै इस जगह को तुम सब से ज्यादा बेहतर तरीके से जानता हूँ इसीलिए तुम सब को मुझ पर यकीन करना ही होगा" फिर उन्होने बराबर की सीट पर बैठे राघव के कन्धे पर हाथ रखकर कहा -"मै तुम सब के इर को बढ़ाना नहीं चाहता हूँ लेकिन मै तुम्हे इससे दूर रखने की जितनी कोशिश करता हूँ तुम इसे उतना ही अपने करीब ले आते हो, मै तो सिर्फ तुम सब को बचाना चाहता हूँ लेकिन उसके लिए तुम्हारा मुझ पर विश्वास करना बहुत जरुरी है"

"सॉरी...." - राघव ने शर्मिन्दगी के भाव से कहा और गर्दन नीचे करके अपने जूतो को घूरने लगा फिर मिस्टर शर्मा ने उन तीनो की ओर देखा जिनकी गर्दन न जाने क्यो लेकिन पहले ही झुकी हुयी थी

"मुझे कॉलेज मे जरुरी काम है इसीलिए हम पहले वहाँ जायेगे और बाद मे घर" - मिस्टर शर्मा ने कहा और गाड़ी कॉलिज की ओर घुमा ली जहाँ पहुँच कर उन्होने पार्किंग मे अपनी गाड़ी खड़ी की और उन चारो के साथ बिल्डिग की ओर बढ गये, बच्चे देख

सकते थे कि इस समय ग्राउण्ड खाली था सिवाय एक दो आदमियो के जो हाथ मे फाइले पकड़े इधर से उधर जा रहे थे

"तुम सब चाहो तो कुछ समय खेल सकते हो" - मिस्टर शर्मा ने उन्हे सलाह दी

"नहीं" - उन चारो ने एक साथ कहा और मिस्टर शर्मा के साथ उनके ऑफिस मे आ गये जिसके दरवाजे के ऊपर मिस्टर शर्मा का नाम और ओहदा लिखा हुआ था, दरवाजा खोलकर जब वह सभी अन्दर दाखिल हुए तो उन्होने देखा कि सामने एक बड़ी सी टेबल थी जिसके सामने की ओर दो छोटी कुर्सियाँ, और पीछे की ओर एक बड़ी और ऊँची कुर्सी थी जिसके पीछे की ओर एक बड़ा और काला तौलिया लटका हुआ था, कमरे के बायी ओर एक दरवाजा था और दायी और एक लम्बा सोफा था जिसके सामने एक ठीक ठाक साइज की मेज रखी हुयी थी कोने मे एक लम्बा और बड़ा फूलदान था जिसमे लगे फूलो की वजह से पूरा कमरा सुगन्धित हो रहा था।

"बैठो" - मिस्टर शर्मा ने सोफे की ओर इशारा करते हुए कहा जिसके बाद वह चारो जाकर उस सोफे पर बैठ गये और मिस्टर शर्मा अपनी बड़ी कुर्सी पर बैठकर फाइलो को उलट-पलट कर देखने लगे, कुछ समय बाद उन्होने वापिस खड़े होते हुए कहा - "मुझे कुछ समय के लिए बाहर जाना है मै जल्दी ही आ जाऊँगा"

"लेकिन आप...." - रतिका के ज्यादा कुछ कह पाने के पहले ही मिस्टर शर्मा ने कहा - "चिन्ता मत करो मै कॉलिज मे ही हूँ बाहर नहीं जा रहा, वैसे मुझे लगता है कि जब तक मै वापिस आऊ तुम्हारे पास समय बिताने के लिए काफी कुछ है" मिस्टर शर्मा अपनी टेबल पर रखी किताबो के ढेर की ओर इशारा करके कह रहे थे जिसके तुरन्त बाद बच्चे उन्हे लेने के लिए उठ खड़े हुए।

"मुझे उम्मीद है यह तुम्हे पसन्द आऐगी, मजे करो" - कहकर मिस्टर शर्मा कुछ फाइले उठाकर बाहर चले गये और वह चारो किताबे देखने मे लग गये विषैला पानी, तर्कशक्ति, अन्धाविश्वास,

महत्वपूर्ण पौधे इस तरह की किताबे उन्होने पहले कभी नहीं देखी थी

"कोई इनके साथ मजा कैसे कर सकता है" - तेजस ने कहा जिससे वह सभी सहमत थे लेकिन इस समय उनके पास समय बिताने का और कोई तरीका नहीं था इसीलिए उन्होने उनमे से ठीक-ठीक दिखने वाली कुछ किताबे उठायी और सोफे पर बैठकर बेमन से उन्हे पढ़ने लगे,

अब तक मिस्टर शर्मा सीढ़ियाँ चढ़ते हुए दूसरी मंजिल पर पहुँच गये थे जहाँ पहले ही कदम पर उन्हे अविनाश सर मिल गये

"मै बस आपके ही पास आ रहा था, मुझे अभी पता चला कि आप आए है" - अविनाश सर ने कहा

"ठीक है, कॉलेज कैसा चल रहा है कोई परेशानी तो नहीं"

"नहीं सर, कोई परेशानी नहीं, सब ठीक है"

"मैंने तुमसे जो काम कहा था वह हुआ" - इस बार मिस्टर शर्मा को उम्मीद भरी नजरो से बचते हुए अविनाश सर ने थोड़ी शर्मिन्दगी के भाव से कहा - "पूरी... तरह... नहीं...."

"कितना हुआ" - मिस्टर शर्मा शायद कुछ सुनना चाहते थे,

"लगभग न के बराबर" - अविनाश सर ने उन्हे तुरन्त ही सुना दिया

"क्यों" - मिस्टर शर्मा को शायद इसकी उम्मीद नहीं थी

"मैंने कोशिश की थी सर लेकिन उससे कुछ पता करना बहुत मुश्किल है" - फिर अविनाश सर ने थोड़ा रुककर आगे कहा - "मुझे नहीं लगता वह उसे धोखा देगा.... मुझे तो उसे अपना भाई कहने मे भी शर्मा आती है"

"जो भी हो, अविनाश हमे पता तो लगाना होगा" - मिस्टर शर्मा कह ही रहे थे कि उनकी नजर सामने से आती मिस हंसिका पर पड़ी - "रूको मिस रॉय, मुझे बात करनी है"

"जी कहिए सर" - वह रुक गयी थी

"क्या अविनाश को दिया हुआ काम तुम कर सकती हो प्लीज...."

"सर मैने पहले ही कहा था मुझ उस इंसान से कोई मतलब नहीं है" - मिस हंसिका शायद ज्यादा बात नहीं करना चाहती थी

"क्या उन मासूमो से भी नहीं है जो अब कॉटेज से भी गायब है" - मिस्टर शर्मा उन्हे बच्चो का हवाला दे रहे थे,

"आपको कैसे पता, क्या उसने आपको बताया" - अविनाश सर के सवाल का जवाब मिस्टर शर्मा नजरे झुकाते हुए दिया - "मै उन्हे कॉटेज लेकर गया था, वह अपने दोस्तो से मिलना चाहते थे"

"आपको ऐसा नहीं करना चाहिए था सर....." - अविनाश सर अपनी बात खत्म करते उससे पहले मिस हंसिका बोल पड़ी - "बच्चे तो इस सब से बहुत डर गये होगे ना...." वह काफी उदास नजर आ रही थी।

"डरे हुए तो वह है ही, मै तो बस उन्हे सम्भालने की कोशिश कर रहा हूँ लेकिन नहीं जानता कब तक कर पाऊँगा, लेकिन इस समय मुझे उनकी बहुत चिन्ता हो रही है, प्लीज मिस रॉय तुम्हे हमारा साथ देना ही होगा, इस समय तुम्हारे सिवा किसी पर भरोसा नहीं कर सकते हम" मिस्टर शर्मा के इतना कहने से मिस हंसिका भी पिघल गयी।

"ठीक है सर मै इतना काम करने की कोशिश करूंगी लेकिन अगर मुझे वक्त लगा और बच्चो को कुछ हो गया तो...."

"मुझे पूरा यकीन है चाहे जितना भी समय लगे उन बच्चो को कुछ नहीं होगा" - इस समय मिस्टर शर्मा बहुत गहरी सोच मे थे लेकिन उनकी यह बात बाकी दोनो की समझ मे नहीं आयी और सवाल अविनाश सर की ओर से आया - "आप इतने यकीन के साथ कैसे कह सकते है सर उसने इतने लोगो को मारा है फिर वह बच्चे....."

"बस मै जानता हूँ, तुम दोनो मेरे साथ रहना, हम उन्हे कुछ नहीं होने देगे, चाहे जो हो जाए" - मिस्टर शर्मा ने कहा तो उन दोनो ने भी सहमति मे अपना सिर हिला दिया जिसके बाद मिस्टर शर्मा उन्हे भरोसा दिलाते हुए हल्का सा मुस्कुरा दिये।

"मुझे तुम दोनो से बहुत उम्मीदे है" - मिस्टर शर्मा को अचानक कुछ याद आया "अच्छा अब मै चलता हूँ वैसे भी मै उन्हे ज्यादा समय अकेले नहीं छोड़ना चाहता" कहकर मिस्टर शर्मा तेजी से सीढ़ियो से नीचे उतर गये और कुछ पल बाद ही वह दोनो भी वहाँ से चले गये।

सीढ़ियो से नीचे उतरते ही मिस्टर शर्मा ने दूसरी ओर जाते एक आदमी को आवाज दी - "दीवान"

वह आदमी तुरन्त ही उनकी ओर आ गया जो दिखने मे सांवला और कुछ ज्यादा ही दुबला पतला था लेकिन वह दिखने मे मिस्टर शर्मा से भी लम्बा था।

"जी प्रिंसिपल सर कहिए" - दीवान ने वहाँ आकर मिस्टर शर्मा से कहा जिसके जवाब मे मिस्टर शर्मा ने अपने हाथ मे पकड़ी हुयी फाइले उसकी ओर बढ़ाते हुए कहा - "मैने सारा कार्यक्रम सही कर दिया है आप बाकी टीचर्स को यह समझा देना"

"जी सर" - दीवान ने फाइले अपने हाथ मे लेते हुए कहा ऐसा लग रहा था कि मिस्टर शर्मा उनसे ज्यादा बात नहीं करना चाहते थे इसीलिए तुरन्त ही आगे बढ़ गये, दीवान को देख कर लग रहा था कि वह मिस्टर शर्मा को कुछ खास पसन्द नहीं करते थे इसीलिए उनके जाने के बाद वह भी अपने हाथो मे फाइलो को बुरी तरह भींचते हुए वहां से निकल गये।

जब मिस्टर शर्मा अपने ऑफिस मे पहुँचे तो वह चारो बहुत ध्यान से किताबे पढ़ रहे थे उनके अन्दर जाते ही तेजस और बाकी सभी ने उन किताबो की तारीफ करनी शुरु कर दी जो उन्हे वाकई मे बहुत पसन्द आयी थी मिस्टर शर्मा भी उनकी तारीफ पर मुस्कुराते हुए जाकर अपनी कुर्सी पर बैठ गये,

"क्या आप बच्चो को यहां यही किताबे पढ़ाते है" - रतिका ने सवाल किया तो मिस्टर शर्मा ने मुस्कुराते हुए जवाब दिया - "अरे नहीं... नहीं..... यह कोर्स की किताबे नहीं है, यह सब तो मैने लिखी है"

"सच मे यह आपने लिखी है" - रतिका की आँखे बड़ी हो गयी थी,

"तभी तो इतनी मजेदार है" - शौर्य ने मिस्टर शर्मा की प्रशंसा करते हुए कहा लेकिन मिस्टर शर्मा अपनी प्रशंसा से नहीं बल्कि यह सोचकर खुश थे कि बच्चे ड़र को भुलाकर मुस्कुरा रहे थे यह बात मिस्टर शर्मा को बहुत सुकून दे रही थी फिर उन्होने उन्हे और थोड़ा खुश करने के लिए कैन्टीन से बहुत सारा खाना मंगवा दिया जिसे देखकर उनकी मुस्कान और थोड़ी चौड़ी हो गयी और वह सभी बस उस पर टूटने ही वाले थे लेकिन रुक गये क्योंकि शौर्य ने मिस्टर शर्मा से पूछ लिया - "नानू आप भी खाइए ना हमारे साथ"

"नहीं तुम सब खाओ...." - मिस्टर शर्मा ने कहा ही था कि तेजस राघव और रतिका खाने पर टूट पड़े, शौर्य ने एक पल उन्हे अजीब नजरो से देखा और फिर वह भी सिर झुकाकर खाना खाने लगा और उन सब को खाना खाते देखकर मिस्टर शर्मा सुकून से मुस्कुरा रहे थे, कुछ समय बाद जब उन्होने पेट भर खाना खा लिया तो उनका ध्यान बाहर से आ रही बच्चो के खेलने की आवाजो पर गया जिसे मिस्टर शर्मा ने भी महसूस कर लिया

"तुम सब बाहर जाकर खेल सकते हो" - मिस्टर शर्मा के कहने पर वह सभी उठे लेकिन फिर कुछ सोचते हुए वापिस बैठ गये।

"क्या हुआ?" - मिस्टर शर्मा ने पूछा

"कुछ नहीं नानू" - शौर्य के जवाब से मिस्टर शर्मा सन्तुष्ट नहीं हुए, उन्होने उनकी परेशानी कम करने की कोशिश करते हुए कहा - "मुझे पता है तुम सब अपने दोस्तो के विषय मे सोच रहे

हो लेकिन अगर तुम उनकी मदद करना चाहते हो तो तुम सब को अपना भी ख्याल रखना होगा और उसके लिए नार्मल रहना बहुत जरुरी है इसीलिए तुम सब जाओ और जाकर खेलो इससे तुम्हे अच्छा लगेगा" मिस्टर शर्मा की बाते हमेशा की तरह इस बार भी उन पर सकारात्मक असर कर गयी और वह चारो खेलने के लिए बाहर की ओर आ गये, जब वह प्लेग्राउण्ड मे पहुँचे तो उन्हे उम्मीद थी कि पिछली बार की तरह इस बार भी सभी बच्चे उन्हे खेलने का निमन्त्रण देगे लेकिन इस बार ऐसा कुछ नहीं हुआ वह चारो कुछ समय वहां खड़े इन्तजार करते रहे लेकिन फिर भी एक भी बच्चा उनके पास नहीं आया जिसके बाद वह चारो गुस्से मे मिस्टर शर्मा के ऑफिस के दरवाजे को धकेलते हुए जाकर फिर से उसी सोफे पर पसर गये।

"क्या हुआ?" - मिस्टर शर्मा के पूछने पर राघव ने गुस्से मे दांत भींचते हुए कहा - "कोई हमारे साथ नहीं खेलना चाहता"

"मै तुम्हारे साथ चलता हुँ...." - मिस्टर शर्मा कहते हुए अपनी कुर्सी से उठे ही थे कि शौर्य के मना करने पर रुक गये - "रहने दीजिए नानू अब मन नहीं है"

"पिछली बार तो सभी हमारे साथ खेलना चाहते थे...." - रतिका ने उदास मन से कहा, इससे पहले मिस्टर शर्मा उन्हे समझाते तेजस ने गुस्से मे बोलना शुरु किया - "क्या तुम्हे इतनी सी बात समझ मे नहीं आ रही कि वह हमसे नहीं हमारे रंगो से दोस्ती करना चाहते थे और अब तो हम उन्ही के जैसे काले हो गये है सिवाय इसके कि हम उनके लिए अजनबी है फिर वह हमसे बात क्यो करेगे...."

"ऐसी बात नहीं है तेजस...." - मिस्टर शर्मा ने उसे समझाने की कोशिश की लेकिन उसे तो जैसे सुनाई ही नहीं दिया और वह लगातार बोलता रहा - "उस शैतान की वजह से ही यह सब हो रहा है पहले उसकी वजह से हमारे डैडी हमसे नाराज हुए, फिर हमारे

साथी हमसे अलग हुए, हम यहां फँस गये और अब यह काले कपड़े, मुझे नफरत है इस रंग से, वह कौन होता है सबको काला रंग देने वाला वह मालिक नहीं है और न ही हम उसके गुलाम अपना नाम नृप रख लेने से कोई इंसान राजा नहीं बन जाता...."

"तेजस....." - मिस्टर शर्मा इतनी जोर से चीखे थे कि तेजस डर कर शान्त हो गया, मिस्टर शर्मा के चेहरे पर इतना डर और आश्चर्य था जितना उन्होने आज तक नहीं देखा था उन्हे इस तरह देखकर तेजस घबरा गया, उसने इधर-उधर देखा तो उसके दोस्त भी उसे बुरी तरह घूर रहे थे, शौर्य का मुँह तो सदमे मे पूरा खुल गया था, यह सब देखकर तेजस को लगा कि उससे कोई गलती हो गयी है लेकिन वह गलती थी क्या यह उसे अभी तक समझ नहीं आया था और वह किसी से पूछ भी नहीं पाया क्योंकि इससे पहले ही मिस्टर शर्मा उसे हाथ पकड़कर खीचते हुए वहाँ से बाहर निकल गये, वह तीनो भी उनके साथ आ गये, मिस्टर शर्मा एक जाने पहचाने रास्ते पर इतनी तेजी से चल रहे थे कि उनके साथ चलने के लिए उन्हे लगभग दौड़ना पड़ रहा था लेकिन जल्दी ही मिस्टर शर्मा उस दरवाजे के सामने रुक गये जिस पर लिखा था म्यूजियम।

तेजस सोच रहा था कि वह आखिर उन्हे यहां क्यो लाए है क्योंकि वह पहले ही म्यूजियम देख चुके थे लेकिन फिर भी उसने मिस्टर शर्मा से कुछ नहीं कहा और जब उन्होने दरवाजा खोला तो वह देख सकते थे कि अन्दर केवल तारा थी जो बोर्ड पर बनी सारणी को चाँक की सहायता से अपनी नोटबुक से देखकर भरने मे व्यस्त थी जिस पर मिस्टर शर्मा ने कोई ध्यान नहीं दिया और उसे पकड़े हुए सीधा आगे बढ़ गये जबकि तारा उन्हे ऊपर से नीचे तक घूर कर देख रही थी लेकिन जब मिस्टर शर्मा उनके साथ गलियारे से बायी ओर मुड़ गये तो उसे वह दिखने बन्द हो गये और वह फिर से अपने कार्य मे व्यस्त हो गयी, उधर मिस्टर शर्मा ने कुछ दूर चलकर एक दरवाजा खोला तो सबने देखा कि अन्दर बहुत सारी

मूर्तियाँ थी, आदमी, औरत, बच्चे सभी की बहुत खूबसूरत मूर्तियाँ मानो जिन्दा इंसान ही एक जगह रुके हुए हो जिनमे बनाये हुए चेहरे के भाव बहुत खूबसूरती से उभर कर आ रहे थे,

"जानते हो यह क्या है?" - मिस्टर शर्मा ने बस इतना पूछा जिसका जवाब तेजस ने लापरवाही और आत्मविश्वास दोनो के साथ दिया - "मूर्तियाँ है, और क्या....."

"यह मूर्तियाँ नहीं इंसान है जिन्दा इंसान वह सभी इंसान जिन्होने उस शैतान का नाम लिया, इस जगह को श्राप है कि उसका नाम लेने वाला पत्थर बन जाता मैने तुम्हे बताया था, क्या तुम भूल गये....." - मिस्टर शर्मा के याद दिलान पर उसे रात मे की गयी अपने नानू की मुलाकात याद आयी जब उन्होने इस बारे मे बताया था, अब उसे समझ आया कि वह उसे अचानक यहाँ क्यो ले आए थे,

"अगर ऐसा है तो मै अभी तक नार्मल कैसे हूँ" - तेजस ने मिस्टर शर्मा से सबसे जरुरी सवाल किया जिसका जवाब मिस्टर शर्मा के पास भी नहीं था - "नहीं जानता कि तुम नार्मल कैसे हो बस इतना जानता हूँ कि मै बहुत खुश हूँ कि तुम बिल्कुल ठीक हो इसकी जो भी वजह हो मै उसका पता जल्दी ही लगा लूंगा लेकिन तब तक तुम सब मुझसे वादा करो कि दोबारा ऐसा करने की कोशिश भी नहीं करोगे, मै तुम्हारे लिए कोई रिस्क नहीं ले सकता इसीलिए प्लीज आगे से तुममे से कोई भी ऐसा मत करना, मजाक मे भी नहीं, वादा करो मुझसे....." - कहकर उन्होने अपना हाथ बच्चो के सामने कर दिया जिस पर उन चारो ने भी सहमति से गर्दन हिलाते हुए एक-एक करके अपना हाथ रख दिया जिसे और थोड़ा कसते हुए मिस्टर शर्मा ने कहा - "तुम सब मेरे लिए बहुत महत्वपूर्ण हो तुम्हारी सलामती से बढ़कर और कुछ नहीं है मेरे लिए.... कुछ....भी.....नहीं....." कहकर उन्होने उन चारो को अपनी बाहो मे भर लिया कुछ पल टहरकर मिस्टर शर्मा ने कहा - "बहुत

समय हो गया है अब हमे चलना चाहिए" इसके बाद मिस्टर शर्मा ने उस कमरे का दरवाजा बन्द कर दिया और उन चारो के साथ म्यूजियम से बाहर निकल गये।

इस बीच उन्होने महसूस किया कि तारा अपनी नोटबुक बन्द करते हुए उन्हे तिरछी निगाहो से देख रही थी हालफिल्हाल अपने ऑफिस के सामने पहुँचकर मिस्टर शर्मा ने उन्हे बाहर रुकने के लिए कहा और स्वंय अन्दर चले गये।

"वह हमारा मजाक बना रही थी" - तेजस ने मुँह बनाते हुए कहा

"कौन?" - शौर्य के इस सवाल पर तेजस किसी घोड़े की तरह बिदक गया

"तारा.... और कौन, देखा नहीं तुमने कैसे घूर रही थी हमे"

"मैने भी देखा था, आँखे बड़ी करके घूर रही थी" - राघव ने भी तेजस की हाँ मे हाँ मिला दी

"क्या फर्क पड़ता है, तुम्हे इतना बुरा क्यो लग रहा है?" - जब रतिका ने ऐसा कहा तो शौर्य समझ गया कि अब यहाँ पर एक लम्बी बहस होने वाली है जिसे झेलने की हिम्मत उसमे इस समय तो बिल्कुल नहीं थी उसकी नजर तेजस पर थी जो बस कुछ कहने के लिए मुँह खोलने ही वाला था कि मिस्टर शर्मा वहाँ आ गये और वह तीनो तुरन्त अपनी शान्त मुद्रा मे आ गये जिससे शौर्य को बहुत शान्ति मिली, दूसरी ओर इस सब से बेखबर मिस्टर शर्मा ने ऑफिस का दरवाजा बन्द किया और चारो के साथ पार्किगं तक आ गये जहाँ से वह उन्हे कार मे बैठाकर सीधा घर ले आए....

इसके बाद मिस्टर शर्मा पूरे समय उनके साथ घर पर ही रहे जब तक शाम गहराई मिस्टर शर्मा सोफे पर बैठे किताब पढ़ने मे व्यस्त थे तभी उन्हे पीछे से कुछ आवाज सुनाई दी वह पलटे तो उन्होने देखा कि बच्चे एक बाल्टी को उठाने की कोशिश मे लगभग

घसीटते हुए कमरे से बाहर निकल रहे थे, मिस्टर शर्मा तुरन्त उठकर वहाँ पहुँचे उन्होने देखा कि बाल्टी मे उनके कपड़े थे जिन्हे देखकर लग रहा था कि उन्होने काफी मेहनत से धोए थे,

"तुमने तो कहा था आराम करने जा रहे हो फिर यह कपड़े क्यो धोए, मुझसे कह देते मै धुलवा देता, तुम्हे क्या जरुरत थी यह सब करने की" - मिस्टर शर्मा उनसे शिकायती तौर पर कह रहे थे और साथ मे उन्हे बच्चो पर दया भी आ रही थी लेकिन बच्चो को इससे कोई फर्क नहीं पड़ता था उन चारो की गर्दन तो गर्व से पूरी तरह तनी हुयी थी और वह लगातार मिस्टर शर्मा को देख रहे थे चूंकि उन्होने कोई जवाब नहीं दिया इसीलिए मिस्टर शर्मा ने आगे कहा - "अच्छा ठीक है कोई बात नहीं, अब जब तुमने धो ही दिया है तो इन्हे सुखा भी देते है" मिस्टर शर्मा ने बाल्टी उठायी और बच्चो के साथ बालकनी मे आ गये जहाँ उन्होने सारे कपड़े बालकनी मे बंधी रस्सी पर सुखा दिये।

"क्या यह सुबह तक सूख जायेगे" - रतिका ने बड़ी मासूमियत के साथ पूछा जिसका जवाब मिस्टर शर्मा ने मुस्कुराते हुए कहा - "बिल्कुल सूख जायेगे, बस उसके लिए हमे थोड़ा सी और मेहनत करनी होगी" कहते हुए मिस्टर शर्मा ने बालकनी के कोने मे रखा एक बॉक्स पहियो की सहायता से तार के नीचे खींच दिया, जब उन्होने उसके ऊपर का कवर हटाया तो बच्चो ने देखा कि उसमे कोयले भरे थे और उस बॉक्स के बराबर मे एक हैण्डल लगा था जिसे मिस्टर शर्मा ने बिना देर किये घुमाना शुरु कर दिया और देखते ही देखते कोयलो ने गर्म होना शुरु कर दिया और कुछ ही समय मे वह सभी कोयले लाल होकर सुलगने लगे, बच्चे यह सब बड़ी गौर से देख रहे थे खैर वहां पर अपना काम खत्म करने के बाद मिस्टर शर्मा उन्हे शाम की चाय का आफर देकर वहाँ से ले आए और वह चारो अपने कपड़ो और उस बड़ी सी अंगीठी जैसी दिखने वाली चीज को फिर से एक बार देखकर मिस्टर शर्मा के साथ वहाँ से आ गये।

इसके बाद सारे समय उनके दिमाग मे बस कपड़े ही घूमते रहे जिस वजह से वह चारो रात मे ठीक से सो भी नहीं पाये और जब सुबह तेजस की आँख खुली तो उसे सबसे पहला ख्याल अपने कपड़ो का आया इसीलिए वह तुरन्त उठकर बाहर की ओर भागा जिसकी लापरवाही मे वह बाकी तीनो के बिस्तरो को अपने पैरो से रौंद आया, जब वह बालकनी मे पहुँचा तो उसकी नजर सबसे पहले राख हो चुके अंगारो पर पड़ी और उसके बाद ऊपर रस्सी पर लटके कपड़ो पर जिन्हे छूते ही उसकी आँखो को चमक आ गयी।

"क्या यह सब सूख गये?" - रतिका ने आँख मलते हुए पूछा जो राघव और शौर्य के साथ पीछे ही खड़ी थी

"सब सूख गये" - तेजस ने खुशी से लगभग उछलते हुए कहा और उन तीनो ने लपक कर जल्दी से सभी कपड़े रस्सी के उतार लिए, वह चारो अपने कपड़ो को उलट-पलट कर देख रहे थे तभी मिस्टर शर्मा भी वहाँ आ गये - "देखा मैने तो पहले ही कहा था...." मिस्टर शर्मा उनके पीछे खड़े मुस्कुरा रहे थे।

"अब तुम सब जाओ और जाकर तैयार हो जाओ, मै जानता हूँ तुम इन्हे पहनने के लिए बैचेन हो" - वह उनके हाथ मे पकड़े हुए कपड़ो की ओर इशारा करके कह रहे थे तभी उन चारो को कुछ याद आ गया और उन चारो ने सबसे पहले बाथरुम पहुँचने की जल्दी मे कमरे तक दौड़ लगा दी, जिसके बाद मिस्टर शर्मा भी नीचे आने के लिए मुड़ गये जब तक वह चारो तैयार होकर नीचे आए मिस्टर शर्मा टेबल पर नाश्ता लगा रहे थे और उन्हे फिर से रंगीन कपड़ो मे देखकर बच्चो से ज्यादा मिस्टर शर्मा खुश नजर आ रहे थे।

"अच्छे लग रहे हो" - मिस्टर शर्मा ने उन चारो की तारीफ की जिसके जवाब मे उन्होने मुस्कुराकर उन्हे घन्यवाद दिया और नाश्ता करने के लिए कुर्सियो पर बैठ गये लेकिन जब उनकी नजर सामने रखे पकौड़ो पर गयी तो वह सभी चौक गये क्योंकि वह सभी टोस्ट या ऑमलेट से ज्यादा की उम्मीद नहीं कर रहे थे।

"यह आपने बनाए है?" - शौर्य के पूछने पर जब मिस्टर शर्मा ने हाँ मे जवाब दिया तो उसने आगे पूछा

"लेकिन आपने तो कहा था आपको नहीं आता...."

"आता तो नहीं था लेकिन इतना मुश्किल भी नहीं था, वह भी तब, जब आपके पास एक अच्छी रेसिपी बुक हो" - मिस्टर शर्मा टेबल पर रखी एक किताब की ओर इशारा कर रहे थे।

"आपने यह हमारे लिए किया?" - तेजस की आँखो मे नमी उतर आयी थी इसीलिए मिस्टर शर्मा ने माहौल को थोड़ा हल्का करने के लिए तुरन्त कहा - "हाँ तुम सब के लिए किया है तो अब तुम सब जल्दी से पकौड़े खाओ और मुझे बताओ की कैसे बने है...." मिस्टर शर्मा के कहते ही उन सब ने पकौड़े उठाकर अपने मुँह मे रख लिए और अगले ही पल उन सब ने एक साथ कहा - "यह तो कमाल के बने है"

"तो फिर और खाओ" - मिस्टर शर्मा ने हंसकर कहा और उन सब की प्लेट मे जल्दी पकौड़े डाल दिये जिसके बाद वह सभी मजे से अपना नाश्ता करने लगे,

उधर दूसरी ओर सड़क पर एक या दो गाड़िया ही गुजर रही थी जहाँ पर मिस हंसिका सड़र के किनारे खड़ी एक कार के पास ही खड़ी थी और अविनाश उसके इंजन पर झुककर कुछ उलट-पलट कर रहे थे,

"इसकी जरुरत नहीं पड़ेगी, सर!" - मिस हंसिका ने किनारे से झांकते हुए कहा

"बिल्कुल पड़ेगी, मै जानता हूँ" - अविनाश सर के कहते ही उनका काम शायद खत्म हो गया, उन्होने एक लम्बी सांस ली और हटकर इंजन को ढक दिया, वह पीछे की ओर मुड़े ही थे कि उनकी नजर दूर से आती एक काली रंग की कार पर पड़ी

"वह आ गया, सम्भल कर...." - उन्होने हड़बड़ाहट मे कहा और जल्दी से सड़क किनारे बनी एक गहरी जगह पर झाड़ियो के

पीछे छिप गये, मिस हंसिका घबरायी हुयी थी लेकिन फिर भी वह खुद को सम्भालते हुए लिफ्ट माँगने का इशारा करने लगी और जब कार उनके पास आकर रुक गयी तो उसमे ड्राइविंग सीट पर आकाश सर को देखकर उन्होने गुस्से मे मुँह बनाते हुए कहा - "माफ करना मुझे मालूम नहीं था कि तुम हो"

"क्या हुआ?" - आकाश सर ने घमण्ड के साथ पूछा तो कुछ वक्त सोचने के बाद आखिरकार मिस हंसिका ने बता दिया - "मेरी कार खराब हो गयी है"

"मै देखता हूँ" - कहकर आकाश सर ने मिस हंसिका की कार को स्टार्ट करने की कोशिश की लेकिन जब वह सफल नहीं हुए तो उन्होने कार से नीचे उतरकर कहा - "स्टार्ट नहीं हो रही और मुझे तो ठीक करनी भी नहीं आती"

"जानती हूँ"

"क्या?"

"यही की स्टार्ट नहीं हो रही लेकिन तुम चिन्ता मत करो, मै लिफ्ट लेकर चली जाऊँगी तुम जाओ....." - मिस हंसिका जैसे मुद्दे पर आ रही थी

"लिफ्ट!..... तुम पागल तो नहीं हो गयी हो, ऐसे माहौल मे लिफ्ट लेना सही नहीं" - आकाश सर की बातो मे मिस हंसिका के लिए उनकी चिन्ता साफ नजर आ रही थी शायद यही कारण था कि इतना कहकर वह झेप गये क्योंकि मिस हंसिका भी उन्हे अजीब नजरो से देख रही थी

"कार मे बैठ जाओ, मै तुम्हे छोड़ देता हूँ" - आकाश सर ने लापरवाही से कहा और आगे बढ़ गये लेकिन मिस हंसिका वही खड़ी रही और उन्होने मुँह फेरकर गुस्से से कहा - "कोई जरुरत नहीं, मै चली जाऊँगी" उनका जवाब सुनकर आकाश सर रुक गये, कुछ पल सोचा और फिर मुड़कर तेजी से उनका हाथ पकड़ते हुए

उन्हे अपनी कार के दूसरी ओर ले आए वहाँ कार का दरवाजा खोलकर उन्होने दूसरी ओर देखते हुए कहा - "बैठ जाओ..... प्लीज...." कुछ समय तो मिस हंसिका गुस्से से वहां खड़ी रही और फिर मुँह बनाते हुए कार मे बैठ गयी, आकाश सर ने दरवाजा बन्द कर दिया और दूसरी ओर से कार मे बैठकर कार चलानी शुरू कर दी, अविनाश सर छुपकर यह सब देख रहे थे, उनके चले जाने के बाद वह वापिस सड़क पर आ गये, वह आँखो मे उम्मीद लिए सड़क पर दूर जाती आकाश सर की कार को देख रहे थे.....

जब आकाश सर कार चला रहे थे तो बिल्कुल चुप थे लेकिन मिस हंसिका जानती थी कि किसी तरह तो बात शुरु करनी ही होगी इसीलिए उन्होने हिम्मत जुटाते हुए कहा- "मुझे लिफ्ट देने के लिए शुक्रिया"

"अगर तुम्हारी जगह कोई ओर भी होता तो मै यही करता"

आकाश सर के जवाब पर मिस हंसिका ने गुस्सा होते हुए कहा - "अच्छा, और कितने लोग है जिनका हाथ पकड़कर उन्हे जबरदस्ती लिफ्ट देने का हक रखते हो तुम...."

"जब भी मिलती हो लड़ने का कोई न कोई बहाना ढूंढ ही लेती हो है ना....."

"हाँ, तो मिलते ही क्यो हो मुझसे...."

"आज के बाद नहीं मिलूगाँ बस एक बार तुम्हे कॉलिज छोड़ दूँ"

"छोड़ तो तुमने मुझे पहले ही दिया है" - मिस हंसिका की बात से उन्हे इतना झटका लगा था कि उन्होने अचानक कार रोक दी, कुछ पल सोचने के बाद आकाश सर ने कहा - "मैने नहीं, तुमने मुझे छोड़ा था, क्योंकि तुम्हे लगा था कि मै तुम्हारे लायक नहीं हूँ"

"तुम्ही ने वह सब साबित किया था.."

"मैने कभी तुम्हे कुछ साबित नहीं किया सिवाय इसके कि मै तुमसे....." - आकाश सर शायद कुछ ओर भी कहना चाहते थे

लेकिन रुक गये, लेकिन उनकी इतनी बात सुनकर भी मिस हंसिका की आँखो मे नमी उतर आयी थी और वह लगातार उन्हे देखे जा रही थी जिसे नजरअन्दाज करते हुए आकाश सर ने आगे कहा - "मुझे तुमसे इस बारे मे अब कोई बात नहीं करनी है बेहतर होगा कि हम एक दूसरे से वही करे जो अब तक करते आए है नफरत... सिर्फ नफरत...."

"क्या सच मे नफरत करते हो मुझसे?" - मिस हंसिका ने रूआसी आवाज मे कहा तो आकाश सर भी पिघल गये, उन्होने रुधे गले के साथ कहा - "तुम भी तो करती हो मुझसे... नफरत...."

"देखो मेरी आँखो मे क्या तुम्हे खुद के लिए नफरत दिखाई देती है, बताओ मुझे" - मिस हंसिका ने उनके चेहरे को अपनी ओर करते हुए कहा, आकाश सर ने जब उनकी ओर देखा तो उनकी आँखो मे आँसू भरे थे जो बहकर उनके गालो तक आ गये थे,

"तुम्ही तो हमेशा....." - आकाश सर ने कुछ कहना चाहा लेकिन मिस हंसिका ने उन्हे बीच मे ही रोक दिया - "कोशिश तो बहुत की तुमसे नफरत करने की, वजह भी थी मेरे पास लेकिन फिर भी, कभी कर नहीं पायी सच तो यह है कि दिमाग मुझे तुमसे जितना दूर ले जाता है दिल उतना ही तुम्हारे करीब ले आता है मै कितना भी चाहूं लेकिन तुमसे नफरत नहीं कर पाती...."

"तो क्यो तुम मुझे और खुद को तकलीफ देती हो, मत करो ऐसा.... प्लीज.... मत करो" - आकाश सर उनसे विनती कर रहे थे,

"तो ओर क्या करूँ, जैसे तुम लोगो की जान लेते हो मै भी लूँ, बन जाऊं तुम्हारी तरह" - मिस हंसिका रोते हुए गुस्से मे आ गयी थी।

"मैने कभी किसी की जान नहीं ली" - आकाश सर ने तुरन्त अपनी सफाई पेश की

"झूठ बोल रहे हो तुम क्या तुमने उन सभी को मार नहीं डाला जिन बच्चो को तुम अपने साथ लेकर आये थे"

"मैने उन्हे नहीं मारा हंसिका"

"झूठ, तुम्हे क्या लगा कि मै तुम्हारे झूठ पर विश्वास कर लूंगी मै जानती हूँ कि बच्चे गायब है और यह भी कि तुमने उन्हे मार दिया है" - मिस हंसिका उम्मीद कर रही थी कि वह उन्हे सच बताऐगे और आखिरकार वह सफल हुयी जब आकाश सर ने उनसे कहा - "नहीं हंसिका, वह सभी जिन्दा है और किले मे है, मैने उन्हे नहीं मारा मैने तो बस...."

आगे बोलते हुए आकाश सर की गर्दन झुक गयी जिसे मिस हंसिका ने फिर से ऊपर करते हुए पूछा - "तुमने क्या आकाश...."

कुछ पल चुप रहने के बाद आखिरकार आकाश सर ने नजरे झुकाते हुए कहा - "मैने उन्हे निद्राष्ठ दिया था"

"क्या! यह क्या कह रहे हो आकाश?" - मिस हंसिका लगभग चीख पड़ी थी और उन्हे फिर से खो देने के इर से आकाश सर ने तुरन्त अपनी सफाई पेश करते हुए कहा - "मैने यह सब अपनी मर्जी से नहीं किया मालिक ने मुझे ऐसा करने के लिए कहा था, मेरे पास और कोई रास्ता नहीं था हंसिका"

"उससे कोई फर्क नहीं पड़ता, सच्चाई तो यह है कि यह सब तुमने किया है" - मिस हंसिका उनसे बहुत नाराज थी,

"प्लीज हंसिका मुझे माफ कर दो मेरे पास और कोई रास्ता नहीं था"

"तुम जानते हो आकाश मुझे बच्चो से कितना लगाव है, कोई भी बच्चो को नुकसान पहुचाँए मुझसे बर्दाश्त नहीं होता"

"जानता हूँ और मुझसे बेहतर यह कोई और नहीं जान सकता"

"फिर भी मुझसे माफी मांग रहे हो, तुम्हे सच मे लगता है कि मै तुम्हे माफ कर दूगी"

"प्लीज हंसिका...." - आकाश सर और भी कुछ कहना चाहते थे लेकिन मिस हंसिका ने उन्हे कोई मौका नहीं दिया - "एक पल को

मुझे लगा था कि शायद मै तुम्हारे बारे मे कुछ ज्यादा ही गलत सोचती हूँ लेकिन आज तुमने साबित कर दिया है कि तुम्हारे बारे मे जितना गलत सोचा जाए उतना कम है तुम्हारे गिरने की कोई सीमा नहीं है आकाश कोई नहीं...." - मिस हंसिका गुस्से मे कहकर कार से निचे उतर गयी आकाश सर ने उन्हे रोकने की कोशिश की लेकिन वह पीछे से आती कार मे लिफ्ट लेकर आगे चली गयी और आकाश सर अपनी किस्मत पर अफसोस करते वही बैठे रह गये।

जब मिस हंसिका कॉलिज पहुँची तो अविनाश सर पहले ही वहाँ मौजूद थे जिन्हे उन्होने जाते ही आकाश सर के साथ हुयी सारी बाते बता दी, अविनाश सर वह सब सुनकर बहुत परेशान हो गये, वह बस जल्दी से कॉलिज के खत्म होने का इन्तजार करने लगे क्योंकि इस समय वह कॉलिज छोड़कर नहीं जा सकते थे इसीलिए जैसे ही कॉलेज खत्म हुआ अविनाश सर तुरन्त अपनी कार मे बैठकर प्रिसिंपल सर के घर की ओर चल दिये और जब वह वहाँ पहुँचे तो मिस्टर शर्मा गार्डन मे बच्चो के साथ बॉल से खेल रहे थे अविनाश सर को आते देख मिस्टर शर्मा ने उन्हे स्वंय खेलने के लिए कहा और गेट की ओर बढ़ गये।

"काफी खुश लग रहे है" - अविनाश सर ने बच्चो की ओर देखकर मुस्कुराते हुए कहा जो खेलने मे मग्न थे।

"सही कहा, व्यस्त रहते है तो खुश रहते है कुछ करने को न हो तो अपने दोस्तो के विषय मे सोच कर परेशान हो जाते है इसीलिए कोशिश करता हूँ कि इन्हे जितना हो सके व्यस्त रखू" - मिस्टर शर्मा ने भी उस ओर देखकर मुस्कुराते हुए कहा

"अगर ऐसा है तो अब इन्हे हमेशा व्यस्त रखने के उपाय करने होगे आपको"

"ऐसा क्यो कह रहे हो अविनाश?"

"क्योंकि अब इनके दोस्त कभी वापिस नहीं आऐगे सर"

"इस तरह हिम्मत नहीं हारते अविनाश हम उन्हे जरुर लेकर आऐगे..."

"हम कुछ भी करे लेकिन सर अब वह कभी वापिस नहीं आऐगे"

"तुम ऐसा क्यो कह रहे हो अविनाश..." - प्रिंसिपल सर अपनी बात पूरी करते उससे पहले ही उनकी नजर बच्चो पर पड़ी जो अपना खेल छोड़कर उन्हे ही देख रहे थे उन्होने तुरन्त स्वंय को नार्मल दिखाते हुए बच्चो से आवाज ऊँची करके कहा - "तुम सब अन्दर जाकर खेलो बच्चो मै अभी आता हूँ"

वह चारो अच्छी तरह समझ गये थे कि कुछ गलत हुआ है लेकिन फिर भी वह बिना कोई सवाल किये अन्दर की ओर चले गये और उनके बाद मिस्टर शर्मा ने अविनाश सर से कहा- "आओ मेरे साथ" वह उन्हे अपने साथ गार्डन मे पड़ी मेज और कुर्सी के पास ले गये - "आराम से बैठो और बताओ कि आखिर हुआ क्या है तुम इस तरह की बाते क्यो कर रहे हो"

अविनाश सर मिस्टर शर्मा के साथ वही कुर्सियो पर बैठ गये और उन्हे वह सारी बाते बता दी जो वह यहाँ बताने आए थे जिसे सुनकर मिस्टर शर्मा एक पल को चौंक गये और फिर जैसे सारी दुनिया की निराशा उनके अन्दर समा गयी थी....

"ऐसा कैसे हो सकता है अविनाश मैने बच्चो से वादा किया है कि मै इनके दोस्तो को वापिस लेकर आऊँगा वह तो इसी उम्मीद पर है कि मै अपना वादा पूरा करूँगा, कैसे कहूँ उनसे कि मै अब कुछ नहीं कर सकता..."

"इसमे आपकी कोई गलती नहीं है सर, आपने पूरी कोशिश की थी और मै जानता हूँ अगर मौका मिलता तो ऐसा हो भी सकता था लेकिन अगर ऊपर वाला एक भी मौका न दे तो हम क्या कर सकते है सर" - अविनाश सर की बात सुनकर मिस्टर शर्मा की निराशा गुस्से मे बदल गयी

"ऊपर वाला कहा है ऊपर वाला और अगर है तो कुछ करता क्यों नहीं, क्यो उस शैतान की मिल्कियत बना दिया है हमारी जिन्दगी को वह सब तो मासूम बच्चे है बच्चे तो भगवान का रूप होते है ना, अगर वही उनकी मदद नहीं करेगा तो कौन आऐगा इन मासूमो को बचाने कौन...."

"सर आप ऐसा कैसे कह सकते है याद है ना आपको जब भी हमारा विश्वास उस पर से ड़गमगाया है तो आपने ही हमे हौसला दिया है अगर आप ही इस तरह उम्मीद छोड़ देगे तो हमारा क्या होगा"

"बस अविनाश अब और हिम्मत नहीं बची है मुझमे थक गया हूँ मै अब इस सब से"

"हिम्मत तो रखनी होगी ना सर, मुझे पूरी उम्मीद है कि उसके पाप का घड़ा अब भर चुका है उसने मासूम बच्चो के साथ सही नहीं किया है, ऊपर वाला उसे इसके लिए जरूर सजा देगा और वह भी बहुत जल्दी...." - अविनाश सर की बात से मिस्टर शर्मा के मन मे फिर से एक उम्मीद जाग उठी - "तुम सही कह रहे हो अविनाश भगवान करे ऐसा ही हो...."

मिस्टर शर्मा के मन मे तो उम्मीद की किरण अभी भी जिन्दा थी लेकिन दरवाजे के पीछे छिपकर सारी बाते सुन रहे उन बच्चो पर इन बातो का कोई असर नहीं हुआ था....

अविनाश सर तो कुछ समय बाद वहाँ से चले गये लेकिन उन बच्चो की चिन्ता प्रिंसिपल सर का पीछा नहीं छोड़ रही थी, वह सामान्य दिखने के पूरी कोशिश कर रहे थे लेकिन उनके चेहरे की परेशानी बच्चो से फिर भी नहीं छिप पा रही थी लेकिन वह चारो जानते थे कि अगर मिस्टर शर्मा को उनके सारी बाते सुन लेने के विषय मे पता चला तो उन्हे बहुत दुख होगा इसीलिए वह चारो पूरी शिद्दत के साथ अपना चुप रहने का फैसला निभा रहे थे लेकिन रात होते-होते उनकी हिम्मत जवाब दे गयी आखिरकार वह बच्चे

थे और उन्हे अपने डर को बाँटने के लिए किसी के सहारे की सख्त जरुरत थी इसीलिए जब रात का खाना खत्म होने के बाद वह सभी सोने के लिए कमरे मे गये तो वह चारो अपने बिस्तर पर लेटने की जगह मिस्टर शर्मा के पास उनके बिस्तर पर बैठ गये।

"क्या हुआ? तुम सब ठीक तो हो" - उन्हे परेशान देखकर मिस्टर शर्मा ने पूछा कुछ वक्त एक दूसरे की ओर देखने के बाद शौर्य ने थोड़ी हिम्मत दिखाते हुए कहा - "नानू..... आज हमने आपकी और अविनाश सर की सारी बाते सुन ली थी.... सॉरी..." वह चारो अपनी हरकत पर बहुत शर्मिन्दा थे, उन्हे लगा था कि मिस्टर शर्मा उन्हे इसके लिए डाटेंगे लेकिन उन्होने ऐसा नहीं किया बल्कि एक ठण्डी आह भरकर कहा - "कोई बात नहीं आज नहीं तो कल तुम्हे यह बात बतानी ही थी अच्छा हुआ तुमने खुद ही सुन ली क्योंकि मुझमे तुम लोगो को यह बात बताने की हिम्मत नहीं थी....

"क्या सच मे वह अब हमे कभी नहीं मिलेगे" - रतिका उम्मीद कर रही थी कि मिस्टर शर्मा कुछ कहेगे चूकिं उन्होने ऐसा नहीं किया तो शौर्य ने आगे कहा - "मैने उन किताबो मे निद्राष्ठ के विषय मे पढ़ा था इसे खाने वाला हमेशा के लिए सो जाता है कभी नहीं उठता है ना...."

मिस्टर शर्मा के निराश होकर सहमति मे सिर हिलाने पर अपने दोस्तो के विषय मे सोचकर उन सब की आँखे भर आयी जिसमे पहली बार राघव भी शामिल था।

"प्लीज नानू कुछ करिए ना, प्लीज उन्हे वापिस ले आइए प्लीज...." - तेजस ने रोते हुए मिस्टर शर्मा की गोद मे सिर रख लिया था लेकिन इस बार उन्हे सन्तावना देने के लिए मिस्टर शर्मा के पास शब्द नहीं थे इसीलिए वह बिना कुछ कहे प्यार से उसके सिर पर हाथ फेरने लगे, कुछ ही समय मे वह चारो भी रोते हुए एक-एक करके उनके करीब आ गये और मिस्टर शर्मा ने उन्हे अपनी ओर समेट लिया।

अगले दिन सुबह जब मिस्टर शर्मा तैयार होकर बाथरूम से बाहर आए तो उन्होने देखा वह चारो आँखे मलते हुए आधे सोए और आधे जागे अपने बिस्तरो पर बैठे हुए थे, पिछली रात के बाद मिस्टर शर्मा जानते थे कि अब उन्हे ही उनका सहारा बनना है इसीलिए उन्होने अपनी आवाज मे उत्साह भरते हुए कहा - "अच्छा हुआ तुम सब उठ गये, अब जल्दी से तैयार हो जाओ फिर हम सब एक अच्छा नाश्ता करेगे ठीक है......" उनके सहमति मे सिह हिलाने पर मिस्टर शर्मा मुस्कुराते हुए नीचे किचन की ओर चले गये जिसके बाद वह चारो भी भारी मन से तैयार होने के लिए उठकर अपने बिस्तर समेटने लगे।

कुछ समय बाद जब वह चारो तैयार होकर सीढ़ियो से नीचे की ओर आ रहे थे तो मिस्टर शर्मा टेबल पर नाश्ता लगा रहे थे जब उन्होने उस ओर देखा तो उन्हे उदास देखकर मिस्टर शर्मा भी परेशान हो गये, वह बच्चो का ध्यान किसी तरह बाँटना चाहते थे इसीलिए उन्होने थोड़ा जोर देकर कहा - "अरे तुमने फिर वही कपड़े पहन लिए"

"कोई बात नहीं नानू" - शौर्य ने उन तीनो के साथ वहाँ आकर खड़े होते हुए कहा,

"कोई बात कैसे नहीं, कपड़े गन्दे हो गये है और इन्हे धुलने की जरुरत है मै जानता हूँ कि तुम्हे दूसरे कपड़े पसन्द नहीं लेकिन अगर तुम चाहो तो मेरे पास इसका हल है" - मिस्टर शर्मा के कहने पर उन चारो ने एक साथ पूछा - "क्या?"

"देखो जब तक तुम सब घर पर हो तो अभी के लिए दूसरे कपड़े पहन लो, तब तक यही कपड़े धुल कर सूखने के लिए डाल देगे, इससे तुम अगर बाहर जाओगे तो फिर से यही कपड़े पहन सकते हो जिससे बाहर सब लोग तुम्हारे साथ फिर से अच्छा बर्ताव करेगे, तुम यही चाहते थे ना, अब बताओ कैसा लगा मेरा आइडिया...." - मिस्टर शर्मा ने अपनी भौहे मटकाते हुए अपनी

बात खत्म की, उन्हे उम्मीद थी कि इस तरह बच्चो के चेहरो पर खुशी आ जायेगी और ऐसा हुआ भी, मिस्टर शर्मा की बात सुनकर बच्चे उत्साहित हो गये

"हम अभी कपड़े बदल कर आते है" - वह चारो कहकर जल्दी से जाने के लिए मुड़े लेकिन मिस्टर शर्मा ने उन्हे रोक लिया - "नही नहीं, अभी नहीं, पहले नाश्ता करो बाद मे चले जाना"

"ठीक है" - कहकर वह चारो मिस्टर शर्मा के साथ नाश्ता करने बैठ गये जिसके बाद उन्होने टेबल साफ करने मे मिस्टर शर्मा की मदद की और फिर कपड़े बदलने चले गये और मिस्टर शर्मा बर्तन साफ करने मे जुट गये, जब अपना काम खत्म करके वह ऊपर पहुँचे तो वहाँ तेजस और रतिका इस बात पर झगड़ा कर रहे थे कि पहले बाथरुम मे कपड़े कौन धोयेगा और इससे पहले कि उनका झगड़ ज्यादा बढ़ता मिस्टर शर्मा बीच मे आ गये - "बहुत हो गया, क्यो लड़ रहे हो तुम दोनो"

"पहले मुझे अपने कपड़े धोने है इससे कहो बाद मे धोये" - रतिका ने गुस्से मे अपने हाथ बाँधते हुए कहा जिसक जवाब तेजस ने मुँह फेरते हुए दिया - "नहीं, पहले मै धोऊगाँ"

"तुम बहुत वक्त लगाते हो"

"जैसे तुम बस चुटकियो मे धो लेती हो है ना....."

"तुमसे जल्दी....."

"बस करो तुम दोनो" - मिस्टर शर्मा ने ऊँची आवाज मे कहा जिसे सुनकर वह दो नो चुप हो गये और फिर मिस्टर शर्मा ने नार्मल होते हुए कहा - "तुम लोगो को कुछ करने की जरुरत नहीं है, तुम सब नीचे जाओ कपड़े मे धोऊगाँ"

"नहीं नानू उसकी जरुरत नहीं है, हम कर लेगे" - अब तक कोने मे बैठे शौर्य ने थोड़ा आगे आकर कहा और राघव ने तुरन्त उसका साथ दिया - "हाँ.... हमने पहले भी तो धोए थे"

"और एक दम चमका दिये थे" - रतिका ने खुद को बड़ा दिखाते हुए कहा जिस पर मिस्टर शर्मा को हसी आ गयी

"हाँ, हाँ मै जानता हूँ लेकिन फिर भी इस बार यह मै करुगाँ"

शौर्य ने कुछ कहने के लिए अपना मुँह खोला ही था कि मिस्टर शर्मा ने उसे चुप करा दिया - "नहीं, कोई बहस नहीं, मै तुम सब की हर बात मानता हूँ तो तुम्हे भी मेरी एक बात माननी ही पड़ेगी"

"ठीक है नानू, लेकिन हम नीचे नहीं जायेगे, हम यही आपके पास रहेगे" - शौर्य ने कहा तो मिस्टर शर्मा धीरे से मुस्कुराकर सभी कपड़े उठाकर अन्दर बाथरुम मे चले गये और वह चारो सोफे पर बैठकर मिस्टर शर्मा की लिखी किताबे पढ़ने मे मशगूल हो गये जो आजकल उनका पसन्दीदा काम हो गया था जब मिस्टर शर्मा ने कपड़े धो लिए तो वह चारो भी उनके साथ बालकनी मे आकर कपड़े सुखाने मे उनकी मदद करने लगे, जब अपना सारा काम खत्म करके वह वापिस मुड़े तो राघव ने मिस्टर शर्मा से पूछा - "क्या आप हमेश ऐसे ही कपड़े सुखाते है?"

"नहीं, मै अपने कपड़े बाहर धुलने के लिए भेजता हूँ बस वक्त जरुरत के लिए थोड़ा इन्तजाम करके रखा है" मिस्टर शर्मा कहकर मुस्कुराते हुए आगे बढ गये और शौर्य लगभग दौड़ता हुए जल्दी से उनके साथ सीढ़ियो से नीचे उतर गया - "आप कॉलेज नहीं जायेगे?" शौर्य ने पूछा और उनके इनकार मे सिर हिलाने पर शौर्य ने उदास होकर कहा - "फिर तो आपका बहुत काम रुक जायेगा, यह सब हमारी वजह से हो रहा है ना...."

"ऐसा नहीं है शौर्य तुम सब की वजह से कुछ नहीं हुआ और तुम्हे चिन्ता करने की कोई जरुरत नहीं है वहाँ अविनाश है वह सब सम्भाल लेगा, मुझे कोई परेशानी नहीं" - इतना कहकर मिस्टर शर्मा हॉल मे आ गये और बच्चे भी उनके पीछे-पीछे आ गये और आगे का कुछ समय उन सभी ने हॉल मे बॉल से खेलकर बिताया मिस्टर शर्मा उन्हे खुश रखने की पूरी कोशिश कर रहे थे लेकिन

उनकी कोशिश अधूरी रह गयी जब ज़ोर बेल बजी, मिस्टर शर्मा इस समय किसी की उम्मीद नहीं कर रहे थे इसीलिए वह कुछ परेशान हो गये, उन्होने बच्चो को किचन मे जाकर छुपने के लिए कहा जिसके तुरन्त बाद बच्चे किचन की ओर भाग गये, उनके जाने के बाद मिस्टर शर्मा ने जाकर गेट खोला तो गुस्से मे उनका चेहरा लाल हो गया जिसकी वजह साफ थी क्योंकि दरवाजे पर आकाश सर खड़े थे जो धीरे-धीरे मुस्कुरा रहे थे।

"कैसे है प्रिसिंपल सर.... लगता है मुझे यहाँ देखकर आपको खुशी नहीं हुयी...."

"क्यो आए हो?" - मिस्टर शर्मा ने गुस्से से दाँत भीचते हुए कहा

"क्या प्रिसिंपल सर आपको तो घर आए मेहमान से बात करना भी नहीं आता खैर.... आप तो अन्दर बुलायेगे नहीं मै.... खुद ही आ जाता हूँ" - कहते हुए आकाश सर अन्दर आ गये और उन्होने थोड़ी बनावटी अन्दाज मे कहा - "कहाँ है वह चारो फूल जिन्हे आप आँधी तूफान से बचाकर यहाँ ले आए है" चूकि मिस्टर शर्मा ने कोई जवाब नहीं दिया और चुपचाप वहाँ आकर खड़े हो गये तो आकाश सर ने अपनी आवाज ऊँची करते हुए कहा - "हैलो बच्चो देखो तुम्हारे आकाश सर तुमसे मिलने आए है चलो अब जल्दी से बाहर आ जाओ छुपने का कोई फायदा नहीं है मेरे गुलाबो चलो आ जाओ....."

कुछ पल एक दूसरे की ओर देखने के बाद आखिरकार वह चारो धीरे-धीरे किचन से बाहर निकलकर उनके सामने आ गये जिन्हे देखकर आकाश सर खुश हो गये - "आ हा.... ये देखो कैसे हो तुम सब हमारे प्रिसिंपल सर तुम्हारा ख्याल तो रख रहे है ना अगर कोई दिक्कत पेश आए तो मुझसे कह सकते हो तुम सब ठीक है.... अरे तुम लोग मुझसे डर क्यो रहे हो कुछ तो कहो....."

"अपनी बकवास बन्द करो और चले जाओ यहाँ से" - मिस्टर शर्मा ने जोर देकर गुस्से मे चिल्लाते हुए कहा तो आकाश सर

भी उनके सामने तन गये - "चला जाऊँगा जरुर चला जाऊँगा मै आपको सिर्फ इतना बताने आया था कि आपने हंसिका को बहला फुसलाकर अपने मतलब के लिए इस्तेमाल किया है ना, इसका हरजाना आपको जल्दी भरना पड़ेगा...."

"मैने हंसिका का कोई इस्तेमाल नहीं किया" - मिस्टर शर्मा ने धीरे से अपनी सफाई पेश की जिसका आकाश सर पर कोई असर नहीं हुआ - "आपको लगता है कि आप कहेगे और मै मान लूंगा क्या लगा था आपको आप इतना सब करेगे और मुझे पता तक नहीं चलेगा, गलती सिर्फ इतनी है कि पता लगने मे थोड़ी देर हो गयी, लेकिन कोई बात नहीं इतना सब करने के बाद भी आपके हाथ क्या लगा कुछ नहीं... सच कहूँ तो जब मै यहाँ आ रहा था तो मुझे आपके यहाँ होने की बिल्कुल भी उम्मीद नहीं थी, मुझे तो लगा था कि अब तक आप इन चारो के साथ किले मे पहुँच गये होगे लेकिन देखिए ना... आप सब तो यही है लगता है आप इर गये है ना...." कहकर आकाश सर उन सब को चिढ़ाने के लिए बनावटी हसे और फिर अचानक गुस्से मे भरकर उन्होने कहा - "आप इसी के लायक हो, अब आप इन्तजार कीजिए उस पल का जब मालिक का मन इनसे खेलकर भर जायेगा और वह इन्हे तड़पा-तड़पा कर मार डालेगे उस वक्त आप भी यही महसूस करगे जो मैने किया था याद रखना मेरी बातो को यह वक्त बहुत जल्दी आने वाला है" इसके बाद वह बच्चो की ओर मुड़े -"तुम चारो भी सुन लो जिसके भरोसे तुम यहाँ बैठे हो वह तुम्हारे लिए कुछ नहीं कर सकता तुम मरोगे... और कोई तुम्हे बचा नहीं पायेगा..."

"अपनी बकवास बन्द करो और दफा हो जाओ यहाँ से" - मिस्टर शर्मा गुस्से से चीख पड़े

"जा रहा हुँ लेकिन मेरी बात याद रखना" - आकाश सर ने एक बार और उन्हे गुस्से से घूरते हुए कहा और तेजी से बाहर की ओर चले गये

उनके जाने के बाद मिस्टर शर्मा ने जाकर दरवाजा धड़ाम से बन्द कर दिया, गुस्से से उनकी आँखे अगारो की तरह चमक रही थी कुछ पल बाद जब वह पलटे तो उनके पीछे खड़े चारो बच्चो को देखकर उनका गुस्सा आश्चर्य मे बदल गया क्योंकि वह चारो न तो दुखी थे न गुस्से मे और न ही डरे हुए बल्कि इस समय उनके चेहरे पर इस प्रकार के भाव थे जिन्हे मिस्टर शर्मा ने पहले कभी नहीं देखा था, मिस्टर शर्मा उनकी ओर बढ़े और जाकर वहाँ घुटनो के बल बैठ गये, उन्होने प्यार से उनके चेहरो पर हाथ फेरते हुए कहा - "तुम आकाश की बातो पर बिल्कुल ध्यान मत देना वह बकवास कर रहा था सब झूठ था यकिन करो मेरा.... सब कुछ ठीक हो जायेगा, मै हूँ ना..."

"किला कहाँ है?" - तेजस के अचानक आये इस सवाल पर मिस्टर शर्मा चौक गये - "क्या?"

"किला?" - तेजस से सवाल दोहराया

"लेकिन क्यो जानना है तुम्हे" - मिस्टर शर्मा उलझन मे आ गये थे

"हम वहाँ जायेगे और अपने दोस्तो के लिए लड़ेगे" - तेजस ने कहा जिसे मिस्टर शर्मा ने बचपना समझते हुए उसे समझाते हुए कहा - "तुम समझ नहीं रहे हो तेजस यह कोई खेल नहीं है वहाँ जाने का मतलब है मौत..."

"क्या आप वादा करते है कि यहाँ पर हम पूरी जिन्दगी सुरक्षित रहेगे" - शौर्य ने इस प्रकार मिस्टर शर्मा की ओर देखते हुए पूछा कि वह चाह कर भी झूठ नहीं बोल पाए और उन्होने चुप रहते हुए अपना सिर झुका लिया।

"यह आप भी अच्छी तरह जानते है नानू कि आप भी हमे नहीं बचा सकते मौत तो हमे यहाँ भी आयेगी सुना नहीं आपने आकाश सर ने क्या कहा वह सिर्फ हमसे खेल रहा है सब कुछ पता है उसे, जब उसका मन भर जायेगा तो वह हमे मार डालेगा...."

"ऐसा कुछ नहीं है वह सिर्फ तुम्हे इरा रहा था..."

ऐसा लगा मानो शौर्य ने मिस्टर शर्मा की बात सुनी ही नहीं और उसने बोलना जारी रखा - "मरना तो हमे है लेकिन अगर हम वहाँ गये तो हमे इस बात की तसल्ली रहेगी कि हम लड़कर मरे, इरकर नहीं...."

"तुम ऐसा क्यो सोच रहे हो, मै हुँ ना, यकीन करो मै तुम्हे कुछ नहीं होने दूँगा" - मिस्टर शर्मा उन्हे समझाने की लाख कोशिश कर रहे थे लेकिन राघव ने बीच मे ही उन्हे रोकते हुए कहा - "नहीं सर हम समझ गये है कि वह हमे मार देगा यहाँ या वहाँ उससे कोई फर्क नहीं पड़ता कि कब और कैसे" रतिका ने भी अपने दोस्तो का साथ देते हुए कहा - "मम्मी कहती है कि इर हमे तब तक इराता है जब तक की हम उसका सामना नहीं करते...."

वह चारो ही मिस्टर शर्मा से जिद कर रहे थे कि वह उन्हे किले तक जाने दे, मिस्टर शर्मा अपनी लाख कोशिशो के बाद भी उन्हे समझा नहीं पा रहे थे आखिरकार मिस्टर शर्मा ने खड़े होते हुए गुस्से मे कहा - "बस बहुत हो गया, सुन चुका तुम सब की बकवास मै, मै तुम्हारी हर बात मान लेता हूँ इसका मतलब यह नहीं कि तुम कुछ भी कहोगे और मै मान लूंगा, आज तक मैने तुम्हारी हर बात मानी है लेकिन अब... अब तुम सब मेरी बात मानेगे कोई भी किले मे नहीं जायेगा चाहे कुछ भी हो जाये.... ,सुन लिया तुम सब ने....."

उन सब को बिल्कुल उम्मीद नहीं थी कि मिस्टर शर्मा उनसे इस तरह बात करेगे क्योंकि उन्होने पहले कभी ऐसा नहीं किया था, इसीलिए मिस्टर शर्मा का ऐसा बर्ताव देखकर उन चारो को रोना आ गया और वह सभी गुस्से से रोते हुए ऊपर की ओर भाग गये, मिस्टर शर्मा उन्हे रोकना तो चाहते थे लेकिन इस समय उनके पास कुछ कहने के लिए नहीं था इसीलिए उन्होने ऐसा नहीं किया और स्वंय भी परेशान हालत मे जाकर सोफे पर बैठ गये,

इसके बाद उन चारो ने लगभग सारा दिन कमरे मे ही बिताया खाने के समय मिस्टर शर्मा ने उनसे नार्मल बात करने की कोशिश की लेकिन न तो उन्होने मिस्टर शर्मा से बात की और न ही कुछ खाया मिस्टर शर्मा समझ ही नहीं पा रहे थे कि वह उन्हे कैसे समझाए, क्योंकि वह चारो तो अब उनसे बात तक नहीं कर रहे थे रात मे भी मिस्टर शर्मा जब कमरे मे पहुँचे तो वह चारो अपने अपने बिस्तर पर सो चुके थे वह कुछ पल निराश खड़े उन्हे देखते रहे और फिर जाकर खिड़की के बाहर बादलो से भरे आसमान को देखने लगे मानो वह उन्हे उनके सवालो के जवाब दे देगा.....

"मुझे समझ जाना चाहिए था कि ऐसा ही कुछ होगा जब आकाश बड़ी खुशी के साथ बता रहा था कि वह आपसे मिलकर गया है" - अविनाश सर अगले दिन मिस्टर शर्मा के हॉल मे सोफे पर बैठे मिस्टर शर्मा से कह रहे थे जो आज-कल से भी ज्यादा परेशान दिख रहे थे।

"क्यो नहीं खुश तो वह होगा ही आखिर यही सब तो करने आया था वह, मुझे माफ करना अविनाश लेकिन आज केवल उसी की वजह से बच्चो के दिमाग मे यह फितूर भरा है कुछ समझने को तैयार ही नहीं उन्हे लगता है कि अब उन्हे कोई नहीं बचा सकता और इससे भी ज्यादा किसी फिल्म के हीरो की तरह लड़कर मरना चाहते है... उन्हे समझ ही नहीं आ रहा कि यह फिल्म नहीं असली जिन्दगी है मै तो समझा कर थक चुका हूँ सुन ही नहीं रहे मेरी, कल से खाना भी नहीं खाया चारो ने, मै बहुत परेशान हूँ अविनाश समझ नहीं आ रहा क्या करुं....."

मिस्टर शर्मा ने एक ही बार मे अपनी सारी उलझने उनके सामने रख दी अविनाश सर उन्हे बहुत अच्छे से समझते थे वह तुरन्त अपनी जगह से उठे और आकर मिस्टर शर्मा के पास बैठ गये - "आप परेशान न हो सर अगर आप ही इस तरह हार मान जायेगे तो बच्चो को कौन सम्भालेगा" - मिस्टर शर्मा ने बिना कुछ

कहे अपनी आँखे बन्द करके सिर पीछे सोफे पर टिका लिया कुछ पल सोचने के बाद अविनाश सर ने हिचकिताते हुए कहा - "सर अगर आप नाराज न हो तो एक बात कहुँ"

"कहो!" - मिस्टर शर्मा ने वैसे ही आँखे बन्द किये हुए जवाब दिया जिसके बाद अविनाश सर ने हिम्मत जुटाते हुए लम्बी सांस लेकर कहा - "सर अगर वह आपकी बात नहीं मान रहे तो आप ही उनकी बात मान जाइए..."

"क्या!" - मिस्टर शर्मा को इतना झटका लगा कि वह उठ खड़े हुए

"सर प्लीज पहले आप मेरी बात सुनिए..." - अविनाश सर ने कहते हुए उन्हे बाजू से पकड़कर वापिस सोफे पर बैठा दिया और धीरे-धीरे उन्हे अपनी बात समझानी शुरु की - "देखिए सर, हमारे सामने दो बाते है पहली जो वह कहता है कि वह उन बच्चो को मारना चाहता है अगर ऐसा है तो यहाँ छुपकर भी हम उन्हे नहीं बचा सकते यह आप अच्छी तरह जानते है और दूसरी जो आप कहते है कि वह शिमला के बाहर के किसी भी इंसान को नहीं मारेगा क्यो कहते है मै नहीं जानता लेकिन अगर ऐसा है तो आप ही बताइए कि इतने सालो मे पहली बार उसने शिमला के बाहर से किसी को यहाँ बुलाया है वह भी छोटे-छोटे बच्चो को... क्या सिर्फ इसीलिए कि आप उन्हे अपने घर पर रख सके, आप ही बताइए क्या ऐसा हो सकता है....."

"मुझे नहीं मालूम अविनाश मै बहुत थक गया हूँ इस सब से कुछ समझ नहीं आ रहा क्या करूँ...." - मिस्टर शर्मा पहले से शान्त लेकिन पूरी तरह हताश हो चुके थे

"कुछ तो करना ही होगा सर, क्योंकि बैठ-बैठे कुछ नहीं होगा..."

"तो क्या चाहते हो तुम अगर मै उन्हे यहाँ नहीं बचा सकता तो खुद उन्हे मौत के मुँह मे डाल दूँ...." - इस बार मिस्टर शर्मा

अविनाश सर की बातो से खीझ गये इसीलिए उन्होंने मिस्टर शर्मा को शान्त करते हुए दोबारा कहा - "मै यह नहीं कह रहा सर, मै तो सिर्फ आपको इतना समझाने की कोशिश कर रहा हुँ कि अगर वह उन्हे नुकसान पहुँचाना चाहता है तो हम उन्हे इस तरह नहीं छुपा पायेगे, भले ही हम अपने आप से या उनसे कितना भी झूठ बोले लेकिन सच्चाई क्या है यह आप भी बहुत अच्छी तरह जानते है और अब तो बच्चे भी समझ गये है इसीलिए कह रहा हूँ कि अगर ऐसा करने से उन्हे तसल्ली मिलती है तो करने दीजिए...." इतना कहने पर भी मिस्टर शर्मा चुप रहे इसीलिए अविनाश सर ने आगे कहा - "जानता हूँ सर, मै आपको बहुत बड़ा कदम उठाने के लिए कह रहा हूँ लेकिन सर आप नहीं जानते लेकिन न जाने क्यो मुझे ऐसा लग रहा है जैसे बहुत बड़ा बदलाव होने वाला है और आपका यह कदम हमे उस ओर ले जायेगा.... लेकिन यह सिर्फ मेरी भावनाँए है आप वही करिए जो आपको सही लगे...."

"अविनाश तुम यहाँ आए थे तो मुझे लगा था कि मेरी परेशानी थोड़ी बाँट लोगे लेकिन तुम्हारी बाते सुनकर तो मै और भी ज्यादा उलझन मे आ गया हूँ....." - मिस्टर शर्मा उनकी बात से सहमत तो नहीं थे लेकिन उनके बारे मे सोच जरुर रहे थे।

"आप आराम से सोचिए और फिर फैसला लीजिए... मै चलता हूँ सर..." - कहते हुए अविनाश सर खड़े हो गये और उन्हे गुड़बाय कहकर वहाँ से चले गये उनके जाने के बाद मिस्टर शर्मा काफी समय तक उनकी बातो के विषय मे सोचते रहे और आखिरकार उठकर ऊपर कमरे की ओर चल दिये, जब वह वहाँ पहुँचे तो चारो बच्चे बैड़ पर इधर-उधर लेटे हुए थे, मिस्टर शर्मा को देखकर वह चारो उठकर एक साथ बैठ गये,

"मैने आज तक तुम्हारे जितने जिद्दी बच्चे नहीं देखे, जो खुद चलकर मुसीबत तक जाना चाहते हो लेकिन तुम सब भी अच्छी तरह सुन लो मैने कहा था कि मै तुम्हारा साथ कभी नहीं छोड़ूगा

इसीलिए वहाँ तक भी तुम्हारा हाथ पकड़कर तुम्हे मै ही ले जाऊँगा समझे....” - मिस्टर शर्मा कहते हुए बैड़ के काफी करीब आ गये थे दूसरी ओर उनकी बाते सुनकर बच्चे बहुत उत्साहित हो गये थे इसीलिए वह चारो तुरन्त उठकर उनके पास आए और उन्हे धन्यवाद कहा लेकिन इसके आगे कुछ भी कहने से पहले मिस्टर शर्मा ने उन्हे रोक दिया - “अभी नहीं मैने तुम्हारी बात मान ली है इसीलिए अब तुम सब चलकर सबसे पहले खाना खाओगे आगे जो भी पूछना है सब उसके बाद...” वह सभी बहुत भूखे तो थे ही इसीलिए उन्होने मिस्टर शर्मा की बात तुरन्त मान ली और खाना खाने के लिए नीचे आ गये।

वह चारो इतने भूखे थे कि खाना टेबल पर लगते ही उस पर टूट पड़े मिस्टर शर्मा उन्हे इस तरह देखकर मुस्कुरा ही रहे थे कि उनकी नजर शौर्य पर पड़ी जो एकटक उन्हे देखे जा रहा था

“क्या हुआ शौर्य तुम्हे कुछ चाहिए?” - उन्होने शौर्य से सवाल किया

“आप नहीं खायेगे, मुझे मालूम है कि आपने भी कल से कुछ नहीं खाया है ना...” - शौर्य के कहते ही वह तीनो भी खाना छोड़कर मिस्टर शर्मा की ओर देखने लगे

“ऐसा कैसे हो सकता है कि मेरे बच्चे भूखे हो और मेरे गले से खाना उतर जाये....” - कहते हुए मिस्टर शर्मा की आँखे भर आयी थी

“तो फिर आपके बच्चे आपको अपने हाथो से खिलायेगे” - तेजस ने कहा और अगले ही पल उन चारो ने एक साथ आकर मिस्टर शर्मा के मँहु मे सैण्डविच ठूस दिये जिससे मिस्टर शर्मा का मुँह इतना भर गया कि वह बोल भी नहीं पा रहे थे और उनकी ऐसी हालत देखकर बच्चो की हसी छूट गयी, मिस्टर शर्मा खुश थे कि इसी बहाने उनके चेहरो पर हसी तो आयी, फिर उनके इशारा

करने पर बच्चे हसते हुए वापिस अपनी जगह पर जाकर बैठ गये और खाना खाने लगे....

कुछ समय बाद मिस्टर शर्मा उनके साथ सीढ़ियो के नीचे बनी अलमारी के पास खड़े थे "आप हमे स्टोर रुम के पास क्यो लाये हो?" - रतिका ने पूछा जिसके जवाब मे मिस्टर शर्मा ने हल्की मुस्कुराहट के साथ कहा - "यह कोई स्टोर रुम नहीं है"

"फिर क्या है नानू?" - शौर्य ने तुरन्त पूछा

"अभी पता चल जायेगा" - कहकर मिस्टर शर्मा ने उस छोटे से दरवाजे को खोल दिया और झुककर अन्दर चले गये, उन सब ने अन्दर झांक कर देखा, वहाँ बहुत ज्यादा रोशनी नहीं थी लेकिन फिर भी उस छोटी सी जगह का सारा सामान साफ-साफ नजर आ रहा था जिसमे कुछ पुराने बैग्स एक कुर्सी और पुरानी तस्वीरे थी जिसमे से एक काफी बड़ी थी और बराबर की दीवार पर लगी हुयी थी वह सभी आश्चर्यचकित हो गये जब मिस्टर शर्मा ने वह तस्वीर हटाकर अगल रख दी और उसके पीछे लगभग उतना ही बड़ा दरवाजा दिखाई दिया जिससे मिस्टर शर्मा अभी-अभी अन्दर गये थे, मिस्टर शर्मा ने उसे खोला और उन्हे अन्दर आने के लिए कहकर अन्दर चले गये।

"स्टोर रुम... हाँ" - तेजस ने अन्दर जाते हुए रतिका को चिढ़ाया तो उसने भी बदले मे उसे हल्की सी कोहनी मार दी

"अब चलो भी..." - राघव ने पीछे से कहा तो वह दोनो नाक भौं सिकोड़ते हुए आगे बढ़ गये, जब तक वह चारो उस दूसरे दरवाजे से अन्दर घुसे मिस्टर शर्मा ने कुछ ही दूरी पर लगी एक डोरी खींचकर अन्दर का बल्ब जला दिया था जिसकी रोशनी मे वह चारो देख सकते थे कि उनके सामने एक और छोटा सा कमरा था जिसमे सामने टेबल पर कुछ सामान पड़ा था, कोई चीज काले कपड़े से ढककर रखी गयी थी बराबर मे एक लकड़ी की अलमारी थी, एक कुर्सी और कुछ टूटा हुआ सामान भी वहाँ पड़ा हुआ था

"यह सब क्या है नानू?" - सबसे पहला सवाल शौर्य ने किया

"यह मेरी सालो की मेहनत है जिसके बारे मे मेरे और अब तुम चारो से अलग कोई नहीं जानता... बहुत वक्त लगा यहाँ तक पहुँचने मे और बहुत हिम्मत भी लेकिन फिर भी तुम लोगो की हिम्मत के आगे वह कुछ नहीं थी इसीलिए मुझे लगा कि हमे साथ मिल जाना चाहिए तुमने कहा था मरना ही सही लेकिन कोशिश करना चाहते हो मै कहता हूँ कि हमारी कोशिश जरुर कामयाब होगी, हम डर से नहीं बल्कि डर हमसे डरेगा...."

"लेकिन कैसे?" - तेजस के सवाल का जवाब मिस्टर शर्मा ने उनके करीब आकर झुकते हए दिया - "मै बताऊँगा कैसे लेकिन उसके लिए तुम सब को मेरी हर बात बहुत ध्यान से सुननी होगी.... ठीक है"

उन सब के सहमति मे सिर हिलाने पर वह उन्हे टेबल के बहुत करीब ले आए और उस पर रखा काला कपड़ा हटा दिया उसके नीचे एक मॉडल था जो बच्चे अक्सर अपने स्कूल मे प्रोजेक्ट के लिए बनाते थे इस मॉडल मे बीच मे एक पहाड़ बना हुआ था जिसकी चोटी को समतल करके उस पर एक महलनुमा इमारत थी जिससे एक संकरा रास्ता पहाड़ के नीचे तक आता था जो पहाड़ को घुमावदार रुप मे काटकर बनाया गया था, उस रास्ते के दोनो ओर बड़े-बड़े पेड़ लगे थे, उस पहाड़ के नीचे आस-पास भी बहुत सारे रास्ते व जंगल बने हुए थे, वह चारो उसे बहुत ध्यान से देख रहे थे जब मिस्टर शर्मा ने कहा - "तुम सब जानना चाहते हो न कि यह क्या है?"

"हाँ" - चारो ने एक साथ जवाब दिया जिसके बाद मिस्टर शर्मा ने बिना वक्त गवाएं उनके सारे सवालो के जवाब दे दिये - "यह हमारी मंजिल है उस शैतान का घर, यह पूरा पहाड़ उसके किले का हिस्सा है और सबसे ऊपर यह महल यही सबसे महत्वपूर्ण है क्योंकि यही हमे तम्हारे दोस्त मिलेगे और शायद वह भी, हमे यहां

नीचे से शुरू करना है और यहां ऊपर पहुँचना है लेकिन याद रखना उस किले मे जितनी मुसीबत होगी उससे ज्यादा उस रास्ते मे होगी यह बहुत खतरनाक होगा शायद तुम्हारी सोच से भी बढ़कर जिसे यह दोनो ओर के पेड़ और अधिक खतरनाक बना देगे क्योंकि यह पहचानना मुश्किल है कि इनमे कौने से पेड़ असली है और कौन सिर्फ उस शैतान का छलावा उससे अलग यहाँ के छोटे मगर जहरीले जानवरो से बचकर हमे इस किले तक पहुंचना होगा..." - अपनी बात खत्म करते हुए जब मिस्टर शर्मा न उस ओर देखा तो वह चारो डरे हुए लेकिन आत्मविश्वास से भरे हुए लग रहे थे जिन्हे देखकर मिस्टर शर्मा को बहुत गर्व महसूस हो रहा था।

"हम यह कर सकते है" - मिस्टर शर्मा ने कहा तो उन चारो ने भी उनका साथ देते हुए कहा - "बिल्कुल, हम यह कर सकते है..."

"बहुत अच्छे... अब इस काम के लिए कुछ चीजे हमारी मदद कर सकती है जो मै तुम सब को दूंगा..." - कहकर मिस्टर शर्मा अलमारी की ओर बढ़ गये और उसमे से कुछ सामान निकालकर टेबल पर रख दिया जिसमे से उन्होने एक घड़ी उठाते हुए कहा - "यह देखो यह उस किले में हमारी बहुत मदद करेगी"

"एक घड़ी हमारी मदद कैसे कर सकती है?" - शौर्य ने सवाल किया तो मिस्टर शर्मा ने उत्साहित होते हुए कहा - "यह घड़ी नहीं है एक यन्त्र है जिसके द्वारा हम एक दूसरे से जुड़े रह सकते है इसके बराबर मे लगा यह बटन दबाने से यह ऑन हो जायेगा और जितनी भी घड़ियाँ ऑन होगी वह एक दूसरे से जुड़ जायेगी और हर एक यन्त्र दूसरे ऑन यन्त्र की लोकेशन बतायेगा जिसकी वजह से अगर हम मे से कोई अलग होगा तो हम उसे आसानी से ढूंढ सकते है" - मिस्टर शर्मा की बात सुनकर उन चारो की आँखो मे चमक आ गयी, इसके बाद मिस्टर शर्मा ने उसे वापिस टेबल पर रख दिया और एक पॉलिथीन बैग उठाया जिसमे कुछ रबर जैसा दिखाई दे रहा था

"क्या यह रबर है?" - राघव ने पूछा

"एक हद तक, यह रबर की तरह लचीला है लेकिन पूरी तरह रबर नहीं है... यह एक सूट है और लचीला होने के कारण शरीर के हिसाब से आकार ले लेता है...."

"यह किस काम आयेगा?" - रतिका के सवाल पर मिस्टर शर्मा ने कहा - "जहर से बचाने के लिए उस जगह के ज्यादतर पौधे और जानवर जहरीले है यह उससे बचाता है बशर्ते तुम्हारा खून उनसे न छुए.... समझ गये...." - मिस्टर शर्मा ने तेज आवाज मे पूछा

"समझ गये" - उन चारो ने एक साथ जवाब दिया

"बहुत अच्छे, हम कल सुबह यहाँ से निकलेगे इसीलिए अब तुम सब को जाकर आराम करना चाहिए" - मिस्टर शर्मा ने कहा तो वह चारो उनके साथ बाहर आ गये जहाँ शौर्य ने मिस्टर शर्मा से पूछा - "नानू आपने यह सब कैसे किया मेरा मतलब है यह सूट, यन्त्र और इतना सब आप कहते है वह खतरनाक है क्या आपको डर नहीं लगा...." शौर्य के सवाल पर मिस्टर शर्मा ने मुस्कुराते हुए जवाब दिया -"डर, शायद हाँ.... या फिर नहीं, जानते हो मैने इस जगह पर अपनी पूरी जिन्दगी जी है और यह सब बहुत अच्छी तरह समझता हूँ और जब से परिवार छूट गया न कुछ खोने का डर रहा और न ही कुछ करने को बचा बस इतने सालो मे इस जगह को जितना समझ पाया उसे आकार देकर अपने पास सुरक्षित रख लिया लेकिन कभी सोचा नहीं था कि मै इन सब का इस्तेमाल चार छोटे बच्चो के साथ करुंगा जानते हो मैने तुम्हारे जितने बाहदुर बच्चे आज तक नहीं देखे और मुझे गर्व है कि मै भी तुम्हारी बहादुरी का हिस्सा बनने जा रहा हूँ"

"ऐसा नहीं है नानू, हमे यह हिम्मत आप ही से मिली है आप भी तो उसके खिलाफ जाकर हमारी मदद कर रहे है है ना, फिर ऐसा क्यो कह रहे है कि हम ज्यादा बहादुर है" - तेजस के कहने

पर मिस्टर शर्मा ने प्यार से उसके सिर पर हाथ फेरते हुए कहा - "क्योंकि यह मेरे लिए इतना भी मुश्किल नहीं था....."

"ऐसा क्यो?" - रतिका ने पूछा

"चलो अब बहुत सवाल हो गये, कल का दिन बहुत महत्वपूर्ण है इसीलिए अब तुम सब जाकर आराम करो और अगर कुछ चाहिए हो तो मुझसे कहना ठीक है....." - मिस्टर शर्मा ने हड़बडाते हुए कहा और उन्हे ऊपर जाने के लिए कहकर स्वंय वही रुक गये।

शौर्य को यह सब अजीब लगा क्योंकि आमतौर पर वह उनके हर सवाल का जवाब देते थे फिर इस सवाल पर उनका ऐसा बर्ताव उसे समझ मे नहीं आया लेकिन फिर भी वह बिना कुछ कहे चुपचाप सब के साथ ऊपर कमरे की ओर चला गया, उनके जाने के बाद मिस्टर शर्मा वही सोफे पर बैठ गये और एक गहरी सोच ने डूब गये शायद वह अगले दिन की योजना बना रहे थे.....

अगले दिन बच्चे जल्दी उठ गये, उन्हे देखकर लग रहा था मानो सारी रात सोये ही न हो इस तरह के काम के लिए इतनी हिम्मत और इतना उत्साह देखकर मिस्टर शर्मा को उन पर गर्व महसूस हो रहा था और साथ ही अफसोस भी, हालफिल्हाल वह फैसला ले चुके थे इसीलिए वह इसके लिए पूरी तरह तैयार थे,

सुबह नाश्ता करने के बाद उन्होने बच्चो को वह सारा सामान दे दिया जो कल रात उन्हे दिखाया था, वह उन चारो की सुरक्षा पूरी तरह सुनिश्चित करना चाहते थे इसीलिए वह स्वंय बच्चो को अच्छी तरह चैक कर रहे थे और उनके शरीर को पूरी तरह ढकने के लिए उन्होने दस्ताने, मौजे, जूते, सिर को कान तक ढकने वाली टोपी, कलाई मे घड़ी की तरह दिखने वाला वह यन्त्र भी पहना दिया था लेकिन बच्चो का ध्यान सबसे ज्यादा उनके रंगीन कपड़ो पर था जो उन्होने अपने रबर सूट के ऊपर पहने हुए थे, उन सब की तैयारी पूरी तरह सुनिश्चित करने के बाद मिस्टर शर्मा ने उन्हे नीचे हॉल मे भेज दिया और स्वंय वही रुक गये कुछ समय बाद

जब वह नीचे आ रहे थे तो उनके हाथ मे एक छोटा पैकेट था जिसे उन्होने नीचे आते हुए अपने कोट की अन्दर की जेब मे रख लिया नीचे आकर वह उन चारो के पास घुटनो के बल बैठ गये और पूरे आत्मविश्वास के साथ कहा - "हम अपनी कोशिश मे जरुर कामयाब होगे हम जरुर जीतेगे.... और अगर भगवान ने हमारी किस्मत मे मौत ही लिखी है तो लड़कर गर्व से मरेगे...." कहकर मिस्टर शर्मा ने अपना हाथ उनके हाथ पर रख दिया, कुछ समय एक दूसरे को विश्वास भरी नजरो से देखने के बाद वह उठे और घर से बाहर आकर कार मे वहाँ से निकल गये, कुछ दूर आने के बाद मिस्टर शर्मा ने एक दुकान के सामने कार रोक दी, वह उतरकर अन्दर गये और कुछ ही देर मे वहाँ से एक बड़ा थैला लेकर वापिस आ गये जिसे कार मे रखकर उन्होने फिर से कार चलानी शुरू कर दी...

"इसमे क्या है?" - बराबर मे बैठे तेजस ने पैकेट को घूरते हुए कहा

"कुछ खास नहीं खाने पीने का सामान है लड़ने के लिए एनर्जी भी तो चाहिए ना..." - मिस्टर शर्मा ने मजाकिया अन्दाज मे मुस्कुराते हुए कहा जिसपर उन चारो को भी हँसी आ गयी, वह सभी सामान्य दिखने की पूरी कोशिश कर रहे थे लेकिन सच तो यह था कि वह सभी डरे हुए लेकिन आत्मविश्वास से भरे हुए थे, मिस्टर शर्मा गाड़ी चलाते हुए एक गहरी और गम्भीर सोच मे डूबे हुए थे इसीलिए रास्ते मे बच्चो ने उनसे एक भी सवाल नहीं किया और चुपचाप रास्ते पर नजरे गड़ाए बैठे रहे जब तक मिस्टर शर्मा ने एक संकरे रास्ते से थोड़ी दूरी पर कार नहीं रोक दी

"हम पहुँच गये अब हमे पैदल ही जाना होगा" - मिस्टर शर्मा ने कहा और खाने के बैग को गले मे टांगते हुए कार से बाहर निकल गये

"हम कार से क्यो नहीं जा सकते" - राघव ने सब के साथ कार से बाहर निकलते हुए पूछा

"वह तुम्हे कुछ देर मे पता चल जायेगा" - मिस्टर शर्मा ने सामने उस संकरे रास्ते की ओर देखते हुए कहा जो रात देखे हुए उनके मॉडल की तरह लग रहा था और जब उन्होने उस पूरे पहाड़ को देखने की कोशिश की तो उन्हे पता चला कि वह इतना ऊँचा था कि उसे चोटी तक देखने के लिए उन्हे अपना सिर पीछे पीठ तक मिलाना पड़ रहा था।

"इसकी चोटी तक पहुँचने मे तो दस दिन लग जायेगे" - रतिका फटी आँखो के साथ कह रही थी जिस पर मिस्टर शर्मा ने उसकी गलतफहमी दूर करते हुए कहा - "ऐसी बात नहीं है रतिका अगर किस्मत अच्छी रही तो शाम तक पहुँच जायेगे.... अगर जिन्दा बचे तो फिल्हाल तुम सब अपनी कलाई घड़ी को ऑन कर लो..." - उनके कहते ही सभी ने अपनी कलाई घड़ी के बराबर मे लगे बटन को दबा दिया ऐसी करते ही प्रत्येक घड़ी बाकी सभी घड़ियो की स्थिति दिखाने लगी, साथ ही वह एक छोटी सी जगह मे समय भी बता रही थी जिसके अनुसार 10 बज रहे थे,

"10 बज गये अब हमे चलना चाहिए" - मिस्टर शर्मा ने कहा और संकरे रास्ते की ओर बढ़ गये

"क्या आप वहाँ पहले भी गये है?" - राघव ने पूछा

"बस एक बार..." - मिस्टर शर्मा का जवाब सुनकर शौर्य ने तुरन्त पूछा "क्यो?"

इससे पहले मिस्टर शर्मा इसका जवाब देते वह सभी वहाँ पहुँच गये और मिस्टर शर्मा ने दोबारा उन्हे समझाते हुए कहा - "इससे पहले कि हम आगे बढ़े मै तुम्हे बता दूँ कि ऊपर चोटी तक पहुँचने के लिए हमे पाँच घुमाओ से गुजरना होगा जो छोटे और अधिक खतरनाक होते जायेगे, कोशिश करना कि कोई भी चीज तुम्हे छू न पाये, यहां बहुत से लोग सिर्फ इसीलिए मर गये क्योंकि उन्हे लगता था कि जहर का असर सिर्फ शरीर के अन्दर जाने से होता हो वह भूल गये कि हर स्थिति मे ऐसा जरूरी नहीं है.... मैने तुम

सब को सूट दिये है वह तुम्हे इससे काफी हद तक बचायेगा बशर्ते वह स्वंय रास्ते की मुसीबतो से सुरक्षित बचा रहे.....”

“जब वह जानते थे कि यह जगह इतनी खतरनाक है तो वह यहां आये ही क्यो थे जो मारे गये...” - राघव के इस सवाल पर मिस्टर शर्मा ने अफसोस जाहिर करते हुए कहा - “इतना तो हम भी जानते है फिर हम यहां क्यो आए है भला...”

“ओह...समझ गया.....” - अपने बेतुके सवाल पर शर्मिन्दा होते हुए उसने अपनी भौहे उचकाकर कहा

“अब बिना किसी सवाल के आगे बढ़ो और साथ रहना” - मिस्टर शर्मा ने कहा और एक कदम आगे बढ़ाकर उस संकरे रास्ते पर आ गये वह चारो भी उनके पीछे धीरे-धीरे आगे बढ़ गये, कुछ देर तो वह सभी बिना किसी मुसीबत के आगे बढ़ते रहे फिर अचानक उन्हे कुछ आवाजे सुनाई दी जैसे कुछ हिल रहा हो, वह घबराकर अपने दोनो ओर देखने लगे परन्तु फिर भी उन्हे कुछ दिखाई नहीं दिया और मिस्टर शर्मा के कहने पर वह सभी फिर से धीरे-धीरे आगे की ओर बढ़ गये लेकिन कुछ ही दूर चलने पर वह आवाज बहुत तेज हो गयी, वह सभी घबराकर रुक गये अचानक उनके पीछे से एक भारी चीज के गिरने की आवाज आयी वह पलटे तो देखा कि पीछे उनसे कुछ ही दूरी पर एक पेड़ रास्ते पर गिरा पड़ा था और अगले ही पल उन्हे महसूस हुआ कि उनके आसपास के सभी वृक्षो से हिलने की आवाजे आ रही थी

“बिना पीछे देखे... भागो” - मिस्टर शर्मा ने कहा और तुरन्त ही उन सब ने तेजी से आगे की ओर दौड़ लगा दी मिस्टर शर्मा सबसे पीछे थे ताकि उन सब की सुरक्षा सुनिश्चित कर सके वह सभी हाफते हुए तेजी से आगे की ओर बढ़ रहे थे बिना पीछे देखे ही वे जानते थे कि उनके पीछे के सभी पेड़ तेजी से नीचे गिर रहे थे। और अचानक ही उनके सामने एक कदम की दूरी पर बहुत बड़ा पेड़ गिर पडा। वह सभी एक-एक करके अपने कदमो को घसीटते

हुए वही रुक गये अगले ही पल उनके ठीक पीछे का पेड़ भी गिर गया. मिस्टर शर्मा ने तुरन्त उन्हे खुद से ढक लिया उन सब ने अपनी आँखे बन्द कर ली, वह जानते थे कि अब उनके बराबर का पेड़ गिरेगा और वह सभी मारे जायेगे, लेकिन कुछ ही पलो बाद जब उन्हे अपने जिन्दा होने का अहसास हुआ तो उन्होने आँखे खोली और उनके देखते ही देखते सभी पेड़ फिर से अपनी जगह पर खड़े हो गये, वह सभी बुरी तरह हॉफ रहे थे और अपने जिन्दा होने का कारण समझने की कोशिश कर रहे थे।

"यह पेड़ क्यो नहीं गिरा" - मिस्टर शर्मा बराबर मे खड़े पेड़ को ध्यान से देख रहे थे।

"हमारी किस्मत अच्छी है ऊपर वाला हमारे साथ है" - तेजस ने कहा लेकिन मिस्टर शर्मा अभी भी उस पेड़ को उलझन भरी नजरो से देखे जा रहे थे और अचानक ही उनकी आँखे बड़ी हो गयी - "समझ गया...."

"क्या?" - उन चारो ने एक साथ पूछा तो मिस्टर शर्मा ने उत्साह से भरकर कहा - "यही कि यह पेड़ क्यो नहीं गिरा... यह असली पेड़ है बिल्कुल यही वजह है और इसका सीधा सीधा मतलब यह है कि यहाँ जितने भी असली पेड़ हे वह नहीं गिरेगे तुम सही थे तेजस ऊपर वाला हमारे साथ है अब हमे सिर्फ इतना करना है कि हमे असली पेड़ो को लक्ष्य बनाकर आगे बढ़ना होगा क्योंकि अगर इसी तरह भागे तो कुचले जायेगे...."

"लेकिन नानू हमे पता कैसे चलेगा कि कौन सा पेड़ असली है?" - शौर्य के सवाल पर मिस्टर शर्मा थोड़े गम्भीर हो गये - "हाँ शौर्य सिर्फ यही एक सवाल है जिसका जवाब हमे इस समय ढूंढना है.... कोशिश करो इन पेड़ो मे किसी तरह का अन्तर ढूढ़ने की जिससे हमे पहचान हो सके...."

मिस्टर शर्मा के कहने पर वह सभी असली और मायावी पेड़ो मे अन्तर ढूढ़ने की कोशिश करने लगे और काफी समय ध्यान से

देखने के बाद आखिरकार राघव चिल्लाया -"जड़े! इस पेड़ की जड़े हल्की दिखाई पड़ रही है जबकि बाकी पेड़ो की बिल्कुल भी नहीं बावजूद इसके कि वह अभी उखड़े हुए थे...."

"शाबाश राघव! तुमने तो कमाल ही कर दिया... वाकई मे..... तुमने बिल्कुल सही कहा है..." - मिस्टर शर्मा तारीफ मे उसका कंधा थपथपा रहे थे जो उसने घमण्ड मे थोड़ा और ऊँचा किया हुआ था साथ ही वह तेजस को चिढ़ाने के लिए अपनी भौहे मटका रहा था जो पहले से ही खड़ा अपने दाँत किटकिटा रहा था

"इतनी भी बड़ी कोई बात नहीं है यह तो कोई भी बता सकता है" - तेजस ने कहा तो राघव ने थोड़ा तनते हुए जवाब दिया - "अच्छा अगर ऐसा है तो फिर तुमने क्यो नहीं बता दिया...."

"प्लीज तेज चुप हो जाओ, तुम्हे हर बात के लिए राघव से झगड़ा क्यो करना होता है" - शौर्य ने हमेशा की तरह बहस बन्द करने की कोशिश की

"हर बार राघव ही झगड़ा करता है" - तेजस ने अपनी सफाई पेश की जिससे शौर्य झल्ला गया - "हाँ लेकिन इस बार तुम कर रहे हो...."

"बस करो तुम सब ऐसे समय मे भी तुम सब को बहस करनी है यहां इर से मेरी जान सूखी जा रही है...." - रतिका ने गुस्से मे अपनी आवाज ऊँची करते हुए कहा तो उन तीनो ने ही चुप होकर अपनी नजरे झुका ली,

"वह देखो... वहाँ...." - मिस्टर शर्मा ने थोड़ी दूरी पर एक दूसरे पेड़ की ओर इशारा करते हुए कहा वह सारे समय किसी दूसरे असली पेड़ को ढूढ़ने की कोशिश कर रहे थे इसीलिए उनका ध्यान बच्चो की उस बहस पर बिल्कुल नहीं था शायद यही वजह थी कि उन सब की चुप्पी को नजरअन्दाज करते हुए उन्होने आगे कहा - "क्या हुआ वह देखो उस पेड़ की जड़े भी इसकी तरह हल्की उभरी

हुयी है अब हमे सिर्फ इतना करना है कि उस पेड़ को लक्ष्य मानकर दौड़ना है न कम न ज्यादा ठीक उसी पेड़ के नीचे पहुँचना है हमे, समझ गये...." - मिस्टर शर्मा थोड़ी ही दूरी पर खड़े एक पेड़ को देखकर कह रहे थे, बच्चो ने उस ओर देखा और मिस्टर शर्मा की बातो को ध्यान से सुनने के बाद वह तैयार हो गये एक और दौड़ के लिए इसके बाद मिस्टर शर्मा के इशारा करने पर उन्होने एक लम्बी सांस ली अपनी सारी हिम्मत जुटाई और उनके साथ उस पेड़ तक दौड़ लगा दी, उनके उस पेड़ के नीचे से हटते ही आगे और पीछे के सभी पेड़ बहुत तेजी से गिरना शुरु हो गये लेकिन शायद यह उनके छोटे होने का परिणाम था कि वह सभी बहुत तेजी से उस पेड़ तक सुरक्षित पहुँच गये मिस्टर शर्मा इसमे सबसे पीछे थे हालांकि यह अनुमान लगाना कठिन था कि वह जानबूझकर सबसे पीछे थे या फिर उम्र का तकाजा था, हालफिल्हाल वह सभी सुरक्षित थे और बुरी तरह हॉफ रहे थे, कुछ पल इन्तजार करने के बाद शौर्य ने एक और असली पेड़ ढूंढ लिया और इसके बाद उन्होने सारा रास्ता इसी तरह पेड़ो के सहारे पूरा किया काफी समय दौड़ने के बाद आखिरकार एक पेड़ के नीचे पहुँचने पर उनकी घड़ियो से हल्की आवाज आनी शुरु हो गयी जो लगभग कुछ सेकेण्ड के लिए ही होगी लेकिन उसके बजते ही बच्चे चौक गये थे जिन्हे शान्त करते हुए मिस्टर शर्मा ने कहा - "डरने की कोई बात नहीं है यह सिर्फ बता रही है कि हमने एक घुमाव पूरा कर लिया है"

"यह और कितने काम करती है?" - रतिका ने हैरानी से पूछा

"ज्यादा नहीं.... अब हमारे सामने अगला घुमाव है यह पहले से ज्यादा छोटा और ज्यादा खतरनाक होगा.... बस हिम्मत बनाए रखना... हम यह कर सकते है..." - मिस्टर शर्मा ने थके हुए बच्चो मे फिर से उत्साह भरने की कोशिश की जिसमे वह सफल भी हो गये, उन सब की आँखो मे आत्मविश्वास नजर आ रहा था।

"हम तैयार है नानू, इस अगली चुनौती को हराने के लिए...." - शौर्य ने कहा

“तो फिर चलो” - मिस्टर शर्मा ने कहा और फिर उन सभी ने अपने कदम आगे बढ़ा दिये वह सभी आगे बढ़ते हुए अपने इधर-उधर देखते हुए खतरे को भाँपने की कोशिश कर रहे थे और कुछ ही पलो मे उन्हे हल्की आवाज सुनाई दी जैसे किसी जानवर के फुफकारने की आवाज हो वह सभी तुरन्त अपनी जगह पर रुक गये।

“इस बार पेड़ तो नहीं गिरेंगे!” - रतिका ने ड़र से सिमटते हुए कहा

“नहीं, लेकिन जो भी होगा उससे बदतर ही होगा” - शौर्य ने कहा जिसके बाद वह सभी धीरे-धीरे अपनी सांस रोकते हुए पीछे की ओर पलटे तो उन्होने देखा कि पीछे कुछ भी नहीं था वहां सभी पहले की तरह शान्त था और फिर अचानक रतिका ने कांपती आवाज मे कहा - “नीचे देखो...” जब उन सब ने ऐसा किया तो उनके होश उड़ गये क्योंकि उनके पैरो के आसपास बहुत से सांप इकट्ठे हो रहे थे जिनमे से कुछ तो बहुत बड़े थे और वह सभी तेजी से उनकी ओर बढ़ रहे थे, इतना सब देखकर उन चारो की चीख निकल गयी।

“भागो” - मिस्टर शर्मा चिल्लाए और उन सभी ने तुरन्त मुड़कर आगे की ओर भागना शुरु कर दिया, वह सभी सांप तेजी से उनका पीछा कर रहे थे और वह बिना पीछे देखे आगे की ओर भाग रहे थे शायद वह जानते थे कि अगर उन्होने पीछे देख लिया तो आगे बढ़ने के काबिल नहीं रहेंगे क्योंकि वह पहले ही अपने आस-पास से गुजर रहे पेड़ो से तेजी से सापो को नीचे उतरते देख रहे थे इसीलिए वह पीछे के हालात का बिना देखे अन्दाजा लगा सकते थे हालफिल्हाल वह सभी तेजी से आगे की ओर बढ़ रहे थे जब तक उन्हे एक तेज ड़री हुयी चीख नही सुनाई दी, वह पलटे तो उन्होने देखा कि रतिका उनसे कुछ कदम की दूरी पर गिरी हुयी थी जिसका इतनी तेजी से भागते हुए उन्हे अहसास भी नहीं

हुआ था हालांकि अभी-भी बहुत जल्दी नहीं हो गया था क्योंकि सापो ने उसके पैरो पर चढ़ना शुरू कर दिया था जिससे वह बुरी तरह चिल्ला रही थी और उन सापो को खुद से अलग करने की कोशिश कर रही थी,

"रतिका...." - वह सभी चीखे और उसकी मदद के लिए आगे आये मिस्टर शर्मा ने आकर सबसे पहले उसे खड़ा किया लेकिन अब तक सापो ने उन्हे चारो ओर से घेर लिया था और उनके पैरो पर चढ़ना शुरू कर दिया था।

"इन्हे किसी भी कीमत पर अपनी गर्दन तक पहुँचने मत देना बाकी यह तुम्हारा कुछ नहीं बिगाड़ सकते...." - मिस्टर शर्मा ने उनका हौसला बढ़ाने की कोशिश की वह अपने साथ-साथ बाकी बच्चो के शरीर से भी सापो को अलग करने की कोशिश कर रहे थे लेकिन सापो की संख्या बहुत अधिक थी इसीलिए वह सभी उनसे पूरी तरह छुटकारा पाने मे असफल थे हालफिल्हाल मिस्टर शर्मा को इसका कोई और समाधान नजर नहीं आया तो उन्होने बस इतना कहा - "आगे की ओर भागो और किसी भी किमत पर रुकना मत..." - सिर्फ सुनना ही था कि उन सब ने आगे कि ओर दौड़ लगा दी परवाह किये बिना कि उनके पैरो के नीचे सैकड़ो सांप थे वह सभी लगातार भागते हुए अपने शरीर पर चढ़ने वाले सापो को खुद से अलग कर रहे थे वह बहुत डरे हुए थे बुरी तरह चिल्ला रहे थे लेकिन फिर भी अपनी पूरी हिम्मत लगाकर आगे बढ़ते जा रहे थे और आखिरकार काफी समय के बाद उनके शरीर पर एक भी सांप नहीं बचा लेकिन उनका पीछा करने वाले सांप इतनी आसानी से उनका पीछा छोड़ने वाले नहीं थे, वह सभी थक कर चूर हो चुके थे और बस गिरने ही वाले थे जब उनकी घड़ियो से वह आवाज आयी मिस्टर शर्मा के कहने पर वह सभी वही रुक गये हाँफते हुए जब वह पीछे पलटे तो उन्होने देखा कि उनकी ओर आते सभी सांप एक-एक करके गायब हो गये जिसे देखकर आखिरकार उन सभी ने

चैन की सांस ली वह बहुत थके हुए थे और अपने घुटनो पर हाथ रखकर बुरी तरह हाफ रहे थे कुछ ही पलो बाद राघव जमीन पर पसर गया और उसने शिकायती अन्दाज मे कहा - "मुझे मालूम नहीं था कि यहां हमारी दौड़ की प्रैक्टिस होने वाली है..."

"अगर इतना हम ओलम्पिक मे भागते तो भारत को गोल्ड मेडल मिल जाता" - तेजस भी राघव की बात का समर्थन करते हुए शौर्य और रतिका के साथ वही पसर गया,

"ठीक है बच्चो हम यहां कुछ समय रुकेंगे उसके बाद ही आगे बढ़ेंगे" - कहते हुए मिस्टर शर्मा भी उनके पास बैठ गये और अपनी पीठ पर से बैग उतारकर खोलने लगे जिसमे से उन्होने एक-एक पैकेट निकालकर सबको दे दिया और फिर पानी की बड़ी बोतल निकालते हुए कहा -"कुछ खा लोगे तो एनर्जी मिलेगी न जाने आगे कौन सी चुनौती मिलेगी...."

"आपने तो कहा था कि आप यहां पहले भी आए है तो फिर आपको तो मालूम ही होगा आगे के बारे मे" - रतिका के अचानक आए इस सवाल पर मिस्टर शर्मा कुछ सकपका गये - "अ...मै... मै जब यहां आया था तो यह सब नहीं था बहुत समय हो गया है न इसीलिए... बहुत समय बाद यहां आया हुँ लेकिन जो भी होगा हम सब मिलकर सम्भाल लेगे.... अब तुम सब चिन्ता किये बिना अपना खाना खत्म करो...."

मिस्टर शर्मा के जवाब देने के तरीके से शौर्य कुछ उलझन मे आ गया था लेकिन फिर भी उसने कोई सवाल नहीं किया और बाकियो की तरह अपने खाने का पैकेट खोलकर उसमे रखा सैण्डविच उठाकर खाने लगा जिससे मिस्टर शर्मा भी किसी के आगे कोई सवाल न करने से सुकून मे नजर आ रहे थे हालफिल्हाल कुछ ही समय मे उन सब ने अपना खाना खत्म कर लिया और उसके बाद कुछ समय आराम करने के बाद वह सभी फिर से अपनी मंजिल तक पहुँचने के लिए तैयार हो गये,

"हम सब तैयार है, है ना...." - मिस्टर शर्मा ने विश्वास से उनकी ओर देखते हुए कहा और उन सब के सहमति मे सिर हिलाने पर वह सभी आगे की ओर बढ गये कुछ ही दूर चलने पर उन्हे अपने पैरो के आस-पास कुछ आहट महसूस हुयी उन्होने नीचे की ओर देख तो उन्हे सांप जैसा कुछ महसूस हुआ,

"सांप!" - वह सभी एक साथ चीखे और अपने पैरो को उठाकर उनसे बचने का सोचने लगे लेकिन मिस्टर शर्मा उन अजीब सी आकृतियो का छोर ढूंढने की कोशिश कर रहे थे जिससे वह जान सके कि यह आखिर है क्या, लेकिन यह सभी आकृतियाँ दूर के साथ-साथ आकार मे बड़ी और मोटी होती जा रही थी और सीधा पेड़ो की जड़ो तक पहुँच रही थी हालफिल्हाल यह सब देखकर मिस्टर शर्मा को जरुर कुछ पता चला था इसीलिए वह जोर से चीखे - "सांप नहीं पेड़ नरभक्षी पेड़ इनसे दूर रहे और खुद को जकड़ने मत देना वरना तुम्हे खा जायेगे...."

"खा जायेगे!....." - उन्होने शायद गलत सुन लिया था

"हाँ खा जायेगे...." - मिस्टर शर्मा ने तुरन्त उनकी गलतफहमी दूर कर दी,

"भागो" - मिस्टर शर्मा ने आगे कहा तो तेजस ने रोने वाला मुँह बना लिया - "फिर से नहीं, प्लीज...."

"अगर जीना चाहते हो तो बस... भागो....." - मिस्टर शर्मा ने जोर देकर कहा तो उन चारो ने आगे बिना कोई सवाल किये आगे की ओर दौड़ लगा दी लेकिन इस बार वह ज्यादा समय तक नहीं दौड़ पाये क्योंकि उन जड़ो ने आगे का रास्ता बन्द कर दिया और देखते ही देखते उनके पैरो को जकड़ना शुरु कर दिया जिससे छूटने की कोशिश मे वह जमीन पर गिर पड़े।

"एक दूसरे का हाथ पकड़ लो और छोड़ना मत...." - मिस्टर शर्मा के कहने पर उन सभी ने एक दूसरे का हाथ पकड़ लिया और

अपने शरीर व पैरो को हिलाकर उठने की कोशिश करने लगे लेकिन वह सभी उन्हे जकड़ती और अपनी ओर खीचंती जा रही थी, वह सभी अपनी कोशिशो मे नाकाम थे तभी अचानक मिस्टर शर्मा को कुछ याद आया उन्होने अपने एक खुले हाथ से पीछे टंगे बैग से एक कुल्हाड़ी बाहर निकाली रतिका का हाथ जो उन्होने दूसरे हाथ से पकड़ रखा था तुरन्त छोड़ दिया और सबसे पहले अपने पैरो और लगभग कमर तक पहुँच चुकी जड़ो को एक-एक करके काट दिया, उसके बाद उन्होने बिना एक पल की देरी किये उन सबके शरीरो को जकड़ने वाली जड़ो को भी कुल्हाड़ी से काट डाला जिसकी वजह से सभी जड़े पीछे की ओर हट गयी, मिस्टर शर्मा ने उनके शरीर से लिपटी हुयी जड़ो को हटाया और उन्हे सीधा खड़ा किया, वह सभी तेज तेज सांस ले रहे थे क्योंकि कुछ समय पहले तक उन जड़ो के उनके सीने तक कसे होने के कारण वह सांस नहीं ले पा रहे थे।

“तुम सब ठीक तो हो?” - मिस्टर शर्मा ने घबराते हुए पूछा और उन सब के हाँ ने जवाब देने पर उन्होने आगे कहा - “खतरा अभी टला नहीं है वह फिर वापिस आयेगी, हमे आगे की ओर बढ़ते रहना चाहिए” इसके बाद वह सभी तेजी से आगे की ओर बढ़ गये

“आपने तो कहा था आपको आगे के बार मे कुछ नहीं पता फिर यह कुल्हाड़ी?...” - शौर्य के सवाल का मिस्टर शर्मा ने बहुत छोटा सा जवाब दिया - “वक्त जरुरत के लिए.....”

शौर्य उनके जवाब से बिल्कुल सन्तुष्ट नहीं था लेकिन इससे पहले वह कोई और सवाल पूछता उसने देखा कि एक जड़ राघव के पैर को बस जकड़ने ही वाली थी,

“राघव!” - वह चिल्लाया और मिस्टर शर्मा ने तुरन्त वह जड़ काट दी लेकिन ऐसी बहुत सी जड़े थी जो उनके काफी करीब पहुँच चुकी थी इसीलिए वह सभी तेजी से आगे की ओर बढ़ने लगे, इस बीच मिस्टर शर्मा करीब आती जड़ो को लगातार काटते जा रहे थे लेकिन वह जितना काटते जड़े उतनी ही तेजी से उनकी ओर

बढ़ती, ऐसा लग रहा था कि वह सभी गुस्से मे हो और बदला लेना चाहती हो और इसके लिए उन्होने प्रचण्ड रुप धारण कर लिया हो उनके इस रूप को देखकर वह सभी डर गये और दोगुणी तेजी से भागने लगे लेकिन वह जड़े भी उनका पीछा छोड़ने वाली नहीं थी। वह उन्हे पकड़ भी चुकी होती लेकिन तभी उनकी घड़ियो से आवाज आनी शुरु हो गयी और वह सभी रुक गये लेकिन उनकी उम्मीद के विपरीत वह जड़े नहीं रुकी और अगले ही पल उनके पैर जकड़े गये और वह गिर पड़े गिरते समय मिस्टर शर्मा के हाथ से कुल्हाड़ी छूट कर दूर जा गिरी जिसे मिस्टर शर्मा ने हाथ बढ़ाकर उठाने की कोशिश भी की लेकिन नाकाम रहे जड़ो ने उनके शरीर को पूरी तरह से जकड़ लिया, वह उन सब पर पूरी तरह हावी हो चुकी थी, और तभी कुछ ऐसा हुआ जिसकी उन्होने इस समय उम्मीद भी नहीं की थी न जाने कैसे लेकिन उन जड़ो की पकड़ ढीली होती गयी और धीरे-धीरे वह उन्हे छोड़कर फिर से पेड़ो की जड़ो मे जाकर समा गयी वह सभी रेंगते हुए दो कदम आगे आकर रुक गये, कुछ ही पल मे मिस्टर शर्मा सबसे पहले बोलने के काबिल हो सके, उन्होने सबसे पहले बाकियो को चैक किया कि वह सभी सुरक्षित है या नहीं और सभी को सुरक्षित महसूस करते हुए वह निश्चित होकर फिर से वही पर पसर गये, कुछ समय तक वह सभी चुपचाप उसी हालत मे पड़े रहे और फिर कुछ समय बाद मिस्टर शर्मा उठे और अपनी कुल्हाड़ी उठाकर उन्होने फिर से अपने बैग मे रख ली बैग से पानी की बोतल निकालकर उन सभी को एक-एक करके पानी पिलाया और फिर स्वंय भी पानी पीकर बोतल फिर से बैग मे रख ली इस बीच मिस्टर शर्मा ने महसूस किया कि शौर्य उन्हे अजीब नजरो से देख रहा था,

"क्या हुआ शौर्य? कुछ पूछना चाहते हो...." - मिस्टर शर्मा ने कहा

"नहीं कुछ नहीं...." - शौर्य ने हल्की मुस्कुराहट के साथ जवाब दिया जिसके बाद मिस्टर शर्मा ने अपनी बाहे फैलाते हुए कहा -

"इधर आओ तुम सब मेरे पास..." - मिस्टर शर्मा की आँखो मे उन सब के लिए इतना प्यार था कि वह सभी तुरन्त आकर उनके गले लग गये।

"हम ठीक है हम...सब... ठीक है" - मिस्टर शर्मा न अपनी ही कही बात को महसूस करते हुए उन्हे अपनी बाहो मे कस लिया, वह चारो भी उनके पास स्वय को बहुत सुरक्षित महसूस कर रहे थे और इसका सुकून उनकी आँखो मे नजर आ रहा था जिन्हे उन्होने अगले ही पल बन्द कर लिया,

कुछ समय बाद जब उन्होने अपनी आँखे खोली तो उनकी आँखो मे पहले से ज्यादा आत्मविश्वास था शायद इतना सब होने के बाद खुद से उनकी उम्मीदे बहुत बढ़ गयी थी, उन्होने एक दूसरे की ओर देखा और फिर मिस्टर शर्मा से कहा - "हम तैयार है... चले....."

इस समय मिस्टर शर्मा को उन पर बहुत गर्व महसूस हो रहा था वह तुरन्त ही उनका साथ देने के लिए उठ खड़े हुए और उनके आत्मविश्वास को और थोडा बढाते हुए कहा - "हाँ, हम तैयार है.... जीतने के लिए...."

इस समय वह सभी उस संकरे रास्ते की ओर देख रहे थे जो उनके सामने था और इस समय बिल्कुल शान्त प्रतीत हो रहा था लेकिन वह सभी अच्छी तरह जानते थे कि कुछ ही समय मे उन्हे उस रास्ते पर एक नयी मुसीबत का सामना करना है जिसके लिए वह सभी पूरी तरह तैयार भी दिख रहे थे, उन्होने एक पल के लिए अपनी आँखे बन्द की फिर आसमान की ओर देखा और अपने कदम आगे बढ़ा दिये, मिस्टर शर्मा सबसे आगे थे जिससे कि आने वाली मुसीबत का सामना सबसे पहले उन्ही से हो और कुछ ही समय मे उनकी यह ख्वाहिश भी पूरी हो गयी जब कुछ कदम चलते ही मिस्टर शर्मा की चीख निकल गयी, उनके दाये हाथ से तेजी से खून बहना शुरु हो गया जिसकी परवाह किये बिना उन्होने

सबसे पहले बच्चो से कहा - "रुक जाओ सब मेरे ठीक पीछे रहना बाहर बिल्कुल मत निकलना..."

"लेकिन नानू आपकी बाजू" - तेजस ने परवाह मे कहा जो ठीक उनके पीछे था,

"मै ठीक हूँ कुछ नहीं हुआ मुझे, बस तुम सब मेरे पीछे ही रहना" - मिस्टर शर्मा लगातार इधर-उधर देखकर वहाँ की स्थिति को समझने की कोशिश कर रहे थे और जब वह इसमे कामयाब नहीं हुए तो उन्होने अपने दोनो हाथो को आगे की ओर फैलाया ताकि यहाँ जो भी हो उसे छू कर महसूस कर सके और अगले ही पल उनकी आह निकल गयी क्योंकि उनके दोनो हाथ बुरी तरह छिल गये थे,

"नानू!" - वह सभी एक साथ चीखे

"मै ठीक हूँ तुम सब चिन्ता मत करो... यहां पर चारो ओर काटे है अदृश्य और बहुत धारदार काटे, तुम सब ठीक मेरे पीछे रहना और जरा भी इधर-उधर मत होना, समझ गये...." - कहकर मिस्टर शर्मा ने पीछे बैग से कुल्हाड़ी निकाल ली और उसे अपने आगे इस तरह घुमाया कि वहाँ कि काटेदार झाड़ियाँ कट जाये इसके बाद उन्होने बच्चो को रुकने के लिए कहकर अपने कदम आगे बढ़ाए और जब वह सुरक्षित कुछ कदम आगे आ गये तो उन्होने बच्चो को भी धीरे-धीरे आगे बढ़ने के लिए कहा और उनके बाद बच्चे भी सुरक्षित कुछ कदम आगे बढ़ गये....

इसके बाद उन्होने पूरा रास्ता इसी तरह पार किया। मिस्टर शर्मा बच्चो को सुरक्षित रखने के लिए रास्ते को कुल्हाड़ी से साफ करते रहे और पीछे-पीछे बच्चे सुरक्षित रास्ता पार करते गये, इस पूरे रास्ते मे बच्चे तो सुरक्षित रहे लेकिन मिस्टर शर्मा के शरीर पर अनगिणत घाव आ गये थे जिसकी परवाह किये बिना वह आगे बढ़ रहे थे और उन्हे ऐसा करते देख बच्चो की आँखे उनके लिए प्यार और सम्मान से भर गयी थी।

चूकि वह सभी बहुत धीमी गति से आगे बढ़ रहे थे तो इस घुमाव को पार करने मे उन्हे बहुत अधिक समय लग रहा था वह सोच ही रहे थे कि यह सब कब खत्म होगा तभी उनकी घड़ी से आवाजे आने लगी, मिस्टर शर्मा तुरन्त नहीं बल्कि और दो कदम आगे आकर रूके और उनके ऐसा करते ही वह चारो तुरन्त उनके पीछे से उनके सामने आ गये, उन्होने देखा कि मिस्टर शर्मा के चहरे और शरीर पर अनगिणत घाव थे जिन्हे देखकर बच्चो की आँखो मे आँसू आ गये और वह सभी रोते हुए उनके पैरो से लिपट गये जिन्हे चुप कराते हुए मिस्टर शर्मा ने कहा - "तुम सब रो क्यो रहे हो? मै बिल्कुल ठीक हूँ कुछ नहीं हुआ मुझे"

"लेकिन नानू" - शौर्य ने रोते हुए कहा

"तुम जानते हो मेरी जान तुम सब मे बसती है जब तक तुम सब सुरक्षित हो यह छोटी-मोटी खरोचे मेरा कुछ नहीं बिगाड़ सकती इसीलिए प्लीज अब तुम सब रोना बन्द करो ठीक है....." - कहते हुए मिस्टर शर्मा ने उनके आँसु पोछ दिये और फिर बच्चो के कहने पर वह कुछ समय आराम करने के लिए वही रुक गये लेकिन उनके पास अधिक समय नहीं था इसीलिए जल्दी ही मिस्टर शर्मा फिर से उठ खड़े हुए,

"शाम हो गयी है हमे जल्दी ही चलना चाहिए..." - कहते हुए वह आसमान की ओर देख रहे थे जहाँ काले बादल छाए हुए थे लेकिन जैसे ही मिस्टर शर्मा ने अपना कदम आगे बढ़ाया तो जख्म की वजह से उनके पैर लड़खड़ा गये और उनके हाथ मे पकड़ा बैग छुटकर आगे गिर पड़ा शौर्य उसे उठाने के लिए आगे बढ़ा ही था कि उन्होने देखा वह बैग धीरे-धीरे नीचे जमीन मे समा गया जिसे देखकर वह इतना घबरा गया कि पीछे की ओर गिर पड़ा जिसे सम्भालते हुए उन सब की नजर उस बैग पर पड़ी,

"दलदल!.." - मिस्टर शर्मा चीखे और उन सब को तुरन्त ही अपनी ओर खीच लिया

"नानू सही थे.. सबसे छोटा और सबसे खतरनाक.... अब इससे भयानक कुछ नहीं हो सकता....." - सबसे ज्यादा तेजस इस सब से नाराज था,

"इसे पार करना तो नामुमकिन है दलदल को कोई कैसे पार कर सकता है" - राघव ने कहा

"मुझे दलदल मे नहीं फँसना" - रतिका लगभग रो रही थी लेकिन इस सब के बीच शौर्य मिस्टर शर्मा को उम्मीद भरी नजरो से देख रहा था जो पहले ही उस दलदल को पार करने का उपाय ढूंढने मे लगे हुए थे,

"नानू! हम इसे कैसे पार करेंगे? हम फँस गये है, है ना...." - शौर्य ने पूछा

"नहीं, नहीं.... शौर्य उम्मीद नहीं छोड़ते, ऐसा हो ही नहीं सकता कि इसे पार ही नहीं किया जा सके यहाँ कुछ तो ऐसा जरुर होगा जिससे हमे मदद मिले वह सिर्फ सोचता है कि वह सबसे ताकतवर है लेकिन वह नहीं जानता कि सच्चाई की ताकत सबसे बड़ी होती है ऊपर वाले ने यहां कुछ तो ऐसा जरुर बचा रखा होगा जो हमारी मदद करे, हमे सिर्फ और सिर्फ ऊपर वाले के उस इशारे को ढूंढना है...."

"यह सारा रास्ता बस एक दलदल है और कुछ भी नहीं...." - तेजस ने झुझंलाकर कहा जिसका जवाब मिस्टर शर्मा ने उम्मीद बाँधते हुए दिया - "कुछ तो होगा.... कुछ तो जरुर होगा...." - वह पूरे रास्ते को ध्यान से देख रहे थे और तभी उनकी नजर उन पेड़ो पर पड़ी जो हर थोड़ी दूरी पर सड़क के दोनो ओर लगे हुए थे उन्हे देखकर मिस्टर शर्मा की आँको मे चमक आ गयी और उन्होने खुश होकर बच्चो से कहा - "तुम मे से कौन जानता है कि दलदल मे पेड़ नहीं उगते... जबकि यहाँ हर थोड़ी दूरी पर पेड़ लगा है जानते हो इसका मतलब क्या है...."

मिस्टर शर्मा के सवाल का जवाब उनमे से कोई नहीं दे पा रहा था इसीलिए वह कभी पेड़ो को और कभी एक दूसरे को देख रहे थे जब उनकी ओर से कोई जवाब नहीं मिला तो मिस्टर शर्मा ने आगे कहा - "इसका मतलब यह है बच्चो की जहाँ-जहाँ यह पेड़ है वहा दलदल नहीं है, मैने कहा था ना कि ऊपर वाला हमसे इतना बेखबर नहीं हो सकता....."

"अगर ऐसा है भी तो भी उसका कोई फायदा नहीं है नानू क्योंकि यह इतनी दूरी पर है कि एक दूसरे पर कूदना नामुमकिन है....." - शौर्य कह ही रहा था कि रतिका ने थोड़ा शर्मिन्दा होते हुए कहा - "मुझे तो पेड़ पर चढ़ना भी नहीं आता" उनकी बाते सुनकर मिस्टर शर्मा ने थोड़ा जोर देकर कहा - "नहीं तुम समझ नहीं रहे मै ऐसा कुछ नहीं बोल रहा, ओ... रुको...." कहते हुए मिस्टर शर्मा ने अपने बराबर मे पड़ी कुल्हाड़ी उठा ली

"अच्छा हुआ मैने बैग मे नहीं रखी थी, बच गयी...." - कहते हुए मिस्टर शर्मा आगे बढ़े और कोने मे लगे पेड़ को नीचे से काटना शुरु कर दिया जिसे देखकर बच्चो को बहुत आश्चर्य हुआ वह समझ नहीं पा रहे थे कि जिनके सहारे आगे बढ़ना है वह उन्ही पेड़ो को क्यों काट रहे है लेकिन फिर भी वह बिना सवाल किए चुपचाप खड़े उन्हे ऐसा करते देखते रहे हालफिल्हाल पेड़ बहुत ज्यादा मोटे नहीं थे इसीलिए कुछ ही समय मे वह कट गया, वह लगभग गिरने ही वाला था कि मिस्टर शर्मा ने उसे पूरी ताकत लगाकर इस तरह घकेला कि वह दूसरे पेट की जड़ से जा मिला अब वह पेड़ अपने दोनो किनारो से मजबूत जगहो पर टिका था और दलदल पर एक पुल की तरह तैयार हो गया था, मिस्टर शर्मा शायद यही चाहते थे इसीलिए उन्होने मुस्कुराकर बच्चो की ओर देखा और फिर उन्हे वही रुकने के लिए कहकर धीरे-धीरे उस पेड़ पर चढ़कर चलते हुए अगले पेड़ की जड़ो तक पहुँच गये और कुछ ही समय मे उस पेड़ को काटकर अगले पेड़ तक भी पुल तैयार कर लिया इसके बाद

उन्होने बच्चो की ओर देखकर कहा - "अब समझ मे आया कि मै क्या कहना चाहता था..." फिर बच्चो को खुश देखकर उन्होने आगे कहा - "अब तुम सब भी धीरे-धीरे आगे बढ़ो लेकिन सम्भल कर चलना और एक समय मे दो से ज्यादा मत आना वरना यह टूट भी सकता है... बहुत ज्यादा मजबूत नहीं है.... समझ गये...."

मिस्टर शर्मा के कहने पर सबसे पहले तेजस और उसके पीछे डरते-डरते रतिका भी पेड़ पर चढ़ गयी, इसके बाद जब मिस्टर शर्मा आगे बढ़े तो शौर्य और राघव भी उन दोनो के आगे बढ़ने के बाद पेड़ पर चढ़ गये इस सब मे समय तो बहुत अधिक लग रहा था लेकिन वह सभी सुरक्षित आगे की ओर बढ़ रहे थे, प्रत्येक पुल को पार करने के बाद मिस्टर शर्मा पीछे सभी बच्चो पर नजर अवश्य डालते थे लेकिन वह जितना आगे बढ़ रहे थे अन्धेरा भी उतना ही गहराता जा रहा था धीरे-धीरे अन्धेरा इतना बढ़ गया कि उन्हे आसपास देखने मे और चलने मे भी अधिक परेशानी होने लगी, लेकिन उनकी किस्मत उनके साथ थी तभी तो मिस्टर शर्मा ने जब अगला पेड़ काटकर उस पर कदम रखा तो अगले ही पल उनकी घड़ी ने आवाज दे दी जिसकी वजह से उन सभी को बहुत राहत मिली लेकिन मिस्टर शर्मा ने बिना लापरवाही किये उस पुल को पहले की तरह ही पार किया और नीचे उतर गये, जहाँ अपने पैरो के नीचे जमीन महसूस करते हुए उन्हे काफी सुकून महसूस हुआ जिसके बाद वह पलटे और बच्चो का हैसला बढ़ाने लगे,

"शाबाश तुम कर सकते हो बस ध्यान लगाकर धीरे-धीरे आगे बढ़ो ठीक है... ठीक है, बस आ जाओ...." - कहते हुए उन्होने आखिरी पुल पार कर चुके तेजस और रतिका को नीचे अपने पास खींच लिया इसके बाद वह तीनो राघव और शौर्य का इन्तजार करने लगे जिन्होने अभी-अभी आखिरी पुल पर कदम रखा था जिस पर दो कदम चलते ही उनकी घड़ियो ने भी बाकियो की तरह आवाज करनी शुरु की लेकिन मिस्टर शर्मा के कहने पर वह दोनो पूरा

ध्यान लगाकर पुल पार कर रहे थे लेकिन अन्धेरा लगातार बढ़ रहा था जिस वजह से राघव का पैर फिसला और उसे सम्भालने की कोशिश मे शौर्य ने भी अपना नियन्त्रण खो दिया वह दोनो गिर पड़े और तुरन्त ही दलदल मे धसना शुरु हो गये मिस्टर शर्मा जो शौर्य के सबसे करीब थे उन्होने शौर्य का और तेजस और रतिका ने राघव का हाथ पकड़ लिया और पूरी ताकत लगाकर उन्हे ऊपर खीचने की कोशिश करने लगे, मिस्टर शर्मा ने पहले शौर्य और फिर राघव को हिम्मत दिखाते हुए ऊपर खींच लिया राघव ने ऊपर आकर सबसे पहले रतिका और तेजस को उसकी जान बचाने के लिए शुक्रिया कहा जिसका जवाब रतिका ने मुस्कुराकर और तेजस ने अपनी भौहे मटकाकर दूसरी ओर पलटते हुए दिया हालफिल्हाल वह पाँचो सही सलामत ऊपर तक पहुँच गये थे लेकिन वह जानते थे कि उनके पास ज्यादा समय नहीं है इसीलिए कुछ देर हिम्मत जुटाने के बाद वह सभी फिर से उठ खड़े हुए

"किला कहाँ है? आपने तो कहा था सबसे ऊपर है" - तेजस अपना सारा ध्यान लगाकर उस किले को ढूढ़ने की कोशिश कर रहा था,

"वह रहा किला...." - मिस्टर शर्मा के इशारा करने पर उन सब ने अपने दायी ओर देखा जहाँ एक छोटा संकरा रास्ता सीधी किले के दरवाजे तक पहुँच रहा था उस किले की खिड़कियो से आने वाली हल्की रोशनी मे वह उसे ठीक तरह से देख भी नहीं पा रहे थे और राघव तो ऐसा करने की कोशिश भी नहीं कर रहा था क्योंकि वह पहले ही छोटे संकरे रास्ते को देखने मे व्यस्त था जिसे देखकर वह बुरी तरह झुझंला गया - "एक और रास्ता अब इससे भयानक क्या होगा"

"जो भी हो हमे आगे तो जाना ही होगा" - शौर्य ने राघव के कन्धे पर हाथ रखते हुए कहा। अखिरकार वह सभी एक और छोटे रास्ते के सामने खड़े थे जिस पर पहला कदम उन्होने लगभग

अपनी सांस रोकते हुए बढ़ाया लेकिन कुछ कदम चलने के बाद भी कुछ नहीं हुआ जो उनकी उम्मीद के बिल्कुल विपरीत था लेकिन फिर भी वह पूरी तरह निश्चिन्त नहीं थे उन्हे यकीन था कि किसी भी समय एक भयानक मुसीबत उनके ऊपर टूट पडेगी, जिन पेड़ो की शाखाओ ने उस रास्ते को लगभग छत की तरह ढक रखा था उन्हे तो वह ऐसे देख रहे थे जैसे किसी भी पल वह पेड़ उन्हे खा जायेगे उनके इर मे उन्हे पता भी नहीं चला कि वह उस दरवाजे के करीब आ गये थे जो दो सीढ़ियाँ चढ़कर बना हुआ था और जब उन्हे इस बात का अहसास हुआ तो तेजस ने सबसे पहले कहा - "कितना अच्छा होता अगर सारा रास्ता इतनी ही शांति से कटता"

"इतना अच्छा होता कि हम इस मौत के दरवाजे पर बहुत पहले पहुँच गये होते" - रतिका के कहने पर उन सब का ध्यान उस दरवाजे की ओर गया जिसे मिस्टर शर्मा पहले ही बहुत ध्यान से देख रहे थे।

"क्या सोच रहे है नानू? -शौर्य ने पूछा

"कुछ नहीं बस अन्दर जाने के बार मे सोच रहा था" - न जाने क्यो थोड़ी लापरवाही मे कहते हुए मिस्टर शर्मा सीढ़ियाँ चढकर ऊपर आ गये और उस दरवाजे की ओर बढ़े अगले ही पल वह दरवाजा अन्दर की ओर खुल गया, उन्हे शायद इसकी उम्मीद नहीं थी इसीलिए वह हड़बड़ाकर पीछे की ओर हट गये और बच्चे भी तुरन्त उनके पास आकर खड़े हो गये, कुछ पल उन सब ने इन्तजार किया, उन्हे लग रहा था शायद कोई अन्दर से बाहर आयेगा लेकिन मिस्टर शर्मा जल्दी ही समझ गये कि यह सब सिर्फ उनके स्वागत के लिए था और फिर वह उन चारो के साथ अन्दर की ओर बढ़ गये। अन्दर मशालो की रोशनी मे वह सभी किसी राजा की तरह लगी हुयी सभा को साफ देख सकते थे जिसमे काले चोगो मे कुछ आदमी दोनो ओर सर झुकाए खड़े थे और सामने की ओर बड़ा सिंहासन लगा था जिस पर वह शैतान बैठा इस समय

उन्हे अन्दर आते देख मुस्कुरा रहा था उसे पहचानने मे बच्चो से कोई गलती नहीं हो सकती थी, बच्चे उसे सामने देखकर बहुत इर गये थे शायद उन्होने पहले ही कदम पर उससे सामना होने की कल्पना नहीं की थी, उनके इस इर को मिस्टर शर्मा ने भांप लिया था इसीलिए वह बच्चो को अपने पास अधिक समेटते हुए आगे बढ़ते रहे "आइए प्रिसिपंस सर आपका ही इन्तजार था हमे, कोई परेशानी तो नहीं हुयी यहां तक आने मे...." - वह मुस्कुराकर कह रहा था उसकी आवाज इतनी अजीब थी कि बच्चे उसी से इर गये लेकिन मिस्टर शर्मा को कोई फर्क नहीं पड़ा था, उन्होने पूरे आत्मविश्वास के साथ उसे जवाब दिया - "अगर हजारो मुसीबतो के बाद भी हम अपनी मंजिल तक पहुँच पाये तो सारी मुसीबते छोटी लगती है....."

"लगता है आपको यहां तक पहुँच पाने की कुछ ज्यादा ही खुशी है, सर....."

"बिल्कुल है और हो भी क्यो नहीं, शायद तुम देख नहीं रहे कि मै अकेला नहीं आया हुँ....." - मिस्टर शर्मा ने सर उठाते हुए कहा तो उसने बच्चो पर एक छोटी सी नजर ड़ाली और आगे कहा - "ओह! हाँ.... सही कहा आपने मै देख नहीं पाया कि आप कुछ चीटिंयो को साथ लेकर आये है लेकिन आपको यह तो मानना ही पड़ेगा कि इसमे मेरी कोई गलती नहीं है यह सभी इतनी छोटी भी

तो है, है ना...." कहकर वह उनका मजाक बनाते हुये हल्का सा हँस दिया था और उसके साथ वहां दोनो ओर खड़े आदमी थी

"शायद तुम भूल रहे हो चीटी कितनी भी छोटी हो अगर हाथी की नाक मे घुस जाये तो उसे भी मार सकती है...." - मिस्टर शर्मा की बात पर उसे गुस्सा आ गया - "बस बहुत हो गया कुछ ज्यादा ही बोल रहे हो तुम इतना मुझे बर्दाश्त नहीं...." - गुस्से मे दांत भीचते हुए उसने अपने हाथ मे पकड़ी छड़ी से मिस्टर शर्मा की ओर इशारा किया तुरन्त ही उसके लाल गुम्बद से एक लाल

रंग की रोशनी निकलकर सीधे मिस्टर शर्मा के सीने मे जा लगी जिससे मिस्टर शर्मा दर्द से कराहते हुए हवा मे ऊपर उठ गये।

"नानू....." - बच्चो ने उन्हे पकड़ने की कोशिश की लेकिन उन्हे छूते ही वह सभी झटके से दूर जा गिरे जिसे देखकर उसने हँसते हुए कहा - "क्या हुआ जाओ बचाओ अपने नानू को, चलो जल्दी-जल्दी आगे बढ़ो बचाओ उन्हे....." बच्चे चाहते तो थे लेकिन वह समझ गये थे कि उनके कुछ भी करने का कोई फायदा नहीं होगा इसीलिए उन्होने कुछ पल एक-दूसरे की ओर देखा और फिर वह चारो सिंहासन के सामने आकर हाथ जोड़े हुए घुटनो के बल बैठ गये,

"प्लीज हमारे नानू को छोड़ दो... उनकी कोई गलती नहीं है हम उन्हे यहां लेकर आए..... प्लीज उन्हे छोड़ दो...." - वह बुरी तरह रो रहे थे और मिस्टर शर्मा लगातार दर्द से चिल्ला रहे थे लेकिन उस पर किसी चीज का कोई असर नहीं था वह अभी भी चुपचाप बैठा मुस्कुरा रहा था आखिरकार बहुत समय बाद भी उस पर कोई असर न होने पर तेजस का दुःख गुस्से मे बदल गया और उसकी आँखे लाल हो गयी जिन्हे वक्त रहते शौर्य ने देख लिया वह समझ गया कि तेजस जरूर कोई गलत कदम उठाने वाला है लेकिन उसके कुछ भी करने से पहले शौर्य ने उसका हाथ पकड़ लिया, तेजस ने शौर्य की ओर देखा जिसकी आँखो मे आँसू भरे थे और वह पूरी उम्मीद के साथ उसे देख रहा था - "प्लीज तेज, नानू के लिए प्लीज...."

"लेकिन वह हमारे नानू...." - तेजस अपनी बात पूरी करता उससे पहले ही शौर्य ने उसे रोकते हुए कहा - "कोई फायदा नहीं तेज, तुमने देखा नहीं वह क्या कर सकता है कुछ और गलत मत करो प्लीज..." - शौर्य ने उससे विनती करते हुए कहा तो तेजस ने चुपचाप अपनी गर्दन झुका ली लेकिन उसका गुस्सा अभी-भी शान्त नहीं हुआ था शौर्य को लगा कि इस समय उसका गुस्सा शान्त

करने से ज्यादा कुछ और महत्वपूर्ण है इसीलिए उसने एक नजर अपने नानू पर ड़ाली और फिर दोबारा ऊपर सिंहासन की ओर देखते हुए कहा - "प्लीज हमारे नानू को छोड़ दो वह फिर से हमारे लिए कुछ नहीं कहेंगे.... कभी नहीं कहेंगे...."

इसके बाद उसने सच मे मिस्टर शर्मा को छोड़ दिया और वह तुरन्त नीचे जमीन पर गिर पड़े, चारो बच्चे तुरन्त दौड़कर मिस्टर शर्मा के पास पहुँचे और उन्हे सम्भालने की कोशिश करने लगे, इसी बीच वह भी सिंहासन से नीचे उतर आया और उन सब की ओर बढ़ते हुए उसने कहा - "देखा प्रिसिंपल सर चींटियाँ सिर्फ पैरो तले कुचलने के लिए होती है अगर आपको यह बात पहले ही समझ मे आ गयी होती तो इतनी तकलीफ नहीं होती, खैर.... मेरा ख्याल है अब आपकी गलतफहमी दूर हो गयी होगी इन चींटियो के बारे मे भी.... और..... मेरे बारे मे भी...."

मिस्टर शर्मा दर्द से कराह रहे थे इसीलिए कुछ बोल नहीं पा रहे थे लेकिन इस समय भी वह गुस्से से उसे घूर रहे थे, जिससे उसे गुस्सा आ रहा था लेकिन इससे पहले वह कुछ कहता दरवाजा खुला और एक आदमी काले चोगे मे अन्दर आया, उसने सबसे पहले आकर अपने मालिक को बैठकर प्रणाम किया और उसके बाद चुपचाप खड़ा हो गया लेकिन उसके चुप रहने के बावजूद भी उसका मालिक परेशान हो गया मानो वह जानता हो कि वह क्या कहने आया है लेकिन फिर भी उससे बात करने के स्थान पर उसने वहां खड़े बाकी के लोगो को मिस्टर शर्मा और बच्चो को कैद करने के लिए कहा और हवा की तेजी के साथ उस आदमी को अपने साथ लेकर वहां से बाहर निकल गया, उसके जाते ही उन सब को घेर लिया गया और ले जाकर एक खाली कमरे मे ड़ाल दिया जिसकी इस समय बच्चो को कोई चिन्ता नहीं थी इस समय तो उनका ध्यान मिस्टर शर्मा पर था हालफिल्हाल कुछ समय बाद मिस्टर शर्मा को कुछ सुकून महसूस हुआ होगा इसीलिए वह सो

गये जिससे बच्चो को भी अच्छा महसूस हुआ लेकिन इस समय वह सभी बहुत थके हुए थे और कुछ भी सोच पाने की हालत मे नहीं थे इसीलिए बिना एक दूसरे से बात किए वह चारो भी मिस्टर शर्मा के करीब ही सिमट कर सो गये।

दूसरी ओर वह उस आदमी के साथ तेजी से आता हुआ एक घर के दरवाजे पर रूका जो वही घर था जहाँ वह पैदा हुआ था लेकिन इस समय वहां विराने और अन्धेरे के सिवा कुछ भी नहीं था लेकिन शायद उसे वहां कुछ काम था इसीलिए उस आदमी को बाहर ही छोड़कर वह स्वंय अकेले अन्दर गया और वह आदमी दरवाजा बन्द किये हुए बाहर ही खड़ा होकर इन्तजार करने लगा...।

उधर मिस्टर शर्मा और बच्चो की अगली सुबह जब आँखे खुली तब कही जाकर उन्हे अहसास हुआ कि आखिर वह सब थे कहाँ यह एक छोटा सा कमरा था जिसके सामने एक छोटा दरवाजा था, और उस दरवाजे के ऊपर का हिस्सा जाली का बना हुआ था जिसमे से केवल मिस्टर शर्मा ही बाहर देख सकते थे और जब उन्होने ऐसा किया तो उन्हे पता चला कि वह सभी एक बड़े गलियारे मे बने कमरे मे थे और वहाँ हर जगह दीवारो पर मशाले जल रही थी जिनकी रोशनी मे देखकर मिस्टर शर्मा जब निश्चिन्त हो गये कि उनके कमरे के आस-पास कोई नहीं है तो वह फिर से बच्चो की ओर मुड़े - "क्या किसी को यहां से बाहर जाना है"

"बाहर?....." - उन सब ने चौक कर एक साथ पूछा

"हाँ बाहर जाना नहीं है क्या, कही यही रहने का इरादा तो नहीं है" - मिस्टर शर्मा ने शरारती अन्दाज मे कहा तो शौर्य ने पूछा - "हमे यहां रहना तो नहीं है लेकिन निकलकर जायेगे कहाँ?"

"कहाँ जायेगे का क्या मतलब है मरने से पहले अपने दोस्तो से मिलना चाहते थे ना अब नहीं मिलना क्या?" - मिस्टर शर्मा की बात सुनकर वह चारो उछल पड़े और उनकी आँखे बड़ी हो गयी हालांकि यह कहना मुश्किल था कि यह प्रतिक्रिया ज्यादा दोस्तो से

मिलने की थी या फिर मरने की लेकिन मिस्टर शर्मा इस सब के बीच बस यही समझ पाये थे कि वह सब यहां से निकलना चाहते है इसीलिए उन्होने आगे कहा - "बहुत अच्छे तो अब हम यहां से निकलेगे और यहां के सभी कमरो मे बाकी बच्चो को ढूढ़ने की कोशिश करेगे ठीक है…"

"लेकिन नानू हम सब यहां से बाहर कैसे जायेगे?" - शौर्य ने पूछा

"तुम सब को इसकी चिन्ता करने की जरुरत नहीं है मेरे दिमाग मे पहले ही इसके लिए एक उपाय है" - मिस्टर शर्मा ने अपनी भौहे मटकाते हुए कहा और अगले ही पल रतिका के बालो मे लगी हैयर पिन झटके से निकाल ली,

"ऐसे जायेगे" - उन्होने गर्व के साथ वह हैयर पिन उन्हे दिखाई और अगले ही पल उस पिन को लॉक मे डालकर इधर-उधर घुमाना शुरु कर दिया, इस सब के बीच बच्चे अभी-भी अपनी जगह पर जमे खड़े थे और यह समझने की कोशिश कर रहे थे कि कल पूरे दिन और रात मे ऐसी कौन सी घटना घटी थी जिसकी वजह से मिस्टर शर्मा इतने उत्साहित और खुश नजह आ रहे थे वह सब यह सोच ही रहे थे कि मिस्टर शर्मा की कोशिश कामयाब हो गयी, उन्होने दरवाजा खोला और बाहर झांक कर देखा कि कही कोई देख तो नहीं रहा और आखिरकार वहां किसी को न पाकर उन्होने दबी आवाज मे बच्चो से कहा - "मेरे पीछे ही रहना"

इसके बाद वह चारो भी मिस्टर शर्मा के पीछे-पीछे कमरे से बाहर निकल गये, अपने दोनो ओर ध्यान से देखते हुए वह सभी धीरे-धीरे आगे बढ़ रहे थे तभी उन्हे एक और दरवाजा दिखाई दिया, मिस्टर शर्मा ने ऊपर लगी जाली से अन्दर झाका तो वहां कोई नहीं था लेकिन उन्हे पूरी उम्मीद थी कि बच्चे यही है इसीलिए वह उन्हे ढूढ़ने के लिए आगे बढ़ गये और कुछ ही कमरो के बाद उन्हे एक ऐसा कमरा दिखाई दिया जिसमे कोई जाली नहीं थी इसीलिए

अन्दर देखने के लिए दरवाजा खोलने के सिवाय और कोई रास्ता नहीं था लेकिन लगता था मिस्टर शर्मा को पिन से दरवाजा खोलने की काफी प्रेक्टिस थी इसीलिए उन्होने बिना देरी किए पिन को लॉक मे डालकर घुमाना शुरु कर दिया तभी उन्हे किसी के पैरो की आवाज सुनाई दी जो उनकी ओर तेजी से बढ़ रही थी,

"कोई आ रहा है नानू जल्दी करो....." - तेजस ने घबराकर कहा, मिस्टर शर्मा पूरी मेहनत लगाकर लॉक को खोलने की कोशिश कर रहे थे और आखिरकार उनकी मेहनत सफल हुयी और किसी के वहां पहुँचने से पहले ही मिस्टर शर्मा ने दरवाजा खोल लिया और जल्दी से अन्दर जाकर उसे फिर से बन्द कर दिया जिसके बाद वह सभी दरवाजे से कान लगाकर खड़े हो गये ताकि पैरो की आवाज से पता चल सके कि वह आदमी किस दिशा मे जा रहा है कुछ समय बाद जब वह आदमी बहुत दूर चला गया तब कही जाकर उन सभी ने चैन की सांस ली लेकिन जैसे ही वह पीछे पलटे उनकी सांसे अटक गयी क्योंकि एक बड़ा सांप उनके सामने फन उठाए खड़ा था वह इतना बड़ा था कि उसका मुँह मिस्टर शर्मा के चेहरे तक पहुँच रहा था और उसे देखकर उन सब का चेहरा सफेद पड़ चुका था रतिका तो बस चीखने ही वाली थी लेकिन मिस्टर शर्मा ने पहले ही उसका मुँह बन्द कर दिया था लेकिन इससे पहले वह सांप उन पर हमला करता उन्होने दरवाजा खोला और बिना किसी बात की परवाह किये सीधा सामने की ओर दौड़ लगा दी उनकी किस्मत अच्छी थी कि गलियारे मे काफी दूर दौड़ने के बाद भी उन्हे कोई नहीं मिला जब वह सन्तुष्ट हो गये कि वह काफी दूर निकल आए है तो आखिरकार वह रुक गये उन सभी ने अपने हाथ घुटनो पर रखे थे और बुरी तरह हॉफ रहे थे,

"बाल बाल बचे" - राघव ने हॉफते हुए कहा जिसके बाद मिस्टर शर्मा आखिरकार अपने पैरो पर सीधे खड़े होने मे कामयाब हो गये और जब वह पीछे लगे दरवाजे की ओर पलटे तो खुशी से उछल

पड़े क्योंकि वह दरवाजे मे लगी जाली से साफ देख सकते थे कि अन्दर बाकी सभी बच्चे नीचे जमीन पर कतारो मे लेटे हुए थे,

"मिल गये!" - मिस्टर शर्मा ने उत्साहित होकर कहा तो सबसे पहले शौर्य ने पूछा "कौन?"

"तुम्हारे दोस्त और कौन" - मिस्टर शर्मा कहकर तेजी से लॉक खोलने की कोशिश करने लगे, उन्होने ध्यान भी नहीं दिया कि उनकी बात सुनकर बच्चे कितना खुश हो गये थे और दरवाजा खुलने पर जब वह सब अन्दर गये तो अपने दोस्तो को इतने दिनो बाद देखकर उनकी आँखे भर आयी उन्हे फिर से अपने दोस्तो से मिलने की खुशी तो थी लेकिन उनकी हालत देखकर उन्हे रोना भी आ रहा था। तेजस, रतिका और शौर्य सबसे पहले विशाल के पास गये और उसे उठाने की नाकामयाब कोशिश की जिसके बाद उन्हे और अधिक रोना आ गया, उन्हे सम्भालते हुए मिस्टर शर्मा ने कहा - "मुझे मालूम है तुम सब बहुत दुःखी हो लेकिन मेरा यकीन करो तुम्हारे दोस्त जल्दी तुम्हारे साथ होगे... बिल्कुल पहले की तरह..."

"हाँ, जरुर.... और आप सब को भी वापिस अपनी जगह पर जाना होगा बिल्कुल... पहले की तरह...." - पीछे से आती इस तेज और भारी आवाज पर वह चौंके, जब वह पलटे तो उन्होने देखा कि बाहर दरवाजे की जाली से काला चोगा सिर तक ढके एक आदमी उन्हे खतरनाक निगाहो से घूर रहा था, बच्चे तुरन्त मिस्टर शर्मा के पीछे आकर छिप गये, इतने मे वह आदमी भी अन्दर आ गया था उसने अपने हाथ मे पकड़े लम्बे भाले को आगे लाकर कसते हुए कहा - "चले... प्रिंसिपल सर"

"हाँ जरुर हम तो बस यू ही घूमने निकले थे" - मिस्टर शर्मा ने कहा और बिना किसी बहस के उनके साथ जाने के लिए तैयर हो गये जिसके बाद उन्होने बच्चो की ओर देखा और उन्हे अपने साथ चलने का इशारा किया, बच्चो ने पलटकर एक बार अपने

दोस्तो की ओर देखा और फिर अपने आँसू पोछते हुए मिस्टर शर्मा के साथ वहां से निकल गये, वह आदमी उन्हे फिर से उसी कमरे मे ले आया और उन्हे अन्दर बन्द करके जाली मे से देखते हुए कहा - "मुझे उम्मीद है आप दोबारा घूमने जाने की तकलीफ नहीं उठायेगे... है ना...."

"हाँ जरुर लेकिन अगर बच्चो को वाशरूम जाना हो तो तुम समझ रहे हो ना मेरी बात....." - मिस्टर शर्मा ने खुद को थोड़ा गम्भीर दिखाया तो उस आदमी ने अपनी भौहे सिकोड़ते हुए कहा - "समझ गया लेकिन अगर आपने अपना समय घूमने से ज्यादा कमरे मे बिताया होता तो आपको मुझसे पूछने की जरुरत ही नहीं पड़ती...."

मिस्टर शर्मा उसकी बात का मतलब शायद समझ नहीं पाये थे जिसकी परवाह किये बिना वह तेजी से वहां से निकल गया उसके जाने के बाद जब मिस्टर शर्मा

पलटे तब कही जाकर उन्हे उसकी बात का मतलब समझ आया क्योंकि उनके ठीक सामने एक छोटा दरवाजा था जिस पर दीवार के जैसा पैन्ट किया गया था शायद यही वजह थी कि अब तक उनकी नजर उस पर नहीं पड़ी थी हालफिल्हाल उसे देखते ही मिस्टर शर्मा ने वह दरवाजा खोल दिया जिसमे बाथरुम की जरुरत की हर चीज सफाई से चमक रही थी जिन्हे देखकर मिस्टर शर्मा को कुछ खास खुशी नहीं हुयी वह शायद कुछ और ही उम्मीद कर रहे थे जो पूरी नहीं हुयी इसीलिए उन्होने चुपचाप दरवाजा बन्द किया और जाकर एक कोने मे बच्चो के पास बैठ गये

"वह अपने कैदियो का भी बहुत ध्यान रखता है!" - रतिका ने धीरे से कहा

"हममम..म....." - मिस्टर शर्मा ने ठण्डा सा जवाब दिया जिसके बाद वहां खामोशी छा गयी, पूरा दिन इसी तरह बीत गया लेकिन कुछ नहीं हुआ, बच्चो को समझ नहीं आ रहा था कि उनके

साथ क्या हो रहा है लेकिन मिस्टर शर्मा के पास चिन्ता करने की एक और वजह मौजूद थी जो वहां उस शैतान की गैरहाजिरी थी वह बस बैठे यही सोच रहे थे कि वह कहाँ गया और इतने समय से लौटा क्यो नहीं।

गहराती रात के साथ ही बच्चो का ड़र और मिस्टर शर्मा की चिन्ता भी गहराती जा रही थी वहां की शान्ति उन्हे और अधिक ड़रा रही थी लेकिन यह शान्ति भी जल्दी ही दूर हो गयी जब आधी रात के करीब उनके दरवाजे पर एक जोरदार दस्तक हुयी उसे सुनते ही सोते हुए चारो बच्चे उठकर मिस्टर शर्मा से चिपककर बैठ गये जब तक मिस्टर शर्मा उन्हे अपने पीछे छुपाते हुए खड़े हुए तब तक एक लम्बा चौड़ा आदमी दरवाजा खोलकर अन्दर आ चुका था जिसने अपनी भौंहे तानते हुए कहा - "बहुत हो गया आराम अब चलकर थोड़ी खातिरदारी करवा लीजिए" जिसके तुरन्त बाद वह एक तीखी मुस्कुराहट के साथ उन्हे अपने पीछे आने का इशारा करते हुए बाहर चला गया, मिस्टर शर्मा ने बच्चो की ओर प्यार और विश्वास भरी नजरो से देखा जिसे देखकर बच्चो का ड़र कुछ कम हो गया और आखिरकार वह सभी मिस्टर शर्मा का हाथ पकड़े हुए भारी कदमो से बाहर आकर उस आदमी के पीछे-पीछे चल दिये, वह गलियारे किसी भूलभूलईयया से कम नहीं थे शौर्य वहाँ से गुजरते हुए रास्ता याद करने की कोशिश कर रहा था लेकिन वहां इतनी तेजी से मोड़ आ रहे थे कि किसी का भी रास्ता याद रखना मुश्किल था लेकिन उनके आगे चल रहे उस आदमी को रास्ता अच्छी तरह मालूम था वह तो बहुत तेजी के साथ लम्बे-लम्बे ड़ग भरता हुआ चला जा रहा था और आखिरकार वह उन्हे लेकर उस सभा में आ गया जहाँ पहले से ही तीन आदमी मौजूद थे, उस आदमी ने वहां पहुचँकर उन्हे ठीक सिंहासन के सामने खड़ा कर दिया और स्वंय जाकर बराबर में खड़ा हो गया, बच्चे बहुत डरे हुए थे और चारो ओर घूम कर देख रहे थे क्योंकि इस समय सिंहासन पर कोई नजर नहीं आ रहा था लेकिन कुछ ही पलो मे

वहाँ हवा का एक गुब्बारा नजर आया जो जल्दी ही उस शैतान मे बदल गया, उन चारो आदमियो ने तुरन्त ही उसे बैठकर प्रणाम किया और फिर उसके इशारा करने पर खड़े हो गये कुछ समय के लिए उस जगह पर चीरने वाली खामोशी छा गयी, मिस्टर शर्मा ने बच्चो को अपनी बाहो मे समेट लिया था वह मिस्टर शर्मा को घूर रहा था मानो उनके कुछ कहने की उम्मीद हो, लेकिन जब मिस्टर शर्मा ने काफी समय तक कुछ नहीं कहा तो आखिरकार उसी ने एक लम्बी सांस लेकर कहा - "क्या हुआ प्रिंसिपल सर.... आप खामोश क्यो है, आज इनकी तारीफ नहीं करेगे लगता है कल के बाद आप कुछ ज्यादा ही इर गये है... यकीन करिए मै कभी-भी आपको इराना नहीं चाहता लेकिन आप ही हमेशा मुझे कुछ न कुछ गलत करने पर मजबूर कर देते है...."

"ठीक है तुम्हे जो भी गलत करना है मेरे साथ करो इन्हे जाने दो....." - मिस्टर शर्मा के विनती करने के अन्दाज पर उसे हंसी आ गयी,

"क्या बात है! कल से अब तक इतना बदल गये जितना पिछले 15 सालो मे नहीं बदले यह इन सब के लिए आपकी चिन्ता है या अपनी बेटी के बच्चो के लिए आपका असीम प्यार...." - अखिरी लाइन उसने मिस्टर शर्मा को चिढ़ाते हुए जोर देकर धमकाने के अन्दाज मे कही थी जिससे मिस्टर शर्मा का सब्र जवाब दे गया और उन्होने गुस्से मे झल्लाते हुए कहा - "मै अच्छी तरह जानता हूँ तुम यह सब क्यो कर रहे हो... लेकिन तुम्हे इससे कोई फायदा नहीं होगा.... देखो इनकी तरफ यह सिर्फ छोटे बच्चे है इनसे तुम्हे क्या मिलेगा..... तुम्हे जितनी तकलीफ देनी थी तुम दे चुके यह पहले ही बहुत इरे हुए है अब इन्हे जाने दो.... जाने दो इन्हे....."

ऐसा लग रहा था मानो वह प्रिंसिपल सर की बातो से सहमत हो गया हो तभी तो उसने अपनी आवाज मे नरमाई लाते हुये कहा - "हाँ.... ठीक है अगर आप कहते है तो मै इन्हे जाने दूंगा लेकिन

आप ही बताइए कितनी मेहनत की इन सब ने यहां तक आने मे और अगर अब इसी तरह लौट गये तो इन्हे निराशा होगी, क्यो ना मै इन्हे कोई तोहफा दे दूँ.... एक ऐसा तोहफा जिसे आप कभी न भूले क्योंकि यह बेचारे तो उसे याद करने के लिए बचेगे नहीं....."

उसके कहते ही मिस्टर शर्मा और बच्चे सतर्क हो गये लेकिन उनके सोचने से भी पहले उसने अपनी छड़ी से बच्चो पर हमला कर दिया जिसमे से निकल रही रोशनी की वजह से बच्चे कराहते हुए जमीन पर गिर पड़े और दर्द से तड़पने लगे, मिस्टर शर्मा उनकी मदद के लिए बढ़े लेकिन जैसे ही उन्होने उन्हे हाथ लगाया उन्हे एक जोरदार झटके ने पीछे धकेल दिया, आखिरकार जब बहुत कोशिश करने के बाद भी वह सफल नहीं हुए तो वह घुटनो के बल बैठकर उससे विनती करने लगे - "प्लीज..... प्लीज इन्हे छोड़ दो.... चाहो तो इनकी जगह मुझे तकलीफ दो, मेरी जान ले लो लेकिन इन्हे बख्श दो...." क्योंकि उसने कोई जवाब नहीं दिया इसीलिए मिस्टर शर्मा ने आगे कहा - "जैसा तुम समझ रहे हो वैसा कुछ नहीं है यह सिर्फ छोटे बच्चे है यह भला तुम्हे क्या कह सकते है"

"सही कहा... खैर आप कहते है तो मै इन्हे बख्श देता हुँ अब इतना सम्मान देता आया हूँ आपको इतने सालो मे इतना मान तो आपका रख ही सकता हूँ" - उसने एक कुटिल मुस्कान के साथ इशारा किया जिससे बच्चो की तकलीफ खत्म हो गयी और वह सभी लगभग बेहोशी की हालत मे वही पड़े रहे, मिस्टर शर्मा तुरन्त उस ओर लपके लेकिन उसने अपनी छड़ी के इशारे से उन्हे दो कदम पर ही बाधँ दिया जिसके बाद उसके कहने पर वहां खड़े चारो आदमियो ने एक-एक बच्चे को उठा लिया और वहां से ले जाने लगे

"कहाँ ले जा रहे हो इन्हे, छोड़ दो उन्हे, मेरे साथ रहने दो, प्लीज उन्हे छोड़ दो...." - मिस्टर शर्मा लगातार बच्चो को रोकने के लिए कह रहे थे लेकिन वह चारो बच्चो को वहां से ले गये जिसके कुछ समय बाद मिस्टर शर्मा भी आजाद हो गये, उनकी इतनी तड़प देखकर उसने मजाक बनाते हुए कहा - "क्या बात है

प्रिंसिपल सर, आप तो गिरगिट से भी ज्यादा तेजी से रंग बदलते है कल तक इन्ही के दम पर आप घमण्ड से भरे हुए थे और आज इन्ही के लिए दया की भीख माँग रहे है आप जैसे समझदार इंसान को यह शोभा नहीं देता...."

"और तुम्हे शोभा देता है मासूम बच्चो के साथ ऐसा करना...." - मिस्टर शर्मा के सवाल का जवाब उसन थोड़े बनावटी अन्दाज मे दिया - "कमाल करते है आप भी, एक ओर कहते है मै निर्दयी शैतान हूँ और दूसरी ओर ऐसी उम्मीद...." चूकि मिस्टर शर्मा चुप थे इसीलिए थोड़ा रुककर उसने आगे कहा - "चलिए छोड़िए यह सब आपने पूरे साल की बात मुझसे एक ही दिन मे करा दी, पता नहीं मुझे आपसे बात करना इतना पसन्द क्यो है..... खैर इस समय यहां हम दोनो से अलग कोई नहीं इसीलिए बेहतर होगा बिना वक्त गवाएं हम मुद्दे की बात करे...." - शायद मिस्टर शर्मा जानते थे कि वह किस बारे मे बात कर रहा है इसीलिए वह झेप गये और इधर-उधर देखने लगे,

"इससे अलग आपके पास और कोई रास्ता नहीं है" - उसने मिस्टर शर्मा की नजरो को भाँपते हुए कहा जिससे वह सकपका गये - "मै नहीं जानता तुम क्या बात कर रहे हो...."

"ठीक वही बात जो कल आप कर रहे थे.... और बेहतर होगा मेरा समय नष्ट किये बिना आप मुझे सब कुछ बता दे..." - उसने चेतावनी देने के अन्दाज मे कहा लेकिन मिस्टर शर्मा अभी-भी अपनी बात पर अड़े हुए थे - "मैने कहा ना मुझे कुछ नहीं मालूम...."

"हाँ जरुर शायद इसीलिए आप इन्हे यहां तक ले आए... इन्हे मारने के लिए....."

"तुम इन्हे नहीं मारोगे...."

"सब को नहीं अगर आप चाहे तो...."

"किसी को भी नहीं"

"मै वादा नहीं करता और आप अच्छी तरह जानते है मै जिस काम का वादा नहीं करता उसे जरुर करता हुँ... अब मुझे मजबूर मत कीजिए और जल्दी मेरे सवाल का जवाब दीजिए..."

उसके सवाल पर मिस्टर शर्मा ने कुछ पल सोचा और फिर शान्त स्वर मे कहा - "मै नहीं जानता, मैने कोशिश की थी... लेकिन जान नहीं पाया... यकीन करो मेरा मै... कुछ नहीं जानता"

"बिल्कुल प्रिंसिपल सर, मुझे आप पर पूरा यकीन है" - कहते हुए उसने अपनी छड़ी मिस्टर शर्मा की ओर घुमा दी जिसमे से निकली लाल रोशनी की वजह से मिस्टर शर्मा दर्द से कराहते हुए जमीन पर गिर पड़े कुछ पल बाद उसने अपनी छड़ी हटायी और फिर से वही सवाल किया, चूंकि मिस्टर शर्मा ने वही जवाब दिया तो उसने गुस्से मे फिर से मिस्टर शर्मा को तकलीफ देनी शुरु कर दी लेकिन मिस्टर शर्मा भी हौसला हारने वालो मे से नहीं थे....

उधर दूसरी ओर वह चारो बच्चो को लेकर गलियारो से होते हुए कमरे तक पहुँच गये थे और अब तक बच्चो की हालत मे भी काफी सुधार आ चुका था जिसकी खबर उन आदमियो को जल्दी हो गयी क्योंकि वहां जाकर जब उन्होने बच्चो को नीचे उतारा तो सबसे पहले तेजस और उसके साथ बाकी तीनो भी उन्हे घक्का देकर लपककर बाहर आ गये और तेजी के साथ वहां से भाग गये।

वह चारो भी उन्हे पकड़ने के लिए उनके पीछे भागे लेकिन शायद यह उनके बच्चे होने का परिणाम था कि वह बड़ो से ज्यादा तेज थे लेकिन तेज होने के बाद भी वह अपनी मंजिल तक नहीं पहुँच पा रहे थे सच तो यह था कि वह मिस्टर शर्मा के पास जाना चाहते थे लेकिन वह पूरी तरह गुम चुके थे और बिना पीछे देखे बस तेजी से भागे जा रहे थे काफी मोड़ो पर मुड़ने के बाद जब उन्हे अहसास हुआ कि उनका पीछा करने वाले दूर छूट चुके है तो वह रुक गये।

"अब कहाँ जाएं?" - राघव न हाँफते हुए सवाल किया तो सबकी नजरे शौर्य पर टिक गयी,

"क्या... मै नहीं जानता" - शौर्य ने उनकी नजरो को भाँपते हुए कहा और उम्मीद के विपरित जवाब मिलने पर तेजस खीझ गया - "क्यो...?"

"क्यों का क्या मतलब है तेज, नहीं जानता मतलब नहीं जानता...." - शौर्य ने चिढ़कर कहा

"इससे बात नहीं बनेगी हमे कुछ तो करना ही होगा आखिर हम सब कब तक यू ही भागते रहेगे...." - रतिका के कहने पर हर कोई आगे के बारे मे सोचने लगा लेकिन सिर्फ शौर्य की नजर अपनी ओर आते उन आदमियो पर पड़ी और अगले ही पल उसने कहा - "अगर वाकई कुछ करना चाहते हो तो भागो..." आखिरी शबद उसने चिल्लाकर कहा था जिसके सुनते ही उन सब ने पीछी की ओर देखा और फिर पलटकर भागना शुरु कर दिया लेकिन शायद वह चारो इतना घबरा गये थे कि हड़बड़ाहट मे अलग-अलग दिशाओ मे दौड़ पड़े जिसमे तेजस ने बाया राघव ने दाया और रतिका व शौर्य ने सीधा रास्ता चुना उनके पीछे-पीछे वह चारो आदमी भी इसी तरह तीन दिशाओ मे बटकर उनका पीछा करने लगे आखिरकार शौर्य और रतिका जल्दी ही फँस गये क्योंकि वह ऐसे रास्ते पर बढ़ गये थे जहाँ कुछ ही दूरी पर रास्ता बन्द था, और अब वापिस मुड़ने से अलग उनके पास कोई और रास्ता नहीं था खैर जब उन्होने पलट कर देखा तो उनका पीछा करने वाले दोनो आदमी वहां खड़े मुस्कुरा रहे थे।

"तुमने ऐसा सोचा भी कैसे कि तुम्हारे जैसे छोटे और बेवकूफ बच्चे हमसे जीत सकते है" - उनमे से एक ने कहा,

"अब बिना कोई बेवकूफी किए चुपचाप हमारे साथ चलो..." - दूसरे ने धमकाने के अन्दाज मे बच्चो को इराते हुए कहा जिससे रतिका इतनी इर गयी कि उसने शौर्य की बाजू को कस कर पकड़

लिया शौर्य भी शायद डर गया होता अगर उसकी नजर बराबर की दीवार पर लगी मशाल पर न पड़ी होती जिसे देखते ही उसके दिमाग मे न जाने कौन सा खुराफाती उपाय आया था कि उसने मुस्कुराते हुए बनावटी अन्दाज मे कहा - "जरुर क्यो नहीं...."

इससे पहले वह दोनो उसकी मुस्कुराहट का मतलब समझ पाते शौर्य ने लपककर दीवार से मशाल उतार ली और उसे लेकर रतिका के साथ दोनो की ओर दौड़ पड़ा अपने लहराते चोगो को आग की लपटो से बचाने की कोशिश मे वह दोनो अपने सामने की दीवार से टिक गये और दोनो बच्चे उनके बीच से होते हुए आगे निकल गये जिन्हे पकड़ने के लिए वह उनकी ओर पलटे लेकिन शौर्य ने बहादुरी दिखाते हुए मशाल की मदद से उन्हे दूर रखते हुए कहा - "अगर हमारा पीछा करने की कोशिश की तो सच मे जला दूंगा"

"तुम पछताओगे कितनी भी कोशिश कर लो लेकिन यहां से भागना नामुमकिन है" - उनमे से एक ने उन्हे डराने की कोशिश की लेकिन शौर्य ने इसका बहुत अच्छा जवाब दिया - "हाँ जरुर, शायद इसीलिए तुम अभी तक यही हो है ना... हमारे पीछे मत आना..." शौर्य ने चेतावनी देते हुए अपनी बात खत्म की और रतिका के साथ मशाल लेकर आगे की ओर बढ़ गया इस बार उन दोनो ने बच्चो का पीछा नहीं किया बल्कि वही खड़े होकर एक दूसरे को अफसोस की नजरो से देखने लगे, शायद शौर्य ने कुछ ऐसा कह दिया था जो एक तकलीफ देह सच था और जिसे झुठलाना उनके लिए नामुमकिन था, हालफिल्हाल शौर्य और रतिका बिना पीछे देखे लम्बे कदमो के साथ आगे की ओर भागे जा रहे थे और अचानक अगले मोड़ पर वह सामने तेजी से आ रहे राघव से टकरा गये और गिरने से खुद को दीवार की मदद से बचाते हुए शौर्य ने पूछा - "तुम कैसे बचे और तेज कहाँ है?"

"मै नहीं जानता मै तो बस दौड़ रहा था शायद उसने मुझे खो दया वैसे भी यहां किस रास्ते जाना है पता नहीं चलता...." -

राघव ने हाँफते हुए सारी बात बता दी जिसमे उसके खोने वाली गलतफहमी को शौर्य ने तुरन्त दूर कर दिया - "ऐसा तुम्हे लगता है राघव वह यहां हमे नहीं खो सकते अब इससे पहले वह यहाँ आए हमे यहां से निकल जाना चाहिए"

"अब किधर जायेगे?" - रतिका ने चारो ओर नजरे दौड़ाते हुए पूछा जिसका जवाब राघव ने पीछे पलट कर देखते हुए दिया - "बस इस ओर नहीं बाकी जो तुम कहो...."

"हम इस ओर जायेगे...." - शौर्य ने बायी ओर इशारा करते हुए कहा

"क्या हम बस कुछ देर रुक जाये मेरे पैर अब और नहीं भाग सकते" - राघव ने लगभग विनती करते हुए पूछा

"बिल्कुल नहीं तेज मेरा भाई है उसे ढूढ़ने मे एक पल भी इन्तजार नहीं करूँगा मै, लेकिन अगर तुम यहां रुककर उन आदमियो का इन्तजार करना चाहते हो तो बेशक करो मै तुम्हे नहीं रोकूगां" - शौर्य हमेशा ही निर्णायक की तरह बाते करता था लेकिन इतने गुस्से मे उन दोनो ने ही उसे पहली बार देख था इसीलिए उनमे से किसी के भी आगे कुछ कहने की हिम्मत नहीं हुई और उनकी चुप्पी को उनका फैसला समझते हुए आगे बिना कोई सवाल किए शौर्य बायी ओर बढ़ गया जिसके पीछे रतिका और आखिरकार पैर मसलते हुए राघव भी चल दिया, उन तीनो की ही नजरे इस समय अपना पीछा करने वाले आदमियो से ज्यादा तेजस को ढूंढ रही थी और इस सब से बेखबर तेजस उन सब से बहुत दूर एक गलियारे मे अपने पीछे भागते उस आदमी से बचने की कोशिश कर रहा था जिसने अभी तक उसका पीछा नहीं छोड़ा था लेकिन अब यह ज्यादा देर नहीं चलने वाला था क्योंकि तेजस ने खुद को बचाने का उपाय सोच लिया था इसीलिए वह अगले मोड़ पर भागने की जगह वहां दीवार पर लगी मशाल को उतारकर छिपकर इन्तजार करने लगा और जब वह आदमी मोड़ पर मुड़ा तो तेजस

अपने दोनो पैरो पर पूरी ताकत के साथ उछला और उस मशाल से उसके सिर पर वार कर दिया जिससे वह आदमी झूमता हुआ वही बेहोश होकर गिर पड़ा

"कैसा लगा, मजा आया... भाग कर थक गये होगे अब कुछ आराम कर लो, चलता हूँ...." - उसने घमण्ड मे उसे चिढ़ाते हुए अपनी भौहे मटकाकर कहा और मशाल वही फेककर तेजी से मुड़कर भाग गया अब उसके सामने अगली चुनौती उन तीनो को ढूढ़ना था जो पहले ही उसे ढूढ़ने मे लगे हुए थे.....

उधर दूसरी ओर मिस्टर शर्मा न जाने क्यो फालतू की बहादुरी दिखा रहे थे और उसके किसी भी सवाल का जवाब नहीं दे रहे थे जिससे उसका गुस्सा लगातार बढ़ता जा रहा था -"बस बहुत हो गया, तुम मुझे वह सब करने पर मजबूर कर रहे हो जो मै करना नहीं चाहता..."

"क्या करने वाले हो तुम?..." - उसकी आँखो मे इतनी शैतानियत थी कि मिस्टर शर्मा लगभग काँप उठे

"ज्यादा कुछ नहीं, बस तुम एक को बचाओ और उसके बदले मै अब सब की बली लूंगा। ओह! दिल खुश हो जायेगा जब तुम्हारे सामने हर एक को तड़पा तड़पा कर मारूँगा जैसे तुम्हारी पत्नी को मारा था...."

वह मिस्टर शर्मा को इराने धमकाने और तकलीफ देने की कोशिश कर रहा था लेकिन मिस्टर शर्मा क्या चाहते थे यह सिर्फ वही बता सकते थे.....

उधर दूसरी ओर वह तीनो तेजस को ढूढ़ने के लिए पूरी मेहनत कर रहे थे और फिर अचानक भागते हुए शौर्य रुक गया

"क्या हुआ?" - राघव और रतिका भी तुरन्त रुक गये,

"मै इतनी जरुरी बात कैसे भूल सकता हुँ..." - वह खुद से काफी नाराज लग रहा था

"किस बारे मे बात कर रहे हो शौर्य" - रतिका के सवाल पर उसने अपनी कलाई उन दोनो की ओर बढ़ाते हुए कहा - "इस बारे मे इन घड़ियो के बारे मे तो हम भूल ही गये थे देखो इसमे यह पाँच घड़ियो की स्थिति बता रही है जिसमे से तीन एक साथ है मतलब हम... और यह दो अलग-अलग मतलब तेजस और नानू..."

"इसका मतलब अगर हम घड़ी के हिसाब से चले तो उन्हे आसानी से ढूंढ पायेगे" - रतिका ने शौर्य की बात पूरी की जिसके बाद राघव को लगा कि उसे भी कुछ कहना चाहिए इसीलिए उसने अपनी घड़ी पर एक पैनी निगाह ड़ाली और गम्भीर होते हुए कहा - "मेरे ख्याल से आगे की ओर बढ़ रही यह घड़ी तेजस की है शायद अभी-भी वह आदमी उसके पीछे हो"

"अगर ऐसा है तो हमे उसकी मदद के लिए जल्दी उस तक पहुँचना होगा इस तरफ...." - अगले ही पल शौर्य ने कहा और तुरन्त ही वह तीनो उसे ढूढ़ने के लिए उसकी ओर बढ़ गये कुछ ही समय मे अब तक एक साथ मिल चुके उनका पीछा करने वाले वह तीनो आदमी भी उन्हे ढूढ़ते हुए उस ओर चले गये...

उधर तेजस भागता हुआ अनजाने मे ही मिस्टर शर्मा के पास पहुँच गया था जहाँ पहुँचकर वह सिंहासन के पीछे कुछ दूरी पर बने एक मोटे स्तम्भ से छिप गया, क्योंकि इस समय वह और कुछ कर भी नहीं सकता था लेकिन वहां से वह अपने नानू को देख पा रहा था जो बहुत परेशान से उसके सिंहासन के सामने नीचे की ओर खड़े थे और वह अपने सिंहासन पर बैठा धीरे-धीरे फुसफुसा कर कुछ कह रहा था तेजस अपनी सारी ताकत लगाकर उसकी बातो को सुनने और समझने की कोशिश कर रहा था कि अचानक वह चिल्लाता हुआ उठा और हवा मे तैरता हुआ सीढ़ियो से नीचे आकर मिस्टर शर्मा के ठीक सामने खड़ा हो गया,

"मै चाहता था कि जब मै उन्हे मारू तो तुम उन्हे तड़पता हुआ देखो लेकिन तुमने मुझे मजबूर कर दिया है, अब एक पल की भी

जिन्दगी तुम्हारे लिए ज्यादा होगी, आखिरकार मुझे वह करना ही होगा जो मै करना नहीं चाहता था" - उसने गुस्से से दांत भीचते हुए कहा और अपनी छड़ी को मिस्टर शर्मा की ओर घुमा दिया इसी बीच मिस्टर शर्मा की नजर पीछे छिप कर खड़े हुए तेज पर पड़ गयी थी जिसे देखकर न जाने मिस्टर शर्मा को क्या हुआ कि वह अचानक चीख पड़े - "जिन्दगी तो तुम्हारी ज्यादा हो गयी है और मरोगे भी तुम वह भी आज और अभी..." मिस्टर शर्मा मे अचानक आए इस बदलाव को वह समझने की कोशिश ही कर रहा था कि मिस्टर शर्मा ने अपने कोट की अन्दर वाली जेब से एक खन्जर निकाला और तेजी के साथ आगे बढ़ते हुए उसे उसके सीने मे घोप दिया जिससे वह लड़खड़ाता हुआ दो कदम पीछे हट गया कुछ पलो के लिए ऐसा लगा जैसे वह बहुत तकलीफ मे हो लेकिन अगले ही पल उसके होठो पर एक कुटिल मुस्कान फैल गयी उसने अपने बाये हाथ से उस खन्जर को पकड़ा और बिना किसी तकलीफ के आराम से खींच कर बाहर निकाल दिया जिसे देखकर तेजस की कंपकपी छूट गयी उसे तो जैसे अपनी आँखो पर यकीन ही नहीं हो रहा था।

लेकिन मिस्टर शर्मा को देखकर नहीं लग रहा था कि उन्हे इस सब से ज्यादा फर्क पड़ा था शायद उन्हे पहले ही इस सब की उम्मीद थी, हालफिल्हाल उसने वह खन्जर निकाल कर लापरवाही मे पीछे की ओर फेक दिया जो सीढ़ियो के ऊपर सिंहासन के बराबर मे जाकर गिरा, इसके बाद वह मिस्टर शर्मा की ओर बढ़ा - "अजीब बेवकूफी है तुम्हारे जैसे समझदार इंसान से मुझे ऐसी उम्मीद नहीं थी खैर जो भी हो मुझे जो करना है मै वही करुंगा...." गुस्से से कहते हुए उसने आखिरकार अपनी छड़ी से मिस्टर शर्मा पर हमला बोल दिया जिसकी वजह से मिस्टर शर्मा का शरीर जमीन से ऊपर हवा मे झूल गया, उनकी गर्दन पीछे की ओर और दोनो हाथ व पैर अलग-अलग दिशाओ मे फैल गये ऐसा लग रहा था जैसे उनके शरीर को कुछ ताकते अलग-अलग दिशाओ मे खींच रही हो जिस वजह से उन्हे बहुत तकलीफ हो रही थी और वह दर्द से चिल्ला

रहे थे अब तक पीछे झरे हुए तेजस मे अपने नानू को इस हाल मे देखकर न जाने कहां से हिम्मत आ गयी उसका सारा झर गुस्से मे बदल गया और वह बाहर निकल आया, आकर उसने पीछे से सीढ़िया चढ़ते हुए खन्जर उठा लिया, वह चीखा - "छोड़ो मेरे नानू को..."

तेजस की आवाज पर जब वह उस ओर पलटा तो तेजस ने आगे बढ़कर सीढ़ियो से उछलते हुए उसके कुछ भी समझने से पहले वह खन्जर उसके दिल मे घोंप दिया और गुस्से मे किये गये अपने काम का अंजाम जानकर झरकर दो कदम पीछे हट गया, क्योंकि मिस्टर शर्मा पर से उसका ध्यान हट गया था इसीलिए मिस्टर शर्मा भी नीचे गिर पड़े और उठने की कोशिश करने लगे जिससे उसे कोई फर्क नहीं पड़ रहा था वह तो तेजस द्वारा की गयी इस बेवकूफी भरी हरकत से सदमे मे था और साथ ही तेजस को खा जाने वाली नजरो से देख रहा था, जिससे झरकर जब तेजस दो कदम पीछे हटा तो अभी-अभी रतिका और राघव के साथ वहां पहुँचे शौर्य से टकरा गया जो पहले ही वहां की स्थिति को देखकर कुछ पल पहले घटी घटनाओ को समझने की कोशिश कर रहा था इससे पहले वह तेजस से कोई सवाल करता उनका पीछा करने वाले वह चारो आदमी भी वहां पहुँच गये, वह सभी बच्चो को पकड़ने के लिए आगे बढे ही थे कि उनकी नजर अपने मालिक पर पड़ी जिसे देखते ही वह चारो वही ठिठक गये क्योंकि अब तक गुस्से मे दिख रहे उनके मालिक के चेहरे के भाव तेजी से बदल रहे थे, उसके सीन से खून बह रहा था जिसे देखकर उसका चेहरा सफेद पड़ गया शायद पहली बार उसे तकलीफ महसूस हो रही थी और उसकी तकलीफ नफरत के रुप मे उसकी आँखो मे नजर आ रही थी जिसे देखकर तेजस का गला सूख गया जैसे ही उसने अपने सीने से कराहते हुए वह खन्जर बाहर निकाला मिस्टर शर्मा जोर से चीखे - "तेजस! आग...." पहले तो तेजस उनके कहने का मतलब ही नहीं समझ पाया लेकिन उसे आँखो मे खून लिए अपनी ओर छड़ी उठाते देख

तेजस ने लपक कर शौर्य   के हाथ से जलती हुयी मशाल ली और उसकी ओर बढ़ा दी, उसके चोगे को आग पकड़ने मे जरा भी देर नहीं लगी और कुछ ही पलो मे वह अपने चोगे के साथ धू-धू कर जलने लगा जिससे होने वाली तकलीफ की वजह से वह बुरी तरह चिल्ला रहा था और पूरा किला उसकी चिख से गूंज रहा था जिस आग मे वह आज तक दूसरो को जलाता आया था आज वही आग उसे खुद को जला रही थी जिसे वह सभी चुप-चाप खड़े देख रहे थे और देखते ही देखते कुछ ही समय मे वहां से उसका नामोनिशानन भी गायब हो गया जैसे यह सब बहुत आसान रहा हो।

हालफिल्हाल बच्चे अभी-भी इतने सदमे मे थे कि अपनी जगह से हिल भी नहीं पा रहे थे उन्हे तो अपने होने का अहसास भी तभी हुआ जब मिस्टर शर्मा ने आकर उनके सिर पर अपना हाथ रखा, वह चारो एक साथ पलटे मिस्टर शर्मा कुछ बोल नहीं पाये लेकिन उनकी आँखो की नमी देखकर लग रहा था कि उन्हे कुछ कहने की जरुरत भी नहीं थी, वह घुटनो के बल बैठ गये और उन चारो को अपनी बाहो मे कस लिया, और जब कुछ पलो बाद वह अलग हुये तो उन्हे कुछ याद आया वह बिना कुछ कहे उठे और उन चारो आदमियो की ओर बढ़े जो अभी-भी अपनी जगह पर सिर झुकाए खड़े थे।

"मुझे नहीं लगता कि मुझे अभी-भी कुछ कहने की जरुरत है" - मिस्टर शर्मा के ऐसा कहते ही वह चारो वहां घुटनो के बल बैठ गये और भर्रायी हुयी आवाज मे कहा - "हमे माफ कर दीजिए, प्लीज हमे माफ कर दीजिए हम इर गये थे बहक गये थे हम अपनी गलती सुधारने के लिए कुछ भी करेगे, प्लीज हमे माफ कर दीजिए प्लीज...." उनमे से हर एक अपनी सफाई पेश कर रहा था जिसमे मिस्टर शर्मा की कोई रुची नहीं थी

"मुझे तुम्हारी माफी मे कोई दिलचस्पी नहीं है लेकिन फिर भी मै तुम्हे तुम्हारी गलती सुधारने का एक मौका दे सकता हुँ...."

- मिस्टर शर्मा के कहते ही वह सभी उत्साह मे तुरन्त उठ खड़े हुए - "हमे क्या करना होगा?"

"ज्यादा कुछ नहीं बस जाकर बाकी के सभी बच्चो को यहां ले आओ, मुझे पूरी उम्मीद है कि निद्राष्ट का असर भी उसी के साथ खत्म हो गया होगा...." - मिस्टर शर्मा के कहने पर वह चारो जाने के लिए मुड़े लेकिन तुरन्त ही पीछे से आती आवाज पर रुक गये,

"हम भी साथ चलेगे...." - शौर्य कहता हुआ वही आ गया और फिर उन तीनो ने मिस्टर शर्मा से विनती करने के अन्दाज मे कहा - "प्लीज हमे भी जाने दीजिए प्लीज...."

उनकी आँखो मे दोस्तो से मिलने की तड़प और इतनी मासूमियत थी कि मिस्टर शर्मा मना नहीं पर पाये और उन्होने मुस्कुराकर हामी भर दी उनके हाँ करते ही बच्चे खुशी से खिल उठे और उन आदमियो के साथ अपने दोस्तो के पास जाने के लिए वहां से चले गये।

"काश मेरी उम्मीद सच साबित हो और सभी बच्चे सही सलामत वापिस आ जाये" - मिस्टर शर्मा ने ऊपर वाले से प्रार्थना की और जब वह पीछे मुड़े तो उन्होने देखा कि तेजस सीढ़ियो के पास खड़ा था और उसके हाथ मे वही काले रंग की लाल धब्बे वाली किताब थी जो कभी नृप के पास हुआ करती थी, मिस्टर शर्मा तेजी से उसकी ओर बढ़े और उसके हाथ से किताब लेकर उसे उलट-पलट कर देखते हुए कहा - "तुम्हे यह किताब कहाँ मिली?"

"बस यही मिली सीढ़ियो के पास लेकिन यह तो खाली किताब है इसमे कुछ नहीं है....."

"तुम्हे यह किताब उठाते हुए डर नहीं लगा?" - मिस्टर शर्मा ने उसे बीच मे ही टोकते हुए पूछा जिसका जवाब उसने बहुत मासूमियत और आत्मविश्वास के साथ दिया - "अब तो वह मर गया अब कैसा डर...."

मिस्टर शर्मा ने मुस्कुराहट के साथ कहा - "अब... कैसा... इर... वैसे तुम इसमे देखना क्या चाहते थे तेजस...."

"मै कुछ नहीं देखना चाहता था लेकिन मुझे लगा था कि इसमे कुछ अजीब-अजीब से मन्त्र लिखे होगे या फिर उसके जैसा कुछ...."

"शायद तुम सही हो, हो सकता है इसमे ऐसा कुछ हो लेकिन अगर मै सही हुँ तो हमारी किसी भी कोशिश का कोई फायदा नहीं होगा इसे हम तो क्या कोई भी नहीं पढ़ सकता सिवाय उसके खुद के...."

"लेकिन क्यो नानू?" - तेजस ने पूछा

"क्योंकि वही इसका मालिक था और केवल वही इसका इस्तेमाल कर सकता था शायद इसीलिए आज उसके जाने के बाद यह हमे यहां इस तरह मिली"

"इसका मतलब अब यह किसी काम की नहीं है?" - तेजस के सवाल पर मिस्टर शर्मा गम्भीर सोच मे डूब गये और कुछ पलो बाद उन्होने जवाब दिया - "शायद लेकिन फिर भी मुझे लगता है कि यह पूरी तरह नकारा नहीं है यह भविष्य मे काम आ सकती है"

"क्या वह वापिस आ जायेगा?" - तेजस इर से मिस्टर शर्मा के करीब सिमट गया तो मिस्टर शर्मा ने प्यार से उसके सिर पर हाथ रखकर वही बैठते हुए कहा - "मै नहीं जानता वह वापिस आयेगा या नहीं लेकिन न जाने क्यो मुझे ऐसा लग रहा है जैसे वह इतनी आसानी से जा भी नहीं सकता"

"आसानी से..." - तेजस ने बुरा मुँह बनाते हुए नाराजगी के साथ कहा उसे लग रहा था कि उसके नानू उसकी मेहनत पर पानी फेर रहे है और तेजस को इस तरह शिकायत करते देख मिस्टर शर्मा खुद को मुस्कुराने से नहीं रोक पाये उन्होने प्यार से उसे मनाने के लिए कहा - "नहीं, मै ऐसा नहीं कहना चाहता था बल्कि इसके लिए तो बहुत ज्यादा हिम्मत और बहादुरी की जरुरत

थी और तुम्हारे सिवा ऐसा कोई नहीं कर सकता था... कोई भी नहीं...।" - मिस्टर शर्मा उसे मसका लगाने की पूरी कोशिश कर रहे थे जिसमे वह आखिरकार सफल भी हुए तेजस अपनी तारीफ सुनकर पहले से ज्यादा खुश दिख रहा था और चूकिं उसने आगे कोई सवाल नहीं किया तो मिस्टर शर्मा ने उसे समझाते हुए आगे कहा - "तेजस आगे क्या होगा यह इसकी चिन्ता करने का समय नहीं है यह तो जश्न मनाने का समय है तुम्हारी बहादुरी का जश्न, इतने बड़े श्राप से आजाद होने का जश्न और एक नयी खूबसूरत शुरुआत का जश्न...।" - मिस्टर शर्मा अपनी बात पूरी कर भी नहीं पाये थे कि उनकी नजर दरवाजे से छन कर अन्दर आयी सूरज की किरणो पर पड़ी वह एक दम स्तब्ध हो गये, कुछ पलो बाद जब वह कुछ भी कर पाने की हालत मे आये तो वह उठ खड़े हुए, वह बिना कुछ कहे दरवाजे की ओर बढ़ने लगे तो पीछे से तेजस ने उनका हाथ पकड़ लिया - "क्या मै यह किताब रख सकता हूँ प्लीज...।"

मिस्टर शर्मा तो जैसे किसी ओर ही दुनिया मे थे इसीलिए उन्होने बिना कोई सवाल किए वह किताब तेजस की ओर बढ़ा दी जिसे उसने तुरन्त लेकर अपनी जैकेट के अन्दर रखकर जैकेट बन्द कर ली, जिस पर जरा भी ध्यान न देते हुए जब मिस्टर शर्मा ने आकर धीरे-धीरे काँपते हाथो से दरवाजा खोला तो उनका पूरा शरीर सूरज की रोशनी मे नहा गया, उन्होने कुछ पले के लिए अपनी आँखे बन्द कर ली और जब कुछ समय बाद खोली तो उनकी आँखो मे ऐसी खुशी थी जिसे भापना शायद दुनिया के किसी पैमाने के बस मे नहीं था तेजस दूर से खड़ा यह सब देख रहा था, वह जानता था कि उसके नानू की जिन्दगी मे यह सूरज बहुत समय बाद उगा था इसीलिए उसने इस समय उन्हे अकेले छोड़ देना ही बेहतर समझा, हालांकि वह स्वंय भी ज्यादा समय अकेले नहीं रह सका, क्योंकि जल्दी ही सभी बच्चे उन आदमियो के साथ वहां पहुँच गये जो सभी थके हुए परन्तु फिर भी सेहतमन्द नजर आ

रहे थे विशाल शौर्य के साथ सबसे आगे था जिसे देखते ही तेजस उसकी ओर दौड़ पड़ा

"विशाल तुम ठीक तो हो न?" - तेजस ने भरे हुए गले के साथ कहा और उसके सहमति मे सिर हिलाने पर उसे गले से लगा लिया इसी बीच उन चारो आदमियो की नजर बाहर सूरज की ओर गयी जिसे देखकर उन सब के चेहरे खिल गये और वह तुरन्त ही बाहर की ओर बढ़ गये, बाहर उन सब को देखकर मिस्टर शर्मा ने एक पल अन्दर बच्चो की ओर देखा उन्हे सही सलामत देखकर सुकून की सांस ली और मुस्कुराते हुए दोबारा अपनी नजर सूरज पर टिका ली, मानो अभी कोई भी चीज उन्हे वहां से नहीं हटा सकती थी,

"अब हम ठीक है, क्या कोई हमे बताऐगा कि आखिर यहां हो क्या रहा है? हम कहाँ है?... यह लोग कौन है? और यह अजीब सी जगह कौन सी है?... हम तो कॉटेज के कमरे मे थे न यहां कैसे आए?...." - विशाल अपना सिर खुजलाते हुए इतने सारे सवाल कर रहा था कि उसे चुप कराने के लिए शौर्य को थोड़ी ऊँची आवाज मे बोलना पड़ा - "ठीक है विशाल बस भी करो ऐसा भी कुछ नहीं हो गया है क्या तुम्हे याद नहीं हम यहां घूमने आए थे और तुम सब ने छोटे फल खा लिए थे जिसकी वजह से तुम बेहोश हो गये, इनकी वजह से ही तुम सब ठीक हो, समझे.... और आगे से कुछ भी खाना तो सोच समझ कर ही खाना समझे!" - विशाल और बाकी बच्चो का तो पता नहीं लेकिन तेजस रतिका और राघव सच मे शौर्य की कही बात नहीं समझ पा रहे थे कि आखिर वह झूठ क्यो बोल रहा है, तेजस शायद इस विषय पर बहस भी करना चाहता था लेकिन शौर्य ने पहले ही उसे और बाकी दोनो को भी इशारा किया जिस वजह से वह तीनो चुप रहे और केवल शौर्य ने उनके सभी सवालो के जवाब दिये जिससे बच्चे पूरी तरह सन्तुष्ट तो नहीं थे लेकिन उनकी हालत ऐसी थी कि वह ज्यादा कुछ समझ पाने मे समर्थ भी नहीं थे इसीलिए उन सभी ने शौर्य के टूटे-फूटे

जवाबो को सच मान लिया और वहां से जाने के लिए उन सब के साथ बाहर की ओर आ गये

"अब तो हम घर जा सकते है ना सर...." - शौर्य ने बाहर आकर मिस्टर शर्मा से इस तरह सवाल किया तो वह चौक गये लेकिन शौर्य के तिरछी निगाहो से इशारा करने पर अगले ही पल खुद को सम्भालते हुए उन्होने कहा - "हाँ... ऐसा... लग तो रहा है"

शौर्य के हल्की सी मुस्कुराहट देने के बाद उन्होने बाकी बच्चो की ओर देखकर कहा - "मुझे लगता है तुम सब को एक अच्छी और बेहतरीन दावत की सख्त जरुरत है"

"हाँ, वैसे भूख तो बहुत लगी है मै तो बस इसके बारे मे पूछने ही वाला था..." - विशाल ने तेज आवाज मे चिल्लाते हुए कहा तो सभी शान्त होकर उसे घूरने लगे और कुछ ही पलो मे सबकी हंसी छूट गयी हालांकि विशाल को देखकर कोई भी कह सकता था कि उसे उस हंसी की वजह समझ मे नहीं आयी थी।

"चिन्ता मत करो तुम्हे ज्यादा इन्तजार नहीं करना पड़ेगा" - मिस्टर शर्मा ने अपनी हंसी पर काबू पाते हुए कहा जिसके बाद उनकी नजर सामने सड़र पर गयी और उन्होने एक ठण्डी आह भरकर कहा - "बस थोड़ी ही देर"

"क्या हमे पूरा पहाड़ उतरना पड़ेगा..." - मिस्टर शर्मा की नजरो को भाँपते हुए रतिका ने अपने पैरो को दया भाव से देखकर कहा जिसके जवाब मे मिस्टर शर्मा ने अपना अफसोस जाहिर किया - "माफ करना बेटा लेकिन मेरे पास कोई उड़न खटौला नहीं है"

"हद हो गयी, इससे अच्छा तो हम यही मर जाते...." - राघव ने अपनी भौहे सिकोड़कर कहा जिसमे तेजस ने उसका साथ दिया - "सही कहा, वह इससे ज्यादा आसान होता"

सिर्फ यही तीनो नहीं बाकी सभी बच्चो की हालत भी इससे बेहतर नहीं थी बल्कि और भी ज्यादा बुरी थी क्योंकि उन्हे तो समझ ही नहीं आ रहा था कि आखिर वह सब यहां आए ही क्यो

और उन सब की ऐसी हालत देखकर मिस्टर शर्मा को उन पर दया आ रही थी और वह कुछ कह भी पाते उससे पहले ही उन्हे एक आवाज सुनाई दी जिन्हे वह पेड़ो के बीच से अपनी ओर आती महसूस कर सकते थे और उसके करीब आने पर जब उन्होने देखा कि यह एक लम्बी बस थी जिसमे वह सभी आसानी से समा सकते थे तो बच्चे खुशी से उस बस की ओर इशारा करने लगे मानो वही से उस बस को रोक सकते हो हालांकि उन्हे इसके लिए कोई मेहनत नहीं करनी पड़ी क्योंकि वह बस स्वंय ही उस संकरे रास्ते के ठीक सामने आकर रुक गयी जिस पर वह खड़े थे सभी बच्चे तुरन्त दौड़कर उस बस के करीब आ गये और जब अविनाश सर बस का दरवाजा खोलकर नीचे उतरे तो अब तक वहां पहुँच चुके मिस्टर शर्मा ने आगे बढ़कर उन्हे गले से लगा लिया और फिर वापिस हटते हुए कहा - "हम कामयाब हुए अविनाश"

"नहीं सर, आप कामयाब हुए...." - अविनाश सर ने जवाब दिया

"तुम सब के बिना यह नहीं हो पाता, खैर तुम यहां यह बस लेकर और तम्हे पता कैसे चला?" - मिस्टर शर्मा के इस सवालो पर अविनाश सर ने ऊपर सूरज की ओर इशारा करते हुए कहा - "पता तो चलना ही था मुझे लगा आपको इसकी जरुरत होगी इसीलिए मै ले आया"

"यह सिर्फ तुम ही कर सकते थे अविनाश सिर्फ तुम" - उन्होने अविनाश सर की प्रशंसा की और फिर चुपचाप बस को घूर रहे बच्चो की ओर देखकर कहा - "अब किस बात का इन्तजार है चलो तुम्हारा उड़न खटौला आ गया...."

मिस्टर शर्मा के तो मानो बस कहने की ही देर थी कि बच्चे बस के दरवाजे पर टूट पड़े और अन्दर जाकर अपनी पसन्द की जगहो पर बैठ गये, हमेशा की तरह रतिका, विशाल, तेज और शौर्य आमने सामने की सीट पर बैठे थे जब राघव उनके बराबर

से गुजरा तो शौर्य ने उसे रोक लिया और तेजस को खिड़की की ओर सिमटने के लिए कहा, तेजस ऐसा करना तो नहीं चाहता था लेकिन हर पल के साथ शौर्य की बड़ी होती आँखो के सामने वह कुछ नहीं कह सका और चुपचाप खिड़की की ओर खिसक गया जिसके बाद शौर्य ने खुद को उस ओर खिसकते हुए राघव को अपने पास बैठा लिया जिसका जवाब राघव ने हल्की सी मुस्कुराहट के साथ दिया - "धन्यवाद"

इसके बाद उसने आगे कुछ नहीं कहा क्योंकि वह अच्छी तरह जानता था कि तेजस और विशाल अभी भी उसे खा जाने वाली नजरो से घूर रहे थे हालफिल्हाल सभी बच्चो के बस मे चढ़ जाने के बाद मिस्टर शर्मा ने नीचे खड़े चारो आदमियो को भी बस मे चढ़ने का इशारा किया जिसके बाद वह चारो तेजी से बस मे चढ़कर सबसे पीछे की सीट पर सिर झुका कर बैठ गये और आखिरकार मिस्टर शर्मा और अविनाश सर भी बस मे आकर आगे की ओर बैठ गये जिसके बाद बस सड़क पर आगे बढ़ गयी....

बस उन्हे उस किले से सीधा कॉलेज ले आयी जहाँ की कैन्टीन मे एक शानदार दावत लेने और कुछ समय आराम करने के बाद आखिरकार वह सभी अपने-अपने घर जाने के लिए तैयार हो गये, उन सब का सार सामान और बैग्स बस मे रख दिये गये जो उनके पहुँचने के कुछ समय बाद ही वहां पहुँचा दिये गये थे और आखिरकार बहुत मिन्नतो के बाद तेजस को शौर्य से इस बात की इजाजत मिली कि वह केवल विशाल को सब कुछ सच सच बता सके तो किसी तरह विशाल को एक कोने मे ले जाकर तेजस उसे अपनी बहादुरी के किस्से सुनाने मे व्यस्त था जब शौर्य की नजर दूर खड़े अपने नानू पर गयी जो अविनाश सर से बात कर रहे थे, शौर्य धीरे-धीरे चलता हुआ वहां आकर उनके पास खड़ा हो गया जिस पर नजर पड़ते ही मिस्टर शर्मा ने अविनाश सर को इशारा किया और वह तुरन्त ही वहां से चलते बने जिसके बाद मिस्टर

शर्मा शौर्य की ओर मुड़े और उसके उदास चेहरे को गौर से देखते हुए पूछा - "क्या हुआ शौर्य? सब ठीक है...."

"अगर दादू से आज घर लौटने का वादा नहीं किया होता तो हम यहां आपके पास और कुछ समय रहते" - शौर्य की नजरे दुःख से जमीन मे गड़ी जा रही थी इस बात का अहसास मिस्टर शर्मा को भी था लेकिन शौर्य की उदासी दूर करने के लिए उन्होने जबरदस्ती मुस्कुराते हुए कहा - "मन तो मेरा भी है तुम्हे यहां रोकने का बहुत कुछ बताना है न जाने कितना कुछ पूछना भी है अभी तो ठीक से वक्त ही नहीं मिल पाया बाते करने का लेकिन तुम उदास मत हो अगली बार जब तुम सब के साथ यहां आओगे तो हम बहुत सारी बाते करेगे...."

"हम जल्दी ही मम्मी, डैडू और दादू को लेकर यहां वापिस आ जायेगे" - कहते हुए शौर्य की आँखे उत्साह से भर गयी थी,

"मै इन्तजार करूंगा...." - मिस्टर शर्मा ने प्यार से उसके सिर पर हाथ फेरते हुए कहा जिसके बाद वह मुस्कुराता हुआ अपने दोस्तो के पास जाने के लिए मुड़ा लेकिन दो कदम चलकर ही वह रुक गया, पलटा और कुछ कहने की हिम्मत जुटाने लगा,

"शौर्य अगर कुछ पूछना चाहते हो तो पूछ सकते हो हिचकिचाने की कोई जरुरत नहीं, मैने आज तक कभी तुमसे झूठ नहीं बोला और आज भी नहीं बोलूंगा" - मिस्टर शर्मा की इस बात से उसे थोड़ी तसल्ली मिली तो आखिरकार उसने हिम्मत जुटाकर पूछ ही लिया - "नानू... आप जानते थे ना कि तेज उसे...." वह अपना सवाल पूरा नहीं कर पाया लेकिन जैसे मिस्टर शर्मा पहले ही जानते थे कि वह क्या पूछने वाला है इसीलिए उन्होने एक ठण्डी आह भरी और बिना बात को घुमाए उसके सवाल का साफ-साफ जवाब दे दिया - "हाँ शौर्य... मै जानता था सालो पहले से जानता था लेकिन मेरे ख्याल को एक दिशा देकर तेजस तक पहुँचाने का काम बहुत

सारी छोटी-छोटी बातो और घटनाओ ने किया जिसके बारे मे फिर कभी फुर्सत से बात करेगे..."

"लेकिन अगर ऐसा नहीं होता तो आपकी जान भी जा सकती थी" - शौर्य अभी-भी अपने नानू के लिए परेशान था

"मैने तुमसे पहले ही कहा था कि वह मुझे मारेगा नहीं, वह सिर्फ मुझे इराना चाहता था" - मिस्टर शर्मा ने इस तरह कहा जैसे वह इस बारे मे ज्यादा बाते नहीं करना चाहते शौर्य भी तुरन्त ही समझ गया कि उसे ज्यादा गहराई मे जाने की जरुरत नहीं है इसीलिए उसने भी इस पर आगे कोई सवाल नहीं किया, लेकिन शायद मिस्टर शर्मा की बात अभी खत्म नहीं हुयी थी वह अभी-भी कुछ कहना चाहते थे इसीलिए उन्होने शौर्य को कस कर पकड़ लिया और उसकी आँखो मे आँखे ड़ालकर कहा -"शौर्य आज मै तुमसे कुछ और भी कहना चाहता हूँ... तेजस अलग है वह बाकी बच्चो की तरह नहीं है और उसे इस बात का अहसास तक नहीं है कि वह कितना खास है लेकिन उसकी खासियत तुमसे होकर जाती है वह तुम्हारे बिना अधूरा है सिर्फ तुम ही हो जो उसे सम्भाल सकते हो वह नादान है गुस्सैल है और बहुत जिद्दी है वही तुम शान्त और समझदार हो तुम एक दूसरे के विपरित लेकिन पूरक हो..... अभी तो केवल शुरूआत है उसे अपनी जिन्दगी मे न जाने कितनी मंजिलो तक पहुँचना होगा जिन तक जाने का रास्ता सिर्फ तुम उसे दिखा सकते हो इसीलिए आज मुझसे वादा करो कि चाहे जो हो जाए लेकिन तुम उसका साथ नहीं छोड़ोगे... कभी नहीं छोड़ोगे...."

"वह मर गया है ना नानू वह अब कभी वापिस नहीं आयेगा" - मिस्टर शर्मा की बातो से शौर्य थोड़ा इर गया था जिसकी आवाज मे यह इर साफ नजर आ रहा था इसीलिए उसे शान्त करते हुए मिस्टर शर्मा ने कहा - "नहीं मेरे बच्चे कभी नहीं आयेगा लेकिन मै मानता हूँ कि जो नहीं होने वाला हो हमे उसके लिए भी तैयार रहना चाहिए"

"इसीलिए अपने वह घड़ी, सूट और बाकी के सामान बनाए थे है ना...." - शौर्य के सवाल पर उन्होने मुस्कुराते हुए कहा - "हाँ शायद... लेकिन अब तुम मुझसे वादा करो कि हमेशा तेजस का साथ दोगे कभी उसे अकेला नहीं छोड़ोगे..."

चूकि मिस्टर शर्मा ने अपना हाथ उसकी ओर बढ़ा दिया था तो शौर्य ने तुरन्त ही अपना हाथ उनके हाथ पर रखते हुए वादा किया जिसके बाद वह होनो मुस्कुराते हुए बस की ओर बढ़ गये जहाँ तेजस पहले ही विशाल को सब कुछ बता चुका था और जिसे सुनकर विशाल काफी सदमे मे नजर आ रहा था,

"तुमने यह नानू वाली बात मुझे पहले क्यो नहीं बतायी...." - विशाल ने तेजस की उम्मीद के विपरित सवाल किया जिससे वह थोड़ा गुस्सा हो गया क्योंकि वह उसे अपने द्वारा शैतान के मरने की और बाते बताना चाहता था लेकिन चूकि विशाल ने उसके नानू के विषय मे पूछ लिया था इसीलिए उसने मुँह बनाते हुए छोटा सा जवाब दिया - "कॉलिज की कैन्टीन को हर समय तुम्हारे आतंक से बचाने के लिए" कहकर तेजस तेजी से वहां से निकल गया जबकि विशाल वही खड़ा अभी भी उसके कहने का मतलब समझने की कोशिश कर रहा था।

हालफिल्हाल वहां से हटकर तेजस पहले से उस ओर आते शौर्य और अपने नानू के पास पहुँच गया,

"नानू आप भी चलिए न हमारे साथ" - उसने वहां पहुँचकर अपने नानू से कहा

"इस बार नहीं तेजस" - मिस्टर शर्मा ने इंकार किया तो तेजस ने शिकायत की - "क्यो... कल तो हमारा जन्मदिन भी है और अगर आप नहीं होगे तो..."

"क्या सच मे कल तुम्हारा जन्मदिन है" - मिस्टर शर्मा की आँखो मे चमक आ गयी थी,

"हाँ नानू हम दोनो का" - जवाब शौर्य ने दिया था

"मुझे जानकर खुशी हुयी बच्चो लेकिन माफ करना मै फिर भी अभी तुम्हारे साथ नहीं आ सकता यहाँ काफी कुछ बिखरा हुआ है जिसे समेटना बाकी है" - मिस्टर शर्मा के कहने पर तेजस ने जिद करते हुए कहा - "प्लीज नानू.... आप वहां होगे तो बहुत मजा आयेगा"

"मै वही रहूँगा तेजस.. तुम्हारी बातो मे.... और अब ज्यादा देर करना ठीक नहीं मुझे लगता है कोई तुम्हे वापिस ले जाने के लिए काफी बैचेन है" - मिस्टर शर्मा ने दूसरी ओर देखकर कहा जिस ओर से आकाश सर लगभग पैर पटकते हुए गुस्से मे उधर ही आ रहे थे उन्हे देखकर लग रहा था जैसे बस किसी को मारने वाले है लेकिन उन्होने ऐसा कुछ नहीं किया और चुपचाप मिस्टर शर्मा के पास आकर खड़े हो गये जिसके तुरन्त बाद मिस्टर शर्मा ने बच्चो को बस मे चढ़ने के लिए कहा और सभी बच्चो के साथ आखिर मे तेजस और शौर्य भी मिस्टर शर्मा से गले मिलकर बाय कहने के बाद जाकर बस मे चढ़ गये तब तक अविनाश सर भी मिस्टर शर्मा के पास पहुँच गये थे, जिनसे गुस्से मे दांत भींचते हुए आकाश सर ने कहा - "तुम किसी ओर को क्यो नहीं भेज देते"

"तुम इन्हे यहां लेकर आये थे और अब तुम ही इन्हे लेकर जाओगे... समझे.... अब बिना किसी फालतू की बहस के चुपचाप बस मे चढ़ जाओ" - अविनाश सर ने थोड़ा सख्त लहजे मे कहा तो उन्हे न चाहते हुए भी बस मे चढ़ना पड़ा और ऐसा करते समय वह मिस्टर शर्मा को बुरी तरह घूर रहे थे जिसका मिस्टर शर्मा ने कोई जवाब नहीं दिया और चुपचाप अपनी जगह पर खड़े रहे कुछ पल बाद ही बस स्टार्ट हो गयी, खिड़की पर नाक गड़ाए बैठे शौर्य और तेजस ने हाथ हिलाकर अपने नानू से अलविदा कहा जिसके बाद आखिरकार बस आगे की ओर चल पड़ी स्कूल से बाहर निकलकर सड़क पर दूर जाती बस को मिस्टर शर्मा काफी देर तक

खड़े देखते रहे इस समय उनकी आँखो मे अपने बच्चो के सुरक्षित घर लौटने की खुशी और सन्तुष्टी थी लेकिन साथ ही उनसे और अपने परिवार से फिर से मिलने की उम्मीद भी थी......

इधर तेजस और शौर्य अपने नानू को शीशे पर नाक गड़ाए बैठे देखते रहे जब तक मोड़ पर मुड़ने के बाद उन्हे वह दिखने बन्द हो गये जिसके बाद वह दोनो अपनी आँखो की नमी पोछते हुए अपनी जगहो पर सिमट गये, वह दोनो बहुत उदास थे और रतिका व विशाल उन्हे खुश करने का मौका ढूढ़ ही रहे थे कि बाहर का नजारा देखकर उन दोनो ने तुरन्त उस ओर इशारा किया - "उधर देखो जल्दी...."

जब शौर्य और तेजस ने उस ओर देखा तो पाया कि सड़को पर लोग घरो से बाहर निकलकर खुशी मे जश्न मना रहे है आखिरकार उनकी जिन्दगी मे सालो बाद सुबह हुयी थी और उन्हे देखकर लग रहा था कि उन सब का जश्न अभी बहुत समय तक रुकने वाला नहीं है उन सब को इतना खुश देखकर आखिरकार तेजस और शौर्य के होठो पर भी मुस्कान आ ही गयी और यह मुस्कान आगे की ओर चुपचाप सर पकड़े बैठे आकाश सर को देखकर दोगुणी हो गयी, इस सब के बाद उनका सफर और अधिक खूबसूरत उस बोर्ड ने बनाया जिस पर लिखा था "शिमला मे आपका स्वागत है"

आखिरकार वह उस बोर्ड को पार करके शिमला से बाहर निकल आए थे और तेजी से अपने घरो की ओर बढ़ रहे थे जिसके लिए उन्हे बहुत अधिक इन्तजार भी नहीं करना पड़ा कुछ ही घन्टो मे वह दिल्ली पहुँच गये और सभी बच्चो को एक-एक कर उनके घर सुरक्षित पहुँचाने के बाद बस आखिर मे पाटिल्स के घर के सामने आकर रूकी, उन दोनो ने खिड़की मे से अपने दादू और मम्मी को लॉन मे बैठे देखा, उन्हे देखकर लग रहा था मानो सोये ही न हो। बस मे उन दोनो को देखकर वह दोनो इतने खुश हुए की लगभग रोने लगे पार्वती उनके नीचे उतरने से पहले ही भागते हुए वहां

पहुँच गयी और उनके आते ही कस कर उन दोनो को गले लगा लिया उनमे से कोई भी कुछ बोल नहीं पा रहा था और शायद इसकी जरुरत भी नहीं थी क्योंकि उनकी आँखो से बहने वाले आँसू उनके शब्दो की कमी को पूरा कर रहे थे, अपनी मम्मी से मिलने के बाद वह अपने दादू की ओर मुड़े जो आँखो मे नमी लिए उनके बराबर मे खड़े इन्तजार कर रहे थे।

कुछ समय उनसे कस कर गले मिलने के बाद मिस्टर पाटिल ने उनक सिर पर प्यार से हाथ फेरते हुए कहा - "मै जानता था.... मै जानता था मेरे बच्चे मुझसे किया हुआ वादा कभी नहीं तोडेगे...."

"तुम्हारे बैग्स, क्या इन्हे बस मे ही छोड़ने का इरादा है तुम दोनो का..." - इससे पहले कोई कुछ और कहता आकाश सर की फटी हुयी आवाज उनके कानो मे पड़ी जो उनके बैग्स उठाए पीछे ही खड़े थे,

"सारी...." - उन दोनो ने कहा और लपककर उनके हाथो से अपने बैग ले लिए जिसके बाद मिस्टर पाटिल ने एक कदम आगे आकर उनकी ओर हाथ बढ़ाते हुए कहा - "हमारे बच्चो का ध्यान रखने के लिए आपका बहुत बहुत शुक्रिया मिस्टर वर्मा...." आकाश सर इतने गुस्से मे थे कि कुछ नहीं बोले उन्होने मिस्टर पाटिल से हाथ मिलाया और फिर तेजी से मुड़कर बस मे चढ़ गये जिसके तुरन्त बाद बस वहां से चली गयी और इससे पहले कोई उन दोनो से सवाल करता पहला सवाल शौर्य ने ही दाग दिया - "डैडू कहाँ है क्या वह अभी-भी हमसे नाराज है"

"नहीं बिल्कुल नहीं बल्कि तुम्हारे डैडू को डर है कि कही तुम दोनो उनसे नाराज नहीं हो" - मिस्टर पाटिल ने जब उन्हे बताया तो तेजस तुरन्त उछल गया - "लेकिन हम तो उनसे नाराज नहीं है"

"तो फिर जल्दी से जाकर उन्हे बता दो कि तुम उनसे नाराज नहीं हो जल्दी... से जाओ...." - पार्वती से इतना सुनने की देरी

थी कि उन दोनो ने अन्दर की ओर दौड़ लगा दी जहाँ वैभव उन्हे देखते ही सोफे से उठ खड़ा हुआ।

"डैडू...." - वह दोनो एक साथ चिल्लाते हुए उसकी ओर दौड़े और जाकर उससे लिपट गये वैभव ने भी अपनी बाहो मे उन्हे लपेटकर अपनी आँखे बन्द कर ली बस... अब किसी से किसी को कुछ भी बताने की जरुरत नहीं बची थी पीछे से पार्वती और मिस्टर पाटिल भी उन्हे इस तरह देखकर मुस्कुरा रहे थे.....

हालफिल्हाल कुछ समय बाद तेजस और शौर्य अपना मनपसन्द जूस पीते हुए शिमला मे बिताए हर पल की जानकारी उन्हे दे रहे थे जिसे वह तीनो बहुत ध्यान से सुन रहे थे लेकिन जब उन्होने अपनी नानी की मौत के विषय मे बताया तो पार्वती खुद को रोने से रोक नहीं पायी मिस्टर पाटिल और वैभव ने उसे सम्भाला, दिलासा दिया कि मिस्टर शर्मा वहां सुरक्षित है और अब तो उनके दोनो बच्चे भी इतनी बड़ी जंग जीतकर वहां से सुरक्षित लौट आए थे अपने बच्चो की ओर देखकर उसे थोड़ा सुकून महसूस हुआ और वह शान्त हो गयी, उन तीनो को अपने बच्चो पर गर्व था और उनके सुरक्षित लौट आने की खुशी थी जिसे उन्होने दोगुणा करके अगले दिन जाहिर किया जब उनके जन्मदिन पर उनके सभी दोस्तो को घर बुलाकर उनके लिए पार्टी दी गयी, उस पार्टी मे पहली बार राघव भी आया था जिसे वहां देखकर तेजस कुछ खास खुश नजर नहीं आ रहा था लेकिन चूकि शौर्य पहले ही तेजस को समझा चुका था फिर यह कहे कि अपनी मोटी-मोटी आँखो से उसे घूर चुका था इसीलिए तेजस राघव के साथ बेहतर व्यवहार करने की कोशिश कर रहा था जो शिमला मे इस तरह का समय साथ बिताने के बाद इतना मुश्किल भी नहीं था। खैर बहुत सारे तोहफे लेने और बहुत सारी मस्ती कर लेने के बाद सभी लोग केक काटने के लिए एक जगह इकट्ठे हो गये जहां एक बड़ी सी टेबल को गुब्बारो और तोहफे से सजाया हुआ था, उसके बीच मे एक

बड़ा सा केक था जिस पर "हैप्पी बर्थडे टू शौर्य एण्ड तेजस" लिखा हुआ था शौर्य और तेजस केक काटकर अपना जन्मदिन उत्सव मना रहे थे सभी बच्चे उनके लिए बर्थडे सोंग गा रहे थे लेकिन ऐसा केवल वही नहीं था कही ओर भी यह बर्थडे सोग गाया जा रहा था जिसकी उन्हे खबर भी नहीं थी और वह जगह थी तेजस की अलमारी जिसके अन्दर रखी वह काली किताब एक अजीब सी छरछरी आवाज मे गा रही थी - "हैप्पी बर्थडे टू यू....., हैप्पी बर्थडे टू यू...., हैप्पी बर्थडे टू यू........"